Im Schatten der Olivenbäume

Francesca Catlow

Gaia & Fenrir

Im Schatten der Olivenbäume

Francesca Catlow

Aus dem Englischen übersetzt von

Daniela M. Hartinger

und

Sara Aufinger-Scheed

Veröffentlicht von Gaia and Fenrir Publishing

Ich widme dieses Buch meiner Mama. Wir haben stundenlang darüber diskutiert und sie hat mich überhaupt erst auf die Idee gebracht, es zu schreiben! Ohne sie wäre es nie so weit gekommen. Ich bin ihr ungemein dankbar für ihre Zeit, Unterstützung, Kritik und Liebe.

Danksagung

Mein Dank gilt zunächst meiner Lektorin Debra. Ich bin so froh, dass ich dich gefunden habe! Ich weiß deine Unterstützung und Hilfe sehr zu schätzen. Ich danke Daniela und Sara, die dieses Buch übersetzt und lektoriert haben. Ich bin überglücklich, ein so wunderbares Team gefunden zu haben.

Darüber hinaus möchte ich mich bei Lesley bedanken. Danke für deine Hilfe und dafür, dass du alles Nötige überprüft hast, als ich nicht selbst auf Korfu sein konnte, um mir alles anzusehen.

Ein großes Dankeschön gebührt auch Noula und Danielle von San Stefano Travel. Ich danke euch dafür, dass ihr für meine Recherchen individuelle Tagesausflüge auf ganz Korfu organisiert habt.

Es gibt so viele wunderbare Menschen und Orte auf Korfu. Ich möchte ihnen allen dafür danken, dass sie schlichtweg da sind, aber ein besonderes Dankeschön geht an das Restaurant Manthos in Agios Stefanos, das die Bücher zusammen mit San Stefano Travel unterstützt.

Kapitel 1

Ich war nicht mehr dort gewesen. Nicht mehr, seit ich ein Jahr zuvor meine Mutter tot im Wohnzimmer vorgefunden hatte. Aber ich wusste, dass ich zu dem Haus zurückkehren musste. Ich musste das Grab meines Bruders besuchen. Das winzige Holzkreuz im hinteren Teil des Gartens, wo mein Vater – der Mistkerl, der ihn umgebracht hatte – seinen zarten, winzigen Körper begraben hatte. Ich hatte es vermieden, aber nach allem, was geschehen war, musste ich einfach dorthin zurück. Ich musste zurückkehren. Ich wollte noch einmal in die Erinnerungen an meine Mutter eintauchen, bevor sich alles verändern würde.

Gaia hatte vorgeschlagen, dass nur sie mich begleiten sollte, niemand sonst. Sie hatte hastig gesprochen und gemeint, dass sie besser geeignet wäre als ihr Vater, weil sie den Verlust besser nachvollziehen konnte, da auch sie ihre Mutter verloren hatte. Ich konnte ihr nicht widersprechen und hatte das auch gar nicht vor. Ich fühlte mich geehrt, weil sie für mich da sein wollte.

Kurz nachdem ich nach Korfu zurückgekehrt und bei ihr und Anton eingezogen war, hatten wir uns über alles unterhalten. Wir sprachen über unsere verlorenen Vergangenheiten. Anton hatte sich an diesem Abend unwohl gefühlt und war früh ins Bett gegangen, während Gaia und ich eine Dokumentation über die NASA zu Ende schauten. In der Dokumentation wurde etwas darüber gesagt, wie man seine Mutter stolz macht. Dieser Astronaut konnte ja nicht ahnen, welchen Stein er damit in unserem Haus ins Rollen gebracht hat. Gaia murmelte etwas davon, dass sie sich wünschte zu wissen, was ihre Mutter stolz gemacht hätte. Und da saßen wir, inmitten unseres Verlusts, der uns verband. Ich hatte das Glück, mit meiner Großmutter als Ersatzmama aufgewachsen zu sein – sie war eine richtige „Omama". Gaia erzählte mir, wie es ihr in den letzten Jahren erging, in denen sie allmählich zu einer Frau heranwuchs. Plötzlich hatte sie noch mehr zu kämpfen als früher. Sie stand ihrem Vater nahe, aber es gab Momente, in denen sie gern eine andere Frau um Rat fragen wollte – und nicht ihren Vater. Zwar waren Gaias Großmütter sehr liebevoll, aber sie lebte nicht bei ihnen und sie waren eben nicht ihre Mama. Erschwerend kam hinzu, dass auf Korfu die Ausgangsbeschränkungen während der Pandemie sehr streng gehandhabt worden waren. Selbst im Winter mussten wir noch Masken tragen.

Sie erzählte mir, woran sie sich vom Todestag ihrer Mutter noch erinnerte. Dass ihre Erinnerungen aus unzusammenhängenden Bildern und Gedanken bestanden und sie das Gesicht ihrer Mutter nicht mehr klar vor Augen hatte. Sie hatten gelacht und waren durchs Haus gerannt – es war irgendein Spiel gewesen –, als ihre

Mutter Katerina plötzlich zusammengebrochen war. Sosehr Gaia auch geweint hatte, Katerina war nicht mehr aufgestanden. Gaia vertraute mir an, dass sie sich vor allem daran erinnerte, wie sehr es sie geärgert hatte, dass sie hungrig war. Ihre Mutter sollte mit dem Blödsinn aufhören und ihr etwas zu essen machen. Sie fühlte sich deswegen schuldig, auch wenn sie wusste, dass es lächerlich war. Sie war bloß eine hungrige Dreijährige gewesen. Gaia hatte ihre Mutter keinen einzigen Moment lang aus den Augen gelassen. Sie hatte nur mit ihrem Haar gespielt und darauf gewartet, dass sie aufwachte, ohne zu wissen, dass Katerinas Herz aufgehört hatte zu schlagen.

Als wir in dieser Nacht im Schneidersitz auf dem Sofa saßen, hatte ich das Gefühl, dass Gaia zu einem Teil von mir wurde. Genau wie Anton hatte sie einen festen Platz in meinem Herzen eingenommen, aber in dieser Nacht hatte sie mich auch ein wenig in ihres gelassen. Die Rolle der Mutterfigur zu übernehmen, setzte mich so sehr unter Druck, dass es mir vorkam, als würde ich auf einem hohen Gebäude vom Rand des Daches hängen. Aber das Risiko des Absturzes nahm ich gern in Kauf, wenn ich dafür an Antons und Gaias wunderbarem Leben teilhaben durfte. Es war schwer zu glauben, dass ich meine Mutter überhaupt erst durch Gaia gefunden hatte. Ich war ihr viel dankbarer, als sie es je verstehen könnte. Sie hatte mir geholfen, mich mit meiner Vergangenheit zu versöhnen, und machte mich zu einem festen Bestandteil ihrer Zukunft.

Als wir vor der blauen, abblätternden Tür meiner Mutter hielten, klammerte ich mich am Lederlenkrad fest. Meine Finger fühlten sich wegen der Klimaanlage eiskalt an. Ich atmete immer flacher und das sanfte Heben und Senken meiner Brust ließ meine Schultern leicht pulsieren.

„Wir müssen nicht reingehen. Wir können nach Hause fahren, wenn du möchtest.“ Gaia schob ihr dichtes, dunkles Haar über die Schulter und sah zu mir herüber.

„Nein. Es ist höchste Zeit.“ Ich drückte auf den Start-Stop-Knopf, um das Auto abzustellen. Es war nicht so schick wie Antons Mustang, aber ich hatte mir auch ein Cabrio zugelegt – einen weißen Mini. Genau wie bei Anton hatte Gaia bei der Wahl dieses Autos ein entscheidendes Wörtchen mitgesprochen.

Unsere Schritte knirschten auf dem trockenen Boden und die Luft war erfüllt vom Summen der Insekten. Es war, als hätte sich nichts verändert. Als würde ich die Tür öffnen und meine Mutter Liliana würde dastehen, mit ihrem blonden, widerspenstigen Haar, das sie zu einem Dutt gebändigt hatte, und einem blauen Kleid, das zu ihren Augen passte, und dann vom Wohnzimmer in die Küche eilen, um mir etwas zu essen oder trinken zu holen. Ich war mir nicht sicher, welche Art der Trauer schlimmer war: die um meine Großeltern, bei denen ich genau wusste, was ich verloren hatte, oder die um meine Mutter, mit der ich nicht genügend Zeit gehabt hatte, um sie richtig kennenzulernen. Ich hatte nur einen Bruchteil von ihr erfahren, bevor ihr Gehirntumor sie mir weggenommen hatte.

Eine Bougainvillea war im vergangenen Jahr wie Unkraut gewachsen und überwucherte die Tür. Sie hatte noch nicht viele Blüten, nur ein paar kleine, dunkelrosa Knospen waren zu sehen. Ich war mir nicht mehr sicher, ob sie schon immer da gewesen war und einfach nur gewuchert hatte, weil niemand sie gebändigt hatte. Ich steckte den Schlüssel ins Schloss, aber es war nicht versperrt. Als ich die schäbige kleine Tür aufdrückte, glitt sie langsam vor mir auf. Sie gab ein langgezogenes Knarren von sich, das wie ein lautes Gähnen klang, und knackende Geräusche, als hätte sie geschlafen, seit meine Mutter fort war. Im Inneren herrschte nicht dieselbe drückende Hitze, wie ich sie in Erinnerung hatte. Da es

Anfang Mai war, hatte das Haus noch keine Zeit gehabt, sich in einen kleinen Backofen zu verwandeln. Zumindest war es im vergangenen Sommer so gewesen, als ich meine Mutter gefunden hatte.

Alles sah aus wie immer. Meine Mutter hatte nichts herumstehen gehabt. Die Tatsache, dass die Anrichte nun leer war, änderte nichts daran, wie das Haus wirkte. Es war derselbe kleine, dunkle Raum mit zwei alten Sesseln und nicht viel mehr.

„Ich war eigentlich noch nie hier drinnen. Wenn wir Liliana beim Obstpflücken geholfen haben, sind wir draußen geblieben und sie hat uns Getränke in den Garten gebracht“, sagte Gaia und fuhr mit der Hand über den zusammengeklappten Esstisch. Es war jener Tisch, den meine Mutter für das Kleftiko, einen Lammschmortopf, aufgestellt hatte – die einzige richtige Mahlzeit, die wir je zusammen eingenommen hatten. Ich schloss die Augen und atmete tief ein; ich konnte die Zwiebeln und Kräuter regelrecht riechen.

„Das hört sich jetzt vielleicht seltsam an, aber riecht es hier nicht, als hätte jemand gekocht?“, fragte Gaia.

Als ich die Augen öffnete, starrte ich sie an und fragte mich, ob sie Gedanken lesen konnte. Eine kleine Linie bildete sich zwischen ihren hübschen Augenbrauen. Die Kräuter und Zwiebeln waren kein Hirngespinst. Der Geruch war so real wie die wissbegierige Vierzehnjährige, die sich nach vorn beugte, schnupperte und nach einer Antwort suchte.

„Ja, das tut es wirklich.“

Wir sahen einander an und machten uns auf den Weg in die Küche. Und tatsächlich: Der Ofen war an und ein großer roter Topf stand darin. Gaia verschränkte die Arme über ihrem bauchfreien Top mit Gänseblümchenmuster, verlagerte ihr Gewicht auf ein Bein und schüttelte den Kopf.

„Denkst du, jemand ist hier? Wer könnte es sein?“

„Ich weiß nicht. Sollen wir oben nachsehen?"

Gaia drehte abrupt den Kopf und sah mich an. Ihr Mundwinkel wanderte bei dem Gedanken herumzuschnüffeln langsam nach oben. Das winzige Haus bestand aus einem Zimmer im Erdgeschoss und einem im oberen Stock – es gab also nicht viel zu schnüffeln.

Ich ging als Erste die Treppe hinauf und raffte meinen weißen Maxirock, um auf den steilen Holzstufen nicht zu stolpern. Ich war bislang nur einmal oben gewesen – als meine Mutter mir die Wahrheit über meinen Vater erzählt hatte. Dass er sie entführt und ihr gesagt hatte, ich wäre „ohne sie besser dran". Ich hatte mich auf die Toilette geflüchtet, dabei hatte ich nur vor der Wahrheit meiner Vergangenheit weglaufen wollen: dass mein Vater meine Mutter bis zu seinem Tod gefangen gehalten hatte. Mit jedem Schritt schien der Kloß in meinem Hals größer zu werden und mir regelrecht die Luft zu rauben. In diesem Moment wollte ich glauben, dass der Geruch unten von den Kochkünsten meiner Mutter herrührte, dass ich den Kopf durch ihre Schlafzimmertür stecken und sie dort finden würde.

Ihr Zimmer war genauso kahl wie zu ihren Lebzeiten, nur dass jetzt eine offene Reisetasche unter dem Bett lag, aus der Kleidung quoll, und ein Schlafsack auf der Matratze ausgebreitet war.

Gaia hockte sich hin und zog die Kleidung aus ihrem dürftigen Versteck.

„Was zum ... Es muss ein ... Dings sein. Ich weiß nicht, wie man das auf Englisch ...", stammelte sie.

Es kam selten vor, dass ihr die Worte fehlten. Ihr Englisch war hervorragend und wurde sogar noch besser, seit ich bei ihnen wohnte und sie jeden Tag mit mir sprach.

„Meinst du einen Hausbesetzer?"

„Ja! Es muss ein Hausbesetzer sein. Soll ich die Nachbarn fragen? Ich kenne die meisten Leute noch aus der Zeit, als wir hier in der Nähe gewohnt haben."

Kapitel 2

Ich ließ Gaia die Nachbarn befragen. Ich hätte sie ohnehin nur schwer aufhalten können. Sie sprang die Treppe hinunter, wobei das ganze Haus unter ihren Schritten erzitterte. Ich ließ mir Zeit, während ich durch das Wohnzimmer zurück in die Küche tapste und den großen roten Topf im schwachen Schein des Ofenlichts anstarrte. Je länger ich das tat, desto gereizter wurde ich. Wie konnte es jemand wagen, ohne meine Erlaubnis im Haus meiner Mutter zu wohnen und ihre Sachen anzufassen? Es spielte keine Rolle, dass es so gut wie leer war. Alles, was sich in den Schubladen und Schränken befunden hatte, war nach England geschickt worden, denn damals hatte ich noch nicht gewusst, dass ich in Zukunft auf Korfu leben würde. Aber das war egal. Das war nicht der Punkt.

Ich lockerte mein gewelltes Haar mehrmals mit den Händen auf, damit es nicht in meinem Nacken festklebte. Trotzdem bildeten sich dort immer wieder verschwitzte Löckchen. Wegen des Ofens war es in der Küche heiß, aber ich glaube, es war die Wut, die die Hitze in mir aufsteigen ließ.

Ich trat durch die Hintertür nach draußen, um Phillips winziges Grab aufzusuchen. Ich ging an der Veranda vorbei bis zum Ende des kleinen Gartens, wo das mickrige Holzkreuz schief dastand, weil sich niemand darum gekümmert hatte. Gleich links daneben gedieh eine weitere prächtige Bougainvillea, die ebenfalls alles überwucherte, weil niemand sie zurückgeschnitten oder sich ihrer angenommen hatte. Diese stand etwas windgeschützter und die ersten Blüten hatten sich bereits geöffnet. Ich streckte die Hand nach den weichen Blütenblättern aus, und mir wurde bewusst, dass sie genau das waren, was ich brauchte, um ein Stückchen von Mama und Phillip bei mir zu haben. Ich könnte jemanden bitten, mir einen Steckling zu beschaffen. Das war eine ausgezeichnete Idee.

Mit diesem fröhlichen Gedanken wandte ich meine Aufmerksamkeit dem Boden zu. Er war uneben und der Garten bestand mehr aus Unkraut als aus Gras – ganz anders, als ich ihn zuletzt gesehen hatte. Während ich den Blick schweifen ließ, schossen mir verschiedene Fragen durch den Kopf, die ich nicht sofort verdrängen konnte. Wie viel Schmerz empfindet ein Fötus? War es schnell gegangen? Wie hat meine Mutter es geschafft, nach so einem Verlust weiterzumachen? Ich biss mir auf die Lippe und versuchte, mich auf einen anderen Schmerz zu konzentrieren. Ich nahm das kleine Kreuz und richtete es auf, wobei ich sanft über die Initialen *P.J.* strich, die in das abgenutzte, feuchte Holz geritzt worden waren. Dabei bohrte sich ein kleiner Splitter in meine

Haut. Vor Schreck sog ich scharf die Luft ein. Der Splitter saß nicht allzu tief, er ragte mit dem Köpfchen heraus und verhöhnte mich, bevor ich ihn herauszupfte und zu Boden schnipste, so wie ein Kuckuck die anderen Küken aus dem Nest warf.

Ich hockte mich hin und saugte an meinem Finger, als ich eine schlanke Gestalt bemerkte, die durch die Hintertür des Hauses in die Küche schlüpfte. Ich sprang auf und marschierte auf das Haus zu.

„Kann ich dir helfen?", fragte ich mit fester Stimme und schloss die Tür hinter mir.

Das Mädchen hatte in den Ofen geblickt, als ich hereinkam. Sie sprang auf und drehte sich zu mir. Es war ein keckes, blondes Mädchen, die Haare hatte es zu einem festen, ordentlichen Dutt zusammengebunden. Ohne zu blinzeln, starrte sie mich aus ihren strahlend blauen Augen an. Sie verengten sich rasch zu grimmigen, dünnen Linien. Sie wirkte gar nicht wie eine Griechin, aber ihrer rötlich-braunen Haut, ihren schwarzen Jeans, den Turnschuhen und dem Kapuzenpullover nach zu urteilen, war sie sicher eine Einheimische. Für mich war es bereits zu warm für Jeans und Kapuzenpullover, aber ich war erst seit etwa acht Monaten auf der Insel. Ich hatte noch nie einen Touristen in Jeans gesehen, außer auf dem Weg vom oder zum Flughafen. Mein Brustkorb fühlte sich an, als würde er zusammengedrückt. Mein Körper war völlig regungslos, als wäre er in klebriges Harz getaucht worden und zu Bernstein erstarrt. Die Zeit schien viel langsamer zu vergehen, als sie es tatsächlich tat. Plötzlich schossen ihre Augenbrauen in die Höhe und sie reckte mir ihr Kinn entgegen. Ich blieb standhaft, stemmte die Hände in die Hüften und sah sie direkt an.

„Du musst gehen." In meiner Stimme waren weder Ernst noch Wut oder sonst etwas zu vernehmen. Sie erinnerte mich an eine Angelschnur, die sich zart und locker von der Spule abwickelte. Das Mädchen runzelte seine kleine, etwas dickliche Nase und die

Stirn, als es sein Kinn wieder senkte. Dann deutete ich auf das Wohnzimmer – und damit auf die Eingangstür –, um meine Worte zu unterstreichen.

Wie aus dem Nichts ertönte ihre knurrende Stimme, dann schnauzte sie mich an, wobei sie immer wieder von mir zur Tür gestikulierte, auf die ich zeigte. Die einzigen Worte, die ich in diesem Tempo zu verstehen glaubte, waren *bampás* und *spíti*. „Papa" und „Haus" ... aber ich konnte mir nicht sicher sein. Das war alles. Bei *bampás* war ich mir nicht sicher, „Haus" hätte jedoch Sinn ergeben.

„Verschwinde!", blaffte sie mich schließlich auf Englisch an.

„Du verschwindest!" Wir verfielen in Schweigen, aber als ich mich immer noch nicht bewegte, krallte sie ihre Finger in meinen Ellbogen und bugsierte mich in Richtung Wohnzimmer. Sie hatte mich überrumpelt, aber ich protestierte, zerrte an ihren kleinen Stummelfingern und riss meinen Arm zurück. Kurzzeitig konnte ich mich befreien, aber dann stürzte sie sich mit beiden Händen auf mich und zog an meinem Oberteil, sodass die Naht am Träger riss.

Als sie versuchte, mich ganz aus dem Haus zu zerren, krallte ich meine Finger in das Scharnier der kleinen Haustür und hielt mich dort fest. Plötzlich verstand ich mehr von ihren Worten, aber dieses Mal fluchte sie nur noch. Ich kreischte, als der Zeigefinger meiner linken Hand nicht mehr konnte, und ich mit den Knien und Handflächen auf dem staubigen Boden landete.

„Verflucht, du verdammtes Luder", zischte ich und drehte mich, um aufzustehen, doch da stand sie schon über mir und verdeckte die Wolken am Himmel.

„Du hast keine Ahnung", knurrte sie mit starkem griechischem Akzent. „Komm nicht zurück!" Ihr Gesicht war zu einem Grinsen verzogen, bevor sie lachte und wieder ins Haus ging.

Ich beschloss, an der Haustür auf Gaia zu warten. Als sie mich sah, sprang sie wie ein Hündchen auf mich zu, auf ihrem Gesicht lag ein Lächeln. Während sie näher kam, fing sie an zu erzählen, ohne sich eines Problems bewusst zu sein.

„Anscheinend ist es ein Mädchen", begann sie. „Alle dachten, du hättest das Haus bereits vermietet. Alles in Ordnung? Melodie, ist das Blut?" Sie zeigte auf meinen Rock, auf dem ich beim Sturz mit meinen Knien gelandet war, sodass Blut- und Staubflecke auf dem feinen weißen Stoff zu sehen waren.

„Es ist wirklich ein Mädchen. Sie ist zurückgekommen und hat mich einfach aus meinem Haus geworfen. Im wahrsten Sinne des Wortes. Ich werde die Polizei rufen und sie wegbringen lassen. Ich habe nur auf dich gewartet, vielleicht ist es ja besser, wenn jemand dort anruft, der Griechisch spricht."

Dann öffnete das Mädchen plötzlich die Tür und lehnte sich in den Rahmen, wobei es uns mit seinem selbstgefälligen Gesichtsausdruck verhöhnte. Sie zeigte auf das Auto in der Einfahrt und forderte uns vermutlich auf, einzusteigen. Da wechselte Gaia ins Griechische und das Mädchen war wie ausgewechselt. Sie löste sich vom Türrahmen und stand gerade und still da. Die Worte sprudelten aus Gaias Mund wie ein Wasserfall über eine Klippe, sie überschüttete uns regelrecht damit. Ihr Haar peitschte um ihre Schultern, während sie auf mich und dann wieder auf das Haus zeigte, bevor sie ihren Monolog mit verschränkten Armen und dem Gewicht auf einem Bein beendete. Das Mädchen antwortete nur einsilbig und ging dann zurück ins Haus.

„Sie holt ihre Sachen. Sie verschwindet."

„Was hast du zu ihr gesagt?"

„Ich habe ihr gesagt, dass es ihr an Respekt mangelt, wenn sie das Haus einer toten Frau besetzt. Dass es dir gehört und dass wir die Polizei rufen, wenn sie nicht sofort verschwindet."

„Wie kann es sein, dass du erst vierzehn bist?“ Ich schlang die Arme um sie. Sie war in den vergangenen Monaten gewachsen und nur noch ein bisschen kleiner als ich. Sie lag bereits über dem griechischen Durchschnitt, und ich fragte mich, ob sie bei ihrer Größe von mittlerweile 1,73 m Halt machen würde. „Ich hätte mehr sagen sollen. Sie spricht Englisch.“

„Was?“ Sie befreite sich aus meiner Umarmung und sah mich mit offenem Mund an. Ihre Finger gruben sich plötzlich in meine Unterarme. „Was hat sie gesagt?“

„So etwas wie ‚Du hast keine Ahnung‘ und ‚Komm nicht wieder‘.“

Ein Schauer lief von meinem Nacken über meine Wirbelsäule und meine Gliedmaßen. „Ich denke, wir sollten fahren. Ich sage deinem Vater, er soll einen Schlosser anrufen und das in Ordnung bringen. Komm mit.“

„Halt. Sollten wir nicht abwarten, ob sie geht?“

„Nein. Sie könnte noch gewalttätiger werden und ich will dich nicht in Gefahr bringen. Lass uns einfach verschwinden.“

Es dauerte fast eine Stunde, bis wir zu Hause in Karousades waren. Zuerst unterhielten wir uns und überlegten, woher das Mädchen kam und warum es sich im Haus meiner Mutter eingenistet hatte. Als wir an den Reihen von hohen, knorrigen Olivenbäumen vorbeikamen, die die gewundene Straße säumten, verstummten wir und unsere Augen blieben an der erhabenen Schönheit der Natur hängen. Zwischen den Bäumen gibt es immer wieder Lücken, die eine wunderschöne Aussicht bieten, die selbst den eifrigsten Autofahrer von der Straße ablenkt. Dort fällt der Boden hügelig ab und schlanke, dunkelgrüne Zypressen ragen stolz in den klaren, blauen Himmel. Wir ließen uns von der Landschaft bezaubern und sagten kein Wort mehr, bis wir zu Hause ankamen.

Anton war losgefahren, um einem älteren Ladenbesitzer in Sidari beim Verräumen schwerer Kisten zu helfen. Wenn er unterwegs war, hatten Gaia und ich unsere eigenen kleinen Rituale und kochten oft zusammen zu Abend. Sie hatte mir die Zubereitung einiger traditioneller Gerichte beigebracht. Alles von *Kleftiko* über *Stifado* bis hin zu *Marathopitakia*. *Marathopitakia* war etwas, das ich zuvor noch nie gegessen hatte. Ich liebte die knusprig goldgelben, großen Teigtaschen; der duftende Fenchel erfüllte das Haus mit seinem intensiven Lakritzaroma. Während wir in der Küche standen, erzählten wir uns oft von unserem Tag. Sie erzählte von der Schule oder von ihrem Freund Finn, und ich zeigte ihr manchmal die Social-Media-Accounts, an denen ich gerade arbeitete. Seit ich auf Korfu lebte, hatte ich die Anzahl meiner Kunden eingeschränkt. Ich beschäftigte mich immer noch gern mit Social-Media-Analysen, aber ich konnte mir aussuchen, mit wem ich arbeitete und wessen Profile ich mitgestaltete. Ich hatte mich von den großen Firmenkunden abgewendet und half nun vermehrt kleinen, einheimischen Unternehmen auf der Insel.

An diesem Abend hörte Gaia gar nicht mehr auf zu plappern. Sie fragte sich wieder, wer das Mädchen war und was es im Haus meiner Mutter zu suchen hatte. Sie stellte alle möglichen Theorien auf: von einem Drogenversteck oder einer Mörderin bis hin zu der Frage, ob sie sich verlaufen oder vergessen hatte, wo sie wohnte. Wortlos legte ich das Besteck auf dem langen Tisch ab. Es gab acht Stühle, aber meistens aßen nur wir drei miteinander.

Als ich mich zur Küche umdrehte, wo Gaia Paprika schnippelte, hörte ich, wie die Haustür geöffnet wurde. Ich beugte mich so weit wie möglich nach vorn, nur um zu sehen, wie Anton seine Turnschuhe auszog und dabei fast einen Blumentopf umstieß, bevor er in meine Richtung schlenderte.

„Tut mir so leid, ich bin spät dran. Ich weiß, wir haben viel zu tun.“ Er beugte sich vor, um meine Wange in die Hand zu nehmen und mir einen flüchtigen Kuss auf die Lippen zu hauchen. Noch bevor er es sich gemütlich hätte machen können, hatte ich ihm alles über das fremde Mädchen erzählt. Als ich alles laut aussprach, stieg erneut die Wut in mir hoch. Wie konnte es jemand wagen, sich im Haus meiner Mutter einzunisten? Wie konnte diese Person es wagen, Mamas Sachen anzufassen?

Gaia stellte das Essen vor uns ab, während wir uns weiter unterhielten.

„Sie hat dich verletzt, Melodie-Mou. Das geht nicht. Wir müssen die Polizei rufen." Er streckte die Finger aus und zupfte am Riss in meinem Oberteil. Ich hatte mich eigentlich umziehen wollen, aber seit ich zu Hause war, fühlte ich mich wie benommen.

„Nein. Es gibt zu viel zu tun. Wahrscheinlich ist sie jetzt ohnehin schon weg. Sie war nur ein dummes Gör." Ich löste mein Oberteil aus seinen Fingern, um ihn von seinen Gedanken abzubringen. „Können wir jemanden anrufen, der die Schlösser austauscht oder das Haus im Auge behält?"

„Ich rufe Basil an. Er wohnt nur ein paar Minuten entfernt. Wenn er das Schloss nicht auswechseln kann, wird er jemanden kennen, der es tut. Mach dir keine Sorgen, Melodie-Mou. Es gibt im Moment viel wichtigere Dinge, über die wir uns Gedanken machen sollten. Meinst du nicht auch?"

Kapitel 3

Ich hasste es, im Mittelpunkt zu stehen, aber in diesem Moment vergaß ich alles um mich herum. Jeden Einzelnen von ihnen. All die mit Tränen gefüllten Augen und schniefenden Nasen waren vergessen. Ich sah zu Anton auf, der meine Hand so fest drückte, dass ich dachte, meine Finger und mein Herz würden gleichzeitig zerspringen. Ich konnte ihm kaum in die Augen sehen, weil ich befürchtete, dass wir beide in Tränen ausbrechen würden. Er musste den Kopf neigen, damit der Priester ihm die Krone aufsetzen konnte. Der Geistliche platzierte ein paar von Mamas Blumen auf seinem Kopf, ebenso wie auf meinem. Ich schaute ihm in die Augen, ein sanftes Lächeln lag auf seinen Lippen. Anstatt wie befürchtet zu weinen, brach ein Lachen aus mir hervor. Eine überwältigende Freude überkam mich und jede Faser meines Körpers kribbelte vor Emotion. Mit den kleinen Kronen auf unseren Häuptern war es nun offiziell: Wir waren verheiratet. Wir drehten uns zu unseren Freunden und Verwandten um, damit sie unsere Verbundenheit sehen konnten, symbolisiert durch die Blumen und verschlungenen Bänder auf unseren Köpfen.

Schließlich wurde uns gesagt, dass wir uns küssen dürften, und Anton legte die Handflächen auf meine Schulterblätter und zog mich zu sich. Er presste seine Lippen auf meine, als hätte auch er unsere Zuschauer für einen Moment vergessen, und ich fühlte mich so glücklich wie noch nie in meinem Leben.

Den Rest des Tages über lächelte ich so sehr, dass ich fürchtete, meine Wangen würden sich davon nie wieder erholen. Antons Frau und Gaias Stiefmutter zu werden, kam einem Traum so nahe, wie es der Realität eben möglich war. Alle lachten, grinsten, klatschten und tanzten. Nur in den Momenten, in denen alle Augen auf mich gerichtet waren, war mir etwas mulmig zumute, so wie bei unserem ersten Tanz, bei dem wir uns vorsichtig im Kreis drehten, als würden wir einen Abgrund entlangschleichen. Anton küsste mich sanft auf den Kopf, um mich zu beruhigen. Er wusste, dass ich mich davor am meisten gefürchtet hatte. Ich wartete auf den Moment, in dem ich auf den Saum meines Kleides treten würde oder noch schlimmer: in dem Anton auf ihn treten und wir hinfallen würden. Dazu kam es aber nicht. Wir schafften den Tanz ohne peinliche Zwischenfälle, die ja sonst so typisch für mich waren. Ich schaute zu ihm auf und war erleichtert, dass wir unseren perfekten Tag nicht durch Tollpatschigkeit ruiniert hatten. Antons seidige Lippen trafen meine flüchtig, dann wurde er von einem seiner Brüder weggezogen und von der Menge verschluckt wie der Sand unter der Brandung des Meeres.

Ich war in der Schule nie in einer Theater-AG oder etwas Ähnlichem gewesen, bei dem jemand mich hätte beobachten können. Ich sah lieber den anderen zu. Das war das erste Mal in meinem Leben, dass so viele Augenpaare so lange auf mich gerichtet waren. Ich hielt einen Moment lang inne – wahrscheinlich zum ersten Mal an diesem Tag. Am liebsten hätte ich mich in die Tasche von Antons weißem Leinenhemd verkrochen und mich vor den Kameras versteckt, die mir ständig ins Gesicht gehalten wurden.

„Hier, Süße, nimm das“, sagte Maria und reichte mir ein Glas Sekt. „Du kannst meins haben. Du siehst ein bisschen ... überwältigt aus.“ Sie rümpfte die zarte Nase, während sie gleichzeitig den Kopf neigte.

„Oh, tue ich das?“

„Ja. Meine Hormone machen mich für solche Dinge empfänglicher. Außerdem haben deine Wangen während des ersten Tanzes geradezu geglüht, also falls du nicht auch schwanger bist ...“ Ich verdrehte mit dem Sektglas in der Hand die Augen. „... eben!“ Dann stieß sie mir prompt mit dem Ellbogen in die Rippen. „Ich denke, deine neue Schwiegermutter möchte etwas von dir, und ich suche besser mal meinen Mann. Ich glaube, er versteckt sich, seit er versucht hat, Baklava von meinem Teller zu naschen.“

„Melodie! Hast du Gaia gesehen? Finn und sie sind nach eurem Tanz verschwunden, und ich wollte unbedingt ein Foto von ihnen beiden machen.“

Athena hielt ihre Kamera in der Hand, als wäre sie eine Waffe, bereit zum Angriff. Jedes Mal, wenn ich sie ansah, konnte ich kaum fassen, wie sehr Anton ihr ähnelte. Bis auf die grünen Augen. Die hatte er – ebenso wie seine Körpergröße – von seinem englischen Vater geerbt. Aber von ihr hatte er die hohen Wangenknochen, das dichte, dunkle griechische Haar und sogar die Form ihrer Augenbrauen, obwohl ihre zum Glück nicht so buschig waren. Jeder Zentimeter ihres Gesichts schien mir wie die weibliche Version von ihm, viel mehr noch als Gaia es war.

„Solltest du nicht wissen, wo deine neue Stieftochter ist?", fragte sie.

Dann legte sich eine Hand auf meinen Bauch und ein Kinn wurde auf meiner Schulter platziert.

„Was ist los, Mama? Du belästigst doch nicht etwa die Braut?" Anton stieß einen kurzen Seufzer aus und ich wusste, dass er bei seinen Worten lächelte.

„Ich belästige das arme Mädchen nicht. Ich bin mir sicher, dass sie von dir genug erdulden muss! Wo ist meine Enkelin? Ich brauche ein Foto. Eins mit ihr und ihrem Freund." Athena stemmte die Hände in ihre rundliche Taille und zerknitterte dabei das marineblaue Schößchen ihres Kleides.

„Sie ist am Strand. Alle sind am Strand!"

Er hatte recht. Die Hochzeitsfeier schien von Minute zu Minute größer zu werden. Nun, es schien nicht nur so – es war so! Wir hatten alle Restaurantbesitzer eingeladen, alle, die in Agios Stefanos arbeiteten, und scheinbar jeden, den wir jemals auf Korfu getroffen hatten. Die Menschen verteilten sich wie Konfetti über den Strand. Auch alle Touristen wurden mit offenen Armen empfangen. Meistens wurden sie auf einen Drink eingeladen, um auf den Anlass anzustoßen.

Es war noch früh in der Saison, der sechste Mai, also war es noch sehr ruhig im Ort. Mit dem Wetter hatten wir aber Glück gehabt. Es wehte zwar ab und zu ein Lüftchen, aber es war trotzdem herrlich warm. Unsere Feier fand im Waves statt. Die Terrasse ging direkt auf den Strand hinaus, eine einzelne Stufe führte hinunter ins Gras und in den Sand. An den grasbewachsenen Rändern der Bucht hatten wir Holzlaternen aufgestellt, die mit einer weißen Chiffonschleife verziert waren. Die Tischdecken, die Stuhlhussen, alles war weiß und ebenfalls mit weißen Chiffonschleifen verziert. Alles, bis auf die Bougainvillea. Wir hatten einen Torbogen daraus anfertigen lassen, der nicht weit vom Eingang des Restaurants entfernt am Strand stand. Auch mein Strauß bestand aus Bougainvillea, aber es waren auch Myrtenzweige darin – als Symbol für Liebe und Fruchtbarkeit. Nicht nur mir gefiel die Bougainvillea, sondern auch Gaia mochte die Farbe und so trug sie ein leuchtend pinkes Kleid, das einen Kontrast zu all dem Weiß bildete.

„Ich habe das Gefühl, dich den ganzen Tag noch nicht im Arm gehalten zu haben", flüsterte Anton mir ins Ohr, während wir seiner Mutter dabei zusahen, wie sie über den Strand marschierte und nach Gaia suchte. Bei jedem ihrer Schritte wirbelte sie Sand auf, der auf den anderen Gästen landete, und ihre Ellbogen bewegten sich schneller als ihre Beine.

„Ich weiß. Ich bin es nicht gewohnt, dich mit so vielen Menschen zu teilen." Ich lächelte und lehnte meinen Kopf an seinen.

„Ich liebe dich, Melodie-Mou, entschuldige, Mrs. Melodie Greenwood", sagte er und brachte uns damit zum Lachen. „Danke, dass du meine Frau geworden bist."

„Danke, dass du mich gerettet hast, danke, dass du mich gefragt hast ..."

Er küsste flüchtig meinen Nacken, was mir eine Gänsehaut bescherte, bevor er von einem weiteren englischen Familienmitglied weggeholt wurde, das ihm *unbedingt* einen Drink holen und auf die Schulter klopfen musste.

„Mou-mou!", rief Gaia meinen Spitznamen über die Musik hinweg, der sich im Laufe des letzten Jahres entwickelt hatte. Er bedeutet übersetzt so viel wie „mein-mein", was auf Griechisch zwar keinen Sinn ergab, aber irgendwie süß war, zumindest kam mir das so vor. „Du musst Oma davon abhalten, noch mehr Fotos von Finn und mir zu knipsen. Sie hat schon Tausende gemacht." Gaia hatte ihr Gewicht nach vorn verlagert und die Hände fest in die Hüften gestemmt. Ihre Haltung war der ihrer Großmutter so ähnlich, dass ich nicht anders konnte, als zu lachen. Sie hatte ihre beiden jüngeren Cousinen im Schlepptau, die wie kleine Cheerleaderinnen wirkten. Sie vergötterten jede Bewegung, die Gaia machte. Wenn sie ihre Haare schüttelte, taten sie es ihr gleich. Die Mädchen waren so blond wie ihre Mutter und hätten Gaia nicht unähnlicher sehen können. Sie hatten spitze, fast hexenhafte Nasen und ihre Haut war blütenweiß – der perfekte Kontrast zu Gaias goldenem Teint und ihrem langen, dunklen Haar.

„Das ist doch süß. Sie wird viele davon mitnehmen wollen, um sie all ihren Freundinnen in Essex zu zeigen. Außerdem werde ich auf keinen Fall versuchen, Athena irgendetwas auszureden. Keine Chance.“ Ich schüttelte den Kopf hinter meinem Glas. „Warum suchst du nicht deinen Opa? Ich glaube, er könnte der Einzige sein, der sie im Zaum halten kann – oder noch besser: Akis.“

„Warum Onkel Akis? Warum nicht Onkel Marty oder Onkel Dimi?“

„Ja, warum nicht unser Papa?“ Die jüngere der beiden Cousinen zog eine Schnute und verschränkte die Arme, doch dann fiel ihr ein, dass Gaias Hände immer noch auf deren Hüften ruhten, und so platzierte sie ihre wieder dort, wo sie gewesen waren.

„Weil euer Papa, Onkel Dimi, nicht der Jüngste ist. Das ist Akis. Und genau wie euer kleiner Bruder bei euch zu Hause immer mit allem durchkommt, kommt Akis mit mehr durch als seine Brüder. Ist euch das noch nie aufgefallen?“ Ich verzog ungläubig das Gesicht und nahm noch einen Schluck Sekt.

Alle drei schüttelten die Köpfe, wodurch der Bougainvillea-Schmuck in Gaias Haaren ein Blütenblatt verlor. Ihre jüngste Cousine fing es eilig auf und steckte es ein. Gaia war erst vierzehn, aber sie hatte sich im vergangenen Jahr immens verändert. Mit den gemachten Haaren und dem Make-up könnte sie locker als achtzehn durchgehen. Aber in diesem Moment waren ihre grünen Augen so groß, dass sie jünger aussah. Fast so, als wäre sie ein kleines Kind, das Verkleiden spielt.

„Es liegt wohl daran, dass er das Baby ist", stellte ich klar.

„Er ist älter als du!", sagte Gaia und warf ihr dunkelbraunes Haar über die Schulter, was ihre Cousinen dazu veranlasste, die Bewegung perfekt nachzuahmen. Sie hatte ihre Haare für die Hochzeit gewellt tragen wollen, damit sie wie meine aussahen.

„Ja, ich weiß. Aber er ist trotzdem das Baby deiner Oma, und das wird er auch immer bleiben. Es spielt keine Rolle, ob er dreiunddreißig oder hundertdrei ist. Glaub mir. Bitte Akis um Hilfe."

Dann verzogen sie alle nachdenklich das Gesicht. Gaia beschloss, meiner Logik zu folgen und sprang barfuß davon, um ihren Onkel Akis zu suchen.

Die Sonne versank in den kühlen, blauen Wogen des Meeres. Jede Welle glitzerte so intensiv, dass es schwer war, das Meer zu betrachten; der Anblick war wunderschön und gleichzeitig schmerzlich. Ich drehte meine Runden, bevor es kurz nach Sonnenuntergang unvermeidlich mit noch mehr griechischen Tänzen weitergehen würde. Anton hatte mir versichert, dass er den klassischen griechischen Stuhltanz beherrschte, den ich einmal auf Lesbos gesehen hatte. Bei diesem Tanz balanciert man auf der Kante eines Holzstuhls und springt davon lässiger ab als so manche Katze. Ehrlich gesagt konnte ich mir nicht vorstellen, dass er bei seiner Körpergröße zu mehr fähig wäre, als den armen Stuhl in Kleinholz zu verwandeln. Wie auch immer, das wollte ich auf keinen Fall verpassen.

Kapitel 4

Auf dem Weg zum Buffet hielt Basil mich auf. Ich hatte das Gefühl, durch die vergangenen Monate, in denen ich Anton besser kennengelernt hatte, auch Basil zu kennen, obwohl wir einander erst an diesem Tag vorgestellt worden waren. Er war einer von Athenas Schulfreunden und Antons Patenonkel. Als Antons Familie zurück nach England gegangen war, hatte er sich geweigert und war bei Basil eingezogen. Er war fast wie ein zweiter Vater für Anton.

Basil lebte nach wie vor in Kokkini. Anton hatte bei ihm, seiner verstorbenen Frau Iolanthe und ihrem Sohn Michail gewohnt. Auch meine Mutter hatte in Kokkini gelebt. Basil hatte netterweise das Türschloss am Haus meiner Mutter für uns ausgewechselt.

Ich konnte es nicht fassen, um wie viel älter Basil im Vergleich zu Athena und Chris aussah, obwohl sie alle ungefähr gleich alt waren. Er war kleiner als ich, vielleicht knapp 1,70 m, hatte ein spitzes Kinn, hohe, dünne Augenbrauen und eine wettergegerbte Haut, deren Falten auf herrliche Art und Weise zeigten, dass er ein fröhliches Leben gehabt hatte.

„Hat Anton es dir gesagt?“, fragte Basil.

„Ich schätze mal, wahrscheinlich nicht.“ Ich wollte an meinem Sekt nippen, aber mein Glas war leer.

„Mein Sohn Michail ist euer Hochzeitsgeschenk!“ Basil lachte. „Anton hat mir erzählt, dass du dir einen Pool wünschst.“

„Wow! Das ist ja fantastisch, vielen, vielen Dank. Danke auch, dass du die Bougainvillea vom Haus meiner Mutter für Antons Ansteckstäußchen mitgebracht hast. Ich bin so froh, ein kleines Stück von ihr bei uns zu haben.“

Die Musik schien wieder lauter zu werden, ich konnte nur hoffen, dass damit die maximale Lautstärke erreicht war. Wir zuckten beide zusammen und kniffen kurz die Augen zu, als alle in perfektem Rhythmus zu klatschen begannen. Athena stürzte auf mich zu und als sie sah, wie Basil einen Schmollmund zog, lachte sie und sagte etwas auf Griechisch zu ihm. Sie zerrte mich von ihm weg und während er mit den Achseln zuckte und lachte, war ich ihrem Klammergriff ausgeliefert.

Nachdem sie mir einen sanften Klaps auf die Wange gegeben hatte, zog sie mich durch die Menge nach vorn, damit ich den bestmöglichen Blick hatte. Anton und seine drei Brüder standen rechts von der Bar und blickten auf die wachsende Menge. Die untergehende Sonne spiegelte sich in ihren Augen. Sie tauchte den gesamten Strand und das Restaurant in orangefarbenes Licht, als hätte jemand wie bei einem Foto einen warmen Filter darübergelegt. Ein paar Kellner aus anderen Restaurants bildeten einen Kreis um sie, alle klatschten und waren bereit, zur

Unterhaltung alles Mögliche in Brand zu setzen, was auch nur einen Moment zu lange stillstand. Anton und seine Brüder waren in weißes Leinen gekleidet. Am Anfang des Tages hatten sie alle noch frisch und elegant ausgesehen. Inzwischen erinnerten ihre Hemden und Hosen jedoch ein bisschen an den Strampler eines Babys, das den ganzen Tag auf dem Boden herumgekrabbelt war.

Die vier Männer waren alle so unterschiedlich. Es gab zwar Gemeinsamkeiten, die zeigten, dass sie miteinander verwandt waren, aber alles in allem war das nicht sofort ersichtlich. Martin – oder Marty, wie ihn alle nannten – war der Älteste und Kleinste. Er war knapp 1,80 m groß und verbrachte seine Freizeit entweder mit seinem Sohn im Fitnessstudio – oder im Pub. Anscheinend war das seit seiner ziemlich hässlichen Scheidung so, die kurz vor der Pandemie eingereicht worden war. Seine Gesichtszüge waren denen von Anton sehr ähnlich. Er hatte die gleichen hohen Wangenknochen und war der einzige seiner Brüder, der auch die katzenartigen grünen Augen hatte. Dimitri und Akis waren ähnlich wie Anton weit über 1,80 m groß, aber Akis war geradezu hager, während Dimi ein Bäuchlein hatte, als wäre er im fünften Monat schwanger, und eine dünne rechteckige Brille trug.

Die Männer hatten sich untergehakt und stampften mit den Füßen auf den Boden. Über Kreuz, Schritt, ein leichtes Tippen, noch ein kleiner Schritt, dann plötzlich ein großer Tritt. Ich legte die Hände an meine Wangen. Ich hatte Anton noch nie zuvor tanzen gesehen. Jedenfalls nicht auf diese Weise. Ich hatte keine Ahnung gehabt, dass es ihm ernst gewesen war mit dem Tanzen auf der Feier, zumindest nicht abseits des traditionellen Gruppentanzes. Als die Musik rasanter wurde, wurden auch die Bewegungen der Brüder schneller. Es war faszinierend. Ich hatte immer schon gern den Tänzern im Zorbas, im Little Prince und beim griechischen Bouzouki-Abend im Barras zugesehen, wenn ich in den Ferien mit meinen Großeltern essen gewesen war – aber nun meinem frisch angetrauten Ehemann und seinen Brüdern dabei zuzusehen, wie sie tanzten, war eine ganz neue Erfahrung. Ich stand nicht gern im Mittelpunkt und befürchtete, dass mich jemand – am ehesten Athena oder Chris – auf die Tanzfläche schieben würde.

Gaia rannte um sie herum und huschte an einer Flamme vorbei, die einer der Kellner gerade mit etwas Feuerzeugbenzin auf dem Boden entzündet hatte.

„Hier!", rief sie über die Musik hinweg und reichte mir einen Teller. Ich hielt ihn fest und blickte zwischen ihr und dem Teller hin und her. „Na dann los!" Ich schaute über die Tanzfläche auf Antons verschwitztes Gesicht. Er sah mich direkt an, als er einen Tritt machte und lachte.

„Komm schon, Mrs. Greenwood!", brüllte er, und dann richteten sich alle Augen auf mich.

Also warf ich den Teller auf den Boden, sodass die Scherben in alle Richtungen spritzten. Es folgte eine Welle des Jubels und von überall her ertönte ein lautes „*Opa!*" Dann wurden weitere Teller herumgereicht und die Gäste schmetterten sie in Richtung der Tänzer. Der frisch verheiratete griechische Teil von mir wollte so viele Teller auf den Boden werfen, wie ich nur tragen konnte. Der britische, stets auf Gesundheit und Sicherheit bedachte Teil von mir wollte alle dazu anhalten, bloß vorsichtig zu sein, um nicht aus Versehen meinen Mann mit einem Teller zu treffen. Aber ich dachte nicht wirklich, dass das passieren würde. Zwar war das Tellerwerfen bereits seit Jahrzehnten verboten, aber ich wusste, dass es immer noch gang und gäbe war. Ich hatte es einmal in einem Restaurant mit eigenen Augen gesehen. Trotzdem hätte ich nicht gedacht, dass es bei unserer Hochzeit passieren würde! Ich bin mir sicher, dass einer von Antons Brüdern, wahrscheinlich Akis oder Marty, die Gäste dazu ermutigt und stapelweise Teller zum Austeilen mitgebracht hatte. Weitere Männer hatten sich dem

Tanz angeschlossen, und die Tellerscherben drohten doch noch gefährlich zu werden. Die Musik wechselte zu einem anderen, schnelleren Stück traditioneller Streichermusik. Ein Mann kam herein, schob Tellerscherben mit den Füßen umher und stellte vier Holzstühle hin.

„Oh nein", sagte ich zu niemand Bestimmten und hielt mir die Hände vors Gesicht – nur um kurz zwischen den Fingern hervorzulugen, damit ich im Auge behalten konnte, was mir bevorstand. Zum Glück kam jemand Vernünftiges mit einem Besen herbeigeeilt und fegte die meisten großen Scherben in zwei Durchgängen von der Tanzfläche.

Die Brüder stellten sich alle in einer Reihe auf und einer nach dem anderen stieg auf seinen Stuhl, dann auf die Lehne und kippte den Stuhl erfolgreich, ohne dass sich einer von ihnen den Hals brach. Mein Herz hüpfte in meiner Brust wie die Tellerscherben es zuvor auf dem Boden getan hatten, als ich beobachtete, wie Anton auf einen winzigen Stuhl aufstieg. Ich war erstaunt, dass keiner von ihnen im Spagat auf seinem Stuhl landete! Gerade als ich dachte, es sei vorbei, ging es erst richtig los. Alle Stühle lagen flach auf dem Boden und warteten offenbar darauf, auf wundersame Weise wieder aufgerichtet zu werden. Die Brüder stellten jeweils einen Fuß auf die vorderen Stuhlbeine, die nun waagrecht in die Luft ragten, und schoben ihre Füße an ihnen entlang. So würde ich mir wohl alternde Seiltänzer vorstellen, die aus Sicherheitsgründen auf zwei Seilen gleichzeitig balancieren. Dann verlagerten sie ihr Gewicht auf die unteren Enden der Stuhlbeine, um die Stühle hochzukippen und sich schließlich auf die nun wieder aufrechtstehenden Stühle zu setzen. Marty gelang das problemlos und auf Anhieb, was uns allen eine Vorstellung davon gab, was und wie es gemacht werden sollte. Es hätte mich nicht gewundert, wenn er diesen Trick in den letzten Monaten in sein Training im Fitnessstudio eingebaut hätte. Dimitri hingegen kippte den Stuhl zwar hoch, flog aber durch den Schwung nach vorn, riss sich dabei die Hose entlang der Naht auf und verlor fast seine Brille. Er entledigte sich umgehend seines Beinkleids, zum Entsetzen und zur Freude seiner Frau Lou. Das brachte die Gäste und seine Kinder noch mehr zum Lachen, wohingegen die Touristen im Raum verdutzte Gesichter machten. Im Vergleich dazu wirkten Akis' und Antons Versuche eher unspektakulär. Anton brauchte zwar zwei Anläufe, weil er immer noch über Dimi lachte, aber immerhin schaffte er es. Die Scherben wurden ordentlich vom Boden gefegt und alle begannen wieder zu tanzen und zu lachen. Anton kam zu mir herüber, der Schweiß tropfte ihm von der Stirn.

„Bist du bereit?“, fragte er.

Kapitel 5

Kapitel 5

„Bereit wofür?“, fragte ich und grub die Finger in die Taille. Anders als die meisten Bräute, die versuchen, für den großen Tag abzunehmen, hatte ich ein paar Kilo zugelegt, seit ich mit Anton zusammen war. Knapp vier Kilo mehr zeigte die Waage an. Ich war immer noch sehr schlank, aber ich hatte gesündere Kurven und meine weiblichen Rundungen waren zurückgekehrt. Das war auch gut so, denn während der Pandemie hatte ich viel Gewicht verloren. Jetzt, da ich nach dem Verlust meiner Großeltern wieder zu einer Familie gehörte, konnte ich endlich richtig essen und auf mich achten. „Du wirst mich doch nicht wieder auf die Tanzfläche schleppen?“ Ich verzog einen Mundwinkel zu einem frechen Grinsen. „Ich weiß, dass es Tradition ist, viel zu tanzen, aber immerhin habe ich es bis jetzt geschafft, nicht hinzufallen. Wenn ich noch mehr tanze, fordere ich nur das Schicksal heraus. Ich bin froh, dass ich den *Kalamatianos* und den ersten Tanz gemeistert habe.“ Ich lachte und drückte seine Hand.

„Ich weiß. Ich hatte gehofft, dass mein Tanz die Gäste bei Laune hält und dich so beeindruckt, dass du mit mir früh verschwindest.“ Er zog eine buschige, dunkle Augenbraue nach oben und strich mir mit dem Daumen über die Wange. „Ich habe eine Überraschung für dich. Können wir gehen?“

„Ich würde überall mit dir hingehen“, sagte ich – und meinte es auch so. Wir hätten uns verabschieden sollen, aber wir wussten, dass die Gäste uns dann nicht gehen lassen würden. Stattdessen schnappte ich mir die silbernen Schuhe, die ich zuvor unter dem Brauttisch ausgezogen hatte, und unsere Hochzeitskronen. Die Kronen waren meine liebste griechische Hochzeitstradition und ich wollte sie unbedingt mitnehmen. Unsere bestanden aus Draht, mit leuchtend pinkfarbener Bougainvillea und einem Band, das sie zusammenhielt. Sie waren auf der Insel von Hand gefertigt worden. Ich hatte mir Sorgen gemacht, sie auf den Kopf gesetzt zu bekommen, weil Anton doch so viel größer war als ich, aber das Band zwischen ihm und mir war perfekt an unseren Größenunterschied angepasst worden.

Auf dem Weg zum Strand hängte ich mir die Kronen wie übergroße Armreife an den Arm. Als ich den weichen, goldenen Sand unter meinen Füßen spürte, zögerte ich. „Ich möchte mich von Gaia verabschieden. Meinst du, zumindest das geht?“

Anton schüttelte den Kopf. „Ich habe ihr gesagt, sie soll nett zu ihren Großeltern sein, und ihr erklärt, dass wir uns davonschleichen werden. Du siehst sie morgen. Und jetzt komm, bevor uns noch jemand aufhält.“

„Wo wollt ihr denn hin?“, rief Athena. Sie und Antons Vater Chris standen am Strand und unterhielten sich mit einer riesigen Gruppe von Familienmitgliedern.

„Lass gut sein. Lass sie ihre Hochzeitsnacht genießen“, polterte Chris, viel lauter, als es aus dieser Entfernung nötig gewesen wäre. Sein Essex-Akzent und seine dröhnende Stimme übertönten die Musik und sorgten dafür, dass sich noch mehr Köpfe zu uns drehten und uns anlächelten.

„Aber was ist mit dem letzten Tanz? Ich habe extra Geld von der Bank geholt, um es ihnen anzustecken!“ Athena gab Chris mit dem Handrücken einen Klaps auf den Bauch und runzelte die Stirn über ihren dunkelbraunen Augen.

„Meine Liebe, es dreht sich nicht alles nur um griechische Traditionen. Ant ist zur Hälfte Engländer und er will auch andere Traditionen abhaken, nicht wahr, mein Junge?“ Er schwenkte sein Bier, während er sprach, und hätte dabei fast etwas auf den kühlen Sand verschüttet.

Antons Brüder lachten und kommentierten etwas auf Griechisch. Anton rieb sich die Stirn und verbarg ein Lächeln, bevor er eine Antwort gab, die ich nicht verstand.

„Kommt schon, Jungs, ihr wisst doch genau, dass ich überhaupt kein Griechisch mehr kann!“, antwortete Chris. Ich war mir ziemlich sicher, dass das eine Lüge war. Dann sagte er: „Amüsiert euch, ihr zwei Turteltäubchen. Wir sehen uns morgen, ja? Macht euch keine Sorgen.“

„Viel Spaß, Kleiner“, rief Marty mit einem verschmitzten Lächeln, das Anton kurz auflachen ließ. Er nannte ihn oft „Kleiner“. Anscheinend hatte er das schon immer getan, denn Chris hatte Anton als Baby *„Kleiner“* genannt, und Marty hatte es einfach beibehalten.

Ich folgte Anton schweigend den Strand entlang und hielt seinen behaarten Unterarm mit beiden Händen fest, während er in der anderen Hand meine Schuhe schwang. Hinter uns näherten sich eilige Schritte. Sand flog in unsere Richtung, und zwar so schnell, dass mir der Atem in der Brust stockte und meine Rippen zitterten. Bevor ich Anton loslassen und mich umdrehen konnte, war Gaia wie ein kleines Klammeräffchen auf seinen Rücken gesprungen. Damit hatte er nicht gerechnet und so stolperte er vorwärts, fiel auf die Knie in den Sand und riss mich fast zu Boden. Gaia kreischte und lachte, dann sprang sie ab. Sie rannte zu Anton herum, fiel ebenfalls auf die Knie und schlang ihre Arme um seinen Hals. Sie sah aus wie eine freche kleine Fee, denn sie war vom Tanzen, Lachen und Laufen ganz zerzaust. Der rosafarbene Chiffon klebte an ihren Knien im Sand.

„Ich hab' dich lieb, Papa", sagte sie.

„Ich dich auch, Gaia-Mou. Sei brav." Ant küsste sie auf die Stirn, bevor sie aufstand und zu mir herüberkam. Sie legte ihre schlanken, goldbraunen Arme fester als je zuvor um mich. Ein paar Strähnen ihres nach Kokosnuss duftenden Haares kitzelten mich in der Nase.

„Ich hab' dich lieb, Mou-mou", verkündete sie mit dem Kopf über meiner Schulter. Das hatte sie noch nie gesagt. Plötzlich hatte ich einen Kloß im Hals. Ich öffnete den Mund, um etwas zu sagen, musste aber kurz die Luft anhalten, um nicht zu weinen, bevor ich etwas erwidern konnte.

„Ich hab' dich auch lieb, Gaia", flüsterte ich in ihr zerzaustes Haar. Dann rannte sie den Strand entlang zurück, direkt in die Arme ihres Freundes, ohne auch nur einen Blick zurück in unsere Richtung zu werfen. „Hast du das gehört? Sie hat gesagt, dass sie mich liebhat." Ich schaute zu Anton, der den Sand von seiner Hose klopfte, die jetzt goldene Spuren an den Knien hatte.

Er sah zu mir auf, seine grünen Augen leuchteten wie Jade in den letzten Strahlen der untergehenden Sonne. Er lächelte und zuckte mit den Schultern. „Warum sollte sie nicht? Du bist perfekt."

Wir gingen schweigend weiter. In meinem Kopf überschlugen sich die Eindrücke des Tages. Von den Hochzeitskronen, die uns aufgesetzt wurden, über Antons Rede, in der er erzählte, wie wir uns kennengelernt hatten und wie sehr Gaia mich zu Beginn eingeschüchtert hatte, bis hin zum Lachen mit Ants Brüdern und Gaias wunderschönem Bekenntnis. Der ganze Tag war surreal. Als wir das Ende der Laternen erreichten, blieben wir vor der Mango Bar stehen.

„Trinken wir etwas?“ Ich lockerte mein haselnussbraunes Haar ein wenig auf und lächelte, denn ich wusste, dass die Strandbar schon vor Stunden geschlossen hatte. Er beugte sich vor und küsste mich seitlich auf den Mund. Mit seinen Fingern strich er über die Haare, die mir in die Augen gefallen waren, und steckte sie mir hinters Ohr. Ich trug mein Haar inzwischen etwas länger und es fiel mir gleichmäßig über den Rücken. Ich berührte flüchtig die seidigen Spitzen, bevor ich seinen Blick auffing.

„Ich habe uns für heute Abend ein Zimmer im Delfino Blu gebucht“, sagte er.

„Du machst wohl Witze!“

Ich machte wahrscheinlich große Augen, denn Anton lachte und drückte meine Hand. Dort war ich noch nie gewesen. Meine Großeltern und ich hatten immer in den Appartements von Vicky's gewohnt, die fast nebenan lagen. Ab und zu hatte ich sehnsüchtig zu den luxuriösen Hotelsuiten hinübergeschaut, hätte mir so etwas aber damals nicht leisten können. Ich hatte mich so geärgert, als Antons Familie die Suiten im Margaritas gebucht hatte, die sich direkt neben unserer Hochzeitslocation befanden. Sie waren auch wunderschön, lagen direkt am Strand und waren alle individuell eingerichtet. Ich war richtig sauer gewesen, als Anton mir erzählte, dass seine Eltern und Brüder sie gebucht hatten, schließlich hatte ich geglaubt, dass wir die Hochzeitsnacht dort verbringen würden. Er hatte mir sogar weisgemacht, dass wir einfach mit dem Auto nach Hause fahren und dort übernachten würden. Dieser kleine Schwindler.

Wie sich herausstellte, war alles perfekt organisiert worden. Anton hatte für diese Nacht die Honeymoon Suite gebucht. Wie bei unserer Hochzeitsfeier war auch die Ausstattung der Suite vollkommen weiß. Es erinnerte mich an den ersten Tag, den ich in Antons Bett verbracht hatte, an die frischen weißen Laken dort. Es kam mir verrückt vor, dass das weniger als ein Jahr her war und wir jetzt verheiratet waren. Mit manchen Menschen vergeht die Zeit einfach wie im Flug. Mit Anton war sie nur eine belanglose Zahl. Wir waren glücklich und keine Zeit der Welt würde daran etwas ändern. Wir hatten nicht länger warten wollen.

Die gläsernen Terrassentüren unseres Zimmers waren offengelassen worden. Entlang des riesigen Balkons hingen lauter weiße Chiffonvorhänge, die zugezogen worden waren. Ihr Tanz in der Brise lockte mich zu ihnen hinaus. Ich hielt mich am Balkongeländer fest, um meine Gedanken zu ordnen. Obwohl es dunkel war, spendeten die Tavernen und der Mond genug Licht, um das Meer zu sehen, das über den Sand leckte. Die spätabendliche Luft verströmte noch die Wärme des Tages, aber gelegentlich strich ein frischer Windhauch über unsere Haut und hinterließ einen Schauer, als ob eine Feder unsere Wirbelsäule entlanggleiten würde.

Anton reichte mir ein Glas Champagner, das beinahe im Takt mit dem Rauschen des Meeres unter uns sprudelte. Nach wie vor lag das Rauschen des Meeres über allem, auch wenn weiter hinten am Strand die Hochzeitsfeier noch in vollem Gange war.

„*Jamas*. Auf meine wunderschöne Braut."

„Cheers. Auf meinen wundervollen Ehemann."

Wir blickten auf das Meer hinaus, nippten an unserem Laurent Perrier und genossen die an Pfirsich und Zitrusfrüchte erinnernden Noten des Schaumweins.

„Ich kann nicht glauben, dass Gaia gesagt hat, dass sie mich liebhat. Es tut mir leid, dir das zu sagen, aber ich glaube, das war mein Highlight des Tages!“, stellte ich fest.

Anton lächelte, vergrub seine große Hand in den Haaren in meinem Nacken und beugte sich runter, um unter meinem Ohr einen Kuss zu platzieren. „Für mich auch“, sagte er mit leiser Stimme und war dabei so nah an meinem Ohr, als wollte er sich in meinem Haar verstecken. „Sie hat sich vor zwei Tagen mit mir zusammengesetzt und gesagt, sie fühle sich schuldig. Sie wusste nicht, was sie tun sollte.“ Er löste seine Finger und setzte sich auf das Outdoor-Himmelbett, das auf dem Balkon stand. Sein Gewicht verrutschte es ein Stück. Behutsam setzte ich mich neben ihn.

„Schuldig?“

„Ja.“

„Weswegen? Warum?“

„Wegen ihrer Mutter. Sie hat mir gesagt, dass sie sich freut, dass wir heiraten, und sie dich als Mutter haben möchte. Das kannst du an dem Spitznamen für dich erkennen, ‚Mou-mou‘. Sie hat ein schlechtes Gewissen, weil sie sich nicht an ihre Mutter erinnert und möchte, dass du ihren Platz einnimmst“, sagte er. Seine Augen waren starr auf das Meer gerichtet und genauso regungslos wie sein Gesicht. In diesem Mann wohnte eine ähnliche Urgewalt wie im Meer und er war nicht gewillt, die Wahrheit in seinem Inneren laut auszusprechen. Der entfernte Lärm unserer Hochzeitsfeier verebbte allmählich. Ich fragte mich, was Gaia in diesem Moment tat. Ich konnte mir vorstellen, wie sie mit ihren Großeltern lachte. Nicht mit den Eltern ihrer Mutter, denn die hatten die Hochzeitseinladung abgelehnt.

Anton fuhr fort: „Ich habe ihr gesagt, dass es nicht ihre Schuld ist. Sie war noch so klein, als ihre Mutter starb. Ihre Mutter würde wollen, dass sie glücklich ist. Ich habe Gaia gesagt, dass ich glaube, dass ihre Mutter dich zu uns geschickt hat."

„Glaubst du das wirklich?" Ich stellte mein leeres Glas auf den Boden und Anton starrte in seine leere Champagnerflöte, bevor er dasselbe tat.

„Mir gefällt der Gedanke, ja", sagte er. Er drehte sich zu mir und küsste mich, erst sanft, dann intensiver, als wäre er auf der Suche nach unausgesprochenen Worten und Liebesbekundungen für seine – unsere – Familie.

Wir sanken auf das Himmelbett hinab und hielten uns in einer liebevollen Umarmung. Schon bald öffnete ich mit den Fingern Antons Hemdknöpfe, und er tastete nach den vier Knöpfen an der Rückseite meines Kleids. Da lagen wir nun, unsere warmen, nackten Körper pressten sich inmitten der feinen Chiffonschichten meines Kleids aneinander.

Einen Moment lang blickte Anton auf mich herab, seine Augen funkelten wie die Sterne über uns am Nachthimmel.

„*Se agapó*", hauchte er – ich liebe dich. Dann flüsterte er mir griechische Worte ins Ohr, von denen ich die meisten nicht verstand. Ich wollte mich auf sie konzentrieren, aber ich konnte es nicht. Durch seine sanften Stoßbewegungen schob er mich langsam über das Bett. Quälend langsam. Er stützte sich auf seine Ellbogen, seine Hände versanken in meinem Haar. Sein Atem an meinem Ohr war im Vergleich zu der kühlen Nachtluft warm. Jedes Wort aus seinem Mund war so betörend wie das Rauschen der Wellen, die an den Strand rollten.

Ich schloss die Augen und fuhr mit den Fingern an seiner Wirbelsäule entlang, über die seidige Haut, die unter sich einen so starken Mann verbarg. Meine Hände glitten genüsslich weiter nach unten, dann packte ich ihn und zog ihn fester an mich heran, sodass er kurz in seinem Monolog innehielt. Ich konnte das Lächeln, fast ein Lachen, in seiner Art zu atmen erahnen, bevor er weiterredete und sich rhythmisch auf mir bewegte, wobei er allmählich schneller wurde, wie mein Atem und mein klopfendes Herz, bis wir es keinen Moment mehr länger aushielten. Wir hielten einander im Arm, wir waren wie verknotet. Wie ein Hochzeitsknoten aus Fleisch und Blut, den man nie wieder lösen könnte.

Schließlich kamen wir zu Atem und ließen einander los, wir lagen nackt unter dem Sternenhimmel. Die Brise frischte kurz auf, sodass sich die Chiffonvorhänge hoben und herumwirbelten, als wären sieben oder acht Geister gekommen, um uns heimzusuchen. Anton verschwand im Zimmer und kam mit zwei Baumwollbademänteln zurück.

„Sollen wir nicht reingehen?"

„Nein", sagte er. „Lass uns unter den Sternen liegen."

Kapitel 6

Als wir nach einer Woche aus unseren Flitterwochen zurückkehrten, warteten Unmengen von Geschenken darauf, ausgepackt zu werden. Athena und Chris waren während unserer Abwesenheit bei Gaia im Haus geblieben und sobald wir durch die Tür traten, war es offensichtlich, dass sie die ganze Zeit verwöhnt worden war. Sobald Ant unsere Taschen abgestellt hatte, musste er seiner Mutter folgen. Er nickte alles ab, was sie sagte, aber mit einem unbestimmten Grunzen, während er von Zimmer zu Zimmer stapfte. Sie wies ihn auf alles hin, von den Dingen, die sie in der Küche umgestellt hatte, bis hin zu der Tatsache, dass nichts einen ordentlichen Platz hatte.

Plötzlich wechselte sie ins Englische: „Melodie, wann wirst du dich allem annehmen? Diesem Mann Ordnung beibringen?“

Ich zuckte nur mit den Schultern und lachte; sie meinte es gut. Gaia hatte mich zum Sofa gezogen, um mich über die Flitterwochen auszufragen und mir alles aufzuzählen, was ihre Großeltern ihr geschenkt hatten, darunter ein „nagelneues, absolut geniales und supercooles Handy“. Während sie das sagte, konnte ich Antons leises Stöhnen aus der Küche hören.

„Was? Ich habe gehört, dass Katerinas Eltern ihr ein iPad geschenkt haben.“ Athena verlagerte ihr Gewicht und sah Anton vorwurfsvoll an, als hätte er ihr wichtige Informationen vorenthalten.

Ant antwortete auf Griechisch, bevor Gaia sich einmischte: „Jiajia und Papou haben mir eins für die Schule gekauft. Papa erlaubt mir nicht, es für etwas anderes zu benutzen.“

„Das hast du deiner Oma vorher aber nicht wirklich gesagt.“ Chris, der in Ants Lieblingsledersessel saß, schaute über den Rand seiner Lesebrille vom Handy auf, aber nur für einen Moment, um zu sehen, wie Gaia ihr neues Lieblingsspielzeug an ihre Brust drückte, als ob er es ihr wegnehmen würde.

„Sie hat nicht danach gefragt.“

„Ich lasse ihnen mehr durchgehen, weil sie ihre Tochter vermissen“, sagte Anton und massierte sich mit den Fingern die Stirn. „Sie vermissen auch Gaia, seit wir weiter nach Norden gezogen sind.“ Er rieb sich weiter über das Gesicht.

„Na ja, ich vermisse Gaia mehr, weil ihr ja nicht mehr nach England kommt“, schmollte Athena und verschränkte die Arme.

Nachdem Athena Anton eine Tour durch sein eigenes Haus gegeben hatte, setzte sie sich zu mir und lobte mich dafür, dass ich ihn zum Mann genommen hatte. Sie wiederholte, wie kaputt er ihrer Meinung nach gewesen war und dass er in ihren Videocalls noch nie so schlecht ausgesehen hatte wie in dem Monat, nachdem ich Korfu verlassen hatte. Das alles hatte sie mir schon einmal gesagt, aber es war schön, es noch einmal zu hören.

Anschließend kochte Athena Lammfleisch mit Spinat und Feta. Das Fleisch war so weich und zart wie der Käse und erfüllte das Haus mit dem warmen, rustikalen Duft von griechischer Hausmannskost. Beim Abendessen erzählten uns Athena und Chris, dass Akis, Antons jüngster Bruder, beschlossen hatte, auf der Insel zu bleiben.

„Ich glaube, er ist selbst auf der Suche nach ein wenig Romantik. Er hat kein Glück bei den Ladys in unserer Gegend, also versucht er es hier", erzählte Chris. „Ich kann es ihm nicht verdenken. Die Insel hat den Greenwood-Männern einiges zu bieten. Auf Korfu habe ich eure wunderbare Mutter kennengelernt und du die wunderbare Melodie." Chris war bereits mit dem Essen fertig, bevor ich überhaupt richtig begonnen hatte. Für einen 63-Jährigen war er sehr gut in Form, aber er ging auch überall gern zu Fuß hin. In England hatten sie zwei Dobermänner – Sissy und Dizzy –, mit denen er lange Spaziergänge unternahm. Früher hatte er als Handwerker gearbeitet, aber inzwischen hatte Dimi seinen Betrieb übernommen. „Nichts hält ihn in England außer seinem Job, den er hasst. Vielleicht will er ja sogar bleiben." Chris richtete seine dunkelgrünen Augen auf Athena, die entsetzt aussah bei der Vorstellung, dass Akis für immer auf Korfu bleiben würde. Auch Antons Besteck klapperte ein wenig zu abrupt auf seinen Teller und er biss sich auf die Unterlippe.

„Wo wohnt er? Will er hier wohnen?" Sobald meine Worte Ants Ohren erreichten, schüttelte er den Kopf.

„Nein, auf keinen Fall. Wenn er bei uns wohnt, geht er vielleicht nie wieder. Ich liebe meinen Bruder, aber ..."

Gaia verteidigte Akis sofort, denn sie war ein großer Fan ihres lustigen Onkels. Anton versprach seiner Mutter, dass er, sobald sie die Insel verlassen hatten, natürlich auf seinen kleinen Bruder aufpassen und ihm ein Dach über dem Kopf anbieten würde, falls es nötig sein sollte.

Zwei Tage später brachten Akis und Anton ihre Eltern zum Flughafen, während ich damit beschäftigt war, auf meinem Handy Dankeskarten zu erstellen. Na ja, zumindest teilweise. Anton musste den Text auf Griechisch einfügen, aber immerhin hatte ich ein paar schöne Hochzeitsfotos für die Vorderseite der Karte ausgesucht. Als ich am Esszimmertisch saß und auf meinem Handy nach einem schönen Foto für die Rückseite suchte, rief ich meine Favoriten auf und mein Daumen scrollte etwas schneller durch die Galerie, als er sollte. Auf dem Bildschirm erschien das einzige Foto, das ich von meiner Mutter und mir hatte. Genau genommen stimmte das gar nicht. Es gibt zwei Fotos von meiner Mutter und mir. Auf einem war ich gerade erst geboren worden, und eines hatten wir gemacht, kurz bevor sie starb. Da waren wir: Ich schaute in die Kamera, sie blickte aus den Winkeln ihrer auffallend blauen Augen zu mir. Es war ein schönes Foto von uns, wirklich. Wir sahen beide auf unsere eigene Art und Weise glücklich aus. Aber eine Furche hatte sich zwischen den Brauen meiner Mutter gebildet und in ihren Augen lag ein fragender Blick. Immer wenn ich mir das Bild auf meinem Handy ansah, fragte ich mich, was sie wohl wirklich hatte sagen wollen. Ob sie darüber nachgedacht hatte, mir von ihrem Gehirntumor zu erzählen, oder ob sie Angst davor gehabt hatte, den Moment mit der Wahrheit zu ruinieren. Ich musste zu ihrem Haus zurückkehren, um Phillips kleines Grab herzurichten. Wenn sich alles wieder beruhigt hatte, konnte ich den Heilungsprozess fortsetzen.

Das dröhnende Geräusch von zwei identischen Lachern drang durch die Eingangstür. Gaia begrüßte sie auf Griechisch mit einem Lächeln. Ich verstand nur *kaló apógevma* – guten Abend. Der Rest war mir immer noch ein Rätsel, obwohl ich mein Bestes gab, um Griechisch zu lernen. Ich war in der Lage, Essen und Getränke zu bestellen, aber sobald jemand in einem natürlichen Tempo sprach, war ich verloren.

„Dann sollte ich wohl noch ein Gedeck holen", warf ich ein. Akis kam zu mir und drückte mich wie ein Mann, der zum Mittagessen ein Bier zu viel getrunken hatte.

„Wie geht es meiner wunderschönen neuen Schwägerin?"

Ich wollte nicht, dass sein strahlendes Lächeln erlosch, also stotterte ich bloß ein paar Worte und antwortete unverbindlich. Schnell legte ich noch ein Gedeck auf den Tisch und fragte, woher sie kamen. Offensichtlich hatten sie nicht nur ihre Eltern abgeliefert. Anton legte den Kopf schief und ging um den Tisch herum, ohne seinen Blick von mir zu nehmen. Ich sah nicht auf, aber ich spürte, dass seine grünen Augen mich im Visier hatten. Akis hingegen hüpfte auf Gaia zu, um ein Stück frischen grünen Paprika zu stibitzen.

„Melodie-Mou", flüsterte Anton und nahm meine Wange in seine große Hand, „ist alles in Ordnung mit dir?"

Ich schluckte mein Bedürfnis hinunter, mich von ihm halten zu lassen. Der Drang, zu weinen und wie ein alter Lappen zu Boden zu fallen, erwischte mich unvorbereitet. Ich biss mir auf die Unterlippe und schüttelte den Kopf.

„Ich habe bloß an meine Mutter gedacht", war alles, was ich herausbrachte.

Er wusste, dass er mich nicht unter Druck setzen sollte. Er brauchte keine Worte, um mich zu beruhigen, mir reichten sein Daumen, der über meine Wange strich, und ein Kuss, bevor er sich aufrichtete, um Gaia beim Kochen zu helfen. Akis stellte eine Flasche Mythos-Bier vor mich hin. Mit einem Zischen öffnete er eine Flasche für sich selbst und eine Wolke kühler Hopfenduft verbreitete sich in der Luft.

„Nein, danke." Ich schob die Flasche weg.

Er ließ sich auf den Stuhl neben mir am Tischende plumpsen und schob sie rasch zurück. „Komm schon. Das wird dich entspannen. Dass du Anton ein weiteres Kind schenken sollst, stresst dich wohl“, sagte er mit einem frechen Grinsen. Er sah Anton nicht sehr ähnlich. Sein Gesicht war schmaler und er hatte ein leicht spitzes Kinn. Auf seiner rechten Wange hatte er eine Narbe, die sich in ein Grübchen verwandelte, wenn er lächelte.

Ich drehte mich nicht zu Gaia und Anton, um ihre Reaktion zu sehen. Ich wusste, dass Akis sie beobachten konnte, denn die Küche erstreckte sich über die Rückwand des Hauses. Er wandte seinen Blick nicht von mir ab. Vielleicht wollte er das Gesicht seines Bruders gar nicht sehen. Wahrscheinlich wusste er genauso gut wie ich, wie es in diesem Moment aussah. Ich konnte mir gut vorstellen, dass Antons Wangen vor Wut gerötet waren. Während zuvor Füße gescharrt hatten und Schubladen geöffnet und wieder geschlossen wurden, herrschte jetzt Stille. Ich würde darauf wetten, dass Gaia zwischen uns allen hin und her blickte und Anton sich wünschte, er würde näher an seinem kleinen Bruder stehen, um ihm eine Ohrfeige zu verpassen.

Ich beugte mich vor und legte meine Unterarme und Handflächen auf den Tisch, sodass sie in seine Richtung zeigten.

„Wenn du es genau wissen willst, Akis, war ich vor der Hochzeit im Haus meiner Mutter, zum ersten Mal, seit ich sie tot in ihrem Wohnzimmersessel gefunden habe. Zu meiner Überraschung war dort eine Hausbesetzerin. Ein Mädchen. Also, nein. Ich mache mir keine Sorgen darüber, ob ich vielleicht schwanger bin oder nicht. Ich habe nur darüber nachgedacht, zum Haus zu fahren, jetzt, da wir wieder hier sind. Basil hat auf das Haus aufgepasst. Tut mir leid, wenn ich abgelenkt aussehe, aber das bin ich. Anton und ich werden versuchen, das Haus zu renovieren, damit wir es vermieten können. Es ist nur ein bisschen schwer für mich. Dass ich sie gefunden und dann auf diese Weise verloren habe.“

Hinter mir hörte ich, wie Gaia aus ihrer hübschen, hochgezogenen Nase ein kleines Schnauben ausstieß, wie ein zufriedener Babydrache. Sie hätte genauso gut sagen können: *Da hast du's.*

Anton hingegen setzte sich mir gegenüber und überließ es Gaia, die Moussaka und den Salat fertig anzurichten.

„Tut mir leid, Melodie. Das sollte bloß ein Spaß sein." Akis schrumpfte in sich zusammen und stützte die Stirn in die Hand.

Wir hatten niemandem außer Basil und seinem Sohn Michail von dem Mädchen im Haus erzählt. Da alle gleichzeitig zur Hochzeit angereist waren und Basil versprochen hatte, das Haus im Auge zu behalten, war die Geschichte schnell in Vergessenheit geraten.

„Warum habt ihr mir nichts gesagt? Verdammt noch mal, Sicherheit ist doch mein Job. Ich würde gern helfen." Akis nahm meine Hand und drückte sie.

„Personenschutz, ja. Aber hier geht es um ein Haus." Anton verdrehte die Augen.

„Das ist doch fast das Gleiche, verdammt noch mal, Ant. Du hättest es mir sagen sollen. Dann wäre ich rübergefahren und hätte es mir angesehen."

„Hey ..." Ich ließ seine Hand los und blickte vom einen zum anderen. „Das spielt jetzt keine Rolle. Lasst uns einfach essen."

Gaia stellte das Essen vor uns hin und wir unterhielten uns leise. Noch bevor die anderen fertig waren, stand ich auf und schnappte mir das Bier, das ich vorher nicht gewollt hatte.

„Du hast nicht genug gegessen", meinte Anton. Er schob seine Ärmel hoch, als würde er sich bereit machen, seinen Standpunkt zu verteidigen. Sein griechischer Akzent war manchmal ausgeprägter, wenn er erschöpft war, und ich merkte, dass es wieder so weit war. Akis hingegen sprach mit einem leichten Essex-Akzent und ich fragte mich, ob er das auch tat, wenn er Griechisch redete.

„Ich bin einfach nicht hungrig. Esst ihr und unterhaltet euch. Ich will mich bloß ausruhen." Ich ging um den Tisch herum und küsste jeden von ihnen auf den Kopf. Anton hielt meine Finger fest.

„Se agapó", sagte er und küsste meine Fingerknöchel.

„Ich liebe dich auch."

Kapitel 7

Ich saß auf unserer Bettkante. Wir waren seit fast zwei Wochen verheiratet. Alles, was mir gehört hatte, gehörte nun auch ihm, und alles, was ihm gehört hatte, war nun auch meins. Ich hatte bereits seit Monaten in diesem Bett geschlafen und es immer noch als seins angesehen. In diesem Moment fühlten sich die dunkelblauen Wände an, als ob sie nur dazu da wären, mich unter dem Gewicht meiner eigenen Fragen zu erdrücken. Vor der Hochzeit hatte ich mich von all dem ablenken können, aber als ich das Foto meiner Mutter gesehen hatte, war alles wieder hochgekommen. Anton und ich hatten in den Flitterwochen ab und zu darüber gesprochen – über alles, von der verrückten blonden Hausbesetzerin über das Gebäude bis hin zu Gaia, die mich zu meiner verschollenen

Mutter geführt hatte. Ein Teil davon kam mir immer noch wie ein Traum vor. Dass ich meine Mutter wiedergefunden hatte, als ich es am wenigsten erwartet hatte, und sie genauso schnell wieder verloren hatte. In unseren Flitterwochen hatten Anton und ich beschlossen, ihr Haus zu vermieten, damit es nicht besetzt wurde oder verfiel. Und beide Möglichkeiten lagen nicht allzu fern.

Als ich mit Gaia zu dem Haus gefahren war, hatte ich eigentlich meine Wunden heilen wollen, das Grab meines Bruders aufsuchen und das Wenige, das mir von meiner Mutter geblieben war, noch einmal vor der Hochzeit wiedersehen. Dieses Bedürfnis war noch nicht gestillt. Athena und Chris hatten eine Menge meiner Sachen aus England mitgebracht. Alles war in einem der Gästezimmer verstaut worden. Ich schlich den Korridor entlang und hielt mich mit dem Rücken nah an der Wand. Das Greenwood-Trio hatte sich inzwischen auf die Sofas im vorderen Teil des Hauses zurückgezogen, und wenn ich nah am Geländer vorbeiging, lief ich Gefahr, von ihnen gesehen zu werden. Ich wollte nicht, dass es wegen dem, was ich tun würde, einen Aufruhr gab.

Als ich an dem sepiafarbenen Familienfoto von Anton, Gaia und ihrer Mutter Katerina vorbeischlich, bemerkte ich ihren Blick auf mir. Anton hatte darauf bestanden, es nach meinem Einzug aus dem Wohnzimmer zu entfernen. Das Foto machte mir nichts aus – schließlich war Katerina Gaias Mutter. Er hatte das Foto in Gaias Zimmer aufhängen wollen, aber ich fand das übertrieben, also einigten wir uns auf den Treppenabsatz. Wenn ich ganz ehrlich war, war ich über seinen Vorschlag erleichtert, es woanders hinzustellen. Ich wollte nicht diejenige sein, die darum bat, dass es an einer weniger prominenten Stelle platziert wurde. Auf keinen Fall würde ich Gaia die Erinnerung an ihre Mutter wegnehmen, denn ich würde auch nicht wollen, dass mir jemand das Wenige, das ich von meiner Mutter hatte, wegnahm. Doch immer, wenn ich daran vorbeiging und Katerinas Blick auf dem Foto begegnete, machten sich Schuldgefühle in mir breit. Ich hatte alles, was ihr hätte gehören sollen. Ich versuchte, ihrem Blick auszuweichen und ging weiter in das grüne Gästezimmer. Das, von dem wir hofften, dass es bald ein Babyzimmer werden würde. Wir würden uns über ein Mädchen oder einen Jungen gleichermaßen freuen, aber wir waren beide der Meinung, dass es für Gaia schöner wäre, wenn sie einen kleinen Bruder bekäme. Ich weiß nicht genau, warum eigentlich; sie war niemand, der auf diese Weise eifersüchtig wäre. Da war ich mir recht sicher. Akis würde ich in diese Pläne bestimmt nicht einweihen. Keiner von uns wollte, dass die ganze Familie ständig fragte, ob ich schwanger war oder nicht.

An der mintgrünen Wand im hinteren Teil des Raumes waren Kisten aufgereiht. Seit meinem Einzug nutzte ich das Zimmer hauptsächlich als Büro. Anton hatte mir einen großen weißen Schreibtisch und einen grünen Bürostuhl hingestellt, damit ich dort meine Arbeit erledigen konnte. Ich raffte meinen Rock und hockte mich hin, um den Inhalt der Kisten zu durchstöbern. Ich musste das Paketband vorsichtig und leise abziehen, um zu sehen, was drin war. Einige Sachen stammten aus dem Haus meiner Großeltern. Ich zog eine Öllaterne heraus, die sie auf Kreta gekauft hatten, als ich fünf oder sechs Jahre alt gewesen war. Zu Hause hatten sie sie mit Öl gefüllt, um sie anzuzünden, allerdings war alles an der Unterseite herausgelaufen. Offenbar war sie reine Zierde und hätte eigentlich nicht angezündet werden dürfen. Zum Glück war ihnen nichts passiert und sie hatten wie so oft gemeinsam darüber lachen können. Ich legte sie zurück und öffnete die nächste Kiste. Sie enthielt Unterlagen, die meiner Mutter gehört hatten. Es war nicht die größte Kiste, aber sie war ziemlich voll. Ich hob sie hoch, stützte sie auf meiner Hüfte ab und ging langsam zurück in unser Zimmer, wobei ich mich bemühte, sowohl ein Knarren der Dielen als auch Katerinas dunkle, sepiafarbene Augen zu vermeiden.

Ich saß auf dem Boden am Fußende des Bettes und hatte die Kiste vor mir stehen. Sie wartete geduldig darauf, geöffnet zu werden, während ich an der Bierflasche nippte, die Akis mir gegeben hatte. Schließlich stellte ich die Flasche neben mir ab und legte meine Hand auf die Kiste – fast so, als wäre sie ein Haustier oder ein Kind. Ihr Inhalt war alles, was mir von meiner Mutter geblieben war. Eine Kiste mit Unterlagen und nur ein paar Tage der Erinnerung. Ich hoffte, dass ich darin einen Zettel oder einen an mich adressierten Brief finden würde, etwas mit Ratschlägen, das ich für immer in Ehren halten könnte. Ich hatte noch keine Gelegenheit gehabt, die Unterlagen durchzusehen, da alles nach England geschickt worden war, bevor ich wusste, dass ich nach Korfu ziehen würde. Bis zu diesem Tag hatte ich noch nie einen Blick hineingeworfen.

In der Kiste lagen drei Notizbücher oben auf. Darunter war auch jenes, das ich bei ihr gefunden hatte, als sie starb: ein kleines gelbes Tagebuch mit fünf Einträgen. Ich hatte sie schon dutzende Male gelesen. Die meisten davon handelten von ihrer sich verschlechternden Gesundheit. Ich war mir recht sicher, dass der letzte Eintrag – der unvollendete – davon handelte, dass sie mir von ihrem Gehirntumor erzählen wollte. Sie hatte geschrieben: *Ich muss Melodie den wahren Grund sagen, warum ich die Insel nicht so einfach verlassen konnte.* Offenbar war ihre Krankheit der Grund gewesen, warum sie nicht hatte reisen können.

Ich nahm stattdessen ein blaues A4-Notizbuch zur Hand. Darin befanden sich drei Zeitungsausschnitte, alle auf Griechisch, mit dem Foto eines Babys. Das Einzige, was ich entziffern konnte, war die Jahreszahl. Die Ausschnitte waren neunzehn Jahre alt. Sie lagen lose auf der ersten Seite und es gab keine Notizen dazu, die mir den Inhalt erklärt hätten.

„Alles in Ordnung, Melodie-Mou?“

Selbst dieser vorsichtige Annäherungsversuch ließ mich nach Luft schnappen und mir die Hand an die Brust werfen. Anton spähte mit seinen grünen Augen hinter der Tür hervor wie ein nervöser Schachtelteufel, der nicht wusste, wann er herausspringen sollte.

„Du Schuft! Du hast mich wirklich erschreckt", zischte ich ihm zu, als er sich neben mich setzte. Er versuchte, sich wie ich mit überkreuzten Beinen niederzulassen, aber sein Körper war ihm im Weg. Er erinnerte mich an einen Hund, der in seinem Körbchen Kreise dreht, bevor er sich endlich hinlegen kann. Schließlich schaffte er es, sich mit einem aufgestellten Knie auf eine Seite zu lehnen.

„Hast du es jetzt bequem?", stichelte ich.

„Ja. Was machst du denn da? Ich dachte, du willst dich ausruhen."

„Ich brauchte nur ein bisschen Ruhe. Ich mag Akis, das weißt du, aber ... ich hatte einfach keine Lust, die Fröhliche zu spielen. Tut mir leid."

„Verstehe. Ich habe ihm gesagt, dass er heute hier schlafen kann. Ich wollte ihn nicht zu seinem Airbnb zurückfahren. Aber ich hatte eine Idee. Vielleicht könnte er im Haus deiner Mutter wohnen und für uns ein Auge darauf haben." Er stützte den Ellbogen auf seinem Knie ab und kratzte sich am stoppeligen Kinn.

„Vielleicht." Ich schaute wieder auf die Zeitungsartikel und reichte ihm einen. „Was steht da?"

Er las den Artikel mit zusammengekniffenen Augen. Ich hatte nur die Nachttischlampen angemacht, sodass der Raum von einem schwachen, warmen Licht erfüllt war, das vom anderen Ende des Bettes herüberstrahlte. „Es geht um ein Baby, ein Mädchen, das in einer kleinen Kirche abgegeben wurde, in der Nähe meines früheren Wohnortes. Bei dem Baby wurde ein Zettel auf Englisch gefunden, auf dem stand: ‚*Richtet Gott aus, dass ich es wenigstens nicht getötet habe. Nennt es Keres.*‘ Die seltsame Nachricht hat wohl die Aufmerksamkeit einiger lokaler Zeitungen erregt.“

„*Richtet Gott aus, dass ich es wenigstens nicht getötet habe*“, flüsterte ich. Die Worte schwirrten mir durch den Kopf und gruben sich in ihn wie eine Dornenkrone.

„Keres ist ein verdammt übler Name“, murmelte Anton vor sich hin und las den Artikel.

„Warum denn, ich finde, er klingt eigentlich ganz schön. Gibt es nicht im Walisischen einen Namen, der ähnlich klingt?“

Er erklärte mir, dass die „Keres“ Todesdämonen waren, in etwa wie der Sensenmann. In der griechischen Mythologie waren sie Göttinnen des Untergangs und Todes. Kein Name, den man ohne Weiteres für ein Kind aussuchen würde. Offenbar war es ein grausamer Scherz ... vielleicht von Adam. Die imaginären Dornen, die sich in meinen Kopf gebohrt hatten, ließen plötzlich Blut über meine Haut tropfen – und eine Erkenntnis traf mich: Es musste mein Vater gewesen sein, Adam. Damals hatte es nur einen so bösen Menschen in der Nähe meiner Mutter gegeben, und das war er.

„Meinst du, dass es Adam gewesen sein könnte? Dass er ein Baby dort zurückgelassen hat? Ich meine, wie viele geistesgestörte Engländer haben sich damals wohl in der Nähe von Kokkini herumgetrieben?“

Anton schüttelte den Kopf. „Hat deine Mutter ein weiteres Baby erwähnt?“

„Nein, aber das heißt nicht, dass es keines gegeben hat. Es ist ja nicht so, dass wir viel Zeit hatten, um uns zu unterhalten. Es ist nur ein bisschen seltsam. Warum sollte sie sonst diese Zeitungsausschnitte aufbehalten?“ Ich nahm einen und wedelte ihm damit zu. „Glaubst du, ich könnte eine Schwester haben?“ Als ich die Worte aussprach, ließ der Gedanke, dass ich vielleicht tatsächlich eine lebende Verwandte hatte, mein Herz schneller schlagen und ich hörte das Blut in meinen Ohren rauschen.

„Was ist sonst noch da drin?“ Er nickte in Richtung des Notizbuchs, das auf meinem Schoß lag. „Wenn das deine Schwester ist, steht es doch sicher da drin?“

„Ich weiß es nicht. Weiter bin ich noch nicht gekommen.“

Ich schlug die erste Seite auf, auf der etwas geschrieben stand. Ich war aufgeregt und fürchtete mich vor dem, was ich entdecken würde. Die Überschrift lautete *„Die Wahrheit finden“* und war zweimal mit Nachdruck unterstrichen worden. Ich las Anton vor, was dort stand, während er den Kopf an meine Schulter lehnte. Ich konnte sein exotisch duftendes Shampoo riechen und fühlte mich etwas beruhigt, als ich mit zittriger Stimme zu lesen begann.

„Letzte Woche habe ich blaue Stiefmütterchen auf Phillips Grab gepflanzt. Ich weiß gar nicht, warum ich das nicht schon früher getan habe. Oder wenigstens etwas getan habe. Zu meinem Entsetzen schienen die Blumen nur Kaninchen anzulocken und es sah schnell fürchterlich aus. Die Kaninchen hinterließen überall Kothäufchen. Dann kam gestern ein Hund in meinen Garten gelaufen. Wahrscheinlich wurde er von den frechen Kaninchen angelockt, die in der Nähe von Phillips Grab Löcher gruben. Ich habe ihn durch das Küchenfenster gesehen. Er war dabei, auf Phillips kleinem Grab zu buddeln. Ich rannte hinaus und verjagte den elenden Köter. Ich wollte gar nicht hinsehen. Die Vorstellung, seine kleinen Knochen zu erblicken ... aber es waren keine da. Kein einziger Knochen. Der kleine Hund hatte im Garten ein paar tiefere Löcher gegraben, dort, wo die Kaninchen bereits angefangen hatten. Ich weiß nicht, was über mich kam, aber ich grub mit bloßen Händen tiefer, dann mit einer kleinen Kelle. Da war nichts. Dann grub ich rundherum alles auf, aber ich fand bloß Erde.“ Ich las ihre Worte immer schneller, stolperte geradezu über sie. *„Ich muss herausfinden, was Adam mit der Leiche unseres Sohnes gemacht hat.*

Es gibt niemanden, den ich um Hilfe bitten kann, also habe ich beschlossen, etwas Detektivarbeit zu leisten und alles aufzuschreiben. Es gibt eine ganze Reihe an Dingen, die ich tun muss, unter anderem muss ich mir Zeitungsartikel aus der Zeit ansehen."

Ich wandte mich ab und sah Anton direkt an. „Das Baby kann doch nicht eine Schwester sein. Meine Schwester? Sie sagte, das Baby sei ein Junge gewesen, Phillip. Sie hat mir gesagt, ich hätte einen Bruder." Meine Hände zuckten mit jedem Wort im Takt. „Wenn sie gedacht hätte, dass ich eine Schwester habe, hätte sie es mir doch sicher gesagt?"

„Melodie, vergiss nicht zu atmen." Anton legte seine große Hand an meine Wange. „Da könnte noch mehr kommen. Das sind Artikel über Babys, ja. Das heißt aber noch nicht, dass wir einen Beweis haben. Schauen wir uns an, was noch in ihren Büchern steht, und dann sehen wir weiter. Komm, setz dich aufs Bett."

Er half mir auf die Füße und zog sich sein T-Shirt über den Kopf, wodurch er seinen muskulösen Oberkörper und seine leuchtende, olivfarbene Haut entblößte.

„Willst du mich von dem ganzen Horror ablenken?"

Er gab mir keine Antwort, sondern legte sich nur mit seinen Jeans bekleidet aufs Bett. Ich setzte mich hin, aber er zog mich zu sich heran. Ich hielt das Buch über uns hoch. Auf den ersten Seiten befanden sich nur Listen darüber, was zu tun war und was nachgeschlagen werden sollte. Sie war offensichtlich nicht sehr internetaffin gewesen und hatte kein Griechisch lesen können, was bedeutete, dass sie nur langsam vorankam. Meine Arme wurden wegen des hochgehaltenen Notizbuchs schnell müde. Ich rollte mich auf den Bauch und blätterte in den Notizen. Dann tippte ich wieder auf die Seiten und fuhr mit dem Finger die Worte meiner Mutter entlang, während ihre sanfte Stimme in mein Bewusstsein zu dringen schien.

„Hier, sieh mal, sie schreibt: *Roula von der Arbeit hat mir geholfen, Kopien von Zeitungen zu finden. Ich habe ihr nicht gesagt, weshalb ich sie brauche, und zum Glück hat sie auch nicht nachgefragt. Ich weiß nicht, was ich sagen soll, wenn sie es tut. Sie ist eine nette Frau* ... Blablabla ...“ Ich überflog ein paar Notizen, um die nächste wichtige Stelle zu finden. „*Wenn das zu nichts führt, muss ich sie bitten, mir bei der Suche nach Todesanzeigen zu helfen. Wenn ich in den Zeitungen nichts finde, muss ich den ganzen Garten umgraben.* Sie muss sehr verzweifelt gewesen sein.“ Ich schüttelte bei dem Gedanken daran den Kopf.

Ich blätterte noch ein paar Seiten weiter, als Anton seine Hand auf meinen unteren Rücken legte. Die Wärme durchdrang den dünnen Stoff meines Rocks, es fühlte sich tröstlich an. „*Ich habe drei Artikel über ein kleines Mädchen gefunden. Sie muss von mir sein. Das Datum stimmt überein und es wurde eine Notiz auf Englisch hinterlassen. Auf einem der Fotos ist die Notiz zu sehen. Die Abbildung ist sehr klein, aber es sieht wie Adams Handschrift aus! Ich habe einen Brief für Melodie begonnen, aber ich denke, ich sollte warten, bis ich mehr weiß. Vielleicht willigt sie ein, mich zu sehen, wenn ich ihr Geschwisterchen gefunden habe.*“ Ich hob meinen Kopf und schlug die Hände auf das Buch. „Als ob ich sie nicht so oder so hätte sehen wollen. Ich hasse es, dass mein dummer Vater ihr eingeredet hat, ich würde sie nicht sehen wollen. Ich bin so froh, dass er tot ist. Was für ein grausamer Bastard.“

„Aber eine Schwester?“ Anton richtete sich auf, rollte sich auf die Seite und gab meiner Schulter einen flüchtigen Kuss. „Was denkst du? Was sagt dein Bauchgefühl?“ Er hatte nur ein schwaches Lächeln auf seinen vollen Lippen. Ich schätze, er wollte mir keine zu großen Hoffnungen machen.

„Ich glaube, ich habe eine Schwester. Ich glaube, das Baby ist meine Schwester.“

Sein Gesicht verzog sich zu einem breiten Lächeln, und ein Lachen in seiner Brust ließ das Bett vibrieren. „Ich auch. Als ich das Foto sah, dachte ich: Der Baby sieht genau aus wie Baby Melodie."

„Du bist müde. Das ist der falsche Artikel." Ich stützte mich auf den Ellbogen und drehte mich zu ihm.

Er murmelte etwas auf Griechisch und vergrub sein Gesicht in meinem Schlüsselbein.

„Was hast du gesagt?" Ich versuchte, streng zu klingen, aber er lachte nur in mein Dekolleté.

„Ich habe so etwas gesagt wie: ‚Wollen wir mal sehen, wie gut dein Griechisch ist.'" Er lachte und küsste meinen Hals. Seine samtigen Lippen kitzelten mich und bescherten mir eine Gänsehaut.

„Hör auf", sagte ich. „Ich muss das lesen."

„Es tut mir leid. Akis hatte aber nicht unrecht. Ich hätte gern noch ein Kind."

„Ich weiß. Das wünsche ich mir auch! Aber jetzt muss ich erst einmal herausfinden, ob meine Mutter meine Schwester gefunden hat."

Er drehte sich auf den Rücken. „Gib mir ein Buch."

Wir lasen einander Passagen vor, die nützlich sein könnten. Mitten in ihrer Suche hatte sie von ihrem Gehirntumor erfahren. Sie schrieb nun weniger, was sie mit den Kopfschmerzen begründete. Mama war sogar in dem Supermarkt, in dem sie arbeitete, ohnmächtig geworden. Da hatten die Tests gezeigt, was los war. Sie hatte versucht, Informationen vom Waisenhaus auf der Insel einzuholen, aber es war fast unmöglich gewesen. Nicht einmal die von ihr notierte Zeitachse ergab immer Sinn. In einem Eintrag waren der Monat und das Jahr, in dem mein Geschwisterchen ihrer Meinung nach geboren war, anders als in allen anderen Einträgen, die ich in dem Notizbuch gesehen hatte. Die Details schienen auf den Seiten herumzuhüpfen und ließen ihre eigene Version der Wahrheit entstehen. Es war anstrengend. Es war fast so, als würde ich dabei zusehen, wie sich ihr Verstand zwischen den dünnen, grauen Zeilen der Bücher auflöste und zerfiel.

„Das hier könnte interessant sein. Hör zu“, begann Anton. „*Roula hat erzählt, ihr Neffe habe einen DNA-Test gemacht. Nur zum Spaß, glaube ich. Um herauszufinden, ob seine Familie schon immer auf der Insel war. Ich bin mir nicht sicher. Das ist schon recht seltsam, finde ich. Sie meinte, dass er nur in einen Becher spucken musste und dass jeder, der das Gleiche getan hat und mit ihm verwandt ist, als Familienmitglied identifiziert wird. Das hat mich zum Nachdenken gebracht: Wenn ich adoptiert worden wäre, würde ich vielleicht auch so einen Test machen. Es ist zwar weit hergeholt, aber einen Versuch ist es wert. Anscheinend gibt es viele Unternehmen, die so etwas anbieten, also habe ich drei verschiedene Tests abgeschickt.*“

Anton schaute auf. „Kennst du die E-Mail-Adresse deiner Mutter? Ich glaube, diese Dinge werden oft per E-Mail verschickt.“ Er blätterte durch die Seiten, während ich den Kopf schüttelte. Dann hielt er wieder inne. „Hier lese ich ...“ Er tippte auf die Seite. Selbst das A4-Format sah in seinen langen Fingern winzig aus. „... sie hat den Test gemacht und wartete auf das Ergebnis. Dieser Eintrag wurde ein paar Monate vor deiner Ankunft hier gemacht, letztes Jahr.“

Ich rieb mir die Stirn. Ich hatte das Gefühl, eine schwierige Algebraaufgabe lösen zu müssen, und die Bewegung würde vielleicht die Windungen meines Gehirns lockern, damit ich bereit war loszulegen.

„Wie kann ich ihre E-Mail-Adresse finden? Sie hat die Computer in der Bibliothek benutzt.“

„Tut mir leid, aber als jemand, der mit Computern nicht ...“

„Vertraut ist?“, ergänzte ich.

„Genau ... vielleicht hat sie sie aufgeschrieben. Vielleicht sehen wir uns morgen das Haus an? Oder machen morgen mit der Kiste weiter? Es ist schon spät, Melodie-Mou."

Irgendwann während unserer Suche und Lektüre hatte er sich bis auf seine schwarzen Boxershorts ausgezogen. „Zieh dich aus, Melodie-Mou. Ich will dich halten." Er legte sich auf das Bett zurück und seine linke Hand streichelte geistesabwesend über seinen Waschbrettbauch, sie bewegte sich wellenförmig über die kleinen Hügel seiner Muskeln. Dann hielt sie knapp über seinen Boxershorts inne. Ich hob eine Augenbraue in seine Richtung. Auch er zog eine Augenbraue nach oben und erwiderte meinen Blick. Unter seinen wachsamen, smaragdgrünen Augen zog ich mich aus. Meine Haare standen zu Berge. Sie hatten sich durch das Ausziehen statisch aufgeladen und ich versuchte vorsichtig, sie wieder zu glätten. Plötzlich war ich verlegen und fragte mich, wie ich wohl auf ihn wirkte.

„Du wünschst dir wirklich verzweifelt ein weiteres Kind."

„Ich wünsche mir dich verzweifelt", sagte er. Seine Stimme war leise, kaum hörbar. Er kam auf die Knie und zog mich zu sich. Sein erregter Unterleib drückte an meine Hüfte, als er meinen Hals küsste. „Bitte setz dich nicht unter Druck bei der Suche nach deiner Schwester. Du hast jetzt eine Familie. Du bist nicht allein, wir helfen dir. Vergiss das nicht." Seine Worte tönten tief in meinem Ohr nach, während sich seine Finger in meinen Nacken gruben und die Enge, die sich um meine Gedanken gelegt hatte, massierten und lockerten. Seine Finger wanderten nach unten und lösten den Verschluss meines BHs. Die Träger glitten von den Schultern, als es an der Tür klopfte.

Wir schreckten auseinander. Anton befand sich näher an der Bettkante und rutschte geradewegs hinunter auf den Boden, als würde er einen tollen Trick auf einer Rutschbahn vorführen. Er schlug mit einem solchen Rumms auf dem Holzboden auf, dass er für einen Moment wie eine umgestürzte Schildkröte mit den Füßen in der Luft dalag.

„Oh mein Gott! Geht es dir gut?“ Eilig krabbelte ich über das Bett, um nach ihm zu sehen. Seine großen, gebräunten Füße stützten sich auf dem weißen Laken ab und als ich übe die Bettkante schaute, sah ich, wie er sein Gesicht hinter den Händen verbarg. „Alles in Ordnung?“, fragte ich. Dann sah ich, dass sein ganzer Bauch und seine Brust vor Lachen bebten. Als er seine Hände wegnahm, liefen ihm Lachtränen über das Gesicht.

„Wer ist da?“, rief er vom Boden aus.

„Akis.“

Ich schlüpfte eilig in meinen weißen Baumwollbademantel und Anton ließ ihn herein. „Was sollte der Krach?“, fragte Akis und verschränkte seine kräftigen Unterarme vor der Brust. Er schaute zwischen uns hin und her und seine hohen Wangenknochen – der einzige Teil seines Gesichts, der Antons ähnelte – hoben sich, als er versuchte, sein Lächeln zu unterdrücken.

„Du hast mich erschreckt. Ich bin aus dem Bett gefallen. Was willst du, Akis?“ Anton verschränkte ebenfalls die Arme und richtete sich auf, sodass er gut neun oder zehn Zentimeter größer als sein Bruder war. Offenbar hatte Chris, ihr Vater, niederländische Vorfahren. Er sagte immer, deshalb seien alle in seiner Familie so groß. Ich war mir nie sicher, ob er einen Scherz machte oder nicht.

„Michail hat sich gemeldet, er will sich mit mir wegen eines möglichen Jobs treffen. Fahrt ihr morgen vielleicht nach Kokkini? Um ihn oder Basil zu besuchen? Oder zum alten Haus deiner Mutter? Ich wollte nur wissen, ob ihr mich mitnehmen könnt.“ Er löste seine verschränkten Arme vor der Brust und steckte die Hände in die Taschen.

Anton sah mich an, also tat Akis es auch.

„In Ordnung. Wir brechen gegen neun Uhr auf“, sagte ich.

Dann schob Anton ihn hinaus und schloss vorsichtig die Tür. Ich wollte mich schon abwenden, aber er ergriff meine Hand und zog mich zu sich. Ohne ein weiteres Wort drückte er mich gegen die Wand und hielt mein Gesicht zwischen seinen Händen fest, während er sich nach vorn beugte, um mich zu küssen und seine Zunge neugierig in meinen Mund eindrang. Seine Hände fuhren über die Rundungen meines Körpers unter meinem Bademantel und fanden meine Taille. Er hob mich hoch, als wäre ich so leicht wie eine Libelle und schwirrte im Wind seiner Arme über das Wasser. Mit meinen Beinen umklammerte ich seinen olivfarbenen Körper und wir pressten uns kraftvoll aneinander, intensiv und leidenschaftlich. Unsere Haut verschmolz mit der des jeweils anderen und wir drückten unsere Körper so fest aneinander, dass ich mich fragte, ob wir uns jemals wieder voneinander lösen könnten. Ich hielt mich an seinem Nacken fest, als er mich von der Wand zog und nach hinten neigte, um meinen Rücken in einer perfekten Biegung durchzustrecken, während er meinen Hals und meine Brüste küsste. Als wir uns keinen Moment länger zurückhalten konnten, zog er mich wieder an sich und hielt mich fest. Er schaukelte mich und sein Gesicht vergrub sich in meinem Haar. „Ich liebe dich“, sagte er.

Ich keuchte nur und kniff die straffen Muskeln auf seinem Rücken. Er legte mich vorsichtig zurück aufs Bett und küsste meinen Kopf.

„Ich liebe dich auch.“

Kapitel 8

Wir hatten die Kisten durchgesehen, aber nichts gefunden, was eine E-Mail-Adresse oder ein Passwort hätte sein können. Sämtliche Schubladen im Haus meiner Mutter waren leer. Obwohl ich das eigentlich wusste, hoffte ich insgeheim dennoch, dass wir einen Fetzen Papier finden würden, der uns weiterbrachte. Aber die Firma, die ich mit dem Ausräumen beauftragt hatte, hatte offensichtlich gute Arbeit geleistet.

Der Schweiß drang mir aus allen Poren, als ich mich in den alten Sessel neben der Eingangstür setzte, den ich immer benutzt hatte, wenn ich mit Mama im Wohnzimmer gewesen war. Ich ließ mich schwer auf den Sessel plumpsen, wodurch der Geruch von abgestandenem Zigarettenrauch aus der Polsterung aufstieg.

Das erinnerte mich daran, dass es sein Sessel gewesen sein musste. Adams Sessel. Der Sessel meines Vaters. Anton saß auf dem Sessel meiner Mutter; ich glaube nicht, dass er darüber nachdachte. Als ich ihn ansah, ersetzte mein Verstand ihn durch meine Mutter – mit ihren toten Augen, die sich nicht schließen ließen, und ihren kalten, starren Händen. Anton begann nervös herumzurutschen und riss mich damit aus meiner Trance. Er schob die Hände über die Kanten der Sitzpolsterung. Nacheinander förderte er zwanzig Cent, ein lilafarbenes Haarband, einen Stift und schließlich einen Zettel zutage.

„Was steht da? Sag schon!", rief ich und klopfte rhythmisch auf meine Knie.

„MyMelodie321. Klingt für mich wie ein Passwort. Man kann es sich auch recht leicht merken."

„Ich kann nicht glauben, dass wir es gefunden haben!"

„Ja …" Anton schaute auf den kleinen Zettel hinab und schüttelte leicht den Kopf.

„Was? Was ist das Problem damit?"

„Das ist toll, ja. Aber wir haben ihre E-Mail-Adresse nicht, Melodie-Mou."

Ich ließ mich in den harten Sessel zurückfallen. Er hatte recht. Es war nur ein einzelnes Puzzlestück, das uns für sich allein nicht weiterbrachte.

Wir wanderten Hand in Hand durch den Garten, um in der Hitze des Hauses nicht ohnmächtig zu werden. Ich nahm das kleine Holzkreuz in die Hand, das meine Mutter für meinen toten Bruder aufgestellt hatte. Da er gar nicht da war, war er wahrscheinlich stattdessen eine lebende kleine Schwester. Ich wusste nicht so recht, ob ich das Kreuz dort stehen lassen sollte. Ich betrachtete es einen Moment lang und platzierte es dann wieder an der Stelle, wo es immer gestanden hatte. Obwohl es im Haus selbst heiß war, war es heute kühler als an den vergangenen

Tagen. Die Wolken überzogen den Himmel wie eine dicke Schicht Schafwolle, sie verdeckten die Sonne und eine kühle Brise wehte. Wir beschlossen, das Haus in den Garten hinein zu erweitern und ein Esszimmer sowie ein weiteres Schlafzimmer anzubauen, damit es nicht mehr so klein wäre. Anschließend würden wir es vermieten, anstatt es Hausbesetzern zu überlassen. Wir besprachen noch unsere Pläne, als Akis beschwingt um die Ecke in den Garten kam.

„Was gibt es Neues?“ Akis ließ sich auf einen weißen Metallstuhl plumpsen, sodass er auf den Terrassenplatten klirrte. Obwohl er sogar ein wenig älter war als ich, wirkte er manchmal wie ein Kind. Er war in England erfolgreich gewesen und hatte für das Familienunternehmen seines besten Freundes im Personenschutz gearbeitet. Einerseits konnte ich mir zwar nicht vorstellen, dass er einen so verantwortungsvollen Job machte. Andererseits wusste ich aber, wie fürsorglich er war. Außerdem war es von Vorteil, dass er groß war und seit seinem zwölften Lebensjahr Wing Chun trainierte.

„Wir überlegen gerade, wie wir das Haus vermieten.“ Ich gestikulierte in Richtung des Hauses hinter mir. Er setzte sich aufrecht in seinem Stuhl hin und schien plötzlich interessiert.

„Wie hoch soll die Miete sein?“

„Du bleibst doch nur vorübergehend hier“, sagte ich und ließ meine Augen wieder durch den kleinen rechteckigen Garten schweifen.

„Ich meine langfristig.“

„Ernsthaft?“ Die Frage brach gleichzeitig aus Anton und mir heraus, aber wir ließen Akis nicht aus den Augen.

„Hier?“, hakte Anton nach. „Warum willst du ausgerechnet hierbleiben?“

„Es ist in der Nähe unseres alten Hauses, also kenne ich die Gegend. Und ich habe ein paar Freunde hier. Nur für ein oder zwei Monate. Kommt schon, was meint ihr? Ich muss mich entscheiden, ob ich wieder hier leben möchte oder nicht. Als ich mich mit Michail getroffen habe, war Basil auch da und meinte, er würde mir einen Job besorgen, wenn ich bleiben will. Er hat gefragt, wann ihr beide ihn besuchen kommt. Ich hätte ihn fast gefragt, ob ich in deinem alten Zimmer wohnen kann, aber das hier wäre viel besser." Er setzte sich auf die Kante des Stuhls. Die Brise zerzauste sein Haar, das ihm lang in den Nacken fiel. Manchmal band er es zu einem kleinen Dutt zusammen. Er fuhr sich mit den Fingern durch die Haare, ließ mich aber nicht aus den Augen. Er wusste, dass die Entscheidung bei mir lag, nicht bei Anton.

„Natürlich. Es würde uns sogar helfen, wenn ich ehrlich bin. Bei deiner Erfahrung zum Thema Sicherheit kannst du ein Auge auf das Haus haben. Mach dir keine Gedanken wegen der Miete, du brauchst nur die Betriebskosten zu bezahlen. Klingt das fair?"

„Mehr als fair."

Ein paar Tage später war ich der E-Mail-Adresse meiner Mutter keinen Schritt näher gekommen. Ich hatte sogar einen E-Mail-Suchdienst bezahlt, aber auch der hatte leider nichts zutage gefördert. Ich blieb zu Hause, um mich mit einigen der Social-Media-Profile zu befassen, die ich immer noch verwaltete. Mein Blick haftete auf dem Bildschirm, während ich ein Foto bearbeitete, das ich zur Freigabe an einen Kunden schicken wollte. Das Surren des Computers machte mich müde. Ich hatte in der Nacht schlecht geschlafen, weil ich an meine Schwester denken musste. Wo war sie? Wie sah sie aus? War sie von netten Menschen adoptiert worden? Diese Fragen wiederholten sich immer wieder in meinem Kopf, bis ich davon träumte, sie zu treffen. In meinen Träumen war sie immer ein Baby und ich musste mich um sie kümmern, anstatt ein eigenes zu bekommen. Meine Augenlider wurden immer schwerer und mein Kinn sank auf die Hand, als mein Handy vibrierte und ich hochschreckte. Es war Akis:

Du hast mir nicht gesagt, dass deine Hausbesetzerin heiß ist.

Ich konnte es nicht fassen, dass sie zurückgekehrt war. Das Blut schoss mir vor Wut ins Gesicht und ich klopfte mit der Ecke meines Handys auf den Schreibtisch und überlegte, was ich darauf antworten sollte. Dann trudelte eine weitere Nachricht ein:

Heiß ... aber völlig verrückt. Sie sagt, ich muss verschwinden. Es sei ihr Haus, das Jones-Haus. Lol. Wer ist Jones? Haha

Kapitel 9

Ich antwortete Akis mit vier einfachen Worten:

Lass sie nicht gehen.

Ich sprintete den Flur entlang und die Treppe hinunter. Ich schnappte mir meine Schlüssel, vergaß allerdings, mir Schuhe anzuziehen. Ohne Schuhe würde ich normalerweise genau auf den Weg achten, den ich über den schmutzigen Kies nahm, doch ich rannte und verschwendete keinen Gedanken an meine Füße. Natürlich wusste Akis nicht, dass Jones der Nachname meines Vaters gewesen war. Für ihn war ich vor meiner Hochzeit Melodie Pelletier gewesen. Ich sprang auf den Fahrersitz, ohne die Autotür zu öffnen – ich hatte gar nicht gewusst, dass ich das konnte. Meine

Reifen drehten durch, als ich aus der Einfahrt fuhr. Dann raste ich über Korfu und betete, dass sie noch da war, wenn ich ankam.

Auf den kurvenreichen Straßen Korfus traf man oft auf Reisebusse. Zu gewissen Jahreszeiten musste man sogar damit rechnen. Aber sie waren überall dort, wo ein Überholmanöver unangenehm wäre. Dreimal musste ich den Wagen zurücksetzen und einmal wäre ich in meiner Hetzerei fast gegen einen Zitronenbaum gekracht. Der gut gelaunte, kleine Busfahrer fand mein rot angelaufenes Gesicht sicher höchst amüsant.

Schließlich kam die kleine blaue Tür in Sicht, hinter der meine größten emotionalen Ängste zu lauern schienen. Ich hatte den gleichen Kloß im Hals wie ein Jahr zuvor, als ich meine Mutter zum ersten Mal besucht hatte. Plötzlich verging die Zeit scheinbar langsamer, zumindest für mich. Der Himmel schien zu brodeln. Bei jedem Atemzug hatte ich das Gefühl, als wäre die Luft elektrisch aufgeladen. Mit jedem Schritt, den ich auf die schäbige blaue Tür zumachte, brannte sie in meinen Lungen. Das dumme Ding erwies sich stets als der Schlüssel zu meiner Vergangenheit. Eine Vergangenheit, von der ich nie etwas geahnt hatte.

Ich schob die Tür vorsichtig auf. Sie war nicht versperrt, nicht einmal richtig geschlossen. Da war sie. Ihr Gesichtsausdruck veränderte sich, als sie mich sah. Sie sprang auf. Im Gegensatz zu mir hatte sie Turnschuhe an und sah aus, als wäre sie bereit, jeden Moment davonzurennen. Ich versuchte zu ignorieren, was bei unserer ersten Begegnung passiert war. Sie kannte mich nicht, und ich sie nicht.

„Keres?“ Ich streckte meine Hand aus wie eine Löwenbändigerin, um sie davon abzuhalten, sich mir zu nähern, und gleichzeitig zu versuchen, sie zu bändigen. „Keres?“

Sie schaute zu Akis, der auf jenem Sessel saß, den ich inzwischen im Geiste als meinen bezeichnete.

Ich hatte ihn nicht richtig begrüßt, sondern nur in seine Richtung genickt. „Akis hat mir eine Nachricht geschickt. Anscheinend behauptest du, das sei dein Haus."

Sie war so jung. Sie sah nicht wirklich so aus, wie ich mir meine Schwester vorstellen würde. Ihr Gesicht war rund und engelsgleich, ganz anders als meines, das meiner Mutter oder meiner Großmutter. Ihr Haar hing ihr locker um die Schultern, nicht so wie beim letzten Mal. Es hatte zarte Spitzen, war gerade und blond, ein natürliches Goldblond, während ihre wilden blauen Augen von dunkelblond-braunen Wimpern umrahmt waren. Ganz anders als meine gewellten Haare und Augen in Haselnussbraun. Allerdings waren Mamas Augen blau gewesen. Wir waren in etwa gleich groß, vielleicht überragte sie mich ganz leicht. Ihr athletischer Körperbau ließ sie zumindest größer wirken, anders als die sanften Rundungen meiner Hüften und Brüste. Sie hatte die Arme so fest verschränkt, dass es fast aussah, als würde sie sich selbst umarmen. Sie kniff sich in einen ihrer Ellbogen. Dann sagte sie auf Griechisch etwas zu Akis. Er lachte nur und zuckte mit den Schultern.

„Wer bist du? Er behauptet, das ist das Haus deiner Mutter. Letztes Mal bin ich gegangen, aber noch einmal tue ich das nicht. Es gehört mir", sagte Keres.

Meine Hand wanderte an meinen Mund und ich drückte die Fingerknöchel an die Lippen. Erst jetzt wurde mir bewusst, wie ich aussah, während ich jede ihrer Bewegungen beobachtete. Ich hatte ein weißes T-Shirt von Nike angezogen, auf das ich am Morgen Kaffee geschüttet hatte, und trug dazu ausgebleichte, fusselige blaue Leggings, aber weder Make-up noch Schuhe. Mein Gesicht fühlte sich plötzlich wieder heiß an, aber unter meinen ungebürsteten Haaren lief mir der kalte Schweiß in den Nacken.

„Ich bin deine Schwester. Ich bin Melodie."

Akis bewegte sich so abrupt, dass die hölzernen Stuhlbeine unter seinem Gewicht quietschten.

„Schwester?", riefen beide.

Ich nickte nur und hielt meinen Blick fest auf Keres gerichtet. Sie hatte aufgehört, an ihrem Ellbogen zu zupfen und war ganz still geworden. Die Muskeln an ihren schlanken Armen traten vor Anspannung hervor. Die Luft im Raum war nicht so überhitzt wie sonst. Es war vergleichsweise angenehm. Trotzdem wurde ihr Gesicht rosa und ich fühlte mich durch den Schweiß auf meiner Haut unwohl.

„Du hast gesagt, das sei das Haus der Jones, richtig?" Sie stimmte nicht zu, sie schaffte es kaum zu blinzeln. „Und du bist eine Jones?" Dieses Mal nickte sie langsam. „Ich eigentlich auch. Das Haus gehörte auch meinen Eltern. Ich habe erst vor ein paar Tagen erfahren, dass ich eine Schwester haben könnte und dass dein Name Keres ist. Ich kann nicht glauben, dass du meine Schwester bist!"

Keres schüttelte vehement den Kopf. „*Óchi*, nein. Ich habe keine Schwester."

„Meine Eltern waren Liliana und Adam Jones, ich würde nicht lügen, wir haben die gleiche Mutter und den gleichen Vater. Deshalb gehört das Haus auch mir." Ich gestikulierte durch den Raum. Ihre blonden Augenbrauen blieben weiterhin gerunzelt, aber sie nickte langsam und ihre Augen waren nicht mehr vor Schreck weit aufgerissen, als würde sie jeden Moment davonlaufen. „Ich habe eine Schwester?"

Ich nickte und zupfte an meinem schmutzigen T-Shirt herum, als ob ich dadurch vorzeigbarer und ansehnlicher werden würde. Ich hoffte, dass wir nach dem Durcheinander von vorhin einen Neuanfang machen könnten.

„Mama wusste nicht, dass du noch lebst, aber als sie es herausfand, hat sie nach dir gesucht. Oh Gott, das ergibt für dich wahrscheinlich keinen Sinn. Wie viel weißt du denn? Du wusstest eindeutig nicht von mir ..." Ich presste die Hände flach auf die Brust, fast so, als könnte ich damit die aufsteigenden Emotionen unterdrücken. Mein Atem ging stoßweise und meine Augen wurden wässrig.

Sie setzte sich vorsichtig wieder hin. In diesem Moment erkannte ich, wie sehr sie unserer Mutter ähnelte. Ihre zierliche Statur und ihre zusammengesunkene Körpersprache. Sie sah aus, als würde sie auch gleich weinen, aber sie hielt es zurück. Die einzigen Anzeichen dafür waren die gerötete Nasenspitze und das plötzliche Schniefen. Sie murmelte etwas auf Griechisch, und Akis gab ihr eine kurze Antwort. Ich hatte fast vergessen, dass er da war. „Was?" Ich schaute ihn an, damit er für mich übersetzte.

„Keres hat gesagt: ‚Ich kann es nicht fassen, dass er mir nicht gesagt hat, dass ich eine Schwester habe'. Und dann habe ich geantwortet, dass ich nicht wusste, dass ihr Schwestern seid, also konnte ich es ihr nicht sagen. Ich meine, wenn du es nicht gewusst hast, woher sollte ich es dann wissen?"

„Das ist eine sehr lange Geschichte. Ich bin auch nicht mit unserer Mutter aufgewachsen ... oder unserem Vater. Können wir nochmal von vorn anfangen? Nach allem, was beim letzten Mal passiert ist, wäre das bestimmt das Beste. Ich heiße Melodie, ich bin deine Schwester. Ich würde dich wirklich gern kennenlernen."

„Ich heiße Keres und freue mich sehr, dich kennenzulernen." Sie sprach mit starkem griechischem Akzent und einem sanften, kindlichen Ton in der Stimme.

„Meine erste Frage ist wohl, warum bist du hier? Ich dachte, du wärst adoptiert worden. Wo sind deine Adoptiveltern?" Ich setzte mich auf die Armlehne des Sessels, von dem aus Akis alles eifrig mitverfolgte, wie ein Labrador, der etwas zu fressen sieht. Er hätte genauso gut sabbern können.

Keres zögerte und blickte auf ihre Unterarme, die ihren Körper umschlossen, während sie sich weiterhin an ihren Ellbogen festklammerte. „Sie“, sie schnappte nach Luft und zog ihr Kinn an ihre Brust, „sind tot, wegen der Pandemie.“

Ihre Worte waren wie Speere, die durch meinen Hals geschleudert wurden und mich an meinem eigenen Schmerz ersticken ließen. Ich hatte Oma und Opa – die einzigen Eltern, die ich je gekannt hatte – auf dieselbe Weise verloren. Ich wusste nicht, was ich darauf antworten sollte. Ich konnte nicht fassen, wie viel wir bereits gemeinsam hatten. In diesem Moment beschloss ich, dass sie zu uns kommen und bei uns bleiben sollte. Ich versuchte, sie zu überreden, aber sie kannte mich nicht. Warum sollte sie mir vertrauen? Ich hatte sie angeschrien, ihr mit der Polizei gedroht und die Schlösser austauschen lassen. Sie war meinetwegen wahrscheinlich eine Zeit lang obdachlos gewesen. Immerhin sprachen wir über dieses schreckliche erste Treffen. Wie sie mich für einen Eindringling in ihrem Elternhaus hielt und wie ich das Gleiche dachte. Abgesehen von unserer Größe sahen wir uns ja nicht besonders ähnlich. Wir hätten auf keinen Fall ahnen können, dass wir Schwestern sind. Wir entschuldigten uns beieinander für das Missverständnis. Es war ja nicht so, dass jemand Schuld daran hatte.

„Warum bist du gegangen, wenn du dachtest, das Haus würde dir gehören?“, wollte ich wissen und fragte mich plötzlich, was sie dazu gebracht hatte, ihre Sachen zu packen und eine Zeit lang fortzubleiben.

„Das Mädchen ...“

„Gaia.“ Sie zog eine Augenbraue nach oben, als ich den Namen aussprach. Ich hatte vergessen, was für ein mächtiger Name es war, denn immerhin ist Gaia die griechische Göttin des Lebens und der Erde.

„Sie hat gesagt, es gehört dir und dass du die Polizei rufst. Ich dachte, vielleicht bin ich im falschen Haus oder du hast es gekauft. Ich habe keine Unterlagen als Beweis, dass es mir gehört." Dann wechselte sie ins Griechische und wandte sich an Akis, der mehrmals nickte, bevor er ihr antwortete und für mich übersetzte.

„Sie hat versucht, die Unterlagen zu finden, aber hier war nichts. Eigentlich wollte sie herausfinden, was sie tun muss, um das Haus als ihr Erbe beanspruchen zu können. Dann bist du aufgetaucht", fasste er zusammen.

Nachdem ich mit ihr darüber gesprochen hatte, was bei unserem ersten Treffen vorgefallen war, konnte ich sie überreden, mit mir zu kommen, um Anton und Gaia bei einem gemeinsamen Abendessen kennenzulernen. Ich wollte sie nicht unter Druck setzen, aber insgeheim war ich mir sicher, dass ich sie nie wiedersehen würde, wenn ich ohne sie gehen würde.

Wir ließen Akis im Wohnzimmer sitzen. Während ich uns zu meinem Zuhause in Karousades fuhr, plapperte ich unaufhörlich. Ich erzählte ihr von unseren Großeltern. Von unseren gemeinsamen Urlauben in Agios Stefanos und auf anderen griechischen Inseln. Irgendwann stockte ich. Ich blickte auf einen Garten mit einem rostigen alten Zaun, in dem ein Vater mit zwei kleinen Mädchen und einem neonpinken Fußball spielte, und mir wurde klar, dass ich ihr nicht die Wahrheit über die Beziehung unserer Eltern und unseren grausamen Vater sagen wollte. Aber ich hatte keine Wahl. Als ich innehielt, um darüber nachzudenken, fragte sie nach ihnen. Nach ihm. Nach seiner Seite der Familie. Wer er war. Was ich darüber wusste. Diese Fragen mussten ihr schon die ganze Zeit unter den Nägeln gebrannt haben, aber ich hatte das Gespräch mit Erzählungen über meine Kindheit abgeblockt.

Meine Handflächen begannen zu schwitzen, als ich daran dachte, was sie alles erfahren musste. Es gelang mir, sie abzulenken.

Ich konnte noch etwas länger damit warten. Sie sagte wenig. Ihre Arme waren immer noch wie eine Decke um ihre Taille geschlungen und sie schaute mich nur gelegentlich an, während ich ihr jede Geschichte erzählte, die mir in den Sinn kam und die sie interessieren könnte. Als wir vor dem Haus anhielten, schlug sie die Hände auf die Knie und beugte sich mit offenem Mund nach vorn, während sie das Haus betrachtete. Ich versuchte, es durch ihre Augen zu sehen. Ich hatte vergessen, wie beeindruckend es war, dabei war es erst vor Kurzem mein Zuhause geworden. Das hohe, breite Gebäude wirkte modern, hatte aber auch altmodische Züge. Die Fensterläden, Rahmen und Türen waren alle in einem leuchtenden Pink gestrichen und die Wände waren weiß getüncht. Aber es war groß, und vielleicht wirkte es auch einschüchternd auf sie.

Niemand war zu Hause. Keres zog vorsichtig ihre Turnschuhe aus und platzierte sie ordentlich neben der Eingangstür. Ich hatte keine Schuhe auszuziehen, aber immerhin streifte ich meine Füße an der Matte ab, bevor ich eintrat. Sie folgte mir durch das Haus und redete auf Griechisch mit sich selbst, während sie die geschwungene Treppe und den weiten, offenen Wohnraum unseres Zuhauses betrachtete. Sie umrundete den Raumteiler in der Mitte der riesigen Fläche, der eigentlich nur eine Toilette und ein oder zwei Schränke in seinem Inneren beherbergte. Während sie sich im Haus umsah, stellte ich Pittas und Dips bereit und wies ihr am Tisch den Platz gegenüber von mir zu. Dann sprudelte alles aus mir hervor, so wie Wein aus einer Karaffe gluckerte. Ich lud alles auf ihr ab, die ganze schreckliche Geschichte, die mir auf dem Herzen lag. Zunächst erzählte ich von unserem Vater und wie er unsere Mutter entführt hatte, als ich erst ein paar Tage alt gewesen war. Dann, dass alle gedacht hatten, sie sei weggelaufen, wegen eines Briefes, den er geschickt hatte. Ich erzählte ihr, wie böse er gewesen war und wie er unserer Mutter weisgemacht hatte, dass sie nicht mit Keres, sondern mit einem Jungen schwanger gewesen wäre, der bei der Geburt starb. Und dass unsere Mutter während der ganzen Zeit fast bewusstlos war, weil er sie so fest geschlagen hatte. Sie nickte, während ich erzählte, riss vorsichtig Teile der Pitta ab und aß sie, ohne auch nur einen Krümel zu hinterlassen. Sie schnappte nicht nach Luft und weinte auch nicht, aber ihre Augenbrauen blieben die ganze Zeit über zusammengekniffen.

„Ich habe oben ein paar ihrer Notizbücher, die du dir ansehen kannst. Sie wäre in dem Glauben gestorben, du wärst ein toter kleiner Junge, wenn die Kaninchen und der Hund nicht in ihrem Garten Löcher gebuddelt hätten." Erst als ich alles herausgelassen hatte, war es, als könnte ich wieder richtig atmen. Seit dem Tod meiner Mutter hatte ich nicht mehr wirklich über Adam geredet. Es fühlte sich fast schon gut an, über alles noch einmal zu sprechen. Es war, als würde man aus Versehen einen Heliumballon loslassen und zusehen, wie er gen Himmel schwebte; es war traurig, aber irgendwie befriedigend. Keres sagte immer noch kein Wort. Sie nahm einen Schluck von ihrem Wasser und stellte es vorsichtig auf den Glasuntersetzer.

„Böse? Bist du sicher?" Sie runzelte die Stirn auf eine Weise, die mich so sehr an Opa erinnerte, dass ich wusste, dass alles wahr war. Sie war echt. Ich hatte wirklich eine Verwandte aus Fleisch und Blut.

„Ja. Es war furchtbar. Sie hatte von seinen Misshandlungen Narben im Gesicht. Aber sie hätte alles getan, um uns zu beschützen." Dann breitete sich Stille zwischen uns aus. Das Stirnrunzeln haftete in ihrem Gesicht. Irgendwann konnte ich es nicht mehr ertragen. „Und was ist mit dir? Wo bist du aufgewachsen?"

Sie war nicht sehr gesprächig, wahrscheinlich war sie eingeschüchtert, weil ich zu viel erzählt hatte. Es war überwältigend, und wir hatten unterschiedliche Strategien, um den Schock zu verarbeiten. Ich plapperte weiter und sie war wie ein wachsames Mäuschen, das alles in sich aufnahm. Immerhin fand ich heraus, dass sie mit ihren Eltern in einem kleinen Haus mit Garten in der Nähe von Athen gelebt hatte. Sie hatte auch einen Bruder, Andreas.

„Haben sie dich vor oder nach der Geburt von Andreas adoptiert?"

„Ähm ... Oh, erst mich, dann Andreas. Als unsere Eltern starben, wurde Andreas sehr wütend. Er ist erst zwanzig und zwang mich zu gehen. Also beschloss ich, meinen Vater und meine Mutter zu suchen."

„Ich wünschte, du hättest sie kennengelernt. Warte, zwanzig?"

Sie nickte, dann öffnete sich die Haustür und Anton und Gaia riefen nach mir. Ich stand eifrig auf, ich wollte ihnen Keres unbedingt vorstellen. Da das Erdgeschoss fast nur aus einem großen, offenen Raum bestand, sahen sie uns sofort und kamen rasch auf uns zu. Anton lächelte und war bereit, den unbekannten Gast in seinem Haus willkommen zu heißen. Gaia hingegen erkannte das Mädchen sofort und schüttelte den Kopf, während sie die Hände an ihren Seiten zu Fäusten ballte.

„Was macht sie denn hier?" Gaia spuckte die Worte regelrecht, ihre grünen Augen glänzten und verengten sich zu schmalen Schlitzen.

„Das ist Keres. Sie ist meine Schwester. Ich habe es erst heute herausgefunden."

„Du hast sie gefunden!" Anton ließ Gaias Tasche fallen und kam zu mir, um mich in den Arm zu nehmen und auf den Kopf zu küssen. „Ich freue mich so sehr, dich kennenzulernen, Keres." Er streckte ihr die Hand zur Begrüßung entgegen, eine Geste, die erst langsam wieder gebräuchlich wurde.

Ich schaute zu ihr hinüber und hoffte, dass Antons Größe und die ganze Situation nicht zu einschüchternd wirkten. Ein hübsches Lächeln hatte sich seinen Weg auf ihre Lippen gebahnt und ihre Wangen waren rosig geworden. Sie hatte die Schultern zurückgezogen und sich so groß wie möglich aufgerichtet, um seine Hand zu ergreifen, die sie in ihre beiden Hände nahm. Sie sprach auf Griechisch mit ihm. Zum Glück verstand ich einen Teil des Gesprächs, sie bedankte sich bei ihm, dass er sie in seinem Haus willkommen hieß, und es war auch ein Kompliment dabei. Vielleicht sagte sie so etwas wie „schönes Haus“; ich war mir nicht ganz sicher.

Den Rest des Abends verbrachten wir mit weiteren verwirrenden Erklärungen. Anton wollte vieles wissen, aber vor allem Gaia stellte ständig Fragen, egal zu welchem Thema. Wir baten Keres zu bleiben, aber sie hatte ihre Tasche nicht mitgebracht und wollte sich auf keinen Fall aufdrängen. Sie schlug vor, dass Anton sie nach Hause bringen sollte, was Sinn ergab, dann könnte er auf dem Rückweg Akis mitnehmen. Er sollte bei uns übernachten, während wir alles klärten.

Anton kam erst in den frühen Morgenstunden zurück. Akis hatte beschlossen, bei einem Freund zu übernachten, und so kam er allein nach Hause. Als wir uns schließlich in unsere weißen Laken legten, schmiegte ich mich an Antons Körper und drückte mein Gesicht an seine Brust, die mir ein Gefühl von Geborgenheit gab.

„Du hast doch nichts dagegen, dass ich sie hierherbringe, oder?“

„Melodie-Mou.“ Ich konnte das tiefe Vibrieren seiner Stimme in seiner Brust spüren. „Das ist dein Zuhause und deine Familie ist meine Familie. Natürlich mache ich mir Sorgen, weil wir wenig über sie wissen. Aber sie ist willkommen. Wie ist sie auf das Haus und den Namen eurer Mutter gestoßen?“

„Es muss der DNA-Test gewesen sein. Ich weiß nicht mehr, ob ich sie danach gefragt habe.“ Ich gähnte und vergrub mein Gesicht zwischen den vereinzelten Haaren auf seiner Brust. „Ich werde sie morgen fragen. Oh Mist, ich wollte mich mit Maria treffen. Meinst du, sie würde mitkommen?“ Ich spürte, wie er leicht mit den Schultern zuckte. „Wenn sie damit einverstanden ist, kommst du dann morgen auch mit uns nach Agios Stefanos?“

„Es wäre mir eine Ehre.“

Kapitel 10

Unsere Fahrt nach Agios Stefanos verlief ruhig. Keres verbrachte die meiste Zeit damit, mit dem Zeigefinger gegen die Tür zu klopfen und auf die Olivenbäume zu starren. Wir fuhren in Antons Mustang mit offenem Verdeck. Das machte es wohl schwierig, sich über den Fahrtwind hinweg zu unterhalten. Immer, wenn ich mich umdrehte, um etwas zu sagen, war ihr Blick auf die Landschaft gerichtet. Zumindest kam es mir so vor. Vielleicht war es etwas übertrieben, sie bei unserem zweiten Treffen zu meinen Freunden mitzunehmen, aber es war zu spät, sie hatte eingewilligt und wir waren bereits unterwegs.

Als wir ankamen, fanden wir eine hochschwangere Maria mit einem Fuß auf Harrys Schoß vor, den er mit dem Enthusiasmus eines vernünftigen Mannes massierte. Ein Mann, der wusste, dass es das Wichtigste war, eine schwangere Frau bei Laune zu halten. Sie warteten im Silver Star auf uns. Ich hatte Maria eine Nachricht geschickt, und ihr geschrieben, dass ich Neuigkeiten hatte. Vermutlich dachte sie, dass ich ebenfalls schwanger war. Ich hatte das Gefühl, dass alle auf diese Ankündigung warteten, genau wie wir selbst.

Als wir die Steinstufen hinaufstiegen, nahm Maria den Fuß von Harrys Schoß und stützte sich mit den Händen auf dem Tisch ab, um aufzustehen und uns zu begrüßen. Ich konnte sehen, wie sich ihre Augen beim Anblick von Keres verengten. Sie runzelte ein wenig die Stirn und drückte ihre Nase platt. Sie blähte zwar nicht gerade die Nasenflügel, aber sie war nicht weit davon entfernt. Ich neigte meinen Kopf mit einem verschämten Lächeln.

„Das ist Keres. Sie ist meine Schwester“, verkündete ich. Mein Lächeln blieb nicht auf meine rosa geschminkten Lippen beschränkt. Es breitete sich aus – wie ein Sonnenaufgang, der alle Konturen meines Gesichts mit seinen Strahlen berührte. Marias und Harrys Reaktion war so ziemlich das Gegenteil davon. Harry sah zu Maria, als ob sie ihm eine Erklärung geben könnte, während Marias hübsches kleines Gesicht sich plötzlich in Falten gelegt und vor Verwirrung verzogen hatte. „Deine Schwester?“

Dann wurde die Geschichte noch einmal erzählt, dieses Mal bei Erdbeermilchshakes unter einem orangefarbenen Sonnenschirm, während Harry seine Arbeit fortsetzte und Marias geschwollene Füße massierte.

„Das ist ja verrückt! Als ob ...“ Sie sah Keres direkt an, „Als ob du unserer Melodie einfach so in den Schoß gefallen wärst. Wow ...“ Sie lächelte, aber ihr Beschützerinstinkt war geweckt. Während sie der Geschichte gelauscht hatte, hatte sie sich die Sonnenbrille vom Kopf herunter vor die Augen geschoben. Dadurch konnte ich nicht erkennen, was in ihr vorging, und sie wusste das. Seit sie schwanger war, verhielt sie sich beschützerischer als eine ganze Elefantenherde. Ich zuckte mit den Schultern, wobei ein dünner, blauer Träger meines Kleides von der Schulter rutschte. Anton schob ihn mit einem Finger zärtlich zurück, bevor ich es überhaupt bemerkt hatte.

„Wir freuen uns so sehr für euch", warf Harry ein, ohne Maria auch nur einen Blick zuzuwerfen. Er ließ ihren Fuß los und raufte sich die dichten Locken auf seinem Kopf, sodass sie zu Berge standen. Er blickte mich mit seinen runden braunen Augen und einem breiten Grinsen an.

„Ich habe Glück", warf Keres mit breitem Akzent ein und legte eine Hand auf ihr Herz. „Melodie hat mich willkommen geheißen und ich hatte Glück."

Das war das erste Mal, dass sie verriet, wie sie wirklich über all das dachte. Ich schluckte, bevor ich sprechen konnte. „Natürlich bist du willkommen. Du bist meine Schwester. Die einzige Familie, die ich noch habe."

„Und wie nennst du ihn?" Maria zeigte mit einem geschwollenen Finger auf Ant, der aufschaute. Er hatte fröhlich den Rest seines Milchshakes geschlürft, bevor wir uns alle zu ihm drehten und ihn ansahen. „Und Gaia natürlich", ergänzte sie.

„Du weißt, was ich meine. Biologische Verwandte. Natürlich sind sie meine Familie."

„Also, Keres, wie hast du deine Eltern überhaupt gefunden?", fuhr Maria fort.

Keres öffnete den Mund, um etwas zu sagen, biss sich dann auf die Unterlippe, drehte sich zu Anton und sagte etwas auf Griechisch. Daraufhin begann auch Maria, in perfektem Griechisch mit ihr zu reden. Sogar ich vergaß manchmal, dass sie das konnte. Tatsächlich hatte sie nie woanders als auf Korfu gelebt, aber zu Hause hatten ihre Eltern nur Englisch gesprochen und Harry war ebenfalls Engländer. Sie war auf Korfu zur

Schule gegangen, hatte sich vor Harry mit griechischen Männern getroffen und war zur Hälfte Griechin. Damit hatte Keres offenbar nicht gerechnet, denn sie drehte den Kopf zurück zu Maria.

„Entschuldigung, worüber redet ihr?", warf ich ein.

„Keres hatte meine Frage nicht verstanden, also habe ich sie auf Griechisch gestellt und erklärt, dass ich – wie sie – vielleicht nicht so griechisch aussehe, aber dass das nicht bedeutet, dass ich es nicht bin."

„Im Internet", setzte Keres zögerlich auf Englisch an, „ich habe meine Eltern im Internet gefunden."

„Meine Mutter hat einen DNA-Test gemacht, um sie zu finden", sagte ich und wandte mich an Keres. „Das geht natürlich alles online. Wir haben versucht, Mamas E-Mail-Adresse zu finden, um uns einzuloggen und zu sehen, ob es Übereinstimmungen gibt, aber wir hatten kein Glück."

„Ja, ein DNA-Test. Ich habe gesehen, dass meine Eltern auf Korfu waren. Dann bin ich hierhergekommen, um sie zu suchen."

Ich war mir nicht sicher, ob Maria mit der Antwort zufrieden war, aber Antons Handy klingelte und unterbrach das Gespräch, während er sich kurz mit seiner Ex-Schwiegermutter darüber unterhielt, wann Gaia sie wieder besuchen würde.

Keres besaß wenig Kleidung. Seit sie ihr Elternhaus verlassen hatte, besaß sie nur eine kleine rote Reisetasche. Ich wollte ihr etwas schenken, am besten etwas, das sie mochte und deshalb selbst aussuchen sollte. Wir begleiteten Maria und Harry, als sie sich auf den Weg zu ihren Eltern machten. Wir gingen in die Modeboutique neben dem Schmuckgeschäft, in dem Maria arbeitete. Das Schaufenster war elegant mit weißen Leinenkleidern und klobigen Halsketten in Smaragdgrün, der Farbe von Antons Augen, dekoriert. Gleich hinter der Tür war ein weißes Baumwollkleid mit einem bauschigen Rock und großzügigen Taschen ausgestellt. Es war mit einer prächtigen Halskette in

Gold und Gelb kombiniert, die wie ein Kunstwerk aussah. In ihrer Mitte hing eine große gelbe, mit Golddrähten umwickelte Glasscheibe zwischen dicken kleinen Perlen in Gelb und Gold, die sich entlang der Kette abwechselten. Sie war irgendwie auffällig und protzig, aber gleichzeitig auch wunderschön. Ich hielt mich einen Moment lang am Stoff eines gelben Seidentops fest und genoss die Klimaanlage, die mir sanft die Haare um die Ohren wehte.

„Was gefällt dir denn so?" Ich schaute zu Keres hinüber, die mit den Fingern über die weichen Baumwollpashminas an der Wand strich.

Sie drehte sich zu mir und starrte mich mit großen blauen Augen an. Ihr Gesicht war so ausdruckslos wie der Mond – vertraut und gleichzeitig völlig unbekannt.

„Alles hier ist wunderschön. Aber ich habe alles, was ich brauche." Sie ging ein paar Schritte weiter und sah sich weiter hinten im Laden einige dunkelgrüne Seidenshirts an.

Anton beugte sich vor und flüsterte mir ins Ohr. „Das muss schwer für sie sein. Von einem Bruder, der sie hinausgeworfen hat, zu einer Schwester, die sie nicht kennt."

„Pst, du flüsterst viel zu laut", sagte ich und bedachte ihn mit einem Blick. Er entfernte sich lachend und ging ein paar Stufen hinunter in einen anderen Teil des Ladens. Mein Blick blieb an seinen breiten Schultern und gebräunten Armen hängen. Es war ein warmer Tag, denn es wurde allmählich Sommer. Anton trug schwarze Jeans und ein blassblaues T-Shirt, das weich und zart aussah.

„Hey, hey!", rief jemand hinter mir und ich bekam einen sanften Klaps auf den Hintern.

„Hände weg von meiner Frau, Nico", rief Anton vom anderen Ende des Ladens her – ohne auch nur einen Blick in unsere

Richtung zu werfen –, bevor er anfing, sich auf Griechisch mit der Dame hinter dem Tresen zu unterhalten.

„Melo! Wo bist du gewesen? Sag schon! Ich habe dich seit deinem großen Tag nicht mehr gesehen. Mir blutet immer noch das Herz deswegen." Nico schob die Ärmel seines weißen Oberteils hoch und verschränkte die Arme vor der Brust. Er war so schlank wie immer und in seinen großen Hundeaugen lag ein halb spöttischer, halb verletzter Blick als Kommentar zu meiner kürzlichen Hochzeit. Ich ertappte ihn dabei, wie er an mir vorbeischaute, drehte mich um und stellte fest, dass seine Augen auf Keres ruhten.

„Oh nein! Raus mit dir!" Ich schob Nico sanft in Richtung der Tür, durch die er gerade eingetreten war, blieb dabei mit meinem Flip-Flop hängen und stolperte in ihn hinein.

„Nein, Melo, sei nicht eifersüchtig. Ich liebe dich immer noch", lachte er. Seine langen, dünnen Finger fuhren über mein Haar und ich schlug nach ihm, damit er aufhörte.

„Warum bist du heute so albern? Ich dachte, das hätten wir hinter uns", sagte ich und stampfte mit dem Fuß auf, weil ich nicht wollte, dass Nico sich an einem Tag wie heute solche Scherze mit mir erlaubte. Einem Tag, an dem ich mich mit meiner verlorenen Schwester anfreunden und gemeinsame Erinnerungen schaffen wollte.

Keres kam zu uns, ein rosiger Hauch lag auf ihren Wangen. Ihre Haut hatte einen rötlich-braunen Ton, überhaupt nicht olivfarben wie die typischen Griechen. Sie strich sich ihr golden glänzendes Haar von der Schulter und stellte sich Nico auf Griechisch vor. Er nahm ihre Hand und küsste sie. Wahrscheinlich hatte Nico nicht einmal während der Pandemie damit aufgehört, Frauen einen Handkuss zu geben.

Zwischen den beiden entwickelte sich ein lockeres und natürliches Gespräch. So lebhaft hatte ich Keres bislang noch nicht erlebt. Ich war nicht nur erstaunt, sondern auch ein wenig eifersüchtig. Nicht auf ihren Flirt mit Nico, sondern auf seine Fähigkeit, sie zum Reden und Lächeln zu bringen. Ihre rosigen Wangen zeichneten sich plötzlich deutlich in ihrem runden Gesicht ab. Sie öffnete ihre Lippen zu einem breiten Lächeln. Ihre zwei äußeren, oberen Schneidezähne standen leicht schräg zu den beiden mittleren, vollkommen symmetrisch und auf seltsame Weise süß, was ihr engelsgleiches Aussehen mit den flatternden Wimpern irgendwie noch betonte. Sie stützte sich mit der linken Hand auf die Glasvitrine neben sich, die voller Ringe und Ketten war. Ihre rechte Hand lag auf ihrer Hüfte.

„Melodie, es macht dir doch nichts aus, wenn ich mich um acht mit Nico treffe? Er lädt mich zum Abendessen ins Restaurant Fantasea ein“, sagte sie. Sie lächelte mich an, nicht so breit wie Nico, aber ich war dankbar für jeden Krümel Zuneigung, den sie mir zuwarf.

„Natürlich nicht. Ich fahre dich, wenn du möchtest“, sagte ich.

„Nein, ich werde sie abholen“, erklärte Nico und sah Keres immer noch an. „Woher kennt ihr euch?“

„Sie ist meine kleine Schwester.“ Bei diesen Worten riss er seinen Kopf mit der langen Nase abrupt zu mir herum. Ich erklärte ihm die Situation flüchtig und sagte ihm, dass Keres ihm beim Abendessen mehr erzählen könne. Nico tauschte Nummern mit ihr aus und verließ den Laden. Ich beschloss, die Sache zu meinem Vorteil zu nutzen.

„Such dir etwas aus und ich kaufe es dir, damit du es heute Abend tragen kannst.“ Ich gestikulierte durch die große Auswahl. Es bedurfte keiner großen Überredungskunst, damit sie das grüne Oberteil, das sie vorhin schon bewundert hatte, zusammen mit einem weißen, flatternden Rock anprobierte. Während Keres in der Umkleidekabine war, kam Anton zu mir und legte von hinten die Arme um meine Taille.

„Probierst du etwas Schönes an?“ Seine Stimme vibrierte in meinem Ohr.

„Nein, wieso? Gefallen dir meine Sachen nicht?“ Ich schaute auf mein eng anliegendes, blau-weiß gestreiftes Maxikleid hinunter.

„Eigentlich gefällt mir dieses Kleid sehr gut.“ Er drückte mich ein wenig fester an sich. „Aber ich weiß nicht, ich stelle mir gern vor, wie du dich hinter diesen dünnen Vorhängen ausziehst.“

„Hör auf.“ Ich schlug ihm auf die Hand, aber er ließ mich nicht los. Stattdessen küsste er meinen Hals, als wären wir allein zu Hause.

„Ich weiß nicht“, meinte Keres, als sie den Vorhang zurückzog.

Anton ließ sich von ihrem Erscheinen nicht beirren. Er legte einfach sein Kinn auf meine Schulter. Ich hingegen fühlte mich, als hätte ich etwas zu lange in der Sonne gestanden.

Keres probierte ein halbes Dutzend weiterer Outfits an, bevor sie sich doch für das grüne Oberteil entschied. Obwohl es bloß ein T-Shirt war, sah es viel eleganter aus, als man es erwarten würde. Es hatte vorn und hinten einen V-Ausschnitt und am Rücken ein schmales Band, damit es nicht von den Schultern rutschte. Der Stoff war weich und cremig wie Butter, er glitt sanft zwischen meinen Fingerspitzen hindurch. Doch als Anton den Stoff berührte, beklagte er sich, dass das zarte Material an seinen aufgerauten Fingerspitzen hängen blieb, als wäre seine Haut mit winzigen Widerhaken bedeckt, und er wollte den Stoff nicht beschädigen.

Wegen Keres’ schlanker Statur war der Ausschnitt des Oberteils recht tief. Ich spürte, wie der Beschützerinstinkt in mir erwachte. Ich wusste, dass das dumm war. Sie war eine erwachsene Frau und ich hatte weder den Anspruch noch das Recht, ihr Vorschriften zu machen. Mit etwas Abstand betrachtet, würde ich das auch gar nicht wollen. Sie sah wunderschön aus. Ich sagte mir, dass Nico ein Gentleman sein konnte, wenn er wollte, und schob alle Sorgen beiseite. Sie meinte, dass sie im Haus unserer Mutter einen Rock habe, den sie dazu tragen konnte. Als wir an der Kasse standen, stach mir eine Halskette mit einem grünen, künstlichen Opal ins Auge. Ich blickte auf meine Opalkette hinab, die meiner Mutter gehört hatte, und auf meinen Opalring, den ich von meinen Großeltern bekommen hatte. Obwohl es nicht ganz dasselbe war, musste ich die Kette für Keres kaufen. Ich schnappte sie mir und bezahlte.

Anton und ich schlenderten Hand in Hand die Straße entlang, während Keres vorausging, etwas auf ihrem Handy tippte und im Sekundentakt auf den Bildschirm blickte.

„Ich habe Keres auch eine Halskette gekauft. Aber jetzt habe ich ein schlechtes Gewissen, weil ich nichts für Gaia habe."

„Sei nicht albern. Du weißt, dass sie dich liebt", sagte er.

Wir drückten unsere Hände etwas fester. Ich sah zu ihm auf. Sein starker, stoppeliger Kiefer neigte sich zu mir hinunter. Ein leichtes Lächeln zuckte über seine vollen Lippen und ließ das Herz in meiner Brust höherschlagen. Nach so viel Schmerz, Verlust und Kummer hatte ich so viel Glück gehabt. Ich war von Menschen umgeben, die ich liebte und um die ich mich sorgte.

Auf der Rückfahrt von Agios Stefanos sprach Keres ungefähr genauso viel wie auf der Hinfahrt. Nur dass sie dieses Mal die ganze Fahrt über auf ihr Handy starrte und nur aufblickte, um zu fragen, ob sie das Angebot, bei uns zu übernachten, annehmen könne, weil es näher an Nico wäre. Um ehrlich zu sein, dachte ich, dass sie das ohnehin vorgehabt hatte, denn als wir sie abgeholt hatten, hatte sie ihre Reisetasche in den Kofferraum des Autos gepackt.

Als wir wieder im Haus ankamen, fing sie an zu reden; zum ersten Mal redete sie wirklich. Sie stellte Fragen über Nico. Woher kannte ich ihn? Wie war er so? Ich erklärte ihr, dass er mir im Jahr zuvor schöne Augen gemacht hatte und wir nur Freunde waren. Als Gaia aus der Schule kam, mischte sie sich in das Gespräch über

Nico ein. Sie war selbst ein bisschen in ihn verknallt. Sie schwärmte von seinem weichen, wirren, braunen Haar und davon, dass er sich vor Kurzem die Spitzen hatte aufhellen lassen. Dann redeten sie über seine – angeblich wunderschönen – großen braunen Augen. Ich hatte keine Lust, ihnen zu sagen, dass ich seine Nase im Vergleich zu seinem ovalen Gesicht etwas zu groß fand, also behielt ich meine Meinung für mich. All das war unwichtig. Wichtig war nur, dass Keres sprach und sich langsam entspannte. Ihre Körperhaltung veränderte sich, als hätte sie ihre Angst hinter sich gelassen und wäre nun bereit, einfach sie selbst zu sein.

Anton hatte rasch genug von der Unterhaltung gehabt und war auf dem Ledersofa eingeschlafen. Ich hatte seinen Kopf auf meinen Schoß gelegt. Selbst als ich schon recht dringend auf die Toilette musste, wollte ich ihn nicht wecken, sodass ich dem Gespräch über Nico ausgeliefert war.

Ich beteiligte mich immer weniger an der Unterhaltung, sodass Keres und Gaia schließlich ins Griechische wechselten, während ich durch mein Handy scrollte. Keres sprach viel flüssiger Griechisch als Englisch. Sie wurde lebhafter und redete in einem schnellen Tempo. Ich hatte nicht bedacht, dass die Sprache eine weitere Barriere darstellte, die dazu führte, dass sie in meiner Nähe angespannter war als in Gaias.

Ich schaute auf das Gesicht, das auf meinem Schoß lag, und fragte mich, ob ich schon schwanger war. Ob ich es merken würde. Mein Zeigefinger und mein Daumen trafen sich zwischen Antons Augenbrauen und trennten die weichen schwarzen Haare. Ich wiederholte diese Bewegung langsam immer wieder, während ich die sanften Bewegungen seines schlafenden Gesichts betrachtete. Ab und zu hob sich sein Mundwinkel ein wenig. Ich wollte ihn einfach nur küssen. Schließlich ließ ich seine Augenbrauen in Ruhe und fuhr mit den Fingern durch sein dichtes braun-schwarzes Haar. Es musste wirklich geschnitten werden. Oben trug er es immer etwas länger, aber es sah inzwischen ein bisschen wild aus, genau wie die Stoppeln an seinem Kinn. Ich fuhr mit den Fingern durch sein Haar und träumte von dem Kind, das wir noch nicht hatten. Ob es seine grünen Augen haben würde, mein Haar, seine Statur, mein Talent für Statistiken, seinen Geschäftssinn. Ob wir einen Jungen oder ein Mädchen bekommen würden.

„Mou-mou?", fragte Gaia.

Ich hob unvermittelt den Blick und beide Mädchen sahen mich an, als hätte ich etwas getan oder als sollte ich etwas sagen.

„Ja?"

„Ich habe gesagt, dass Keres mir ihr neues Oberteil zeigen will. Wo hast du es hingetan?"

Plötzlich fiel mir ein, dass ich ihr die Halskette noch nicht gegeben hatte. Schuldgefühle stiegen in mir auf, weil ich nichts für Gaia hatte. Nicht, dass sie sich deshalb einen Kopf machen würde, aber ich wollte nicht ungerecht wirken. Ich versuchte, mich vorsichtig von Antons schwerem Kopf zu befreien, aber es gelang mir nicht ganz. Er öffnete die Augen, sie waren leicht blutunterlaufen von dem unsanften Erwachen. Ich küsste ihn auf die Stirn und ging zum Esstisch, wo ich die Einkäufe abgestellt hatte.

„Hier ist es." Ich reichte ihr die Papiertüte. „Ich habe auch eine Halskette für dich. Sie hat mich an meine erinnert, die unserer Mutter gehörte. Unsere Großeltern haben sie ihr gekauft. Mir haben sie einen Ring geschenkt." Ich berührte die Kette um meinen Hals und zeigte ihr dann den Ring.

„Ich fand auch, sie würde gut zu deinem neuen Oberteil passen." Ich lächelte und hoffte, dass sie verstehen würde, was es für mich bedeutete, während ich gleichzeitig versuchte, so zu tun, als sei es keine große Sache, um Gaia nicht zu verärgern.

„Danke, Melodie. Du bist sehr nett zu mir.“ Sie legte die Arme um meinen Hals und drückte mich. Ihre weichen Arme fühlten sich an meinen Wangen kühl an. Dann rannte sie kichernd hinter Gaia her und sprang die Holztreppe hinauf, und schon war der Moment vorbei. Ich bewegte mich einen Augenblick lang nicht. Ich stand da und versuchte, die Erinnerung an das erste Mal festzuhalten, als meine kleine Schwester mich umarmt hatte. Ein Moment, den ich nie vergessen wollte.

„Sie verstehen sich gut“, mischte sich Anton aus seiner waagerechten Position auf dem Sofa ein. Er machte sich nicht einmal die Mühe, die Augen zu öffnen.

„Ja. Wir sind eine glückliche, kleine Familie“, flüsterte ich.

Kapitel 11

Es war genau 2:22 Uhr, als Keres auf Zehenspitzen durch die Haustür hereinkam. Ich hatte gerade zum zweiundzwanzigsten Mal in dieser Stunde auf mein Handy geschaut und stand am oberen Ende der Treppe. Ich versuchte rasch zu verschwinden, aber ich konnte nicht so schnell davonschleichen, ohne gehört zu werden, und sie sah mich.

„Melodie?", zischte sie in meine Richtung und leuchtete mir mit der Taschenlampe ihres Handys ins Gesicht.

Ich fühlte mich wie in einem Krimi: als wäre ich gerade bei einem Einbruch erwischt worden.

„Tut mir leid. Ich habe mir Sorgen gemacht, als es nach Mitternacht wurde." Sie leuchtete mir immer noch in die Augen, sodass ich ihr Gesicht nicht sehen konnte. Als ich die Augen leicht abschirmte, senkte sie den Lichtstrahl auf meine Füße. Selbst dann sah ich nur Schemen und Farbtupfer in der Dunkelheit tanzen, denn meine Augen hatten keine Zeit, sich an die Lichtverhältnisse zu gewöhnen. Sie stieß ein belustigtes Schnauben durch ihre runde Nase aus.

„Ich bin allein nach Korfu gekommen und komme schon klar. Mach dir keine Sorgen." Dann beugte sie sich zu mir und küsste mich auf die Wange. Ich konnte an ihr deutlich Nicos großzügig aufgetragenes Aftershave riechen. „*Kalinichta*, gute Nacht", sagte sie, während sie in die entgegengesetzte Richtung zu ihrem Zimmer ging.

Ich legte mich zurück ins Bett neben Anton und versuchte, ihn nicht zu wecken, aber ein scharfes Einatmen ertönte von seiner Seite des Bettes und dann ein Rascheln, als er seine Beine ausstreckte.

„Wie wird es dir erst gehen, wenn Gaia die ganze Nacht unterwegs ist?", fragte er gähnend.

„Ich werde direkt hinter dir stehen, also mach dir nichts vor."

Er stieß ein helles Lachen aus und rollte sich zu mir.

„Ja, das stimmt", sagte er. Er glitt mit seiner Hand an meinem Nachthemd hoch und legte sie auf meinen Po, bevor er sofort wieder einschlief. Ich lag auf der Seite, mit dem Gesicht zu ihm. Ich konnte ohnehin nicht schlafen. Mir hing immer noch der Sandelholzgeruch von Nicos Aftershave in der Nase. Vorsichtig schob ich Antons schweren Arm von mir herunter und schlüpfte in unser angrenzendes Bad. Ich zog an der kleinen Schnur für die Lampe über dem Spiegel. In dem schummrigen Licht sah ich Mama und Oma so ähnlich. Keres tat das nicht. Der Gedanke nagte an mir. Ich schüttelte leicht den Kopf, aber er hing an mir, wie ein schwerer Ohrring an einem zarten Ohrläppchen – er ließ sich nicht einfach ignorieren. Sie sah wie er aus. Wie Adam. Ich war mir nicht ganz sicher, denn ich hatte den Mann nie getroffen. Meine Mutter hatte mir das eine Foto gegeben, auf dem sie miteinander essen waren, als sie sechzehn und er siebenundzwanzig gewesen war. Es war in einer der Kisten, die ich durchsucht hatte. Ich erinnerte mich, dass ich es gesehen hatte. Am liebsten hätte ich sofort nachgesehen, aber ich wusste, dass es nicht fair war, das ganze Haus aufzuwecken, nur um zu überprüfen, wie ähnlich sie unserem Vater sah oder nicht. Ich schlüpfte zurück ins Bett, dieses Mal unbemerkt von dem Koloss neben mir, der leise schnarchte.

Keres kam an diesem Morgen nicht zum Frühstück. Es war Sonntag und Gaia war mit Finn verabredet. Sie hatte Keres unbedingt fragen wollen, wie ihr Date gelaufen war, aber am Ende musste sie gehen, ohne etwas erfahren zu haben. Ich war auch nervös, weil ich das Foto noch einmal sehen wollte. Schließlich beschloss ich, dass es egal war, ob ich sie aufweckte oder nicht. Ich ging in das Schlafzimmer neben ihrem und sah die Kisten durch. Ich leerte jede einzelne. Nichts. Kein Foto. Ich sah hinter den Kisten, unter dem Bett und unter unserem Bett nach. Nichts. Ich ging die Treppe hinunter und dachte darüber nach, wo es abgeblieben sein könnte.

Keres erschien auf der Treppe, nur mit einem übergroßen T-Shirt mit griechischer Schrift darauf bekleidet. Sie stapfte die Treppe herunter und sah erst von ihrem Handy auf, als sie unten ankam.

„*Kalimera*", sagte sie. Guten Morgen. Ihre blauen Augen huschten zwischen Anton und mir hin und her. Sie wuschelte sich durchs Haar. Es hatte vorher glänzend und fein gewirkt, aber jetzt stand es kreuz und quer in alle Richtungen. Sie ging um das geschwungene Geländer herum, setzte sich aber nicht in den Wohnbereich. Stattdessen ging sie in die entgegengesetzte Richtung, vorbei an der kleinen Fernsehecke und direkt ins

Esszimmer. Sie setzte sich, während sie immer noch auf ihr Handy tippte, und legte ihre Füße auf den Stuhl am Kopfende des Tisches.

„Hast du gut geschlafen?", begann ich, als ich mich zu ihr setzte.

„Ja. Vielen Dank", antwortete sie mit ihrem breiten griechischen Akzent. Sie legte ihr Handy beiseite und sah mich mit einem breiten Grinsen an. Die Bäckchen ihrer Wangen waren genauso rund wie ihre Augen. Ihr Anblick erinnerte mich an ein wirres Engelchen. Die Anspannung in meinen Schultern löste sich ein wenig. Wir unterhielten uns, während sie etwas Obst frühstückte und ein Glas Wasser trank. Anton kam und plauderte kurz mit uns, bevor er nach draußen ging, um mit der Gartenarbeit weiterzumachen.

„Geh dich anziehen und wir treffen uns im Schlafzimmer neben deinem. Natürlich nicht in Gaias Zimmer, im anderen", sagte ich.

Sie schnappte sich ihr Handy und huschte davon, während sie eine weitere Nachricht schrieb. Ich wusste, dass es ein wenig dauern würde, bis sie fertig war, also ging ich durch die Küche und trat durch die Hintertür hinaus. Anton hatte sein T-Shirt ausgezogen und bückte sich, um an der Seite des Gartens Unkraut zu jäten, wo er Zucchini, Rote Bete und anderes leckeres Gemüse anbaute. Ich schlich mich an ihn heran und küsste seine untere Wirbelsäule. Das ließ ihn aufspringen, wobei er mit seinem Hintern gegen mein Gesicht stieß, sodass ich nach hinten auf den Boden plumpste.

„*Gamoto*! Mist! Melodie! Du hast mich erschreckt. Ich wusste nicht, dass du es bist. Alles in Ordnung?" Ich streckte meine Hand aus, die er sofort ergriff. Anstatt mir von ihm aufhelfen zu lassen, zog ich ihn lachend zu mir herunter. Ich küsste ihn und ließ meine Fingerspitzen über die Schweißtropfen auf seinem Rücken gleiten. „Ich vermute, es ist alles okay", sagte er in meinen Mund.

„Ich liebe dich", lachte ich und klopfte ihm auf den Hintern, um ihm zu bedeuten, dass er von mir runtergehen sollte.

„Ich liebe dich auch, Melodie-Mou."

Ich sagte nichts Weiteres mehr, sondern schlenderte einfach zurück ins Haus, glücklich darüber, dass ich den Geschmack seiner salzigen Haut noch auf den Lippen hatte und das Gefühl seines festen, verschwitzten Körpers in den Händen spürte.

Oben an der Treppe bog ich rechts ab in Richtung des Schlafzimmers mit all den Kisten. Ich hörte, wie eine Dusche lief, also wusste ich, dass mir noch Zeit blieb, um ein wenig Ordnung zu schaffen, bevor ich Keres die Unterlagen zeigen würde. Während ich nach dem Foto meiner Eltern gesucht hatte, hatte ich Mamas Notizbücher und die Papiere wahllos im Zimmer verteilt, einige auf dem hellen Holzboden, einige auf dem Schreibtisch und einige auf den weichen grünen Kissen auf dem Bett. Ich ging die Unterlagen durch und versuchte, sie sinnvoll zu ordnen, obwohl das manchmal gar nicht ging. Es war, als hätte sie gegen Ende hin gute und schlechte Tage gehabt. Ich fragte mich, ob ich sie an den guten oder an den schlechten Tagen getroffen hatte und ob sie deshalb nicht in der Lage gewesen war, sich mir sofort zu öffnen und mir die Wahrheit über den Missbrauch durch meinen Vater zu sagen. Ich las noch einmal einige der Stellen, die Anton und ich bereits durchgegangen waren. Als ich die Einträge in den Notizbüchern überflog, wurde mir klar, wie krank und durcheinander sie bereits gewesen war. Ihre zeitlichen Aufzeichnungen waren völlig verworren. Man konnte nicht sagen, wie lange sie überhaupt auf Korfu gelebt hatte. Zumindest nicht sicher. Als ich bei ihr war, hatte sie von vierzehn Jahren gesprochen. In ihren Notizen suchte sie nach dem Baby, Keres, das in einem Moment neunzehn war, und im nächsten Moment suchte meine Mutter wieder nach jüngeren Babys. Ich klammerte mich an ihre Worte, ihre Handschrift, ließ meinen Daumen über das glatte Papier gleiten und wünschte mir fast, ich könnte die Worte auf der Seite wie Blindenschrift fühlen, als ob mir das helfen würde, die Wahrheit zu verstehen. Die Notizen waren nicht für mich bestimmt, sie hatte sie für sich selbst gemacht. Ich war bloß ein Zaungast, der den fehlerhaften Code nicht entschlüsseln konnte.

Die Tür öffnete sich knarrend und Keres tapste herein. Sie war immer noch an ihrem Handy und ihr Haar war noch nass von der Dusche. Sie trug ein grelles, neonoranges Röhrentop zu ihren schwarzen Jeans.

„Komm und sieh dir das an", sagte ich und reichte ihr den Zeitungsartikel über sie.

Sie befasste sich damit auf eine Art und Weise, wie ich es nicht konnte. Ich wusste, dass ich nie in der Lage sein würde, Griechisch zu lesen oder gar fließend zu sprechen. Bei der Vorstellung, ein Baby im Arm zu halten und nicht in der Lage zu sein, mit ihm in seiner Erstsprache, der Sprache der Insel, zu sprechen, bildete sich ein Kloß in meinem Hals. Ich schluckte und schüttelte den Kopf, um den Gedanken zu verdrängen. Ich wollte, dass das Kind davon profitierte, mit zwei Sprachen aufzuwachsen; darüber traurig zu sein, war absolut egoistisch. Hoffentlich würde mein Griechisch mit der Zeit besser werden.

„Das bin also ich?" Keres drehte den Zeitungsausschnitt in meine Richtung. Ihre runden kleinen Wangen leuchteten fast so stark wie ihr Oberteil.

„Das ist doch dein Name, oder nicht?" Ich lächelte ein wenig und zappelte herum. Ich kniete nicht mehr auf dem harten Boden, sondern machte es mir im Schneidersitz bequem. Keres schaute wieder auf den Ausschnitt und hielt ihn vorsichtig mit beiden Händen fest. Ihre Fingernägel waren kurz, fast ganz abgebissen, mit Resten von rotem Nagellack.

Sie schnaubte und ein Wassertropfen fiel von der Spitze einer glatten Haarlocke auf den Ausschnitt, bevor sie ihn mir mit einem Grinsen, bei dem sie ihre milchweißen Zähne zeigte, zurückgab. Ich wischte den Tropfen so schnell wie möglich weg, aber er hatte einige der Worte verschmiert. Ich sagte mir, dass das nichts machte. Ich konnte sie ohnehin nicht verstehen. Keres schien den bösen Tropfen, der die Worte verwischt hatte, nicht einmal zu bemerken. Sie schnappte sich das Notizbuch, das ihr am nächsten lag. Es war das kleine gelbe, das ich bei Mamas Tod zu ihren Füßen gefunden hatte. Sie strich mit dem Daumen über die Vorderseite und öffnete es, um zu sehen, was darin stand.

„Hier hört es auf", sagte sie und deutete auf den unvollendeten letzten Eintrag.

„Das war ihr letzter Eintrag. Das hat sie geschrieben, als sie starb."

„Oh." Sie klappte das Buch zu, ohne weitere Fragen zu diesem Thema zu stellen. Ich hätte ihr gern erzählt, was geschehen war und wie ich mich gefühlt hatte, aber ich wusste, dass es nicht fair war, das alles jemand anderem aufzubürden, wenn er es gar nicht wissen wollte. Ich presste meine Lippen aufeinander und strich mit den Händen über die Baumwolle meiner engen marineblauen Shorts.

„Lies das hier." Ich nahm ein weiteres Notizbuch aus der Kiste und reichte es ihr. „Hier steht etwas über den DNA-Test drin. Wie sie ihn letztlich gemacht hat. Ich bin so froh, dass sie es getan hat, sonst hätte ich nie erfahren, dass es dich gibt, und du hättest sie vielleicht nicht gefunden."

Wir sahen alles gemeinsam durch. Manchmal schweigend, manchmal erklärte ich das eine oder andere oder las Keres einige von Mamas Tagebucheinträgen und Notizen vor, wenn sie Schwierigkeiten hatte, sie zu entziffern oder zu verstehen.

„Wird Akis im Haus bleiben?", fragte Keres, während sie etwas in der Hand hielt, das wie ein juristisches Dokument aussah, und es mit den Augen absuchte.

„Nun, das war der Plan. Er ist für ein oder zwei Tage zu Michail gefahren, er ist ein Freund von Anton und Akis. Anton hat eine Zeit lang bei ihm und seiner Familie gewohnt, als er noch jünger war. Wir wollen das Haus auf Vordermann bringen und es vermieten."

„Auf Vordermann bringen?"

„Entschuldigung, ja, ähm – es besser machen, herrichten. Es renovieren." Sie nickte und noch mehr Wasser tropfte aus ihrem Pferdeschwanz.

„Hast du Fotos von meinen Großeltern?"

„Natürlich! Aber nur von Mamas Seite. Von Adam wusste ich nichts und ich habe auch nicht nach Großeltern auf seiner Seite gesucht." Ich griff nach meinem Handy und scrollte so schnell ich konnte, um ein Foto von Korfu zu finden. Schon bald stieß ich auf eines der vielen schönen Bilder von ihnen. Auf diesem hatte ich mich zwischen die beiden gedrängt und sie lachten. Mein Lächeln hatte etwas Manisches, ich zeigte viele Zähne und meine Wangen waren angespannt. Oma trug ein elegantes, wasserblaues Top mit weiten Ärmeln und Opa war ganz in Weiß gekleidet, beide hatten eine satte, goldene Bräune. Keres beugte sich vor und betrachtete das Foto genau.

„Hast du ein Foto von ihnen zu Hause? Bei ihnen zu Hause?"

„Irgendwo habe ich eins, aber ich muss auf meinem Laptop nachsehen."

„Oh. Wie war es denn so? Dein Zuhause?"

Ich hatte versucht, nicht mehr an das alte Haus zu denken, seit es verkauft worden war. Das letzte Mal, als ich dort gewesen war, hatte ich mit Anton auf dem Boden gelegen. Wir waren gegangen und ich hatte nicht mehr zurückgeblickt. Wenn ich zu viel darüber nachdachte, schnürte sich mir die Brust zu. Die Mischung aus glücklichen Erinnerungen und Verlust war zu heftig, besonders nachdem ich herausgefunden hatte, dass Adam meine Mutter von dort entführt hatte. Das Haus war einfach mit zu vielen Emotionen aufgeladen, als dass ich daran denken konnte.

„Es war ein normales Haus, in einem Dorf in der Nähe von Cambridge. Es war ganz nett. Mit einem großen Garten voller Gemüse und Rosensträucher. Es war nichts Besonderes.“ Ich blickte zurück auf mein Handy und die lachenden Gesichter, die Augen zusammengekniffen und die Münder so weit offen, wie es nur ging. Ich konnte sie beinahe hören.

„Ist es deins? Oder verkaufst du es?“

„Ich habe es verkauft. Es fiel mir zu schwer, ohne sie dort zu sein.“ Ich sog meine Unterlippe für einen Moment lang ein und grub die oberen Zähne in sie. „Ich vermisse sie einfach. Ich bin sicher, dir geht es mit deinen Eltern genauso.“

Sie runzelte die Stirn und legte den Kopf schief, bevor sie langsam und in Gedanken versunken nickte.

Nachdem wir eine Mittagspause gemacht hatten, sahen wir uns weiter die Notizbücher an und tauschten Ideen aus, bis Anton den Kopf durch die Tür steckte und wie ein körperloses Wesen auf uns herabsah.

„Gaia wird bald zu Hause sein. Ich mache Lamm zum Abendessen.“

Natürlich interessierte sich Gaia nur dafür, was mit Nico passiert war. Ich hatte es den ganzen Nachmittag vermieden, sie danach zu fragen. Ich wollte es gar nicht wissen. Keres sagte, er habe sie ins Fantasea eingeladen. Sie erzählte mir von dem köstlichen Essen und dem Blick auf den Sonnenuntergang über dem Wasser. All das kannte ich bereits, denn das Fantasea war schon immer eines meiner Lieblingsrestaurants gewesen. Sie hatte mir sogar ein Foto gezeigt, das Nico von ihr gemacht hatte, als sie mit einem Glas Wein vor dem Sonnenuntergang posierte. Wir erfuhren, wie sie ihr Essen geteilt hatten und dass er ihr eine Blume geschenkt hatte. Ich fragte mich, wo die Blume wohl sein mochte, denn sie hatte keine bei sich gehabt, als sie nachts nach Hause gekommen war. Mit jedem Detail war Gaia mehr und mehr von Keres' Worten gefesselt.

Schließlich ging ich Anton in der Küche helfen, und die Mädchen sanken in die braunen Ledersofas und plapperten auf Griechisch weiter, wobei sie mit den Händen wild gestikulierten, als würden sie gleich davonfliegen. Immer wieder rollte ihr Kichern wie eine Welle durch das Haus, während Anton Knoblauch hakte und ich mich an seine Taille klammerte wie eine Art Sicherheitsgeschirr. Er war zu groß, als dass ich mein Kinn auf seine Schulter hätte legen können, also drückte ich meine Wange an seinen Rücken und schob meine Finger in seinen Hosenbund. Er gab ein gedämpftes Geräusch von sich, mit dem er die neue Position meiner Hände entweder erregt oder verlegen kommentierte. Ich ließ sie nicht weiter nach unten wandern. Ich genoss einfach die Umarmung und folgte seinem Körper, als er anfing, Tomaten, Paprika, Feta und Gurken kleinzuschneiden. Ich rieb meine Wange an dem weißen Baumwollhemd, das er sich übergeworfen, aber nicht zugeknöpft hatte. Ich konnte nicht glauben, wie sehr sich mein Leben verändert hatte. Noch vor einem Jahr hatte ich allein in Cambridgeshire gelebt, inmitten von Verlust und Isolation. Jetzt hatte ich einen Ehemann, eine Schwester und sogar eine Tochter im Teenageralter.

Anton drehte sich zu mir, als ob er meine Gedanken lesen könnte. Er schaute nach unten und lächelte, als ich meine Arme unter sein Hemd schob und mein Gesicht gegen die zarten Härchen auf seiner Brust drückte.

„Ich würde ohne dich sterben", flüsterte ich. Er schlang seine Arme um mich und küsste meinen Kopf, bevor er etwas auf Griechisch murmelte.

Dann schob er mich von sich und legte seine Handflächen auf meine Schultern, nicht aber seine Finger, um meine Arme nicht mit Feta zu bekleckern. „Ich würde ohne dich sterben", wiederholte er meine Worte, und verträumt berührten seine Finger mein Gesicht. Schnell griff ich nach ihnen.

„Hey! Deine Hände riechen nach Knoblauch", lachte ich. „Jetzt wird mein Gesicht auch nach Knoblauch riechen!"

„Köstlich!" Dann leckte er mir übers Gesicht, als wäre er eine verrückt gewordene Katze.

Ein Kreischen ertönte aus meiner Kehle, als ich versuchte, ihm zu entkommen, aber er hielt mich fest, stöhnte leise und tat so, als würde er mich noch einmal ablecken. Die Muskeln in meinem Bauch verkrampften sich wegen des hysterischen Gelächters und bald hatte er mich auf dem Boden fixiert.

„Hör auf! Hör auf!", flehte ich, während ich erschöpft nach Atem schnappte.

„Ja. Bitte hör auf!", rief Gaia aus dem Wohnzimmer.

Er hörte auf. Doch bevor er mir wieder auf die Beine half, fanden seine Lippen die meinen und wir pressten uns hinter der Küchentheke einen Moment lang aneinander.

Nach dem Abendessen gingen Gaia und Keres in Gaias Zimmer, um Kleider anzuprobieren und vermutlich weiter über Jungs zu reden. Ich konnte mir nicht vorstellen, dass es noch viel mehr über Nico oder Finn zu sagen gab, aber ihnen fiel immer noch etwas ein. Obwohl sich mindestens die Hälfte der Gespräche nur um Nicos dichtes und offenbar sehr weiches Haar drehte.

Ich steckte den Kopf in Gaias Zimmer, um den beiden gute Nacht zu sagen, aber nur Gaia lag auf ihrem Bett und hielt das Handy über ihr Gesicht hoch.

„Wo ist Keres?" Ich ließ meinen Blick durch den Raum schweifen, von dem blassgrünen, flauschigen Hocker bis zu den rosafarbenen Wänden. Die Tür zu Gaias Bad stand offen und das Licht war aus. Sie schaute mich an und sagte, dass Keres einen Anruf bekommen habe und nach draußen gegangen war, um zu telefonieren. Ich wünschte ihr eine gute Nacht und ging wieder nach unten, um im Garten nachzusehen.

Der Raum im Erdgeschoss erstreckte sich rund um die breite Treppe und ihre großzügige Öffnung, die zur Eingangstür zeigte. Ich war mir also nicht sicher, wie Keres unbemerkt an mir vorbeikommen konnte, wenn ich doch unten gewesen war. Auf meiner Stirn bildeten sich Falten, als ich darüber nachdachte, dass ich vielleicht wie Gaia mit den Augen auf mein Handy gestarrt hatte. Als ich die unterste Stufe erreicht hatte, wurde eine Tür im Obergeschoss geschlossen.

„Gaia?", rief ich, aber es kam keine Antwort. Dann öffnete sich die Hintertür und ich drehte mich am Fuß der Treppe nach links, um in einer Linie mit dem Esstisch und der Tür dahinter zu stehen. Es war Anton. Als er zu mir herübersah, legte er den Kopf schief.

„Warum runzelst du die Stirn? Ist etwas mit mir?" Er schaute auf sein Hemd hinab und wischte unsichtbaren Schmutz weg.

Ich ging auf ihn zu und zeigte auf die Tür. „War Keres draußen?"

Er schüttelte den Kopf, griff nach meinem Zeigefinger und zog mich zu sich, um mich zu küssen. „Ich dachte, sie wäre es", sagte ich. „Ich werde oben noch einmal nachsehen."

„Ich treffe dich oben, sobald ich den Geschirrspüler eingeschaltet habe."

Also eilte ich los, die Treppe hinauf und direkt zu Keres' Zimmer, wo ich leicht an die Tür klopfte. Sie antwortete, als hätte sie auf der anderen Seite gestanden und auf mich gewartet. Sie steckte ihren Kopf lächelnd durch die Tür.

„Melodie, ich habe dich gesucht. Ich möchte morgen gern etwas Nettes für dich und Anton tun. Um mich für meinen Aufenthalt bei euch zu bedanken."

„Das wäre schön, aber das musst du wirklich nicht tun. Ich glaube, Anton muss Gaia morgen nach Agios Stefanos bringen. Sie hilft in der Taverne ihrer Freundin aus."

„Wie wäre es mit Mittagessen?"

„Wir gehen alle zusammen irgendwo schön essen und lassen uns von Anton einladen! Ich gehe jetzt ins Bett. Schlaf gut."

Als sie die Tür schloss, fragte ich mich, wie sie wohl das Essen bezahlen würde. Ich hatte angenommen, dass sie eigentlich kein Geld hatte, weil sie unerlaubterweise in das Haus unserer Mutter eingedrungen war. Vielleicht war das eine dumme Vermutung. Sie hatte es allein von Athen nach Korfu geschafft und sich selbst um ihr Essen gekümmert, während sie hier war. Vielleicht hatte sie viel Geld geerbt. Ich würde sie nicht fragen, aber ich wollte auch nicht, dass sie Geld für uns ausgab, wenn sie eigentlich keins hatte. Allein die Tatsache, dass sie es wollte, reichte mir. Es zeigte, dass es ihr wichtig war, und das war genug.

Es brachte mich allerdings auf den Gedanken, dass das Haus unserer Mutter eigentlich zur Hälfte ihr gehörte.

Kapitel 12

Anton wollte zu Akis weiterfahren, nachdem er Gaia abgesetzt hatte. Ich bat ihn, stattdessen mit Akis und uns zusammen Mittag zu essen. So würde Akis die einstündige Fahrt mit seinem Mietwagen unternehmen, und Anton musste nicht den ganzen Weg fahren. Gaia half ihrer Freundin Natalia während des Mittagsgeschäfts beim Abräumen der Teller und Beladen der Spülmaschinen. Ich glaube, es machte ihnen einfach Spaß, während der Arbeit zu plaudern.

In Agios Stefanos war fast alles wieder wie früher. Die Pandemie hatte zwar einiges verändert, aber der Ort füllte sich mehr und mehr mit Touristen. Im Laufe des Winters waren in ganz Griechenland verschiedene Beschränkungen wieder eingeführt worden, um die Ausbreitung einer neuen Virusvariante einzudämmen. Gerade als die Welt gehofft hatte, es wäre vorbei, waren die Beschränkungen allmählich zurückgekehrt. Für Ungeimpfte galten in Griechenland strengere Regeln. Viele Menschen trugen weiterhin Masken, obwohl das gar nicht immer von ihnen verlangt wurde. Ich tat es auch, wenn ich an einem belebten Ort unterwegs war. Aber im Winter mussten überall Masken getragen werden, sogar draußen. Einige Unternehmen hatten diese Zeit irgendwie überstanden, andere nicht. Zum Glück war es aber vielen gelungen.

Wir parkten an der Hauptstraße und schlenderten zum Restaurant, das in einer Seitenstraße lag, die zum Strand führte. Wir hatten beschlossen, mit Keres ins Waves zu gehen, wo vor Kurzem unsere Hochzeitsfeier stattgefunden hatte. Wir bogen von der Hauptstraße ab und liefen hinunter zum Meer. Ich liebte Karousades, und an einigen Stellen des Dorfes hatte man aufgrund der höheren Lage eine unglaubliche Aussicht auf das Meer, aber ein Teil von mir wäre gern noch näher an Agios Stefanos gewesen – nicht dass es besonders weit weg gewesen wäre. Ich genoss es einfach, dass all die Erinnerungen an meine Großeltern dort so greifbar waren. Wir gingen schweigend weiter, meine Hand lag in der von Anton. In Keres' Hand lag ihr Handy.

„Jemand Interessantes?" Ich strich mir die Haare hinters Ohr und neigte meinen Kopf, um sie besser anschauen zu können.

„Freunde. Aus Athen." Sie steckte ihr Handy in die Gesäßtasche ihrer kurzen schwarzen Shorts und machte ein paar große Schritte, um auf der Straße zu uns aufzuschließen.

„Ich liebe den Strand." Sie zeigte auf das Meer und machte einen kleinen Hüpfer. „Ich wohne in der Nähe der Stadt. Als Kind war ich nicht oft am Meer. Papa hat mich mitgenommen und mit mir Englisch gesprochen. Er hat darauf geachtet, dass ich es lerne! Ich will besser werden."

„Dein Englisch ist viel besser als mein Griechisch!“, sagte ich, woraufhin Anton etwas auf Griechisch murmelte und meinen Hintern tätschelte. Keres stieß ein kleines Lachen aus und grinste Ant dann an. „Es ist eine sehr schwierige Sprache!“ Beide schmunzelten und nickten zustimmend. „Dein Englisch wird ohnehin immer besser, jetzt, da du bei uns wohnst. Ich hoffe, du bleibst noch eine Weile. Dein Vater hat also Englisch mit dir gesprochen? Was hat er gemacht?“

Sie stotterte ein wenig und zog ihren übergroßen Pullover von einer Schulter.

„Ich kenne das englische Wort dafür nicht“, sagte sie.

Anton mischte sich auf Griechisch in die Unterhaltung ein. Ich schaute zu ihm auf. Er warf Keres einen viel mitfühlenderen Blick zu, als er es bei mir wegen meiner mangelnden Griechischkenntnisse getan hatte. Ich wandte meine Aufmerksamkeit wieder Keres zu, die ihre Hände um die Ärmel ihres Pullovers zu Fäusten geballt hatte.

Als wir im Waves ankamen, wurden wir an einen Tisch geführt. Anton und ich plauderten mit den Kellnern über die Hochzeit und lachten. Ich warf immer wieder einen Blick zu Keres, die mit glasigen Augen auf das Meer hinter mir blickte. Ihr Mund war zu einem kleinen Lächeln verzogen. Gelegentlich nickte sie während des Gesprächs und war charmant, als wir sie vorstellten. Als die Kellner gingen, um einen anderen Tisch zu bedienen, legte ich meine Hand auf ihre. Sofort wandte sie ihre blauen Augen vom Meer ab und starrte mich kühl an. Als sie ihre Hand unter den Tisch schob, wurde ihr Blick wieder weich und ihre Augen waren schön wie immer. Schnell legte ich meine Hand in meinen Schoß.

„Was ist los? Hat es etwas mit deinem Vater zu tun? Es tut mir so leid, wenn ich dich verärgert habe.“ Ich brauchte Anton nicht anzusehen, um zu wissen, dass er sich unwohl fühlte. Er hatte sich an das Kopfende des Tisches und somit neben uns beide gesetzt.

Er richtete seinen Blick auf den Strand und das Meer, als könne er unser Gespräch auf diese Weise nicht hören.

„Nein. Alles in Ordnung. Ich vermisse ihn. Er hat viel für uns gearbeitet. Ich habe ihn nicht oft gesehen. Der Strand ist so schön. Kein Wunder, dass er den Touristen gefällt."

Ich schaute hinter mich und stützte meinen Unterarm auf die Lehne meines Stuhls. Sie hatte recht. Auf den meisten Liegen auf dem goldfarbenen Sand lagen braun gebrannte Menschen, die ihre Nasen in Bücher steckten oder den Nachmittag in der Sonne verschliefen. Gelegentlich wurde ein paar von ihnen zu heiß. Dann trippelten sie auf Zehenspitzen über den Sand, als wären es heiße Kohlen, bereit für die kühle Erfrischung des schäumenden Meeres. Ich hätte die Menschen stundenlang dabei beobachten können.

„Weißt du, was du nimmst?", fragte Anton. Er hielt die Speisekarte vor seinem Gesicht hoch, aber ich konnte trotzdem sehen, wie das Lächeln seine Wangen erreichte.

„Nein, tue ich nicht!", antwortete ich trotzig auf seinen implizierten Vorwurf, dass ich beim Mittagessen im Waves immer Zucchini-Feta-Bällchen wählte. Ich würde es nicht bestellen, obwohl ich die frittierten Zucchinibällchen am liebsten mochte. Ich suchte auf der Speisekarte nach etwas anderem und entschied mich stattdessen für einen traditionellen griechischen Salat.

„Wo ist Akis? Ohne ihn können wir nicht bestellen."

„Akis?" Keres setzte sich in ihrem Stuhl auf und legte ihre Speisekarte flach auf den Tisch, wobei sie ihre Hände auf dem laminierten Blatt platzierte.

„Tut mir leid, das habe ich vergessen, dir zu sagen! Anton wollte sich heute mit ihm treffen, also habe ich vorgeschlagen, dass er stattdessen hierherkommen soll. Ich hoffe, das ist in Ordnung."

Keres nickte und widmete sich wieder der Speisekarte.

Anton überprüfte sein Handy und jammerte, dass sein Bruder zu allem zu spät kam, sogar zu seiner eigenen Geburt – scheinbar war das so gewesen. „Er schreibt, dass er am Strand geparkt hat. Das war vor fünf Minuten und es ist nur eine halbe Minute Fußweg hierher."

Gerade als Anton sein Handy auf die Papiertischdecke legte, tauchte Akis hinter ihm auf. Er hatte den Zeigefinger an die Lippen gelegt, damit ich nichts sagte, bevor er Anton an den Schultern packte und ihm „Buh!" ins Ohr brüllte. Anton fasste mit einem seiner langen, muskulösen Arme über seinen Kopf und packte seinen kleinen Bruder, der sein Kinn auf Antons Schulter gedrückt hatte. Akis stieß ein Krächzen aus, das mich ein wenig an ein Huhn erinnerte, als Anton seinen perfekt frisierten Dutt durcheinanderbrachte. Er ließ seinen Bruder schnell wieder los, aber nicht bevor jeder in dem sehr belebten Restaurant ihn bemerkt hatte. Ich bin sicher, meine Wangen waren so dunkelrot wie der Rote-Bete-Dip. Akis und Anton schienen sich einfach für lustig zu halten. Nachdem er seinen Dutt wieder zurechtgemacht hatte, setzte sich Akis neben Keres. Sie hatte das Gezanke mit einem süßlichen Lächeln quittiert und strich sich vorsichtig die Haare von der rechten Schulter, als Akis neben ihr Platz nahm.

„Keres, schön, dich wiederzusehen. Das letzte Mal war schon lustig, oder Miss Jones?" Er lachte.

Ich sagte zu Keres: „Mir ist aufgefallen, dass ich deinen Nachnamen gar nicht kenne. Ich meine, du hast zu Akis gesagt, es wäre ‚Jones', was ja der Name unserer biologischen Eltern ist, aber wie heißt du wirklich? Wie lautet der Familienname deiner Adoptiveltern?" Ich lehnte mich auf dem Tisch nach vorn und zog an der Vorderseite meines Wickeloveralls, um sicherzugehen, dass er nicht aufklaffte, wie er es manchmal tat.

Keres formte mit den Lippen einen Schmollmund und legte den Kopf schief wie ein verwirrtes Hündchen. Sie blickte Hilfe suchend zu Akis und Anton, ganz die Jungfrau in Nöten. Es war Akis, der ins Griechische wechselte, um meine Frage zu übersetzen.

„Es ist Adamos", sagte sie schließlich.

„Oh, das ist ja lustig! Nicht wahr? Weil dein biologischer Vater Adam hieß." Ich stützte mein Kinn auf meine Fingerknöchel und war fasziniert von der Ironie des Ganzen.

Keres blinzelte mit ihren ungeschminkten, dunkelblonden Wimpern und lächelte achselzuckend.

Antons Finger berührten mein Knie unter dem Tisch. Ich war mir nicht sicher, ob er mir damit etwas sagen wollte oder einfach nur zärtlich war. Während ich darüber nachdachte, was mir wohl entgangen sein könnte, bestellten wir unser Essen.

In der Zwischenzeit erzählte uns Akis, was er in Michails Gästehaus erlebt hatte. Michail hatte sein Haus und das Gästehaus im Garten seines Vaters gebaut. Anscheinend war Nacht für Nacht ein recht großer Gecko aufgetaucht. Auch am Abend zuvor, als sie ein paar Freunde zum Grillen eingeladen hatten. Dann war Akis auf einem der Gartenstühle eingeschlafen und durch ein Geräusch aufgewacht, als das Tier versuchte, von seinem Bier zu naschen. Beim Erzählen schien Akis den ganzen Tisch in Beschlag zu nehmen. Er war ein geborener Unterhalter und Charmeur. Jeder Satz schien mit einer eigenen Handbewegung oder einem Gesichtsausdruck einherzugehen, um uns zum Lachen zu bringen. Anton lehnte sich in seinem Stuhl zurück. Er war daran gewöhnt, dass sein kleiner Bruder im Rampenlicht stehen wollte und hatte kein Problem damit, dass er das auch tat. Keres lehnte sich ebenfalls zurück, aber ihre Augen waren weit aufgerissen und sie biss sich die meiste Zeit über auf die Unterlippe. Gelegentlich übersetzte Akis etwas in ihre Richtung. Er war immer noch in Fahrt, als unser Essen kam und hätte es beinahe vom Tablett gestoßen, als der Kellner hinter ihm auftauchte.

„Das war knapp! Ich will mein schönes T-Shirt nicht ruinieren", lachte er.

Es war nicht einmal ein T-Shirt. Es war ein ärmelloses Oberteil in einem sehr dunklen Rosaton, der ziemlich verwaschen aussah. Er hatte verschiedene Bräunungsstreifen auf den Armen, weil er seit seiner Rückkehr auf die Insel unterschiedliche Oberteile getragen hatte. Sie fingen an zu verblassen, aber einige waren immer noch sichtbar.

„Ja, ich weiß, dass es heute heiß ist, aber du hättest ruhig etwas anderes als deinen Pyjama anziehen können", meinte Anton, als mein Salat vor mir stand.

Ich hatte nicht mitbekommen, was Anton bestellt hatte, aber jetzt konnte ich sehen, dass es die Zucchini-Käse-Bällchen waren. Ohne ein Wort zu sagen, legte er eines auf ein leeres Tellerchen und schob ihn zu mir herüber, damit ich es zusammen mit dem Salat genießen konnte. Sie waren perfekt goldbraun und ein Hauch von Minze kitzelte meine Nase. Auf dem Tisch duftete es plötzlich nach Oregano und Olivenöl, dazu gab es frisch gebackenes Pittabrot. Am Ende ließen wir nicht mehr als ein paar Olivenkerne übrig.

Als wir gehen wollten, rief Keres Akis etwas hinterher. „Das hast du vergessen", sagte sie und reichte ihm mit gesenktem Kopf und einem kleinen Lächeln auf ihren zarten Lippen sein Handy.

„Danke. Ich hätte nicht gedacht, dass ich es überhaupt aus der Tasche genommen habe. Gut, dass du es gesehen hast. Danke. *Efcharistó.*"

Wir gingen vom Strand hinauf und trafen Gaia, die sofort auf den Rücken ihres Onkels sprang und darum bat, die Katzen an der Kapelle zu besuchen. Also machten wir uns auf den Weg, vorbei an Tavernen und Geschäften zu der Ecke, wo sie so oft zu finden waren. Sie wollte selbst eine Katze, aber Anton meinte, sie solle sich auf die Schule konzentrieren und froh sein, dass sie ihren Freund behalten dürfe.

Wir beugten uns alle über eine kleine Katze und ein Kätzchen. Die Erste war dunkel getigert und die Zweite war schwarz mit weißen Stiefelchen. Sie waren so anhänglich und ihr Fell war weicher als Seide. Beide Katzen rieben ihr Maul abwechselnd an jeder verfügbaren Oberfläche. Das schwarze Kätzchen tapste hinter der getigerten Katze her. Plötzlich bemerkte ich, dass um mich herum nur drei Paar Knie waren. Ich hob den Kopf und sah Keres, die sich mit einem so tiefen Stirnrunzeln, dass sich zwei senkrechte Linien zwischen ihren Augenbrauen bildeten, hinter uns hielt. Als sie bemerkte, dass ich sie ansah, setzte sie ein schmallippiges Lächeln auf und entspannte ihre Stirn so gut es ging.

„Alles in Ordnung?“, fragte ich, woraufhin sich alle mit fragenden Blicken zu ihr drehten.

„Ja. Sie sind sehr süß. Sie sind ...“ Sie fuchtelte herum, wobei ihre Hände nicht zu sehen waren, sie waren wieder in ihren Ärmeln versteckt. Sie sagte etwas auf Griechisch.

Anton lachte. „Sie hat Angst vor Flöhen und Würmern.“

„Oh nein! Das sind die gepflegtesten Streuner, die du je gesehen hast! Glaub mir“, sagte ich und lächelte sie aus meiner hockenden Position an.

Sie kam nach vorn, die Lippen immer noch zu einem wenig überzeugenden Lächeln verzogen. Sie gurrte der kleinen getigerten Katze etwas zu und streckte ihre Hand aus. Mit seiner kleinen halb schwarzen, halb goldenen Nase schnupperte das Tier elegant an ihren abgeknabberten Nägeln, bevor es sich an Gaia rieb.

„Die hier ist berühmt“, begann Gaia und kraulte das schwarz-goldene Fell der kleinen Katze. „Natalia hat es mir erzählt, als wir sie neulich hier gesehen haben. Ihr Name ist Liana. Ich erinnere mich daran, weil ich dachte, das klingt wie der Name eurer Mutter, wie Liliana.“

„Berühmt?“ Akis machte ein ernstes Gesicht. Der Gedanke an eine berühmte Katze hielt ihn davon ab, ein kleines schwarzes

Kätzchen zu streicheln, und ließ ihn stattdessen die Hände auf die Knie stützen, während sich seine dunklen Augen erwartungsvoll auf Gaia richteten.

„Genau, berühmt. Ein Tourist hat sie letztes Jahr aus einem Abflussrohr gerettet. Anscheinend macht er Parkour und ist tatsächlich hineingeklettert, um sie herauszuholen. Ich habe es auch auf Facebook gesehen, Natalia hat es mir gezeigt. Wir haben uns seine Videos auf Instagram angeschaut. Er ist wirklich gut. Es gab ein Video, in dem er diese großen Sprünge in der Athens Bar macht. Alle sagten, die Katze solle nach ihm benannt werden, Sam, aber er entschied sich für Liana."

Ich war mir nicht ganz sicher, was mit Parkour gemeint war, bis Akis es als „akrobatischen Hindernislauf" beschrieb. Dann wurde mir klar, dass es sich um eine Sportart handelte, bei der man Wände hochlief und irgendwo heruntersprang. Akis und Anton schienen zu glauben, dass es etwas war, das sie auch tun könnten. So, wie sie es beschrieben, hatte ich da meine Zweifel. Keres saß eine Zeit lang bei uns und beobachtete die Katzen, während die Männer über ihre möglichen Parkour-Fähigkeiten diskutierten, lachten und von einer Stelle zur anderen sprangen. Ich bemerkte, dass Keres die Hand, die das Kätzchen berührt hatte, an ihrem Pullover abwischte und sie angewidert ansah, bevor sie sich umdrehte, Akis anlächelte und etwas auf Griechisch sagte.

Kapitel 13

Anton hatte eine Überraschung für mich geplant, aber ich wollte mich noch von Keres verabschieden, bevor wir aufbrachen, und mich vergewissern, dass es ihr gut gehen würde. Sie wollte bleiben, zumindest für den Moment. Schließlich kam sie aus ihrem Zimmer. Sie war stark geschminkt, ihre langen, dichten Wimpern waren dick mit schwarzer Mascara betont und ihr orangefarbener Lippenstift passte zu dem neonfarbenen Top, das sie wieder trug. Es sah fast so aus, als würde sie heute Abend in einen Club gehen, denn sie hatte das Oberteil mit ihren schwarzen, hoch in der Taille sitzenden Shorts und Turnschuhen von Vans kombiniert.

Sie zögerte am Ende der Treppe und rief dann zu mir herunter: „Melodie, kann ich mit dir sprechen?“

„Klar." Ich sprang vom Sofa und ging die paar Stufen der Holztreppe hinauf. „Was ist los?"

Sie wich zurück und stand nun unter dem Foto von Katerina, Gaia und Anton.

„Ich will keine … Verräterin sein, aber ich glaube, Gaia raucht." Damit ließ Keres ein lila Feuerzeug und eine Zigarette in meine offene Handfläche purzeln.

Die meisten Menschen probieren in jungen Jahren das Rauchen aus. Maria und ich hatten immer geraucht, wenn wir abends fortgingen. Mir gefiel der Gedanke nicht, aber ich wusste, dass Anton alles wissen wollte und jetzt lag es an mir, es ihm zu sagen.

„Ich dachte, du solltest Bescheid wissen. Ich will keine Geheimnisse haben. Nicht vor dir."

Ich schaute in ihr süßes, geschminktes Gesicht. Unter all den Farbschichten lagen ihre freundlichen blauen Augen, aus denen ein Lächeln aufblitzte. Offenbar hatte sie das Feuerzeug und die Zigarette in einer Tasche gefunden, die sie sich für ihr Date mit Nico ausgeliehen hatte. Sie bat mich, Gaia nicht zu sagen, dass sie es mir erzählt hatte. Ich dankte ihr und stimmte zu, bevor ich das Feuerzeug und die Zigarette in die Gesäßtasche meiner weißen Jeans-Shorts steckte.

„Ich hoffe, es macht dir nichts aus. Ich bin heute Abend nicht da", sagte sie, während sie auf ihr Handy tippte und die Treppe hinunterging.

„Natürlich, das ist in Ordnung. Wir sind eigentlich auch unterwegs. Ich wollte nur sichergehen, ob du etwas brauchst."

Sie sagte nicht, wann sie zurückkommen würde. Sie lief zu Anton hinüber und küsste ihn auf beide Wangen, dann gab sie mir einen kleinen Schmatzer und verschwand aus der Tür. Zum Abschied winkte uns nur ihr Pferdeschwanz zu. Und ich hatte nun die Aufgabe, mich mit der Zigarette in meiner Tasche auseinanderzusetzen. Ich ertappte Ant dabei, wie er Keres mit einer hochgezogenen Augenbraue nachsah.

„Was ist los mit dir?"

„Nichts." Sein Blick wanderte zu mir. „Können wir gehen?" Anton erhob sich aus seiner bequemen Position, setzte sich auf und legte sein Buch auf den Couchtisch. „Du benimmst dich deiner Schwester gegenüber wie eine Mutter. Sie ist kein Kind mehr." Er klopfte neben sich auf das braune Ledersofa und streckte seine langen Arme in meine Richtung aus.

„Nein", jammerte ich, „ich bin noch nicht fertig. Hilf mir, das verdammte Foto von Mama und Adam zu finden. Es beschäftigt mich. Haben wir Zeit, um noch einmal kurz danach zu suchen?"

Er rollte mit den Augen und stand auf, um mir zu helfen. Ich fuhr mir mit den Fingern durch die Haare und rannte die Treppe hoch, dabei nahm ich immer zwei Stufen auf einmal, so wie Anton und Gaia es normalerweise taten. Er verfolgte mich, packte mich an den Hüften und zog mich zurück, als wir schon fast am oberen Treppenabsatz waren. Dann kletterte er wie eine riesige Spinne über mich, die Beine und Arme an beiden Seiten, bis er als Erster oben war.

„Du Schuft." Ich sah zu, wie seine langen, goldenen Beine einen Siegestanz aufführten. „Das war kein Wettrennen."

„Doch, war es. Komm schon, wie sieht mein Gewinn aus?", fragte er, als ich die Treppe hinaufstapfte.

„Dein Preis ist, dass du mir hilfst, dieses Foto zu finden."

Anton suchte überall, wo ich bereits nachgesehen hatte. Unter dem Schreibtisch im Gästezimmer, unter dem Bett, unter unserem Bett. Es war unauffindbar. Als ich zum millionsten Mal in unserem Schlafzimmer nachschaute, sah ich, wie er Keres' Zimmer verließ.

„Hey! Was machst du denn da drin?", zischte ich, als könnte uns jemand hören.

„Ich habe das Foto gefunden."

Der Treppenabsatz in Antons Haus, unserem Haus, hatte die Form eines U. Er schlenderte auf mich zu und wedelte mit dem Foto, als wäre es ein Fächer. Mit einem breiten Lächeln zeigte er seine natürlich weißen Zähne, die von seinen vollen, geschwungenen Lippen perfekt eingerahmt wurden.

„Du solltest nicht einfach in fremde Zimmer gehen!", schimpfte ich, als ich ihm entgegenging. Wir blieben an der Treppe stehen.

Im nächsten Moment ließ er die Schultern sinken und seine Hände fielen an seine Seiten. „Das tue ich nicht. Es ist unser Haus. Es ist unser Zimmer." Er zuckte verständnislos mit den Schultern und reichte mir das Foto, damit ich es begutachten konnte.

Ich setzte mich auf die oberste Stufe und suchte in den Gesichtern nach Antworten. Adams Gesicht war rund und engelsgleich, ähnlich wie das von Keres, und Mamas Augen waren klar und wasserblau. Vielleicht waren sie blasser als ihre. Es war schwer zu sagen, denn das Foto war über dreißig Jahre alt und zeigte nicht nur die beiden, sondern auch ihre Weingläser und Pastateller. Anton setzte sich neben mich auf die blasse Holzstufe. „Worüber denkst du so verbissen nach, Melodie-Mou? Was hast du auf dem Herzen?"

„Ich weiß nicht. Es ist komisch, eine Schwester zu haben und ihr so wenig zu ähneln. Ich möchte einfach eine Verbindung aufbauen – egal wie."

„Mein Gesicht sieht dem von Dimitri oder Akis auch nicht sehr ähnlich. Jedenfalls nicht besonders. Aber wir gleichen uns in anderen Dingen. Ihr werdet eure Gemeinsamkeiten schon finden. Wir können uns nicht immer alle gut leiden. Akis war ein unausstehliches Kind. Du weißt ja, ich stehe Dimi näher. Es macht nichts, dass mein Gesicht mehr wie Martys aussieht. Ich liebe sie trotzdem alle."

„Wo hast du es gefunden?" Ich wedelte mit dem Foto und klopfte damit auf sein behaartes Knie.

„Hmm, die Antwort wird dir nicht gefallen. Ich lege es zurück.“ Er nahm das Foto und machte sich auf den Weg zu ihrem Zimmer.

Wahrscheinlich hatte er recht – seine Antwort hätte mir nicht gefallen –, also ging ich der Sache nicht weiter nach. Es war zu spät, um sich darüber Gedanken zu machen. Stattdessen legte ich mich auf dem kühlen Holzboden des Treppenabsatzes auf den Rücken. Es war wieder ein warmer Tag, aber immer noch mit einer Wolkendecke, die dafür sorgte, dass sich die Luft schwül und gewittrig anfühlte.

Anton stand über mir und ging dann rückwärts die Stufen hinunter, bevor er sich in einer Liegestützposition über mich legte. Ich konnte spüren, wie seine Körperwärme meine Haut kitzelte.

„Ich bin jetzt bereit, wir können gehen“, sagte ich.

Wir setzten uns in Antons gelben Mustang. Die ganze Fahrt über ließ er meine Hand nicht los. Er wechselte den Gang mit meiner Hand in seiner. Es war beruhigend, dass ich ihm nie sagen musste, wann ich Trost brauchte. Er war einfach immer da, bereit, mich zu lieben. Die meiste Zeit über saß ich verdreht in meinem Sitz, beobachtete ihn und redete mit ihm über den Fahrtwind hinweg, der an unseren Gesichtern vorbeirauschte. Die Muskeln in meinen Schultern entspannten sich und mein Verstand verdrängte alle Fragen über das Foto. Er hatte schließlich recht. Keres war neunzehn. Dieses komische Alter, in dem man bereits erwachsen ist, aber das ganze Leben noch darauf wartet, entdeckt zu werden. Sie brauchte keine weitere Mutterfigur. Ich sollte bloß für sie da sein, wie Antons tröstende Hand für mich da war. Einfach da sein, ohne Erwartungen zu hegen.

Ich hatte schnell herausgefunden, wohin es gehen würde – nach Nymfes. Anton hatte mich schon einmal dorthin mitgenommen. Es war eine Woche vor Weihnachten gewesen. Er hatte mir erzählt, dass er einen Ort für einen schönen Spaziergang kannte. Ich hatte mich darüber beschwert, dass ich auf der Insel schon lange nichts mehr erkundet hatte, also waren wir losgefahren. Ich weiß noch, dass Anton das Auto an einer schmalen Straße mitten im Nirgendwo geparkt hatte. Es war wunderschön, aber nicht mehr oder weniger als jeder andere Punkt der Straße. Erst als ich aus dem Auto stieg, konnte ich es hören. Fließendes Wasser. Wir mussten einen Weg hinuntersteigen, den es in Großbritannien so nie gegeben hätte. Jemand hätte ihn abgeriegelt und für „gesperrt" erklärt. Ich erinnere mich an den improvisierten Handlauf, der aus Ästen mit einem Durchmesser von vielleicht vier Zentimetern bestand, die von einem Draht zusammengehalten wurden. Dann erst sah ich mir die Treppe genauer an. Es waren Baumstämme, die mit etwas Abstand entlang des Gefälles platziert worden waren. Ich war begeistert von diesem Abenteuer.

Trotz der dicht beieinanderstehenden Bäume konnte ich sehen, woher das Geräusch kam, denn es war Winter und die Bäume hatten all ihre Blätter verloren. Es war ein langer Wasserfall, der am Fuße der Stufen in ein kleines Wasserbecken stürzte. Dieser Dezembertag war perfekt gewesen – kühl und bewölkt, aber nicht kalt. Ich hatte mich schon daran gewöhnt, dass fünfzehn Grad als kühl galten, also trugen wir Jeans und Kapuzenpullover. Anton war mir den ganzen Weg über einen Schritt voraus und hielt meine Hand, während wir hinuntergingen. Unten angekommen gab es zwei Bänke, die voller Graffiti und eingeritzter Liebesschwüre waren. Das Wasser rauschte kraftvoll und doch elegant zwischen den Felsen nach unten. Ich hatte bis dahin noch nie einen Wasserfall gesehen, jedenfalls nicht von dieser Größe.

Anton drückte mich fest an seine Brust, als wir auf der Bank am Ufer saßen, vielleicht einen Meter von der Stelle entfernt, an der sich das Wasser sammelte, bevor es sich seinen Weg weiter den Fluss entlang bahnte. Ich werde nie vergessen, wie Anton auf den Boden deutete und fragte: „Was ist das?" Als wir unser Gewicht nach vorn verlagerten, kippte die ganze Bank um. Da ich nicht so standhaft wie Anton bin, stürzte ich nach vorn in Richtung Wasser. Anton bekam gerade noch meinen Kapuzenpullover unter dem Arm zu fassen und riss mich so grob zurück, dass die Bank mit uns in die andere Richtung kippte. Er drückte meinen Kopf so fest an seine Brust, dass ich dachte, ich würde ersticken. Dann bedeckte er mein ganzes Gesicht mit Küssen, bevor er sich meinem Mund widmete. Unsere Körper waren ineinander verknotet und wir kuschelten auf der Rückenlehne der Bank, die flach auf dem Boden lag. „Ich liebe dich, Melodie“, sagte er. „Heirate mich, bitte.“ Wir lösten uns voneinander und hockten mit aneinander gepressten Knien da, während er eine Ringschatulle aus der Tasche seines Kapuzenpullovers zog.

Ich drehte meinen Verlobungsring um den Finger und dachte an diesen Tag. Ich dachte an den Moment, als mir der Ring zum ersten Mal an den Finger gesteckt wurde. Ich schaute auf den quadratischen Diamanten hinab, der auf beiden Seiten von zierlichen Rechtecken eingefasst war.

Dann kamen wir in Nymfes an. Ich war gespannt, wie es dort im Sommer aussehen würde. Anton hielt oben an der Straße, wo der Wasserfall hinter dem dichten Grün auf die Felsen traf. Dieses Mal war nur das Summen der Insekten zu hören. Das Rauschen von Milliarden von Tropfen war nicht mehr so deutlich zu vernehmen wie beim letzten Mal.

„Du wirst doch nicht wieder versuchen, mich von der Bank zu schubsen?“, neckte ich ihn.

„Nein! Das lassen wir dieses Mal bleiben. Aber wir haben diesen Monat geheiratet, und ich dachte, es wäre schön, hierher zurückzukommen. Wenn du wieder hinfällst, tut es aber mehr weh als im Winter.“

Wir kletterten hinunter, klammerten uns an das glatte Geländer aus dünnen Ästen und taten unser Bestes, um nicht mit den Füßen an den Metallpfosten hängenzubleiben, die die langen Stufen an

Ort und Stelle hielten. Der Wasserfall kam nur als schwaches Rinnsal von oben herab, ganz anders als im Winter. Ich fand es faszinierend. Jetzt, da das Wasser den Anblick nicht mehr beherrschte, fielen mir erst die hängenden Baumwurzeln und die drahtigen Ranken an jeder Ecke auf.

„Ich habe fast das Gefühl, als würden hier Affen von den Bäumen baumeln", sagte ich.

Anton verstand zuerst nicht, was ich meinte. Er war an das üppige, dichte Grün auf Korfu gewöhnt. Für mich war es, als hätte ich einen Regenwald betreten.

Eine stechend blaue Libelle schoss wie ein Pfeil zwischen uns hindurch und surrte zu einem weit entfernten Ast. Ihr flatterte kurz darauf ein riesiger Schmetterling mit langen Fortsätzen an den Hinterflügeln hinterher. Aus irgendeinem Grund folgte ich ihm wie ein Kätzchen und pirschte mich an ihn heran, bis ins trockene Flussbett. Anton war dicht hinter mir, duckte sich und schlängelte sich an Ästen und Wespen vorbei.

„Wohin gehst du?", schnaufte er und schlug nach einer Wespe, die es auf seine Haare abgesehen zu haben schien. Er schüttelte kräftig den Kopf, wodurch ihm die Haare auf seinem Oberkopf nach vorn in die Augen fielen. Er fuhr sich nachdrücklich mit den Fingern durch die Haare, um sie an Ort und Stelle zu halten, bevor er loslief, um mich einzuholen. Auf einem glatten, grauen Felsen verlor er ein wenig den Halt, wahrscheinlich, weil alles mit einer feinen Schicht aus trockenem Laub bedeckt war, das unter unseren knirschenden Schritten zu Staub zerfiel.

„Schau", sagte ich, bevor er auf seinen Espadrilles noch weiterrutschte, „eine Eidechse." Ich zog mein Handy aus der Tasche, um ein Foto zu machen.

„Die Eidechse ist mir egal. Was mir nicht egal ist, ist diejenige, die die Eidechsen frisst." Plötzlich – als hätte er sie herbeigezaubert – schoss eine Schlange aus dem Gebüsch heraus. Sie riss die Eidechse von ihrem Felsen und stürzte mit ihr ins Unterholz. Abgesehen von einem scharfen Einatmen, als die Schlange angegriffen hatte, machte keiner von uns einen Mucks. Ohne weitere Vorwarnung brach Anton den Zauber, indem er sagte: „Was habe ich gesagt?“ Dabei hob er die linke Augenbraue und verschränkte die Arme vor der Brust.

„Das ist die Natur. Es ist natürlich. Ich liebe Schlangen“, sagte ich trotzig zu der anklagenden Augenbraue, auch wenn ich hoffte, dass die Schlange uns in Ruhe lassen würde.

„Ich hoffe, du konntest das wenigstens auf einem Foto festhalten.“ Ich schüttelte mit einer kleinen Grimasse den Kopf. „Melodie-Mou ...“ Ant ergriff meine Hand, als ich weggehen wollte, zog mich an seine Brust und beugte sich ein wenig zu mir vor. „Lass mich nicht mit der Schlange allein“, flüsterte er mir ins Ohr.

Ich schlug mit der Faust sanft auf seine Brust. Es verging kein Tag, an dem er mich nicht zum Lächeln brachte. Ich streckte mich, um ihn zu küssen. Wie zwei Schlangen legten sich seine Arme um meine Taille und seine Hände schlüpften in meine Gesäßtaschen, um mich in den Po zu kneifen. In diesem Moment hörte sein Mund auf, meinen zu liebkosen, und seine Zunge zog sich von ihrer sanften Erkundung zurück.

„Was ist das?“, fragte er, als er mir den Inhalt meiner Tasche zeigte. Seine Augen waren unter seinen vor Verwirrung gerunzelten Augenbrauen kaum noch zu erkennen, als hätte er noch nie eine Zigarette gesehen.

„Ich habe vergessen, dass ich sie da hineingetan habe.“ Schnell schnappte ich mir die Zigarette und das Feuerzeug und steckte sie wieder in meine Tasche. Ich hatte noch keine Gelegenheit gehabt, darüber nachzudenken, was ich ihm sagen würde. Ich war vollkommen unvorbereitet und geriet in Panik. Also marschierte ich den Weg zurück, den wir gekommen waren, zurück zur behelfsmäßigen Treppe.

„Rauchst du jetzt etwa? Ist alles in Ordnung?"

Meine Füße würden mich keinen Schritt weiter tragen, ohne ihm die Wahrheit zu sagen.

„Keres hat sie mir gegeben. Sie hat sie in Gaias Tasche gefunden." Ich drehte mich nicht um. Ich konnte nur abwarten, was als Nächstes passieren würde. Ich war so ruhig, dass der Schmetterling mit den langen Flügelenden vorbeiflatterte und fast auf einem Ast neben mir gelandet wäre, bevor er beschloss, dass es wahrscheinlich einen besseren Platz gab als die dicke Luft zwischen Anton und mir. Dann, als hätte ich nichts gesagt, lief er lachend an mir vorbei.

„Wenigstens hat sie die Zigarette nicht geraucht", sagte er.

Kapitel 14

„Ich habe Akis versprochen, dass ich ihm Werkzeug bringe, um das tropfende Rohr unter der Spüle deiner Mutter zu reparieren. Ich wollte eigentlich morgen hinfahren, aber da wir schon mal im Auto sitzen, können wir es auch gleich tun. Lust auf eine Spritztour?", fragte Anton.

„Ich habe Lust auf dich, aber wir können gern ein bisschen herumfahren."

Wir unterhielten uns den ganzen Weg über. Ich konnte nicht glauben, wie entspannt er auf Gaias Zigarette reagiert hatte. Er wollte mit ihr darüber reden, aber er war nicht wütend. Er war sogar zuversichtlich, dass es nur eine „Albernheit" auf ihrem Weg zum Erwachsensein war. Als wir die Tür zu Mamas Haus öffneten, lachten wir über die ganze Sache. Wir lachten ständig über etwas. Ich hatte angeklopft, aber da wir hier auf Korfu waren und es eigentlich mein Haus war, wartete ich nicht ab, bis uns jemand hineinbat. Vor uns waren Akis und Keres, sie saß rittlings auf ihm und beide waren mit orangefarbenem Lippenstift verschmiert.

Niemand bewegte sich. Keres' Atem ging schnell, sie keuchte leicht, dann biss sie sich auf die Lippe. Mit dem verschmierten Lippenstift in den Gesichtern sahen sie aus wie zwei Clowns, die miteinander geknutscht hatten. Antons warme Hände legten sich um meine Taille und führten mich sanft rückwärts aus der Tür, bevor er seinen Werkzeugkasten vor mir auf den Boden abstellte. Dann schloss er die Tür, setzte mich ins Auto und nahm sich die Zeit, um das Dach zu schließen und die Klimaanlage einzuschalten, bevor wir losfuhren. Während der gesamten Rückfahrt wechselten wir nicht ein Wort miteinander. Kein einziges.

„Was ist da gerade passiert? Was …? Ernsthaft, was war das?“ Meine Kehle fühlte sich durch die Klimaanlage trocken an. Meine Hände waren steif, fast als könnten sie die Luft durchschneiden. Mit jedem Wort sausten sie auf und ab.

„Zwei Erwachsene, die sich einvernehmlich küssen. Nichts weiter.“

„Nichts weiter? Sie war vor ein paar Tagen erst mit Nico aus. Ganz zu schweigen davon, dass sie wie alt ist? Zwölf oder dreizehn Jahre jünger als er? Dreh sofort um!“

„Melodie-Mou …“ Er sprach sanft und ruhig, aber ich konnte sehen, dass er das Lenkrad so fest gepackt hielt, dass seine Knöchel fast weiß hervortraten.

„Hör auf mit deinem Melodie-Mou! Ich bin für sie verantwortlich! Um Gottes willen! Sie ist ein Kind!“

„Nein, ist sie nicht, und du bist nicht ihre Mutter.“

„Was wäre, wenn Gaia mit einem Typen Mitte dreißig herummachen würde?“

Er sog die Luft scharf durch die Nase ein. Ich zitterte unter dem kalten Gebläse der Klimaanlage, biss die Zähne fest aufeinander und ballte die Fäuste so sehr, dass ich dachte, meine Nägel würden meine Haut durchdringen. Anton sagte keinen Ton. Seine Brust hob und senkte sich bloß unter schweren Atemzügen und seine Schultern waren gekrümmt, als wollte er seine Gefühle darin verstecken.

„Was wäre, wenn ...“

„Hör auf, Melodie. Wir haben darüber keine Kontrolle. Ich werde Akis später anrufen und du kannst mit Keres sprechen, sobald sie nach Hause kommt. In aller Ruhe. Sie ist zwar deine Schwester, aber sie ist anders erzogen worden. Es ist nicht deine Aufgabe, über sie zu urteilen.“

Den Rest der Fahrt verbrachten wir schweigend in der Kälte des klimatisierten Wagens, während in uns die Emotionen brodelten.

Es war bereits spät, als Keres nach Hause kam. Gaia war schon ins Bett gegangen, ohne eine Ahnung von den Ereignissen des Tages zu haben. Wir saßen im Garten und die Hintertür stand offen. Wir lauschten und warteten. Ich hatte mir ein kleines Glas Ouzo eingeschenkt. Anton hatte auch eins und beide waren mit Wasser aus einem kleinen dunkelblauen Keramikkrug aufgefüllt. Langsam nippten wir an dem farblosen, aber starken Drink. Es war ein trügerisches Getränk, das so sanft wie Wasser aussah, doch schnell benebelt machte. Der Anisgeschmack wärmte meine Brust und bewahrte meine Hand davor, sich ständig zu einer Faust zu ballen. Als sich die Haustür öffnete, sprang ich auf, rannte durch die Hintertür und eilte durch das Erdgeschoss.

„Können wir reden, draußen?“, fragte ich. Keres folgte mir ins Freie.

Anton und sein Glas waren verschwunden. Selbst mit seinen breiten Schultern und seiner Körpergröße war das in seinem Garten nicht allzu schwer. Es gab viele Zitronen- und Olivenbäume sowie ein eigenartiges Nebengebäude, in dem Anton Gartengeräte und alte Farbdosen aufbewahrte. Langsam verschwand die Sonne hinter Keres unter den Bäumen. Der Himmel leuchtete in einem tiefen Orange und ließ ihr goldblondes Haar hell leuchten.

„Ich hätte gern einen Ouzo, bitte“, sagte sie und deutete auf die Flasche, die auf dem Mosaiktisch stand.

Ich ging zurück ins Haus, um ein Glas zu holen; ein kurzes blaues geriet mir in die Hände. Ich schenkte ihr etwas ein und beschloss, mir nachzuschenken. Ich hätte auch Antons Glas aufgefüllt, aber es war ebenso verschwunden wie er. Nachdem sie einen Schluck genommen hatte, schenkte sie mir über das Glas hinweg ein Lächeln. Ihre großen, runden blauen Augen leuchteten sogar im Schatten ihres eigenen Gesichts. Als wäre sie eine frisch sprießende Mohnblume, die bereit war, in der Sonne zu erblühen, und ich war das Feld, auf dem sie wuchs, ganz aufgewühlt und klumpig. Sie hatte ihren Lippenstift wieder perfekt nachgezogen. Er sah aus, als hätte er den Tag völlig unbeschadet überstanden. Wie aufs Stichwort krampfte sich mein Magen zusammen und gluckerte. Wir öffneten gleichzeitig den Mund, um zu sprechen.

„Ich mag Akis. Er ist ein guter Mann. Ich hoffe, es ist okay für dich? Dass du mich heute mit Akis gesehen hast?“ Sie stellte das kleine Glas auf den Tisch. Ein Strahl der niedrig stehenden Sonne bahnte sich seinen Weg durch die Blätter und das Glas, sodass sich das blaue Licht für einen kurzen Moment perfekt auf dem Tisch abzeichnete.

Ich wusste nicht wirklich, was ich sagen sollte. Ich war ratlos. Anton war der Meinung, ich sollte den Mund halten, dabei wollte ich ihr eine Million Fragen stellen. Ich weiß noch genau, wie durcheinander ich gewesen war, als ich Oma und Opa während der Pandemie verloren hatte, und sie war doch so viel jünger als ich. Ich nahm mein Glas und trank einen kleinen Schluck, bevor ich es klappernd auf den Tisch stellte, denn die Worte kribbelten in meinem Mund, genau wie der Ouzo.

„Du sollst einfach wissen, dass ich für dich da bin, wenn du über etwas reden möchtest. Ich bin hier. Die Sache heute hat mich schockiert. Akis ist viel älter als du und ich dachte, du magst Nico. Aber darum geht es nicht, nehme ich an. Ich mache mir nur ... Sorgen um dich. Ich weiß, dass wir uns kaum kennen, aber du bist meine Schwester. Ich will nur wissen, dass es dir gut geht." Ich achtete darauf, langsam zu sprechen. Ich wollte, dass sie mich verstand. Die Sprachbarriere sollte nicht alles noch schlimmer machen.

„Sieben Jahre? Er ist sieben Jahre alt, ja?", fragte sie in ungelenkem Englisch, während sie mit der linken Hand einen großen Falter verscheuchte, der vor ihrem Gesicht herumflatterte.

Die ganze Situation weckte in mir den verzweifelten Drang zu lachen. Zum Teil über die verrückte Motte, aber vor allem über Akis, der sieben Jahre alt sein sollte. „Was meinst du mit ‚er ist sieben Jahre alt'?"

„Sieben Jahre mehr als ich."

„Sieben Jahre älter! Hat er dir das etwa gesagt? Er ist dreiunddreißig. Nicht sechsundzwanzig."

Die Motte machte sich schnell aus dem Staub, als Keres ihren Kopf neigte und dabei ihren Pferdeschwanz gegen ihre Schulter peitschen ließ. Sie runzelte die Stirn und schüttelte den Kopf. „Ich verstehe nicht."

„Du bist neunzehn Jahre alt. Er ist dreiunddreißig. Er ist vierzehn Jahre", ich hielt erst zehn Finger hoch, dann vier, „älter als du." Ich fuhr mir mit den Fingern durch meine lockeren Wellen, nahm mein Ouzo-Glas und sog den Anisduft gierig ein, bevor ich einen weiteren Schluck nahm. Akis mochte zwar wie sechsundzwanzig aussehen, aber er war es nicht.

Keres saß da und schaute auf ihre unsteten Knie. Sie wackelte mal mit dem einen, mal mit dem anderen. Dann hielt sie plötzlich inne und schaute zu mir auf. „Ich wusste es nicht. Ich war verwirrt. Tut mir leid." Ihr Gesicht war ganz ruhig. Sie entschuldigte sich erneut und ging in ihr Zimmer.

Ich lehnte mich in meinem Stuhl zurück und klammerte mich an die Armlehnen aus Metall, während ich darauf wartete, dass Anton wieder auftauchte. Er musste die ganze Sache mitgehört haben. Er konnte nicht anders: Er war furchtbar neugierig. Wie aufs Stichwort tauchte er zwischen den Bäumen auf, er erinnerte mich an Bigfoot.

„Ich dachte, ihr wolltet vielleicht eure Ruhe haben." Ein leises Klirren ertönte, als er sich auf den weißen Metallstuhl mir gegenüber setzte. Ich zog meine Flip-Flops aus und legte die Füße in seinen Schoß. Seine großen, warmen Hände ruhten auf meinen Knöcheln wie ein Paar kuschelige Socken. „Ich habe Akis eine Nachricht geschickt. Er meint, sie habe ihm weisgemacht, sie sei fünfundzwanzig."

„Was?" Ich riss die Füße von seinem Schoß und lehnte mich auf der Kante meines Stuhls nach vorn. „Du machst wohl Witze."

Er schüttelte den Kopf und reichte mir sein Handy. Ich las den Nachrichtenverlauf der beiden, zum Glück war er auf Englisch. Als ich wieder aufblickte, waren viele unserer kleinen Gartenleuchten angegangen, da die Sonne immer weiter verschwand. Wir drei hatten sie ausgesucht, nachdem wir beschlossen hatten, dass der ganze Ort magisch aussehen sollte. Überall waren solarbetriebene Leuchten in Bäumen und Töpfen versteckt. Für mich sah es wie ein zauberhafter Märchenwald aus. „Ich weiß nicht, was ich sagen soll. Wahrscheinlich hat sie gelogen, weil sie ihn mag. Oder vielleicht verwirren sie Zahlen auf Englisch." Ich reichte ihm sein Handy.

„Melodie-Mou, Akis wird mit ihr Griechisch geredet haben. Ich weiß, es ist schon eine Weile her, dass er hier gelebt hat, aber Mama spricht mit uns immer Griechisch. Ich rede Griechisch mit ihm. Du kannst mir vertrauen, er spricht absolut verständlich. Ich zweifle eher an seinem Englisch." Er lehnte sich zurück und lachte sanft. Es war kein Lachen, das ich kannte. Es war hohl und schwach, ganz untypisch für ihn. „Du hast mit dem Mädchen gesprochen. Ich habe mit Akis gesprochen. Ich glaube, er mag sie, obwohl er schockiert war – du hast ja die Nachrichten gelesen." Er kratzte sich mit beiden Händen die stoppeligen Wangen, dann rieb er sich über das ganze Gesicht und hielt inne. „Nicht dieser Blick, Melodie." Seine Hände klatschten auf seine Knie.

„Welcher Blick denn?"

„Dein Blick mit der einen hochgezogenen Augenbraue und dem seitlichen Schmollmund! Dieser Blick, der sagt: Das gefällt mir nicht. Den setzt du auf, wenn ich vergesse, meine Schuhe wegzuräumen." Er schaute gen Himmel und murmelte etwas auf Griechisch, wobei er seine Handflächen vom Gesicht nach oben streckte. „Ja, es ist seltsam für uns. Aber es liegt nicht in unserer Hand. Wir müssen der Sache ihren Lauf lassen." Er neigte den Kopf und schaute wieder mich an. Ich konnte es nicht fassen, wie gut er manchmal aussah. Die Lichter im Garten flackerten um ihn herum wie die Glühwürmchen, die ich einmal in Sidari gesehen hatte. In der Mitte seiner Stirn hatten sich Falten gebildet, aber seine Gesichtszüge waren so schön. Das glitzernde Licht streifte seine hohen Wangenknochen und seine grünen Augen leuchteten intensiv im späten Abendlicht.

„Ich liebe dich", sagte ich.

Kapitel 15

Der Vorfall geriet schnell in Vergessenheit, oder wurde, besser gesagt, schnell von einem neuen abgelöst. Am nächsten Tag wachte ich auf, weil ich hörte, wie Gaia ächzte und sich erbrach. Zuerst dachten wir, es sei vielleicht ein Ein-Tages-Fieber, da es ihr im Laufe des Tages ein wenig besser ging. Keres übertraf sich selbst, sie holte alles, was Gaia brauchte, und war allgemein sehr zuvorkommend. Im Laufe der Woche erbrach sich Gaia an zwei verschiedenen Tagen, beide Male morgens, und war danach stundenlang geschwächt. Es half auch nicht, dass sie anschließend den restlichen Tag über nichts essen wollte. Anton tat, was er konnte, um sich um sie zu kümmern, aber ich spürte, dass er sich Sorgen machte, und ich war mir ziemlich sicher, dass ihn dieselben

Fragen beschäftigten wie mich: Warum war ihr immer am Morgen schlecht? Könnte sie schwanger sein?

Das einzig Gute in dieser Woche war, dass ich entdeckte, dass Keres genauso gern joggen ging wie ich. Anton und Gaia mochten Sportarten wie Tennis oder sie gingen sporadisch ins Fitnessstudio. Das war in Ordnung, aber keiner von ihnen hatte Lust, mit mir laufen zu gehen. Das bedeutete, dass ich höchstens einmal in der Woche joggen ging, manchmal noch seltener. Das änderte sich, als ich merkte, dass Keres es auch mochte. Eines Abends schnürte sie ihre Turnschuhe und kündigte an, dass sie laufen gehen würde. Ich konnte meine Turnschuhe gar nicht schnell genug anziehen, um mit ihr zu kommen. Wir gingen an den meisten Nachmittagen vor dem Abendessen laufen. Wir hatten sogar eine Standardrunde festgelegt, die gut sechs Kilometer lang war. Wir wärmten uns in der Einfahrt auf, liefen dann ein Stück die Straße entlang und kehrten anschließend auf einem Feldweg durch einen Olivenhain zurück. Es war perfekt, denn wir konnten schweigend nebeneinander herlaufen oder uns unterhalten, aber in jedem Fall waren wir etwa vierzig Minuten lang zusammen, egal, was um uns herum gerade los war.

Wir sprachen viel über unsere Großeltern. Keres brachte mich wirklich zum Lachen, als sie fragte, ob sie reich gewesen seien, weil sich die Wörter *Großmama* und *Großpapa*, wie ich sie auch manchmal nannte, von den englischen Bezeichnungen, die sie gelernt hatte, unterschieden und viel schicker klangen. Ich versuchte zu erklären, dass es verschiedene Bezeichnungen für die Familienmitglieder gab und jede Familie das etwas anders handhabte, doch dass diese Namen in meiner Familie schon seit Generationen benutzt wurden. Für mich war das sehr praktisch gewesen, denn manchmal wollte ich so tun, als wären sie tatsächlich meine Eltern, also habe ich die Bezeichnung früher oft zu *Mami* und *Papi* abgekürzt, damit die Leute nicht sofort wussten, dass sie nicht meine Eltern waren.

Bei einer unserer Laufrunden redeten wir sogar mehr über Akis. Darüber, was Keres an ihm gefiel. Sie vertraute mir auch an, dass Nico zwar gut aussah und sie ihn anfangs gemocht hatte, er sich aber aufdringlich benahm. Das überraschte mich nicht besonders. Akis war vielleicht laut und redete viel, aber er war nicht aufdringlich. Nicht auf diese Art und Weise. Sie sagte, dass sie und Akis auch viel gemeinsam hätten, obwohl unsere Sprachbarriere bei diesem Gespräch wieder deutlich zutage trat. Je mehr Zeit wir miteinander verbrachten, desto besser wurde ihr Englisch. Auch mein Griechisch machte Fortschritte, allerdings viel langsamer. Ich war erstaunt, wie schnell sich ihre Sprachkenntnisse verbesserten, seit wir uns kennengelernt hatten.

Um Viertel nach fünf wartete Keres bereits neben der Tür ungeduldig auf mich. Ich band mir die Schnürsenkel zu. Eine Woche zuvor hatten meine Laufschuhe noch recht neu ausgesehen. Jetzt waren sie staubig und waren einigermaßen eingelaufen. Binnen kürzester Zeit waren wir unterwegs und hatten unseren Rhythmus gefunden, einen Rhythmus, der für mich bald zu einem willkommenen Trost wurde und mich davon abhielt, mich zu fragen, ob ich schwanger war – oder noch schlimmer: ob Gaia es sein könnte.

„Ich habe nachgedacht“, schnaufte ich, „über Mamas Erbe. Sie hat es allen lebenden Hinterbliebenen vermacht. Dazu gehörst auch du.“

Keres hörte auf zu rennen, als wir den Rand des Olivenhains erreichten, und stützte die Hände auf die Knie, bevor sie sich schnell wieder aufrappelte. „Ich verstehe nicht. Hinterbliebenen?“

Wir liefen weiter in den Hain, aber nicht in unserem üblichen Tempo. Unsere Geschwindigkeit erinnerte eher an einen Spaziergang. Das brachte uns nur noch mehr ins Schwitzen.

„Ich meine, du bist ihre Tochter. Du bist auch mit ihr verwandt. In ihrem Testament stand ‚lebende Hinterbliebene'. Natürlich dachten wir, das wäre nur ich. Aber jetzt wissen wir, dass du auch mit ihr verwandt bist."

„Wir teilen uns also das Haus?" Sie hüpfte über eine Wurzel, die sich einen Teil des staubigen Weges entlangschlängelte.

Ich nickte. „Ich muss es mir ansehen, aber ja. Ich denke, dir sollte die Hälfte zustehen."

Keres hielt an, schlang ihre Arme wie eine Boa um meine Schultern und drückte mich an sich. Unsere Körper klebten vor Schweiß fast aneinander. Sie bedankte sich immer wieder, packte dann meine Schultern und sah mir eindringlich in die Augen.

„Danke, Melodie. Du bist eine wunderbare Schwester."

Ich versuchte, ihr zu erklären, dass ich eigentlich nichts getan hatte, aber es war schön zu sehen, wie dankbar sie war, als Familienmitglied angesehen zu werden. Ich wollte nicht, dass sie sich minderwertig fühlte, nur weil unser furchtbarer Vater sie weggegeben hatte. In Wahrheit war es wahrscheinlich das Netteste gewesen, was er für sie getan hatte. Aber jetzt war es an der Zeit, dass sie sich wieder dazugehörig fühlte. Dafür wollte ich sorgen. Unsere Füße fanden bald zu ihrem gewohnten Rhythmus zurück und im Nu waren wir wieder zu Hause.

Nachdem wir kurz geduscht hatten, waren wir in der Küche und kochten gemeinsam das Abendessen. Da Gaia die ganze Woche über krank oder ihr übel war, hatte Keres schnell ihren Platz als meine Kochgehilfin und Beraterin für griechische Kulinarik eingenommen. Sie zeigte mir verschiedene traditionelle Gerichte oder manchmal eine neue Version von Speisen, die Gaia und Anton mir beigebracht hatten. Wir arbeiten schweigend nebeneinander, zwischen Töpfen und Pfannen, Messern und Schneidebrettchen. Zwischendurch gaben wir einander kurze

Anweisungen, ansonsten bewegten wir uns wie in einem einstudierten Tanz zwischen den Küchenschränken hin und her.

Gaia kam die Treppe herunter. Alles in allem war es ein guter Tag gewesen. Ihr war nicht schlecht gewesen und sie hatte es auch geschafft, etwas zu Mittag zu essen.

„Brauchst du Hilfe, Mou-mou?"

„Schon okay. Keres macht die ganze schwere Arbeit. Ruh dich aus."

Vorsichtig schob Keres ein Tablett mit *Dolmades*, gefüllten Weinblättern, in den Ofen.

„Ich rieche keinen Dill. Habt ihr Dill reingetan?" Gaia ließ ihren Blick über die Kräutergläser auf der Arbeitsplatte schweifen und nahm das nächstgelegene in die Hand, um zu sehen, was es war.

„Ich verwende keinen Dill. Nicht für *Dolmades*. Diese sind mit Hühnchen und Tomaten."

Gaia stellte das Glas vorsichtig zurück und wandte sich ab.

„Gehst du heute Abend noch auf diese Party?", rief ich über meine Schulter, während ich die Gemüsereste in den Mülleimer warf.

„Ja, sie fängt erst um neun an."

„Das ist ziemlich spät ...", setzte ich an, aber Gaia lachte bereits über mich.

„Du klingst schon genauso schlimm wie Papa. Chloe hat bis halb acht Ballettunterricht. Bis sie zu Hause ist, sich fertig gemacht und zu Abend gegessen hat, ist es schon neun."

„Hauptsache, dein Vater ist damit einverstanden."

„Wenn nur du das letzte Wort hättest, Mou-mou." Sie schenkte mir ein kleines, aber strahlendes Lächeln, das mein Herz höherschlagen ließ. Dann ging sie hinüber zu Anton, der auf dem Sofa ein Buch las. Sie kuschelte sich neben ihn, und er legte rasch sein Buch beiseite, um sie in eine Umarmung zu ziehen. Er platzierte seinen Kopf auf ihrem und sprach leise mit ihr. Von der Küche aus konnte ich nicht verstehen, was er sagte oder in welcher Sprache sie sich überhaupt unterhielten. Das spielte keine Rolle. Sie hatten ihre eigene Sprache, die sie nach dem tragischen Verlust von Gaias Mutter erfunden hatten. Es berührte mich, sie aus nächster Nähe dabei zu beobachten. Und gleichzeitig war ich nicht nur eine Beobachterin. Sie hatten mich auf eine Weise in ihrer Welt willkommen geheißen, die ich mir nie hätte vorstellen können. Nur ein einziges Mal hatte sich Gaia über Anton und mich aufgeregt. Eigentlich war sie nur sauer auf Ant gewesen, weil er sie vor Finn blamiert hatte. Als ich dann aus England zurückgekehrt war, war alles vergeben und vergessen gewesen.

„Findest du das nicht auch seltsam?“ Keres nickte in Richtung der beiden, die sich angeregt unterhielten. Ich brummte geistesabwesend, bevor ich sie stirnrunzelnd ansah.

„Sollte er nicht mit dir kuscheln? Männer sollten doch ihre Frau an erste Stelle setzen.“ Sie stützte sich mit den Ellbogen auf die Küchenzeile in Antons und Gaias Richtung, aber den Kopf hatte sie mir zugewandt, und achtete darauf, dass ihre Stimme gerade leise genug war, um nicht von ihnen gehört zu werden.

Ich schüttelte den Kopf und nahm den Lappen, um über die Arbeitsfläche zu wischen. „Das finde ich nicht. Das ist doch schön.“

Sie schaute überrascht und zog die Mundwinkel nach unten.

„Wusstest du schon immer, dass du adoptiert bist?“, fragte ich.

Sie rutschte von der Arbeitsplatte und lehnte sich mit dem Rücken dagegen. „Ja.“

„Vielleicht findest du es ja deshalb so seltsam. Ich schätze, dein Vater war mit dir nicht so. Hat das Wissen, dass du adoptiert bist, eine Barriere zwischen euch geschaffen? Wie war dein Vater zu dir?“

„Er dachte, ich sollte etwas lernen. Das war wichtig. Ich sollte Mathematik und Englisch lernen. Wegen seiner Arbeit war er die meiste Zeit weg, deshalb habe ich ihn nicht so oft gesehen.“ Sie hatte die Arme um ihren zarten Körper gelegt, sie gaben ihr den Halt, den ihr Adoptivvater ihr vielleicht nicht gegeben hatte. „Wie war Papi zu dir?“

Es fühlte sich seltsam an, dass jemand anderes meinen Großvater so nannte. Mich durchzuckte der Impuls, ihr zu sagen, dass das mein Name für ihn war und niemand anders ihn benutzen durfte. Ich schüttelte den Kopf und wischte weiter die Oberfläche ab.

„Als ich noch sehr klein war, saß ich auf seinem Knie und er legte Vanessa-Mae auf. Du kennst sie vermutlich nicht. Sie spielt Geige.“ Ich tat, als würde ich auf einer unsichtbaren Geige spielen, um sicherzugehen, dass sie wusste, von welchem Instrument ich sprach. Dabei hätte ich mir fast mit dem nassen Lappen ins Gesicht gefasst. Keres bedeckte ihr Gesicht und kicherte. „Jedenfalls saß ich da und hörte ihr zu. Auch anderen Musikern. Er liebte Geigenmusik. Wenn ich nachts Angst hatte, nahm er mich in den Arm und erzählte mir Geschichten, bis ich einschlief.“

„Aber als du in Gaias Alter warst? Hat er dich da im Arm gehalten und mit dir so gesprochen?“

Wir schauten zu dem hübschen Duo hinüber, das sich inzwischen gemeinsam etwas auf Antons Handy ansah. Ich schüttelte wieder den Kopf.

„Nein. Wir standen uns nicht so nahe wie die beiden. Aber sie hatten so viele Jahre auch nur einander. Ich mag es, dass sie so ein enges Verhältnis haben. Ich hoffe, dass wenn ich Kinder habe, ich mit ihnen auch so verbunden bin wie Ant mit Gaia.“

„Denkst du, Gaia wird gern eine Schwester sein wollen? Wird sie Anton gern teilen?“

Das war etwas, worüber ich mir manchmal Sorgen machte. In der Theorie wollte sie die Rolle der älteren Schwester spielen. Die Realität könnte aber ganz anders sein.

„Ich kann mir nicht vorstellen, dass sie noch jemand anders hereinlässt", fügte Keres hinzu, während sie durch die Küche ging und eine Dose Limonade aus dem Kühlschrank holte. Sie klopfte mit dem Zeigefinger oben auf die Dose, bevor sie sie öffnete, und machte sich auf den Weg zum Esstisch, der sich in der gegenüberliegenden Ecke des Raumes und somit am weitesten weg vom Sofa befand, wo Gaia und Anton sich flüsternd unterhalten hatten.

Gaia könnte ein großartiges Vorbild und eine fürsorgliche ältere Schwester sein, aber bis die Situation nicht tatsächlich eintrat, konnten wir nicht wissen, wie sich alles entwickeln würde. Ant und Gaia standen sich so nahe, dass ich auch befürchtete, unser Kind könnte nicht den gleichen Platz in seinem Herzen haben. Ich fing meine Gedanken ein und sperrte sie weg. Es waren Gedanken, die ich bisher hatte verdrängen können. Zum ersten Mal ließ ich zu, dass sie sich in den Vordergrund drängten und meine Aufmerksamkeit an sich rissen. Nur weil Keres Zweifel hatte, sollte ich mir nicht auch über etwas Sorgen machen, über das ich keine Kontrolle hatte.

Als ich mich mit dem Rücken zur Treppe an das Kopfende des Tisches setzte, wurden die Stimmen am anderen Ende des Hauses immer lauter. Von unserer Position im Erdgeschoss aus fühlte es sich so an, als würden sie aus beiden Richtungen zu uns dringen. Wir konnten sie nicht sehen, da die Toilette unter der Treppe und die Schränke in der Mitte des Raumes die Sicht versperrten und es unmöglich war, die Geräusche zu orten – bis ich sah, dass Gaia sich bewegte und mit den Füßen so fest aufstampfte, dass sie das Haus mit ihren Schritten fast zum Wackeln brachte. Keres und ich sahen einander fragend an, dann bahnte ich mir zögernd meinen Weg um die Treppe herum und traf auf Ant. Sein Gesicht war hochrot und mit einem seiner Füße klopfte er

– die Geschwindigkeit erinnerte mich an ein Kaninchen in einem Zeichentrickfilm – auf den Boden.

„Was ist gerade passiert?" Ich kniete mich auf der anderen Seite des Couchtisches auf den Boden und sah zum Sofa hoch.

„Es war wegen der Zigarette. Ich habe so etwas gesagt wie ‚Mach dir keine Sorgen', ‚Das haben wir alle mal probiert'. Weißt du, was sie geantwortet hat? Dass es nicht ihre Zigarette sei. Und jetzt ist sie sauer auf mich, weil ich überhaupt daran gedacht hatte, dass es so sein könnte. Sie sagte ‚Wie kannst du es wagen' und ‚Warum redest du so?' ... *pós tolmás, óchi, óchi, den psévdomai.*" Seine Stimme wurde mürrisch und er machte eine Geste, als würde er mit zwei Handpuppen spielen. „Ihre heftige Reaktion zeigt, dass sie lügt und ein schlechtes Gewissen hat. Ich weiß es. Auf jeden Fall bedeutet ihre Lüge, dass sie Hausarrest bekommt. Sie wird die Party zu Chloes sechzehntem Geburtstag verpassen."

„Das ist ein bisschen hart, oder? Ich weiß, ich habe wahrscheinlich nicht einmal die Hälfte davon verstanden, aber das erscheint mir etwas übertrieben."

Sein Fuß hielt inne und seine Augen richteten sich als kleine Schlitze auf mich, als hätte er mich noch nie zuvor gesehen und versuchte, meine Anwesenheit in seinem Vaterleben einzuordnen. Nach einem Moment atmete er schnaubend durch die Nase aus und presste die Handflächen auf sein Gesicht.

„Es ist zu spät. Ich habe es ihr bereits verboten. Ich kann es nicht zurücknehmen. Sie ist ohnehin zu krank. Sie ist nicht gesund, nur weil es ihr einen Tag lang besser geht. Ich will nicht, dass sie mit ihren Freunden ausgeht." Er hielt inne. „Bin ich ein schrecklicher Vater?"

„Nein, du bist ein verdammt guter Vater, du Spinner", sagte ich, kam um den Tisch herum und ließ mich von ihm in den Arm nehmen. „Aber es ist seltsam. Dass sie lügt und dabei so hartnäckig ist. Vielleicht ist es ihr peinlich."

Gaia kam zum Abendessen wieder herunter und benahm sich, als wäre ihr Vater unsichtbar. Sie spielte mit ihrem Haar und warf es sich über die Schulter, wenn er sprach. Mit Keres und mir unterhielt sie sich jedoch. Sie fing absichtlich immer wieder Gespräche über Themen an, die Anton entweder langweilten oder ärgerten. Meistens ging es um Jungs und Klamotten oder um das Gefühl, wieder einmal eingesperrt zu sein.

Sobald alle fertig gegessen hatten, entschuldigte sich Gaia höflich und ging. Es war, als hätten Keres, Anton und ich uns gestritten, obwohl wir das gar nicht getan hatten. Sie ließ uns mit einem Gefühl der Unausgeglichenheit und Unruhe zurück. Keres entschuldigte sich, ging in ihr Zimmer und ließ uns allein zurück.

„Lust auf einen Spaziergang?“, fragte ich. Mir war alles recht, um die Wolke aus Teenagerhormonen hinter uns zu lassen, die im Esszimmer schwebte. Wir räumten die Teller ab und machten uns auf den Weg in den Garten.

Kapitel 16

Wir schlenderten zwischen den Bäumen hindurch, bis wir zur Lichtung kamen. Der Garten war weitläufiger, als man auf den ersten Blick angenommen hätte, und er war größtenteils in seinem natürlichen Zustand belassen. Der Spaziergang war etwas abenteuerlich, denn der Boden war alles andere als eben. Auf dem Weg zur Lichtung, die ich manchmal als ‚Feenkreis' bezeichnete – obwohl sie eigentlich eher oval war –, wuchsen die Bäume auf einem hügeligen Untergrund. Der Hang stieg sanft an und Anton hatte dort auf meinen Wunsch hin eine Hollywoodschaukel für zwei aufgestellt, von der aus man einen Blick auf das Haus hatte.

Wir machten uns schweigend auf den Weg zur Schaukel, allerdings blieb Anton dort nicht stehen. Er ging weiter in den am meisten überwucherten Teil des Gartens. Dieser Abschnitt fühlte sich nicht so an, als gehöre er uns, zumindest hatte ich dieses Gefühl. Er gehörte den Bienen, den Schmetterlingen und einer Vielzahl anderer Insekten, die ich in dem Jahr, seit ich auf Korfu lebte, zum ersten Mal gesehen hatte.

„Die Viecher werden uns auffressen", warnte ich ihn und schlug nach etwas, das an meinem Gesicht vorbeischwirrte.

„Ich mag einfach die Geräuschkulisse hier."

Der Lärm war einschüchternd. Ich hatte immer gedacht, dass Städte laut seien. Ich hatte ein paar Monate mit einer Kommilitonin in Manchester gewohnt, und dort schien ein konstanter Geräuschpegel zu herrschen, egal, wie spät es war. Aber das war nichts im Vergleich hierzu. Je weiter wir in unseren naturbelassenen Garten vordrangen, desto lauter wurde es. Es war der Gesang von Tausenden winzigen Lebewesen. Die meisten waren unsichtbar, obwohl es unmöglich zu sein schien, dass man sie hören, aber nicht sehen konnte. Bäume, die schon seit Hunderten Jahren hier standen, schienen von einer Hülle aus Insekten gehalten zu werden, die sie jede Nacht in den Schlaf sangen. Allerdings war es mehr ein Kreischen als ein Singen.

„Ant, ich trage nur Flip-Flops."

Er drehte sich um, betrachtete meine altgedienten, schwarzen Flip-Flops und nickte. Seine Gesichtszüge blieben ausdruckslos und wären für die meisten wohl nicht lesbar gewesen. Ein hübsches Gesicht, das nichts über den Menschen verrät. Für mich sagte diese Ausdruckslosigkeit alles. Ich drückte seine Hand mehrmals hintereinander und zog dann an seinem Arm, als er mich nicht sofort ansah.

„Hey! Sieh mich an!" Ich ließ seine Hand los, zog am Ausschnitt seines T-Shirts, schob sein Gesicht zu mir herunter und nahm sein Kinn in die Hand. Es war noch weich nach der morgendlichen Rasur. Ich fuhr mit dem Daumen über seine Unterlippe.

„Mach dir keine Sorgen. Das ist ein gutes Zeichen. Wenigstens geht es Gaia gut genug, um zu streiten. Vielleicht ist sie tatsächlich auf dem Weg der Besserung. Es war nur eine merkwürdige Magen-Darm-Sache."

Sein Mund drängte sich mir entgegen und seine begierigen Finger gruben sich erst in meinen Brustkorb, dann in meine Taille und pressten meinen Körper an seinen. Sein Mund schmeckte nach Zimt von dem Orangenkuchen, den er gegessen hatte. Als ich mich in seiner Umarmung entspannte, hob er mich hoch und drückte mich fest an sich. Ich fragte mich oft, ob das für ihn leichter war: ob es für ihn angenehmer war, mich hochzuheben, anstatt sich nach vorn zu beugen, um mich zu küssen. Für jemanden, der so groß war, war seine Haltung bemerkenswert, aber mir war bewusst, dass er die meiste Zeit damit verbrachte, nach unten zu schauen. Seine Finger wanderten an meiner Wirbelsäule entlang, steuerten den Verschluss meines BHs an – und brachten mich zurück zu der fleischgewordenen Begierde vor mir.

„Hör auf", stöhnte ich.

„Ich soll aufhören?" Er küsste sanft meinen Kiefer, wodurch meine Lippen frei wurden, um mich zu erklären.

„Nicht hier. Nicht bei all den Insekten. Lass uns zurück ins Haus gehen."

Ants unzufriedenes Knurren vibrierte in meiner Brust, als ob wir in einem gemeinsamen Körper wohnen würden.

„Aber niemand ist hier, und ich will dich jetzt." Er ließ mich hinunter, bis meine Füße den Boden berührten. Er drückte mich fest an seinen Körper, damit ich genau verstand, was er meinte. Ich konnte nicht anders, als mit den Fingerspitzen an der Beule in seiner Hose entlangzufahren. Ich schaute auf und sah, wie Ant sich auf die Unterlippe biss. Seine grünen Augen waren dunkel und grimmig. Ich hatte Nein gesagt, ich wusste, dass er keinen weiteren Versuch machen würde. Nicht, bevor es offensichtlich war, dass ich meine Meinung geändert hatte. Dieses Wissen entzündete in mir das brennende Verlangen, mit ihm ein wenig zu spielen, wie ein Orca, der mit seinem Futter spielt, bevor er es verschlingt.

Ich schlang meine Arme um seinen Körper und schmiegte mich an seinen Rumpf, dabei drückte ich meine Brüste an ihn und ließ ihn meinen warmen Atem auf der Haut spüren. Er stöhnte noch einmal leise auf, bewegte sich aber immer noch nicht. Die Finger meiner linken Hand wanderten hinunter zu seinem Reißverschluss und öffneten ihn, um meine Hand hineingleiten zu lassen. Er vergrub die Finger in den Haaren in meinem Nacken, ansonsten stand er vollkommen still da, als ich mich vor ihm hinkniete. Der Boden war noch einigermaßen weich, denn das Gras war noch nicht ganz verdorrt oder von der Sonne verbrannt. Zusammen mit den versteckten Insekten versank ich im schummrigen Licht des Baumschattens, bevor ich Antons Glied sanft mit dem Mund liebkoste und ihn dazu brachte, sich am Stamm eines nahen Olivenbaums festzuhalten, sodass die Blätter über unseren Köpfen raschelten.

„Ich dachte, du hättest Nein gesagt", murmelte er und schluckte dabei schwer.

Ich ließ kurzzeitig von ihm ab. „Ich habe meine Meinung geändert."

Mehr brauchte er nicht zu hören. Er zog mich hoch, küsste meinen Hals und drückte mich mit dem Rücken gegen den alten Baum. Der Stamm war in zwei Hälften geteilt, und Anton zwängte mich in die Lücke dazwischen. Als er mein Oberteil herunterzog und meine Brustwarzen genüsslich in den Mund nahm, fanden seine Finger ihren Weg zwischen meine Schenkel. Ich zerrte meinen Rock hoch, bis er wie ein schmaler Gürtel um meine Hüften lag, bevor ich Anton kraftvoll an mich zog, um ihn in mir zu spüren. Ich konnte nicht anders, als einen hohen Schrei auszustoßen, der über dem Surren der immer zahlreicher werdenden Insekten erklang, die sich um uns herum paarten. Dort, in der Umarmung des Baumes, holte sich Anton, worauf er so geduldig gewartet hatte, und drückte mich fest an sich. Als meine lustvollen Schreie zu laut wurden, presste er seinen Mund auf meinen, um zu verhindern, dass man mich bis zum Haus hören konnte. Mit zusammengebissenen Zähnen und flachem Atem spannte sich jeder Muskel in unseren miteinander verschmolzenen Körpern an – um sich dann ruckartig zu entspannen.

Wir verharrten einen Moment lang keuchend und unser Schweiß tropfte auf die Baumrinde. Anton küsste mich, lachte und flüsterte etwas auf Griechisch, bevor er mir half, mich aus dem Baumstamm zu befreien.

„Melodie!“, ertönte Keres’ Stimme.

Zum Glück klang sie so, als wäre sie noch ganz in der Nähe des Hauses. Anton und ich erstarrten und sahen uns mit großen Augen an. Seine Lippen formten lautlos das Wort „Scheiße“ und wir zerrten hektisch an unserer Kleidung, um sie halbwegs zu ordnen und unseren Schweiß und unsere Lust nicht ganz so offensichtlich zur Schau zu stellen. „Scheiße“, jetzt sagte er es laut, „schau mich an ...“

Er sah aus, als wäre er joggen gegangen und dann eine Klippe hinuntergestürzt. Seine Haare hingen ihm in die Stirn, sie waren nicht wie sonst ordentlich mit Haarwachs zurechtgezupft, und sein T-Shirt war fast komplett durchgeschwitzt. Als er zu mir herüberschaute, tasteten seine Augen meine Kurven ab, an die er sich wenige Augenblicke zuvor mit seinem Körper gepresst hatte, und in seiner Brust erklang ein sanftes Lachen. „Du siehst genauso schlimm aus.“ Er schob mein Oberteil hoch, um meinen BH zu verstecken, während Keres’ immer lauter nach uns rief.

„Ist doch egal. Finden wir heraus, was zum Teufel los ist.“

Als ob wir das, was gerade geschehen war, dadurch irgendwie verbergen könnten, rannten wir Hand in Hand durch die Bäume und den Hang hinab in Richtung von Keres, die inzwischen auf der Lichtung aufgetaucht war. Es war schon ziemlich finster, aber die Lichter im Garten erleichterten uns die Orientierung.

„Ich weiß nicht, wo Gaia ist!“ Ihre Stimme war hoch und krächzend, und sie presste die Finger auf ihre rosa Wangen. Dann sprachen sie und Anton auf Griechisch miteinander. Wir wussten alle, dass es schneller und einfacher sein würde, herauszufinden, was genau sie wusste – oder nicht wusste –, wenn sie Griechisch sprachen. Wir drei rannten zum Haus. Erst als wir durch die Hintertür traten und zum Esstisch gingen, sah Keres uns wirklich an. Als sie ihre Lippen aufeinanderpresste, war ich mir sicher, dass sie ihr Bestes tat, um ein Lachen zu unterdrücken.

„Was ist hier los? Wo ist Gaia?“ Ich ging auf Keres zu und verschränkte die Arme vor der Brust, während Anton auf dem Weg zu Gaias Zimmer durch das Haus rannte. Das ganze Haus bebte, als er die Treppe hinaufsprang. Keres zuckte nur mit den Schultern und schüttelte den Kopf.

„Ich habe an ihre Tür geklopft. Ich will etwas leihen …“ Sie zog ein dünnes Haarband aus ihrer Gesäßtasche.

„Ein Haarband?“

„Ein Haarband.“ Sie nickte heftig. „Sie hat nicht geantwortet. Ich ging hinein. Sie war nicht da. Bitte, bitte sagt ihr nicht, dass ich sie verraten habe. Ich möchte nicht, dass sie denkt, dass sie mir nicht vertrauen kann.“ Ich versuchte, sie zu beruhigen, während Ant die Treppe so schnell heruntertrabte, dass mich das Geräusch an einen Trommelwirbel erinnerte.

Wir bewegten uns zur Vorderseite des Hauses, als er auf uns zukam. Er hatte ein frisches T-Shirt angezogen, es war leuchtend rot und quer über der Brust stand in schwarzen Blockbuchstaben *Limited Edition* geschrieben.

„Sie wird auf der Party sein. Ich hole sie“, sagte Anton, bevor er mir einen Kuss auf die Stirn gab und sich bei Keres bedankte.

Ich sprang hinter ihm her und bat ihn zu warten. Ich wollte, dass er mich mitnahm. Er schüttelte den Kopf und wollte sich die Schlüssel vom Kaminsims schnappen, aber ich schlüpfte mit der Hand an ihm vorbei und nahm sie zuerst.

„Ich komme mit, Anton. Sie ist jetzt auch meine Tochter, und ich liebe sie."

Er drehte sich zu mir, küsste mich noch einmal auf den Kopf und wir fuhren zusammen zu Gaia.

Kapitel 17

Anton hatte fünf Minuten lang an Chloes Tür gehämmert, bis endlich jemand kam und öffnete. Das Haus hatte die Form eines großen L und in der Mitte der Einfahrt stand ein Springbrunnen. Ich konnte weder Chloe noch ihren Vater besonders gut leiden. Ich hatte immer das Gefühl, dass er mit meinen Brüsten statt mit mir sprach, oder er fand einen Vorwand, um mich zu berühren, wenn Anton nicht hinsah. Ich hatte ihn nur zweimal getroffen. Einmal bei einem Grillfest, das sie veranstaltet hatten. Chloe freundete sich immer mehr mit Gaia und Natalia an, was vor allem daran lag, dass ihr Freund Finns Kumpel war.

Chloes Vater, Costas, öffnete die Tür. Durch das Autofenster konnte ich sehen, dass die Luft zwischen den beiden Männern knisterte. Mir blieb keine andere Wahl, als mich einzumischen.

„Costas!“ Ich lächelte, als ich auf ihn zuging. Er schob sich an Ant vorbei, der um einiges größer war als er, griff nach meiner Hand und küsste sie dreimal. Sofort wünschte ich mir, ich hätte das Händedesinfektionsmittel in meine Tasche gesteckt, anstatt es im Auto zu lassen. In seiner Nähe hätte ich mir am liebsten den Mund-Nasen-Schutz wieder aufgesetzt, damit er nicht sehen konnte, wie ich würgte.

„Melodie, die schöne Melodie. Was ist los mit deinem Mann? Er beschuldigt mich beinahe, Gaia entführt zu haben!“ Zum Glück konnte Costas fast perfekt Englisch. Das einzig Seltsame war, dass er statt eines griechischen Akzents einen amerikanischen anklingen ließ. Er hatte in den USA gelebt und versucht, als Schauspieler groß rauszukommen – anscheinend finanziert durch einen großen Lottogewinn. Das hatte ich jedenfalls gehört, aber nie wirklich nachgefragt. Die Information stammte von Gaia und ich war mir nicht sicher, wie verlässlich der Klatsch aus der Schule war. Das Einzige, was ich mit Gewissheit sagen konnte, war, dass seine Frau Amerikanerin war und wie ein blondiertes kalifornisches Model aussah, aber sie redete nicht viel. Ich konnte mir Costas allerdings gut als aufstrebenden Schauspieler vorstellen. Er war genauso auffällig und gefühlsbetont, wie ich mir Schauspieler im Allgemeinen vorstellte. Ich wusste, dass er harmlos war, aber es änderte trotzdem nichts daran, dass ich es nicht mochte, wenn er ständig meine Hand hielt oder meinen Arm rieb.

„Sie hat Hausarrest. Könntest du sie bitte holen? Bitte entschuldige die Störung.“ Ich lächelte.

„Das kann ich leider nicht, meine Liebe. Es ist unmöglich. Sie zelten hinten im Garten und ich habe Chloe versprochen, dass ich sie in Ruhe lasse. Komm schon, Anton, sie amüsiert sich doch nur ein bisschen. Warum kommt ihr nicht rein und wir trinken ein Glas Wein?“ Costas tätschelte meine Hand, als ob sie mit Anton verbunden wäre und er, indem er mich beruhigte, auch Ant beruhigen könnte.

Die ganze Zeit über hatte Ant mit gestreckter Wirbelsäule dagestanden und seine volle Körpergröße zur Schau gestellt. Er ließ sein glattes Kinn auf die Brust sinken und wandte dabei seinen Blick nicht von Costas ab, bevor er mit geblähten Nasenflügeln die Luft einsog. „Nein?“ Costas redete weiter: „Lieber ein Bier?“ Costas strebte ins Innere des Hauses, wobei er immer noch meine Hand hielt. Ich hatte das deutliche Gefühl, dass er schon ein Glas zu viel getrunken hatte, denn es war ihm offensichtlich egal, dass Anton mitansah, dass er mich berührte. „Harper! Harper! Wir haben Gäste. Schenk uns Wein ein.“

Wir lehnten das Angebot weiterhin ab, aber er führte uns in einen Raum mit großen Flügeltüren, die auf einen perfekt gepflegten Garten mit in Form geschnittenen Bäumen und kleinen Putten, die Wasser in Teiche spritzten, blickten. Harper erschien mit zwei Gläsern Rotwein in der Hand und begrüßte uns mit einem flüchtigen Luftkuss. Ihr blondiertes Haar lag so eng an ihrem Kopf an, dass sie fast kahl aussah, wenn die gewachsten Haarsträhnen das Licht reflektierten.

Anton bedankte sich höflich bei ihr und nahm einen tiefen Schluck aus seinem Glas. „Also, wo ist meine Tochter jetzt?“, fragte er und reichte das bauchige Glas zurück in Richtung von Harpers dicken, lila Acrylnägeln. Costas’ Blick wanderte langsam zur Zimmerdecke, dann zeigte er in den Garten. Wir schauten beide in die Nacht hinaus, auf die Putten und die Pflanzentöpfe, dann wandten wir uns wieder ausdruckslos Costas und Harper zu.

„Am Ende des Gartens gibt es einen Weg, der zu einem großen Feld führt. Die Kinder haben ein Lagerfeuer und Zelte. Wenn du Chloes Party ruinierst, Anton Greenwood“, er drückte mit dem

Finger gegen Antons Brust, und für den Bruchteil einer Sekunde hatte ich das Gefühl, Anton würde ihn gleich abreißen, „werde ich dafür sorgen, dass du es bereust."

Antons Gesicht verzog sich zu einer Mischung aus Lächeln und Knurren, bevor er durch den Garten marschierte. Sie hatten nichts falsch gemacht und Antons Gereiztheit ließ meine Wangen vor Scham rot anlaufen. Sie fühlten sich heiß an, als eine Brise durch die Türen hereinwehte. Ich entschuldigte mich und drückte Costas das Weinglas in die Hand, bevor ich beinahe über meine eigenen Füße stolperte, als ich versuchte, mit Antons langen Schritten mitzuhalten.

„Bleib stehen. Anton! Hör auf! Du kannst sie nicht so in Verlegenheit bringen. Es ist schon schlimm genug, dass du mich in Verlegenheit gebracht hast. Das hat sie nicht verdient. Bitte! Du stößt sie nur noch weiter weg", zischte ich in die zunehmende Dunkelheit. Es musste über ein Hektar zartgrüner, ausreichend bewässerter Rasen sein, den wir überquerten, bevor wir den hinteren Teil des Gartens erreichten, von dem der Weg abführen sollte. „Hör mir zu, du Spinner! Sei nicht so ein verdammter Sturkopf." Ich zerrte an seinem Arm, bis er schließlich stehen blieb. In diesem Moment erst konnte ich in der Ferne das Geräusch von Lachen und Musik ausmachen, das rechts vom Garten ertönte. „Lass mich mit ihr reden. Bitte! Wenn ich ehrlich bin, denke ich, dass ich nach ihr sehen sollte, aber lass sie hier. Wenn du unbedingt willst, dass ich sie mitnehme, werde ich das tun. Bitte, lass mich zu ihr gehen", flüsterte ich und hielt sein Handgelenk immer noch fest, als ob Gaias Leben davon abhinge. Möglicherweise hing ihr Sozialleben tatsächlich davon ab, aber das war es auch schon.

Er zog seinen Arm aus meinem Griff, um sich über das Gesicht zu reiben, und brummte etwas, das ich nicht verstand. Darauf folgte ein gemurmeltes „Okay". Kaum hatte er zugestimmt, wünschte ich mir, dass es nicht so wäre und ich nicht wirklich aus dem Gebüsch heraus vor eine Gruppe von Teenagern treten müsste. Wir schlichen den Pfad entlang, und das Gelächter der Teenager wurde immer deutlicher. Als ich an einem Busch vorbeischaute, gewöhnten sich meine Augen an das Licht des Lagerfeuers. Zuerst konnte ich Gaia nicht erkennen. Fünfzehn, vielleicht auch mehr, Gestalten wurden vom Feuerschein rot-golden beleuchtet. Es begann bereits aufzufrischen, da entdeckte ich Gaia in Shorts und mit Finns Jeansjacke über den Schultern. Ihr Gesicht war von uns abgewandt. Ich machte einen Schritt vom Pfad weg und sah, dass sie eine Zigarette in ihrer rechten Hand hielt. Finn zog sie zu sich heran und küsste sie, wobei sie beide schwankten, sie hatten offenbar getrunken. Ich wollte das nicht sehen und ihr auch nicht den Spaß verderben. Ich wusste, dass Anton die Zigarette ebenfalls gesehen hatte und bereit war, wie ein verrückt gewordener Riese hinter mir hervorzuspringen, um alle Kinder zu erschrecken und zu brüllen: „Ich habe es dir ja gesagt."

Chloe hatte mich gesehen, also hatte ich keine andere Wahl, als zu ihnen zu gehen. Ich marschierte auf Gaia zu, die immer noch darin vertieft war, Finn zu küssen, und mich bislang nicht bemerkt hatte.

„Gaia", war alles, was ich sagen musste. Als sie ihren Namen hörte, drehte sie sich so schnell herum, dass sie Finn mit der Zigarette am Arm streifte. Sie fluchten beide auf Griechisch, so viel verstand ich auch, bevor Gaia sich wieder zu mir umdrehte und ihre Augen im Schein des Feuers weit aufriss.

„Wo ist Papa? Bitte sag mir, dass nur du hier bist, Mou-mou."

„Nein, er steht da hinten im Gebüsch."

„Was?"

„Das spielt keine Rolle. Der Punkt ist, dass du das Haus verlassen und es niemandem gesagt hast. Dein Vater ist vor Sorge die Wände hochgegangen, Gaia. Er möchte, dass du nach Hause kommst. Ich habe ihn überredet, dass ich nach dir schaue und du vielleicht bleiben kannst, aber jetzt sehe ich, dass du rauchst und ihn angelogen hast. Jetzt weiß ich nicht recht, was ich tun soll.“ In meinem Magen machte sich die Angst breit, dass es nicht einfach sein würde, eine Mutter zu sein, und ich vielleicht nicht ein solches Naturtalent war, wie ich gehofft hatte.

„Ich habe nicht gelogen! Ich rauche nur, weil er mich wütend gemacht hat. Ich rauche sie ja nicht einmal! Ich musste husten, deshalb halte ich sie nur.“ Sie warf die Zigarette auf den Boden. „Bitte lass mich bleiben, Mou-mou. Kann der Hausarrest nicht morgen anfangen?“

Ich wusste nicht, was ich sagen sollte. Mein Blick schweifte zwischen ihren Freunden hin und her. Einerseits hatten sie alle gelächelt und mein Auftauchen höflich akzeptiert, andererseits konnte ich sehen, dass sie untereinander tuschelten und ich musste kein Griechisch sprechen, um Teenager zu verstehen. Ihre Eltern hatten ihnen allen vertraut. Sie durften alle zusammen zelten und sich ein oder zwei Drinks genehmigen. Gaia und Natalia waren ein bisschen jünger als die meisten von ihnen, aber sie waren vernünftige Mädchen, zumindest für ihr Alter.

„Hör zu, wenn du mir versprichst, heute Abend keinen Alkohol mehr zu trinken und nicht mehr zu rauchen, dann regle ich die Sache mit deinem Vater. Aber solltest du dich widersetzen, werde ich davon erfahren, Gaia Greenwood. Versprichst du es mir?“

„Ja, ja! Danke, Mou-mou!“ Sie warf ihre Arme um meinen Hals, wodurch Finns Jacke auf den Boden fiel. Ich vergewisserte mich, dass sie alles hatte, was sie brauchte, und machte mich auf den Weg zurück zu meinem Mann, von dem ich mir vorstellen konnte, dass in ihm ein Feuer loderte, neben dem das Lagerfeuer wahrscheinlich lächerlich wirkte.

Erst als wir am Auto ankamen, redete er überhaupt mit mir. Ich weiß nicht, ob er wirklich wütend auf mich war. Es ging eher darum, dass er die Situation nicht in den Griff bekommen hatte.

„Ich weiß nicht, warum ich sie dort gelassen habe. Sie lügt mich an und setzt ihren eigenen Willen durch."

„Sie hat mir versprochen ..."

„Versprochen? Wie kann eine Lügnerin etwas versprechen? Nein."

„Anton, hör auf! Sie ist vierzehn, fast fünfzehn ..."

„Ja, und sie könnte schwanger sein, kein Wunder, wenn sie unterwegs ist, um zu rauchen und zu trinken!"

„Hör auf! Wir sprechen von Gaia. Lass sie tun, was man in ihrem Alter tut. Sie hat so viel durchgemacht und sie ist unglaublich. Sie hat gesagt, dass sie vor heute Abend noch nie geraucht hat, und ich glaube ihr. Ich habe ihr gesagt, dass du sie morgen bestrafen wirst, und sie hat es akzeptiert. Ich finde, sie zu blamieren, war schon Strafe genug."

Gaia kam am nächsten Morgen gegen zehn Uhr nach Hause. Keres und ich gingen nach draußen, um Zitronen für Limonade zu pflücken. Tatsächlich wollten wir einfach nicht in den Streit hineingezogen werden, den es möglicherweise geben würde. Gaia schien recht klar im Kopf zu sein, als sie nach Hause kam, und ich war mir ziemlich sicher, dass sie nicht noch mehr getrunken hatte, nachdem wir verschwunden waren. Falls doch, konnte es nicht viel gewesen sein. Anton hatte eine ausführliche Liste mit unangenehmen Aufgaben für sie zusammengestellt, außerdem hatte sie Hausarrest und ihre Freunde durften sie zwei Wochen lang nicht besuchen.

Als Keres und ich beschlossen, dass es an der Zeit war, zurück ins Haus zu gehen, saß Gaia am Tisch, trank einen Milchshake und las die lange Liste mit Aufgaben durch. Anton hockte neben ihr und überwachte sie, vermutlich für den Fall, dass sie irgendwelche

Fragen hatte. Es gab weder Geschrei noch Gebrüll. Das war die Hauptsache.

„Neuer Monat, neues Glück, meine Lieben! *Kalo mina*! Heute machen wir Limonade“, verkündete ich und winkte den beiden mit Zitronen in der Größe eines Meerschweinchens zu.

Gaias Blick traf meinen. Ihre Mundwinkel zogen sich nach oben, wodurch ihre Wangenknochen ihrem Gesicht eine Herzform verliehen. Anton und Gaia beteiligten sich nicht an der Zubereitung der Limonade, aber Gaia nutzte die Gelegenheit, um mir ohne Worte zu danken. Um mir – ohne das leiseste Flüstern – zu sagen, dass sie dankbar war. Anton liebte seine Tochter, aber er war nun mal kein vierzehnjähriges Mädchen. Dass er sie so lange allein hatte großziehen müssen, schien manchmal zu Extremen zu führen. In dem verzweifelten Versuch, einen Kompromiss zu finden, gingen oft die Pferde mit ihm durch. Während Keres und ich Limonade machten, erklärte ich ihr mit gedämpfter Stimme, was es mit *Kalo mina* und dem ersten Tag des Monats auf sich hatte.

Kurz darauf war Gaia im Garten, sammelte zur Strafe das Fallobst auf und goss die Pflanzen. Keres und ich hatten Antons und Gaias Platz am Tisch eingenommen, nippten an unserer köstlichen Limonade und scrollten durch unsere Handys. Ant hatte sich auf dem Sofa hingelegt, nachdem er in der Nacht zuvor so gut wie kein Auge zugemacht hatte. Der Cortisolspiegel in unserem Schlafzimmer war die ganze Nacht einigermaßen erhöht gewesen: erst herrschte Sorge, anschließend Wut und Frustration und schließlich Angst. Dann vergingen fünf Minuten voller wilder Träume, das Bettlaken wurde weggestrampelt, und alles ging wieder von vorn los. Bei der Erinnerung an all das bog ich den Oberkörper nach links und rechts, um meine Flanken zu dehnen und meine Wirbelsäule durchzustrecken.

„Hörst du das?“ Keres legte den Kopf schief wie ein Hündchen und wartete darauf, dass das Geräusch erneut zu hören war.

„Das war meine Wirbelsäule! Ich wusste gar nicht, dass das so laut ist.“

„Nein.“ Sie stand auf und ging zur Hintertür. Nach ein paar Schritten beschloss ich, ihr zu folgen. Ich konnte auch etwas hören, als ich näher an die Tür kam. Als ich in die Mittagssonne hinaustrat, blinzelte ich und war kurz geblendet. Das Geräusch kam von den Obstbäumen. Keres marschierte voraus, dann rannte sie los. Ich folgte ihr halb gehend, halb springend, um mit ihr Schritt zu halten.

Unter den Bäumen kauerte Gaia, neben ihrem Kopf stand der Eimer, der halb voll mit verfaultem Obst und Erbrochenem war. Sie trug ein eng anliegendes, schwarzes Trägertop und in ihrem Brustkorb pochte es, sodass jeder Knochen deutlich hervortrat. Zwischen verworrenen Rufen und Hustenstößen fiel ich zu ihr auf den Boden und befahl Keres, Anton zu holen.

„Gaia-Mou, wie viel hast du gestern Abend getrunken, sei ganz ehrlich.“

„Nichts, nachdem du gegangen bist. Ich schwöre es.“ Sie murmelte ihre Worte in den staubigen Erdboden, während allerlei Wespen lautstark um den fruchtig-säuerlich riechenden Eimer herumschwirrten. Ich rieb ihr verzweifelt über den Rücken, als ob das auf magische Weise helfen würde, wobei meine Finger jeden Knubbel ihrer Wirbelsäule wahrnahmen.

„In Ordnung. Ich glaube dir.“

Einen Moment später war Ant bei uns und nahm die Dinge in die Hand. Er hob sie in seine Arme und trug sie vorsichtig in ihr Zimmer, während ich mich um den Eimer kümmerte.

Kapitel 18

Es war ein Donnerstagabend und Keres war mit Akis ausgegangen. Ich wusste, dass Anton allerlei Fragen auf der Seele brannten, die er Gaia stellen wollte, nachdem sie sich wieder einmal tagelang erbrochen hatte. Er hatte versucht, sich einzureden, dass sie sich vor den Aufgaben drücken wollte, die er ihr zur Strafe aufgetragen hatte, und wir sprachen sogar über Bulimie, bevor er schnell zu dem Schluss kam, dass das nicht zu ihr passte. Ich wusste, dass er sich dieselben Fragen stellte und zu denselben möglichen Schlussfolgerungen gekommen war wie ich. Er hatte zu viel Angst, sie laut auszusprechen, vor allem gegenüber Gaia. Er hatte sich in diese Richtung vorgewagt, indem er sie fragte, ob sie einen Bluttest machen würde, „um zu sehen, was dabei herauskommen würde". Aber Gaia hatte abgelehnt.

Während Anton die dünne Staubschicht abwusch, die sich jeden zweiten Tag über die Autos legte, beschloss ich, dass es an der Zeit war, selbst mit Gaia zu reden.

„Hey du. Können wir uns unterhalten?" Ich betrat ihr Zimmer. Auf ihrem Bett lagen Bücher und Zettel verstreut. Nachdem sie ausgerechnet am Ende des Schuljahres so viel verpasst hatte, musste sie eine Menge nachholen. Schnell stapelte sie die Unterlagen übereinander, legte sie auf ihren Schreibtisch und setzte sich auf den flauschigen Hocker davor. Ich setzte mich ihr gegenüber aufs Bett. Ich atmete tief ein und hielt einen Moment inne, weil ich ihr die Frage, von der ich wusste, dass ich sie ihr stellen musste, nicht aussprechen wollte. „Es tut mir leid, dass ich das fragen muss, Gaia, aber ich glaube, es ist wichtig, dass ich es tue. Bist du … könntest du vielleicht … schwanger sein?"

„Nein, bist du verrückt?" Die Antwort kam prompt. Sie runzelte ihre dunklen Brauen, sodass sie wie eine dünne Linie über ihren Augen lagen. Sie schüttelte leicht den Kopf.

„Na gut, bist du sicher? Du warst nicht einmal in der Nähe von – oh Gott, zwing mich nicht, es auszusprechen – Sperma?" Ich bin mir sicher, dass mein ganzes Gesicht rot angelaufen war. Wenigstens war ich auf Korfu das ganze Jahr über gebräunt, sodass die zusätzliche Farbe auf meinen Wangen ein wenig gedämpft wurde. Ich ließ den Kopf hängen, sodass die Haare mein Gesicht verdeckten. Dieses Mal antwortete sie nicht. Als ich aufblickte, war ihr Körper immer noch zu mir gewandt, aber ihr Gesicht war genauso rot wie meines und sie schaute zur Seite. Eigentlich schaute sie gar nicht, sie hatte nur den Kopf gedreht und hielt die Augen fest geschlossen. Sie blendete mich aus. „Gaia, ist schon gut. Du bist fast fünfzehn. Du und Finn seid schon eine Weile zusammen. Ich verstehe, dass manchmal Dinge passieren."

Sie wirkte geschwächt, nicht nur weil sie Gewicht verloren hatte, sondern auch in Bezug auf ihre Haltung. Sie war ohnehin schon schlank gewesen und durch das ständige Erbrechen sahen ihre Beine nun schlaksig und knochig aus und ihre hohen Wangenknochen erinnerten bereits ein wenig an ein Halloween-Skelett. Normalerweise nahm sie eine aufrechte und elegante Haltung ein. Jetzt hatte sie die Hände unter die Beine geklemmt und ihr Körper war in sich zusammengezogen.

„Es ist nichts passiert", flüsterte sie. „Ich kann nicht schwanger sein." Sie hatte die Zähne fest zusammengebissen, aber sie öffnete ihre Augen und sah mich wieder an. Ihre olivfarbene Haut war fahl; sie hatte nichts mehr mit dem strahlenden Mädchen gemein, das sie einmal gewesen war. Ich hatte das Gefühl, mich auch gleich übergeben zu müssen. Anton konnte sich jedes Mal kaum zusammenreißen, wenn er sie sah, und wenn er ihren zarten Körper fest an sich drückte, dachte ich, sie würde zerbrechen.

„Komm her." Wir standen beide auf und ich nahm sie in den Arm und drückte mein Gesicht in ihr Haar. Es war nicht so glänzend wie sonst. Es hing schlaff und leicht fettig von ihrem Kopf. „Ich liebe dich, Gaia. Du bist das Wichtigste. Ich denke, wir sollten morgen zum Arzt gehen. Für einen Bluttest."

„Darf ich dich um einen Gefallen bitten?"

„Natürlich!" Ich schob sie leicht von mir weg und hielt ihre Schultern fest. Dabei konnte ich deutlich ihre Knochen spüren.

„Natalia hat ein Buch für mich. Es soll mir bei einem Projekt helfen, das wir zusammen machen. Kannst du es für mich holen? Bitte."

„Natürlich! Und der Bluttest?"

Sie presste ihre Lippen aufeinander, nickte aber zustimmend. Selbst sie wusste, dass sie schon zu lange krank war.

Als ich die Treppe hinunterkam, saß Anton am Esstisch und redete in sein Handy. Ich zog einen Stuhl vom Tisch hervor, der dabei ein schreckliches Quietschgeräusch von sich gab.

„Wer war das?"

„Basil, es ging um den Pool, den du bauen willst."

„Oh ja, mein Hochzeitsgeschenk. Und es ist nicht nur für mich! Gaia wünscht ihn sich auch."

„Okay. Er wird seinen Sohn Michail mitbringen, da er das Geschäft bald übernehmen wird und daher die meisten Maßanfertigungen überwacht. Er ist ein Freund von Akis. Sie kommen morgen her, um die Maße zu nehmen und sich die Stelle anzusehen."

„Ein Pool nach Maß? Hm, das klingt teuer ... Ah, das erinnert mich an etwas. Ich wollte mit dir über mein Erbe und Mamas altes Haus sprechen. Ich muss noch ein Buch von Natalia holen, das Gaia braucht. Erinnere mich daran, wenn ich zu Hause bin. Aber viel wichtiger als all das ist, dass Gaia einem Bluttest zugestimmt hat!"

Anton bekreuzigte sich und kam um den Tisch herum, um meinen Kopf und meine Hände zu küssen und mir immer wieder zu danken. Bevor er sich wieder hinsetzen konnte, klopfte ich mit den Handflächen auf den Tisch, bereit, meinen Stuhl zurückzuschieben, aber Anton machte ein Handzeichen und tippte mit dem Finger auf den Tisch. Dann kam er zu mir ans Kopfende des Tisches und sah mich gespannt an.

„Nein, nein, erzähl mir den Rest jetzt. Ich will es nicht vergessen. Gaia kann auf ihr Buch warten."

„Na ja, es ist nur so, dass Keres meine Schwester ist und das Erbe – zumindest das meiner Mutter – für alle lebenden Hinterbliebenen bestimmt war. Aber ich glaube, Oma und Opa hätten gewollt, dass sie auch etwas von ihrem Erbe bekommt."

„Okay. Woran denkst du also?"

Ich zögerte einen Moment und rieb mit den Handflächen über das glatte, kühle Eichenholz.

„Ich dachte an die Hälfte."

„Du willst einer Neunzehnjährigen fast eine halbe Million Pfund geben? Du kennst sie doch gar nicht, Melodie-Mou."

„Bitte sag das nicht. Ich kenne sie. Und sie ist meine Schwester. Es spielt eigentlich keine Rolle, ob ich sie kenne oder nicht. Es spielt nicht einmal eine Rolle, dass sie neunzehn ist. Sie ist eine lebende Erbin meiner Mutter, also steht ihr die Hälfte des Hauses zu, wenn wir es verkaufen. Ich weiß, dass Mama sonst nicht viel hatte, aber warum soll sie nicht auch einen gerechten Anteil vom Geld unserer Großeltern bekommen?"

„Du wurdest in ihrem Testament genannt. Niemand sonst ..."

„Aber sie wussten nichts von ihr. Oder was Mama durchgemacht hat oder dass Keres adoptiert wurde." Das alles blieb mir im Hals stecken, als hätte ich aus Versehen Sekundenkleber geschluckt, der nun fest wurde. „Ich ..."

„Melodie, es ist nicht deine Schuld. Du wusstest nicht, was vor sich ging, und Keres hatte Glück. Es klingt, als wäre sie von netten Menschen adoptiert worden."

Ich nickte ein paar Mal kurz, aber meine Augen füllten sich bereits unaufhaltsam mit Tränen. „Wir können später weiterreden. Es gibt noch andere Dinge, über die ich mit dir sprechen möchte, wenn ich wieder zu Hause bin." Mit diesen Worten stand ich auf und ging zu meinen Schlüsseln und meiner Tasche. Er kam mir hinterher und ergriff meine Hand. Ich zögerte und gab ihm gerade genug Zeit, mich noch einmal an sich zu ziehen und an seine Brust zu drücken. Seine schweren Arme umgaben mich mit dem synthetischen, aber charmanten Geruch von Waschpulver.

„Denk einfach darüber nach, Melodie. Es ist dein Geld. Mir ist egal, was du damit machst, aber sei dir bitte sicher. Sie ist noch sehr jung und ehrlich gesagt denke ich, dass du vorsichtig bei ihr sein musst. Es gibt keinen Grund zur Eile."

„Was soll das heißen? Dass ich bei ihr vorsichtig sein muss."

Er wandte sich ab, aber ich verlangte, dass er sich erklärte.

„Ich fühle mich einfach nicht wohl, wenn ich mit ihr allein bin. Ich bin albern. Vergiss es."

„Nein. Was meinst du?"

„Manchmal behält sie ihre Lippen zu lange auf meiner Wange, wenn sie sich verabschiedet und … ich klinge albern. Vergiss es einfach. Geh schon, hol Gaias Buch. Wir reden später."

Kurz darauf war ich aus dem Haus.

Kapitel 19

Natalia hatte das Buch beim Barkeeper gelassen – und der war zufällig Nico. Als er mich an die Bar kommen sah, verzog sich sein Lächeln zu einem Schmollmund und er schüttelte den Kopf. Sein Haar war länger und wirrer als je zuvor. Er schob es sich so übertrieben aus den Augen, dass ich meine kurz in Richtung Decke drehen musste. Gleichzeitig hob er den Arm und spannte dabei eindeutig seinen Bizeps an, um jeden zu beeindrucken, der ihm zuschaute. Ich fand ihn ein bisschen zu dünn, süß, mit schönen Augen, aber nichts für mich.

„Bist du auch gekommen, um mich zu verführen?"

„Hallo, Nico. Kann ich bitte Gaias Buch haben?"

„Nein. Vorher sagst du mir, warum du nicht mehr wie deine Schwester sein kannst", entgegnete er.

Ich hatte sehr wenig Geduld. Seit Ewigkeiten hatte keiner von uns richtig geschlafen, ich hatte zwei Tage zuvor meine Periode bekommen und der Kummer darüber, dass ich nicht schwanger war, reichte aus, um mich schnippisch werden zu lassen. Ganz zu schweigen von der Sache mit Gaia.

„Wovon redest du? Wir haben jedenfalls gemeinsam, dass wir nicht Ja zu dir gesagt haben."

Daraufhin spuckte Nico tatsächlich aus. Nicht absichtlich, aber das ungläubige „Pah", das geräuschvoll aus ihm hervorbrach, landete auf dem Holztresen vor mir. Er lachte so laut, dass er es nicht einmal bemerkte. Ich wartete einfach ab, die Arme fest vor der Brust verschränkt.

„Ich habe Keres viele, viele Male gesehen. Viele Nächte lang", sagt er zwinkernd.

Ich hätte ihm am liebsten ins Auge gepikst. „Was willst du damit sagen? Ich habe keine Zeit für deine Lügen und deinen Blödsinn, Nico."

„Das tut weh, Melo. Ich habe dich nicht angelogen. Deine Schwester ist ... ein Freak."

Meine Augen verengten sich zu Schlitzen. Ich wusste nicht, was ich erwidern sollte. Sagte er die Wahrheit? Aus welchem Grund sollte er lügen? Anton wollte nicht mit ihr allein sein.

„Willst du mich auf den Arm nehmen, Nico? Warum erzählst du mir das?"

Daraufhin zuckte er bloß mit den Schultern. Sein weißes, kurzärmeliges Hemd, das an seiner schlanken Statur zu groß wirkte, legte sich als Reaktion auf seine Lässigkeit in Falten. Ich ließ meinen Blick umherschweifen. Es befanden sich keine Gäste an der Bar; alle saßen an Tischen mit Getränken und Speisekarten in der Hand. Ich beschloss, mich auf einen der Holzhocker zu setzen. „Was ist wirklich passiert?“

„Du willst es wissen?“ Er warf sich lässig ein Geschirrtuch über die Schulter und lehnte sich über den Tresen. Als er sich vorbeugte, war sein Gesicht nur wenige Zentimeter von meinem entfernt.

Ich nickte.

„Ich habe sie zum Essen ausgeführt und sie sagt mir, dass sie mich will. Sie geht mit mir zurück zu meinem Auto und ...“

„Hör auf. Das reicht jetzt. Gib mir das Buch.“

„Ihr seht nicht aus wie Schwestern.“

„Ich warte, Nico.“

Er griff hinter sich und reichte mir das Buch. Ich bahnte mir einen Weg zwischen den Tischen hindurch nach draußen, bloß weg von Nico. Ich blieb einen Moment stehen und drückte das Buch an die Brust, bevor ich mich umdrehte und wieder hineinmarschierte. „Wie oft hast du ... hast du sie gesehen, Nico?“

Er zog einen Mundwinkel nach oben und drehte langsam ein Glas in seinem Geschirrtuch.

„Eifersüchtig?“

Ich verengte meine Augen wieder zu Schlitzen und rümpfte die Nase.

„Okay, okay.“ Er hielt das Glas als eine Art Schutzschild hoch. „Ich glaube, vielleicht fünfmal. Meistens spät in der Nacht, nach der Arbeit. Ich hole sie bei dir zu Hause ab. Wir fahren ein bisschen herum und ...“ Er biss sich auf die Unterlippe und wackelte mit den Augenbrauen wie in einem Cartoon.

„Du weißt, dass sie sich mit Akis trifft, oder?“

Jetzt war es an der Zeit, dass er die Stirn runzelte, dass er verwirrt wirkte, dass er innehielt. Das Glas, das er gedreht und abgetrocknet hatte, stand plötzlich still.

Kein weiteres Wort kam über meine Lippen. Ich fuhr direkt nach Hause.

Als ich zu Hause ankam, schlief Gaia bereits. Ich nahm das Buch mit nach unten und legte es auf den Esstisch. Keres war noch unterwegs, vermutlich mit Akis, aber offenbar hatte ich keine Ahnung, was um mich herum vorging. Vielleicht hatte Anton recht und ich sollte noch einmal über das Geld nachdenken. Mamas Haus gehörte rechtens zur Hälfte Keres. Ich konnte sie nicht um das Geld betrügen, vor allem, weil sie es viel dringender brauchte als wir. Während ich nach Anton Ausschau hielt, vibrierte mein Handy. Es war Harry:

Wir haben einen gesunden Sohn! 3750 g, Mama und Baby geht es gut.

Am liebsten hätte ich nach Anton gerufen, aber ich wollte Gaia nicht wecken. Ich rannte nach oben und fand ihn auf unserem Bett sitzend, das Gesicht hatte er in seine Hände gelegt. Ich öffnete den Mund, um ihm von den Neuigkeiten zu erzählen, schloss ihn aber rasch wieder, ebenso wie die Tür. Ich setzte mich neben ihn und schlang meine Arme so weit wie möglich um ihn. Er bewegte sich nicht, als ich mich eng an seine Schulter schmiegte.

„Sie wird wieder gesund", flüsterte ich ihm ins Ohr.

Schließlich ließ er seine Hände sinken, wodurch er sich aus meiner Umklammerung befreite. Er bekreuzigte sich und sah mich an. Er sah fast so krank aus wie Gaia. Natürlich war er nicht so abgemagert wie sie, aber seine grünen Augen waren stumpf wie ein ungeschliffener Smaragd und saßen tief in ihren Höhlen, sodass sie selbst bei Licht tiefe Schatten in seinem Gesicht warfen.

„Das kannst du nicht wissen. Sie sieht so klein aus." Er war kaum zu verstehen.

Das lauteste Geräusch war das Ticken der Wanduhr, die die schmerzlich stillen Momente zählte. Ich legte seine linke Hand in meine. Er trug seinen neuen Ehering links, nicht rechts wie bei seiner ersten Frau, nicht auf die griechische Art. Ich strich mit dem Daumen über die kleinen Haare auf seinem Handrücken, um ihn auf irgendeine Weise zu trösten. „Sie wird morgen die Blutuntersuchung machen. Ich glaube, sie hatte heute auch einen besseren Tag. Sie hat mehr vom Hühnchen gegessen."

„Denkst du, sie ist schwanger? Ich glaube, das wäre mir lieber als die Vorstellung, dass sie krank ist", sagte er. Seine Stimme war so dünn wie eine exakte, mit einem Lineal gezogene Linie.

„Ich bin mir nicht sicher, aber ich denke nicht. Sie hat mir gesagt, dass sie es nicht sein kann, aber … Es gab etwas, was sie mir nicht sagen wollte. Ich weiß nicht, es ist schwer zu beurteilen. Ein Bluttest wird das leicht beantworten können." Ich drückte die Finger in die Vertiefung unter meinen Wangenknochen und quetschte und massierte mein Gesicht, bis ich die Hände auf meine nackten Knie sinken ließ. „Sie wird wieder gesund. Es ist wahrscheinlich nur eine Magen-Darm-Geschichte. Es sind ja erst ein paar Wochen vergangen."

„Ich hoffe, du hast recht." In seinen Stimmbändern war ein deutliches Zittern zu hören, das er bis jetzt zurückgehalten hatte. „Komm her", sagte er, nahm meine Hand und zog mich auf seinen Schoß. Ich legte meine Hände wie einen Turban um seinen Kopf. Wir schaukelten sanft hin und her, während die Uhr weitertickte. Schließlich erinnerte ich mich an die Neuigkeiten, die ich für ihn hatte.

„Maria hat das Baby bekommen. Es ist ein Junge", flüsterte ich.

Kapitel 20

Am nächsten Nachmittag fuhr Anton Gaia zur Blutuntersuchung und ich brachte Maria, die schon zu Hause war, einen Strauß Rosen. Vor der Geburt ihres Kindes hatte sie mir erzählt, dass Griechenland eine der höchsten Kaiserschnittraten der Welt habe. Viele davon seien geplant. Sie fand, dass es für manche ein Ausdruck von Wohlstand sei und andere Angst vor Komplikationen bei einer natürlichen Geburt haben, da es auf vielen Inseln keine Neugeborenenstation gebe. Die Planung, wann und wie das Baby entbunden wurde, nehme ihnen etwas von dieser Angst. Maria hatte sich nicht darum gekümmert. Sie hatte eine natürliche Geburt haben wollen und das Glück gehabt, dass es so gekommen war, wie sie es sich gewünscht hatte. Sie hatte zu mir gesagt: „Wenn uns das Baby aus dem Bauch gezogen werden sollte, würden wir es aus dem Bauchnabel heraus gebären.“ Ich hatte dieses Bild viel länger im Kopf, als es vernünftig war.

Als ich an ihrem Bungalow ankam, waren Jenny und Stavros damit beschäftigt, die Küche aufzuräumen und die Einkäufe auszupacken. Harrys Eltern würden mit dem nächsten Flieger kommen. Maria saß auf einem fliederfarbenen Sessel in der Ecke ihres Wohnzimmers neben dem offenen Fenster. Ihre Augen waren geschlossen und sie wiegte sich mit den fliederfarbenen und weißen Vorhängen im Luftzug. Obwohl ihr die Erschöpfung anzumerken war, sah sie schöner aus, als ich sie je gesehen hatte. Sie trug nicht so viel Make-up wie sonst, nur ein wenig Wimperntusche. Ein schlichtes, marineblaues Kleid mit Knopfleiste fiel locker über ihren Körper. Vielleicht summte sie vor sich hin; ich konnte es nicht genau sagen. Obwohl das Haus vom Geräusch herumlaufender, geschäftiger Füße erfüllt war, konnte es in diesen Raum nicht eindringen. In dem von ihr geschaffenen Raum herrschte in diesem Moment Ruhe. Ihr kleiner Junge war in ein feines, blassblaues Tuch gewickelt. Auf nackten Füßen schlich ich zu ihr und legte die Rosen vorsichtig auf den weißen Plexiglascouchtisch. In diesem Moment öffnete sie ihre Augen, als ob ein Licht in ihrem Kopf angegangen wäre und es direkt aus ihnen herausleuchten würde.

„Wie geht es dir?“, flüsterte ich so leise, dass meine Worte kaum zu hören waren. Auf Zehenspitzen ging ich weiter, aber nun schneller, und kniete mich neben sie hin, wobei ich darauf achtete, mich nicht auf meinen weißen Rock zu knien, während ich das Baby betrachtete. Sie antwortete mir nicht. Ihr rundes Gesicht wandte sich stattdessen dem kleinen Jungen zu, der sein Gesichtchen verzog, sodass es wie bei einem alten Mann über und über mit Falten bedeckt war, die jedoch unglaublich süß aussahen.

„Das ist Noah“, sagte sie. „Noah, sag Hallo zu Melo“. Wie aufs Stichwort riss er sein Mündchen zu einem ausgiebigen Gähnen auf, das bei so einem winzigen Geschöpf gewaltig wirkte.

„Er ist wunderschön, Maria. Herzlichen Glückwunsch.“ Ich freute mich unheimlich für sie. Die Emotionen rollten über mich hinweg und hielten mich so fest umklammert, als wollten sie absichtlich Tränen aus mir herauspressen.

„Hör schon auf damit“, sagte sie und wedelte mit der Hand vor meinem Gesicht herum, sodass Noah sich zu ihr wandte. Sie hatte ihr meditatives Schaukeln nicht unterbrochen.

Harry kam mit Wassergläsern für uns herein, in denen Eiswürfel schwammen.

„Er ist wunderschön, nicht wahr?“, sagte er mit einem Lächeln, das so tief aus seinem Herzen kam, dass es auf den ersten Blick gar nicht auffiel. Er strahlte nicht und stellte es auch nicht groß zur Schau. Stattdessen schien es ihm in den Knochen zu stecken. Das Lächeln hob seine Wangen an, wodurch sich die Konturen seines Gesichts veränderten, und ließ Fältchen in seinen Augenwinkeln entstehen. Seine Lippen hatten es nicht nötig, sich zu einem Lächeln auszubreiten, nur eine Seite hob sich sanft, fast so, als wüsste er, dass er das Lächeln zurückhalten, es einbremsen sollte. Denn wenn er das nicht tat, könnte er tatsächlich vor Freude platzen.

„Ja, er kommt eindeutig nach seiner Mutter.“ Ich konnte nicht anders, als ihn anzulachen und zu nicken, während ich sprach.

„Da liegst du nicht falsch“, sagte er.

Maria setzte sich etwas aufrechter hin und kommentierte die bewundernden Worte mit einem leichten Schulterzucken. Sie erzählte mir von der Geburt, dass sie großes Glück gehabt hatte und die Wehen für eine Erstgebärende nicht allzu lang gedauert hatten. Harry meldete sich zwischendurch zu Wort, um zu sagen, wie stolz er war und wie tapfer sie gewesen sei. Sie waren ziemlich perfekt.

„Wie geht es Gaia? Fühlt sie sich schon besser?“ Marias Tonfall änderte sich. Er war leiser und auf ihrem Gesicht lag ihr Blick, der sagte: „Erzähl mir alles.“ „Sie hat viel Gewicht verloren, und es ist nicht so, als hätte sie davon viel gehabt. Anton hat sie heute zur Blutuntersuchung gebracht, sonst wäre sie mitgekommen.“ Ich öffnete meinen Mund, um fortzufahren, aber das Geräusch, das nun ertönte, stammte nicht von mir. Noahs Mund stand ebenfalls offen. Nur war das Geräusch hoch und kreischend, ein bisschen wie ein verängstigtes Kätzchen.

„Er muss wieder gefüttert werden“, sagte Maria und verlagerte ihr Gewicht.

„Ich lasse dich jetzt in Ruhe. Ich komme wieder, wenn ihr euch besser eingelebt habt. Danke, dass ich euch alle sehen durfte. Er ist wirklich wunderschön.“

Kapitel 21

Als ich von Maria zurückkam, war das Haus leer. Ich konnte nicht aufhören, darüber nachzudenken, wann ich schwanger sein könnte und wie es für meine Mutter gewesen war, mit mir schwanger zu sein. Die Gedanken schwirrten mir im Kopf herum und ich konnte sie nicht aufhalten. In diesem Moment fiel mir das Foto ein, das Anton in Keres' Zimmer gefunden hatte, das einzige Foto, das ich von meinen Eltern hatte. Vielleicht lag es daran, dass ich den kleinen Noah gesehen hatte, oder daran, dass unser Leben sich so außer Kontrolle anfühlte. Auf jeden Fall trat ich mir die Flip-Flops von den Füßen, rannte die Treppe hoch und ging direkt in Keres' Zimmer. Der Wunsch, das Foto meiner Mutter anzusehen und es wieder in den Händen zu halten, zehrte an mir.

Keres hatte nur eine Reisetasche mit einer Reihe von Outfits dabei. Sie war unter dem Bett verstaut. Das Zimmer sah so aufgeräumt aus, dass man meinen könnte, es hätte noch nie jemand dort geschlafen. Ich zog die Tasche aus ihrem Versteck und fand das Foto rasch in einer Seitentasche. Es war nicht das Einzige, was sich darin befand. Darunter lag die Halskette in Gelb und Gold, die ich im Laden gesehen hatte, als ich mit Keres für ihr Date mit Nico etwas Schönes zum Anziehen gekauft hatte. Ich drückte sie mir an die Brust, während meine Gedanken von einer Erklärung zur nächsten sprangen. Als ich mich in dem schwarz-weißen Schlafzimmer mit dem großen Bild der rauchenden Audrey Hepburn umschaute, fand ich keine mögliche Antwort darauf, warum die Kette dort war. Ich schaute Audrey vorwurfsvoll an. Sie würde genau wissen, was hier vor sich ging, wenn sie verdammt noch mal reden könnte. Dann öffnete sich die Tür hinter mir. Ich drehte mich nicht um, ich konnte es nicht. Ich saß einfach dort auf meinen Knien, mein Rock bauschte sich auf dem Boden.

„Melodie?“

„Ich ... ich habe nach meinem Foto gesucht. Ich hätte fragen sollen. Ich ...“ Ich wollte mich immer noch nicht umdrehen, aber vor mir befand sich ein Ganzkörperspiegel. Den hatte ich ganz vergessen. Als ich aufblickte, sah ich Keres mit Tränen in den Augen hinter mir stehen. Sie ging vorsichtig um mich und die Tasche herum, zog ihre Jeans hoch und kniete sich vor mich hin.

„Du hast dein Geschenk gefunden“, schniefte sie und wischte sich über die Haut unter ihrem rechten Auge. Sie nahm mir die Halskette aus den Händen, öffnete vorsichtig den Verschluss, richtete sich auf ihren Knien auf und legte sie mir um den Hals. Ich blickte auf das Schmuckstück hinunter, das ich bei unserer Einkaufstour bewundert hatte. Die Kette hatte wirklich etwas Eigenartiges an sich, aber sie gefiel mir. Bedächtig zog ich mein haselnussbraunes Haar aus der Halskette, in der es sich verfangen hatte, und ließ es zwischen den Schulterblättern hinabgleiten. Meine rosa geschminkten Lippen standen offen, während mein Kinn auf der Brust lag und ich mir den gelben kreisförmigen Anhänger genau ansah.

„Danke.“ Ich hustete, als meine Stimme ins Stocken geriet. „Danke. Das ist so aufmerksam von dir, und ich habe mich so schrecklich benommen und in deinen Sachen herumgestöbert.“ Auch meine Augen wurden feucht. Sie hatte etwas so Schönes für mich getan, und ich wühlte in ihrer Tasche herum, wie ein lästiger Maulwurf im Garten.

„Entschuldige, dass ich das Foto genommen habe. Ich habe es in den Kisten entdeckt, als wir sie gemeinsam durchgesehen haben. Ich will es mir nur ansehen. Ich hätte fragen sollen. Die Halskette sieht an dir wunderschön aus. Sie passt gut zu all dem Weiß.“ Sie lächelte, dann zeigte sie auf mein schulterfreies weißes Oberteil und den weißen, gerafften Rock.

Ich verzog einen Mundwinkel zu einem schiefen Lächeln.

„Ich weiß, dass es eine schwere Zeit für dich ist“, sagte sie. „Gaia ist krank und ich bin hier. Ich stehe im Weg. Aber ich bin so froh, dass ich dich gefunden habe.“

„Ich bin auch froh, dass ich dich gefunden habe.“

„Ich habe nachgedacht. Vielleicht gehe ich zurück nach Athen. Oder suche mir etwas anderes. Ich bin schon zu lange hier. Ich glaube, ich bin im Weg.“

„Nein, bitte geh noch nicht! Ich habe das Gefühl, du bist gerade erst angekommen. Bitte! Wer würde mit mir joggen gehen? Du kannst nicht gehen! Nimm dir etwas Zeit und denke darüber nach.“ Ich nickte entschieden, stand auf und wiederholte: „Bitte denk darüber nach.“ Dann verließ ich den Raum. Wenn ich ging, konnte sie mir nicht mehr widersprechen. Ich war bereits am unteren Treppenabsatz, als mir auffiel, dass ich immer noch das Foto unserer Eltern in der Hand hielt. Ich blieb stehen und betrachtete es noch einmal eingehend.

Sie sah Adam sehr ähnlich, zumindest hatte sie die gleiche Haarfarbe und das engelsgleiche, runde Gesicht. Er war allerdings sehr blass, hatte fast porzellanweiße Haut mit rosigen Wangen und einem frechen Lächeln. Sie hatte ihr ganzes Leben in Griechenland verbracht und war deshalb rot-golden gebräunt. Er hatte auf der Insel gelebt und – den Erzählungen meiner Mutter zufolge – zuvor auch schon an anderen Orten. Deutschland, Athen – überall auf der Welt. Ich fragte mich, ob er hier auch so eine tiefrote Bräune bekommen hatte oder seine Haut blass geblieben war. Ob er die Sonne genossen hatte oder lieber drinnen gesessen war. Es war einfacher, ihn als zweidimensionales Wesen zu behandeln, als ihn zu einem echten Menschen werden zu lassen, also zwang ich mich, damit aufzuhören, bevor ich über mögliche Antworten nachdenken konnte. Ich stellte das Foto auf das Regal neben dem Festnetzanschluss. Keres würde es sich vielleicht noch einmal ansehen wollen. Und so grausam er sich auch verhalten haben mochte, Mama war ein guter Mensch gewesen und wenn er nicht der gewesen wäre, der er war, hätte es Keres und mich gar nicht gegeben. Also ließ ich sie dort stehen und auf die Sofas und den Couchtisch hinablächeln.

Ich stand immer noch da, als Anton und Gaia zur Tür hereinkamen. Ich war so von meinen eigenen Gedanken eingenommen gewesen, dass ich vergessen hatte, wie furchtbar sie aussah. Ihr dickes, dunkles Haar war zu einem unordentlichen Dutt zusammengebunden, was ihr Gesicht noch ausgelaugter wirken ließ. Unter ihren Augen lagen dunkle Ringe und bei ihrem Anblick wäre mir fast ein schockiertes Keuchen entwischt. Es gelang mir, das Geräusch in ein „Willkommen zu Hause“ zu verwandeln, zumindest hoffte ich, dass es sie überzeugt hatte. Ihre Beine waren so dünn, dass ihre normalerweise eng anliegenden schwarzen Shorts ihre abgemagerten Oberschenkel lediglich locker umspielten. Ich glaube, sie hatte absichtlich ein übergroßes T-Shirt angezogen, um den größten Teil ihrer zerbrechlich wirkenden Figur zu verdecken.

„Wie ist es gelaufen? Komm, setz dich." Ich huschte nach rechts und hockte mich in den großen braunen Ledersessel, in dem Anton normalerweise saß. Ich brauchte das Gefühl, von dem herrlichen Leder fest umhüllt zu sein. Gaia setzte sich mir gegenüber auf den Zweisitzer und Anton nicht weit von mir auf den Dreisitzer.

„Es wird ein paar Tage dauern. Es ist Freitag, also ..." Sie zuckte mit den Schultern. Gaia war eine praktische Person. Natürlich wusste sie, dass in ihrem Körper etwas nicht stimmte, aber sie wollte sich weder wie ein kopfloses Huhn noch wie eine Hypochonderin benehmen. Anton hingegen war dazu übergegangen, sie wieder wie ein kleines Kind zu behandeln und zu lächeln, wenn er in ihrer Nähe war. Zusammen glichen sie einer geduldigen Löwin und einem nervigen Jungtier. Unter anderen Umständen wäre es wohl amüsant gewesen, das zu beobachten, aber der Auslöser des Ganzen war zu schmerzhaft. Anton hatte Angst und dass er plötzlich zu einem über 1,90 m großen, schüchternen Löwenjungen wurde, war nicht gerade hilfreich.

„Sie waren nicht besonders besorgt." Gaia zog die Knie an die Brust und rollte sich wie eine kleine Katze in der Sofaecke zusammen, nur ihre grünen Augen schauten unter ihren schwarzen Wimpern und den dunklen Ringen hervor.

Keres kam die Treppe heruntergelaufen und stellte Gaia auf Griechisch allerlei Fragen. Sie ließ sich neben sie auf das Sofa fallen und nickte oft bei Gaias Antworten. Die Mädchen hatten sich schnell angefreundet, was es so viel einfacher machte, Keres im Haus zu haben. Keres sagte etwas, woraufhin Gaia verzweifelt den Kopf schüttelte. Sie klammerte sich an Keres' Arm und schaute von mir zu Anton. „Keres soll nicht gehen. Sie kann nicht gehen! Bitte lasst sie bleiben!“, platzte es aus ihr heraus.

Auch ich schüttelte den Kopf. „Ich denke auch, sie sollte bleiben, zumindest noch ein Weilchen. Aber die Entscheidung liegt letztlich bei ihr.“

Es klopfte an der Tür und Anton sprang auf, tippte sich an den Kopf und redete auf Griechisch mit sich selbst. Er öffnete die Tür und ein lautes griechisches Stimmengewirr strömte herein. Basil und Michail traten in zueinander passenden blauen Polohemden und staubigen, schwarzen Shorts ein. Als Basil Gaia auf sich zuspringen sah, brauchte ich kein Griechisch, um seine Worte zu verstehen; seine Körpersprache und sein Gesicht veränderten sich vollkommen. Er runzelte die Stirn und zog sie an sich, wobei er ihr kleines Gesicht in seine wettergegerbten Hände nahm. Seine Sorge war unübersehbar. Gaia schaute nur wortlos auf ihn herab, da sie ihn um einige Zentimeter überragte, während Anton über seine Schulter alles erklärte.

Michail kam auf mich zu, während Keres und ich die Begrüßung aus dem Hintergrund beobachteten. „Du musst Melodie sein. Ich bin Michail. Es ist schön, dich endlich kennenzulernen. Es tut mir so leid, dass ich eure Hochzeit verpasst habe, ein einziges Mal fahre ich weg und dann ...“

Er war etwas größer als sein Vater, vielleicht so groß wie ich, und hatte einen muskulösen Körperbau. Er sah Basil so ähnlich, dass ich mir vorstellen konnte, dass Basil in seiner Jugend ein gut aussehender Mann gewesen sein musste. Der größte Unterschied zwischen den beiden Männern war Basils kahl rasierter Kopf und Michails volles lockiges schwarzes Haar. Sie hatten die gleichen mandelförmigen schwarzen Augen und feinen Augenbrauen.

Ich winkte wegen der Hochzeit ab und stellte dann Keres vor. Basil kam mit einem düsteren Lächeln, das Gaias Zustand geschuldet war, zu mir herüber und gab mir einen Kuss auf die Wange, bevor ich auch ihn mit Keres bekannt machte. Wir erklärten nicht im Detail, wie Keres zu uns gestoßen war, sondern stellten sie lediglich als meine Schwester vor. Dann drehte sich das Gespräch rasch über andere Dinge. Gaia meinte, dass der Tag schon anstrengend genug für sie gewesen sei und sie ein Nickerchen machen würde.

Der Rest von uns folgte Anton in den Garten, vorbei an der Terrasse und den gepflegten Zitronen- und Olivenbäumen, bis zur Lichtung.

„Iolanthe wäre so glücklich, Anton. Sie hätte dich gemocht, Melodie, da bin ich mir sicher. Sie hat sich nach Katerinas Tod Sorgen um ihn gemacht. Aber schau ihn dir jetzt an!“ Anton sah zu mir herüber und verzog das Gesicht zu einem schiefen Lächeln.

„Ich kann mich wirklich glücklich schätzen.“

„Ja. Viel glücklicher, als du es verdienst, befürchte ich“, scherzte Michail und Anton wollte ihm dafür einen Schubs geben. Er wich aus und sie wechselten ins Griechische und lachten.

Sie hörten auf herumzualbern, redeten aber trotzdem auf Griechisch weiter, als sie über den Pool sprachen. Ich setzte mich auf die Hollywoodschaukel und beobachtete sie. Keres gesellte sich zu mir und wir sahen dabei zu, wie über die Position des Pools diskutiert wurde. Sie marschierten alle von einem Punkt zum anderen und fuchtelten mit den Händen herum. Michail hielt einen großen schwarzen Ordner in der Hand und öffnete ihn immer wieder, um Ant Bilder zu zeigen, Notizen zu machen oder Maße zu notieren. So wie sie die Hände bewegten, schienen sie darüber zu sprechen, dass der Boden abschüssig war. Und sogar die Lücken zwischen einigen Bäumen wurden abgemessen, vermutlich um zu sehen, wie Bagger und anderes schweres Gerät zur Lichtung fahren konnten.

Nach dreißig Minuten waren die Gesichter der Männer von der Besprechung und der Mittagshitze gerötet. Basil und Michail hatten ihre Arbeit fürs Erste getan, würden aber in den nächsten Wochen zurückkehren, um mit dem Bau des Pools zu beginnen.

Das Wochenende verbrachten wir vier gemeinsam. Gaia konnte wieder etwas essen, und am Sonntag sah sie, abgesehen davon, dass sie immer noch sehr dünn war, gesünder aus und hatte in vielerlei Hinsicht ihr normales, lebhaftes Wesen zurückerlangt. Anton entspannte sich ein wenig und trug nicht mehr dieses alberne Lächeln im Gesicht. Ich hatte das Gefühl, dass er wieder zu uns gehörte und nicht mehr die leere Hülle war, die ich in der vergangenen Woche gesehen hatte.

Am Sonntagabend blieben wir lang auf. Keres trank mit Anton und mir ein Glas Wein, um zu feiern, dass es Gaia besser ging, während diese sich vor dem Schlafengehen selbst gemachte Limonade und einen Schokoladenmilchshake gönnte. Es war schön zu sehen, dass ihr etwas schmeckte, nachdem sie tagelang nur Wasser und Brot zu sich genommen hatte. Wir spielten draußen im Garten UNO. Keres hatte das noch nie gespielt, was keiner von uns glauben konnte. Sobald sie die Grundregeln beherrschte, brachte sie uns alle mit ihrer rachsüchtigen Spielweise zum Lachen. Mit gehässigem Blick knallte sie Karte um Karte auf den Tisch, um einem von uns eins auszuwischen, vor allem dem armen Anton. So lebhaft hatte ich sie noch nie erlebt. Sie fügte sich wirklich gut in unsere kleine Familie ein. Wir hatten noch einmal über ihre Abreise gesprochen und ich hatte sie davon überzeugt, dass falls sie wirklich nach Athen fahren wollte, sie nicht länger als ein oder zwei Tage fortbleiben sollte. Zum Glück war sie einverstanden. Ich wollte nicht, dass Gaias Zustand sich bei dem Gedanken, dass Keres gehen würde, verschlechterte. Offenbar hatte Akis sie gefragt, ob sie ein paar Tage bei ihm verbringen wollte. Ich zuckte ein wenig zusammen, als ich daran dachte, was Nico gesagt hatte. Nicht, dass ich jemandem davon erzählt hätte, nicht einmal Anton. Es war wahrscheinlich ohnehin nicht wahr. Nico machte es einfach

Spaß, mich zu ärgern. Wie auch immer, ich fand den Gedanken unerträglich, herumzuschleichen und Menschen zu hintergehen.

Gegen ein Uhr nachts beschlossen wir schließlich, dass zu viele Mücken herumschwirrten und wir etwas schlafen sollten. Sobald ich einen Schritt in unser Zimmer gemacht hatte, zog ich mir mein weites, kariertes Kleid über den Kopf und ließ mich auf das Bett fallen.

„Ich glaube, ich wurde in den Zeh gestochen", sagte ich und rieb die Füße aneinander, weil ich zu faul war, um mich aufzusetzen und mit der Hand zu kratzen.

Anton warf sein T-Shirt in Richtung des Badezimmers, wo der Wäschekorb stand, aber er traf nur die Tür und das Kleidungsstück fiel auf den Boden. Er hüpfte neben mir auf das Bett und brachte das ganze Ding zum Wackeln.

„Ich werde dir helfen, dich abzulenken", sagte er mit einem dümmlichen Grinsen.

Er hatte viel oben ohne im Garten gearbeitet und seine olivfarbene Haut war von der Junisonne tiefbraun geworden. Er hob meinen Fuß mit dem juckenden Zeh auf, legte ihn auf seine Schulter und küsste zuerst meinen Knöchel, dann wanderte sein Mund die Innenseite meines Beins entlang. Er wurde langsamer, als er meinen Oberschenkel erreichte, und ließ seinen Blick dann über meinen Körper bis zu meinem Hals hinauf schweifen. Er schlang seinen Arm um meine Taille und zog mich dann in einer Umarmung auf sich. Ich hatte seine Aufmerksamkeit und Zuneigung vermisst. Wir hielten uns einen Moment lang gegenseitig fest, bevor ich seinen Mund auf der zarten Haut unter meinem Ohr spürte. Er küsste mich, atmete mich ein, zog mich eng zu sich, und zwar auf eine Art und Weise, von der ich nie wieder loskommen oder genug bekommen würde. Meine Finger bewegten sich über seine angespannten Schultern, strichen sie glatt, beruhigten sie, genossen sie.

„Das habe ich vermisst“, flüsterte er mir ins Ohr, als hätte er mit seinen wandernden Händen meine Gedanken gelesen.

Ich drückte meine Stirn an seine und wir blickten einander tief in die Augen. Wir waren uns so nah, dass ich nur die kleinsten Details seines Gesichts zu fassen bekam: die hell- und dunkelgrünen Linien in seinen Augen, die schwarzen geschwungenen Wimpern.

„Ich auch.“ Dann verschmolzen unsere Münder in einem innigen und verzweifelten Kuss, offen füreinander, unfähig, sich zu verstecken. Wir küssten und streichelten uns ausgiebig, wie damals, als wir die ersten paar Male miteinander geschlafen und uns bis spät in die Nacht hinein erforscht hatten. Langsam befreiten wir uns von unserer restlichen Kleidung und wanderten unkontrolliert über das Bett, während unsere Körper uns den Weg wiesen. Einen Moment lang hing mein Kopf über die Bettkante, während Antons Zunge Wellen der Lust auf meiner Haut erzeugte, die über mich hinwegwuschen wie die Brandung über den Strand. Im nächsten Moment war ich auf den Knien und er schob sich in mich hinein, als wäre ich eine Sirene, der er niemals entkommen könnte.

Wir bekamen nur zwei oder drei Stunden Schlaf, bevor Keres an unsere Tür klopfte. Anton schoss vom Bett hoch wie eine Marionette, an deren Fäden jemand zog. Er schnappte sich einen Bademantel und schritt auf die Tür zu. Er murmelte etwas, bevor er sich zu mir umdrehte und sagte: „Gaia geht es wieder schlecht.“

Kapitel 22

Später an diesem Morgen brach Keres auf, um für ein paar Tage bei Akis zu bleiben. Gaias Großeltern wollten etwas tun, um ihre Enkelin aufzumuntern und ihr zu helfen. So schickten Athena und Chris ihr ein neues NASA-T-Shirt aus Großbritannien, und Katerinas Eltern kamen an einem Vormittag vorbei, um sie zu besuchen. Ich verstand mich gut mit Helena und Vaso, obwohl ich wusste, dass es ihnen missfiel, wie schnell Anton und ich geheiratet hatten. Sie hatten ihre Bedenken geäußert, Helena hatte sich nicht zurückhalten können. Vielleicht war sie besorgt gewesen, dass ich sie verdrängen würde. Es war schließlich Gaias beruhigende Stimme der Vernunft gewesen, die alles geregelt hatte. Alles, was ich wollte, war eine Familie – ich wollte nicht, dass eine

Kluft zwischen ihnen entstand. Wieso sollte ich? Ich war einfach froh, dass ich Menschen in meinem Leben hatte, mit denen ich zusammen sein wollte. Das reichte mir.

Anton hatte all das sehr verletzt, viel mehr, als er es je zugegeben hatte. Ich spürte bloß seine Wachsamkeit in ihrer Nähe. Helena und Vaso hatten uns etwa einen Monat, nachdem wir unsere Verlobung bekannt gegeben hatten, zum Abendessen eingeladen. Ich glaube, wir ahnten beide die ganze Zeit über, dass sie etwas sagen wollten, denn sie hatten sich während des Essens ständig flüchtige Blicke zugeworfen. Schließlich war es Helena gewesen, die das Wort ergriff. In ihrem Haus wurde nur Griechisch gesprochen, was für mich in Ordnung war. Ant übersetzte immer für mich und ich war einfach froh, ein Teil davon zu sein. Allerdings wusste ich nicht, was wortwörtlich gesagt wurde. Der einzige Vorteil war, dass man manchmal aus dem Verhalten der Menschen mehr ablesen konnte als aus ihren Worten, und ich wusste, dass sie niemanden verletzen wollten. Ich glaube aber, dass es Anton in diesem Moment so vorgekommen war. Auf dem Rückweg hatte er das Auto auf einer dunklen Straße angehalten, von der aus wir über einen steilen Abhang hinunter auf eine Ebene mit hohen Bäumen blickten, die im Mondlicht silbrig glänzten. Er drückte meine Hand und sagte: „Du und Gaia seid mein Ein und Alles, aber du, Melodie, bist meine wahre Liebe. Ich würde alles für dich tun.“ Er brauchte mich nicht zu beruhigen. Ich wusste, was er für mich fühlte. Ich wollte wirklich, dass Gaia all ihre Großeltern hatte, und fand es toll, dass sie sie besuchten, damit sie sich besser fühlte, egal, was sie von mir hielten.

Abgesehen davon, dass sie einmal aufstand, um ihre Großeltern zu begrüßen, schlief Gaia fast zwei Tage lang durch, während Anton still im Garten werkelte und über Michail und Basil wachte – wenn er dasselbe nicht gerade vor Gaias Tür tat. Ich hatte es geschafft, Basil und Michail ein wenig näher kennenzulernen, indem ich sie zum Mittagessen bei uns einlud. Sie bedankten sich und waren sehr höflich. Michail sagte anfangs nicht viel – er war so schüchtern –, aber ich merkte bald, dass er einen boshaften Sinn für Humor hatte und im Gespräch oft kleine Nebenbemerkungen oder alberne sarkastische Kommentare machte. Er war nicht wie sein Vater, der immer entspannt und selbstbewusst wirkte. Ich fragte mich, ob Basil schon immer so gewesen oder einfach in diese Rolle hineingewachsen war.

Am Donnerstag hatte Anton einen Termin mit der Firma, die für die Mietobjekte zuständig war, da ein Badezimmer renoviert werden sollte. Ich hatte mich ein paar Tage zuvor mit ihm darüber unterhalten, wie sehr sich Gaia trotz ihrer Übelkeit um ihre Schulaufgaben kümmerte. Angesichts dessen fragte ich mich, ob wir vielleicht die nette Dame von San Stefanos Stray Cats anrufen und sie fragen sollten, ob wir eine der streunenden Katzen zu uns holen könnten. Anton hatte keine große Lust gehabt, die Sache in die Hand zu nehmen, also rief ich schließlich an, um zu fragen, ob es ihrer Meinung nach ein passendes Kätzchen gab. Ich sagte Anton, dass zwei zur Auswahl stünden und er, wenn er mit der Arbeit fertig sei, eines der beiden abholen solle. Ich wusste, das würde Gaia ein Lächeln ins Gesicht zaubern. Tiere haben eine heilende Wirkung. Anton stimmte zu, auch wenn er mich dabei mit seinen verschränkten Armen und dem mürrischen Tonfall an einen übellaunigen Teenager erinnerte.

Natürlich kam der Anruf wegen Gaias Bluttest, während Ant unterwegs war. Sie sah schon etwas besser aus und hatte um einen Schokoladenmilchshake gebeten, was wir als gutes Zeichen werteten. Der Arzt in der Leitung sprach zwar Englisch, aber er wollte direkt mit Gaia oder mit Anton als ihrem gesetzlichen Vormund sprechen. Als Gaia auflegte, reichte sie mir das Telefon zurück und ließ sich mit ausgebreiteten Armen auf ihr Bett fallen, als würde sie gekreuzigt werden.

„Nichts“, sagte sie. „Sie haben nichts gefunden.“

„Okay. Und wie soll es jetzt weitergehen?“ Ich zog den grünen, flauschigen Hocker näher an ihr Bett heran und setzte mich darauf.

„Sie wollen weitere Tests machen. Sie haben jetzt eine meiner Proben verschickt, um zu sehen ... ich weiß nicht, wie man das auf Englisch sagt. Um zu sehen, ob ich etwas gegessen habe, was ich nicht essen sollte, oder so.“

„Wie eine Allergie?“

„Mhm ... so in der Art.“ Ihre Augenlider sanken langsam nach unten.

Ich stand auf, strich ihr die Haare aus der kalten, verschwitzten Stirn und platzierte einen Kuss auf ihr, bevor ich sie schlafen ließ und mich auf den Weg nach unten machte.

Die Form des unteren Treppenabsatzes erinnerte an eine Flussmündung, die sich zur Haustür hin öffnete, mit einem Geländer auf beiden Seiten. Es fühlte sich verlockend an, einfach dazusitzen und darauf zu warten, dass Anton von seinem Termin nach Hause kam.

Der Knopf meiner Jeansshorts grub sich in meinen Bauch, als ich so zusammengekauert dasaß. Ich streckte meine Beine vor mir aus, legte mich mit dem Rücken auf die Treppe und starrte an die Decke über mir. Schließlich schloss ich die Augen und versuchte, meinen Geist von allen negativen Gedanken zu befreien, als ich in der Ferne das Würgen der armen Gaia hörte. Ich sprang auf und sprintete die Treppe hoch. Der Kopf des Mädchens hing wieder über dem Eimer, der neben dem Bett stand. Ich fuhr ihr mit den Fingern durch die Haare und strich vorsichtig ein paar Strähnen zurück, weg von der Schokoladenmilch, die aus ihr heraussprudelte. Als sich ihr Magen schließlich entspannte, zitterte sie. Ich schob ihren zerbrechlichen Körper zurück ins Bett und hüllte sie in das Laken ein. Schnell ging ich in ihr Badezimmer, schnappte mir eine Handvoll Toilettenpapier und eilte zurück, um ihr den Mund und die Stirn abzuwischen. Sobald ich damit fertig war, kuschelte sie sich in ihr Kissen und schlief sofort ein.

Als ich den Blick durch ihr Zimmer und das Bad schweifen ließ, bemerkte ich, dass es anders aussah als für gewöhnlich. Gaia hatte es gern ordentlich. In dem Regal über ihrem Bett standen normalerweise Bücher, die so nach Farben geordnet waren, dass sie einen Regenbogen ergaben, und sie ließ selten Kleidung aus den Schubladen hängen oder auf dem Boden liegen. Momentan herrschte völliges Chaos. Anton hatte ihre saubere Kleidung so gut es ging verräumt, bevor sie ihn gebeten hatte, sie nicht weiter zu nerven, aber es musste wirklich etwas getan werden. Sogar das Bad war mit benutzten Handtüchern übersät. Da ich mich nützlich machen wollte, sammelte ich zunächst die Handtücher auf, um sie zu waschen. Dann wollte ich den Mülleimer in ihrem Bad ausleeren. Das macht man in Griechenland jeden Tag, denn das Toilettenpapier darf nicht hinuntergespült werden und wird stattdessen in einen Mülleimer geworfen. Normalerweise leerte Gaia ihren Mülleimer selbst, aber ich war mir sicher, dass sie das mindestens seit einem Tag nicht mehr getan hatte. Ich nahm den Deckel vorsichtig ab, um die Tüte zuzubinden. Inmitten des Toilettenpapiers lag ein Schwangerschaftstest.

Plötzlich rauschte das Blut in meinen Ohren. Ich schaute hinter mich; sie lag immer noch zusammengerollt in ihrem Bett. Ich bückte mich und zog ihn vorsichtig heraus. Negativ. Sie musste sich auch Sorgen darüber gemacht haben, dass sie schwanger war. Noch etwas, das ich Anton sagen musste, aber ich wollte verhindern, dass er Finn umbrachte. Er sollte später am Nachmittag vorbeikommen. Gaia hatte ihn seit der Party immer wieder vertröstet. Sie hatten nicht einmal über FaceTime miteinander gesprochen. Sie wollte wohl nicht, dass er sah, wie stark sie abgenommen hatte. Er hatte ein paar Mal vor der Tür gestanden und Anton hatte ihn weggeschickt. Jedes Mal hatte er gezögert, bevor er der Aufforderung Folge leistete.

Ich legte den Test zurück in den Mülleimer, ohne ihn auszuleeren, und wusch mir schnell die Hände. Bevor ich Gaia wieder verließ, weckte ich sie auf und ließ sie ein halbes Glas Wasser trinken, weil ich befürchtete, dass sie sonst dehydrieren könnte. Ich stand einen Moment lang über ihr. Sie war noch ein Kind, erst vierzehn Jahre alt. Ich dachte an meine Mutter und wie sie im Alter von sechzehn mit mir schwanger geworden war. Finn war bereits sechzehn und Gaia würde in ein paar Monaten fünfzehn werden. Obwohl ich wusste, dass man in Griechenland von Rechts wegen mit fünfzehn Jahren Sex haben durfte, war mir auch klar, dass Anton bei dem Gedanken daran nicht glücklich sein würde. Ich schob meine eigenen Gefühle über das, was mit meiner Mutter und mir passiert war, beiseite und ließ Gaia schlafen.

Kapitel 23

Als Anton von seinem Termin zurückkam, befand sich allerlei Zeug in seinem Auto. Bevor er das Kätzchen abholte, hatte er eine Transportbox und einfach alles besorgen wollen, was man für eine Katze möglicherweise brauchte, darunter Kratzbäume, Näpfe und Körbchen. Erst als er die Körbchen hereinbrachte, bemerkte ich, dass es von allem zwei Stück gab.

„Warte, Anton, warum hast du ein blaues und ein rosa Körbchen gekauft? Ich glaube nicht, dass es Gaia etwas ausmacht, wenn du die Farbe aussuchst."

„Na ja, die Kätzchen, die zur Auswahl standen, waren Bruder und Schwester. Mir gefiel es nicht, sie zu trennen. Also ... habe ich beide genommen. Ich habe zwei Kätzchen mitgebracht."

Ich hielt mir die Hand vor den Mund und gab mir Mühe, mein Lachen zu unterdrücken. Anton atmete tief durch und ging zurück zum Auto, um die Katzentransportbox zu holen, in der offenbar zwei Kätzchen waren. Als er sie hereinbrachte, warf ich einen kurzen Blick auf die beiden kleinen Geschöpfe, die in ihrem Plastikkäfig miauten und jammerten. Ich folgte ihm die Treppe hinauf. Ich wollte unbedingt Gaias Gesicht sehen.

Als wir ihr Zimmer betraten, setzte sie sich beim Miauen der Kätzchen kerzengerade in ihrem Bett auf.

„Was ist das?“ Sie deutete mit großen Augen auf die Transportbox und schaute von mir zu Anton, aber sie hielt ihren Finger weiterhin auf die Box gerichtet.

„Die sind für dich. Es war Melodies Idee“, sagte Ant, stellte die Box ab und schloss die Zimmertür. Nachdem sie uns geküsst und sich mit Tränen in den Augen bei uns bedankt hatte, setzte sich Gaia vor die graue Kunststoffbox und öffnete vorsichtig das Türchen. Keines der Kätzchen wollte herauskommen. Sie jaulten noch immer laut und plusterten ihr Fell leicht auf. Gaia nutzte die Zeit, um den beiden Namen zu geben. Das kleine schwarz-weiße Kätzchen, ein Weibchen, sollte Looper heißen, nach einem Bruce-Willis-Film, den sie mochte, und das vollkommen schwarze Männchen würde Donnie heißen. Anscheinend, weil sie den Film *Donnie Darko* mochte. Mir ging durch den Kopf, dass sie vielleicht etwas zu jung war, um ihn gesehen zu haben, aber ich wollte die Stimmung nicht ruinieren, und ich war mir ziemlich sicher, dass Anton ihn nicht gesehen hatte. Ich fragte mich, ob das auch auf *Looper* zutraf, aber den hatte ich selbst nicht gesehen.

„Gut, ich muss die Waschmaschine ausräumen“, verkündete ich. Beim Verlassen des Zimmers fiel mir ein, dass der Arzt angerufen hatte und wir Anton noch nicht davon erzählt hatten. Ich steckte meinen Kopf noch einmal zur Tür hinein. „Gaia, vergiss nicht, deinem Papa von dem Gespräch mit dem Arzt zu erzählen.“ Dann schaute ich Anton an. „Wir sehen uns unten.“

Als er schließlich herunterkam, wartete ich im Garten unter dem Schatten eines Zitronenbaums auf ihn.

„Ich dachte schon, du hättest mich verlassen“, sagte er und hielt sich die Hände vor die Augen, um sie gegen die Sonne abzuschirmen.

„Niemals.“ Ich streckte eine Hand nach ihm aus, als er näher kam.

Er legte seine Finger um meine und setzte sich neben mich. „Hat sie dir erzählt, dass etwas von ihrem Blut zu einer toxikologischen Untersuchung geschickt wird?“

„Nein, sie hat etwas von Allergien erzählt. Aber um ehrlich zu sein, hat sie auch gesagt, dass sie für einige Begriffe das englische Wort nicht kennt, also hat sie wohl das gemeint.“ Ich beugte mich vor, um mich zu ihm zu drehen und sein Gesicht besser sehen zu können.

Er stieß ein leises Lachen aus. „Das ist lustig. Die Worte klingen fast gleich. Wahrscheinlich hat sie das nicht gewusst.“

„Wie geht es ihr mit den Kätzchen?“

„Sie haben sich herausgewagt und dann saßen alle drei auf Gaias Bett.“

„Ich dachte, sie dürfen nicht auf die Möbel?“ Ich sah ihn mit einer hochgezogenen Augenbraue an.

Er zuckte bloß mit den Schultern und setzte ein sanftes Lächeln auf.

„Es war schön, sie etwas aufgeweckter zu sehen. Vorher war ihr wieder schlecht.“ Aus dem Augenwinkel sah ich, wie er seinen Kopf zu mir drehte, bevor er sich mit Daumen und Zeigefinger die Stirn rieb.

Wir saßen Händchen haltend da, während um uns Insekten in allen Größen herumschwirrten. Es herrschte ein geschäftiges

Treiben und wir waren der Ruhepol. Wir blieben ganz still sitzen, regungslos, während die Minuten verstrichen. So still, dass ein herrlich schillernder grün-blauer Schmetterling für einen Moment auf Antons Flip-Flop landete, bevor er wieder verschwand. Nach etwa zwanzig Minuten hörten wir ein Geräusch aus der Einfahrt, gefolgt von einem Klopfen an der Tür.

„Das ist Finn." Ich tippte auf Antons Bein und rappelte mich auf.

Als wir durch die Hintertür hineingingen, kam Gaia schon die Treppe herunter, so schnell wie seit dem Wochenende nicht mehr. Sie hatte sich auch zurechtgemacht und geschminkt. Sie sah besser aus, aber es ging ihr immer noch nicht gut, und als sie die Treppe hinunterhüpfte, hielt sie sich den Bauch und atmete langsam und tief ein. Anton befahl ihr, sich auf das Sofa zu setzen, und ging die Tür öffnen. Eine solche Aufforderung wäre normalerweise auf Widerstand gestoßen. Stattdessen schlurfte sie zum Sofa und setzte sich zu mir. Ich fragte sie, wo die Kätzchen seien. Offenbar waren sie auf ihrem Bett eingeschlafen.

Finn folgte Anton, der, was Finn nicht sehen konnte, einen recht zufriedenen Gesichtsausdruck aufgesetzt hatte. Seine Wangenknochen standen hoch in seinem Gesicht und er schaute auf den Boden, um sein Lächeln zu verbergen, während er den offenen Raum durchquerte, aber für mich war sein Vergnügen offensichtlich. Als Finn hinter Anton auftauchte, konnte ich den Grund dafür erkennen. Er hielt einen großen Strauß rosa Rosen in den Händen. Sobald er an Anton vorbei war und Gaia sehen konnte, verflog jegliche Schüchternheit, so wie es Antons kleiner Schmetterlingsfreund getan hatte. Finn beschleunigte sein Tempo und ging mit langen Schritten auf sie zu. Er gab ihr einen Kuss auf den Kopf und kniete sich neben sie auf den Boden. Eine Schrecksekunde lang dachte ich, er würde ihr einen Antrag machen. Zum Glück setzte er sich schnell neben sie auf das Sofa.

Ich hatte oft beobachtet, wie er Gaia verstohlene Blicke zuwarf oder ihre Hand berührte, wenn er dachte, dass niemand hinsah. Sie waren so süß zusammen.

Er erinnerte sich an seine Manieren, begrüßte mich und fragte in perfektem Englisch, wie es mir ginge. Er war ein ziemlich unscheinbarer Junge mit einem ovalen Gesicht, einer langen, geraden Nase mit abgerundeter Spitze und sanften braunen Augen, die in den Ecken leicht nach oben wiesen, aber er machte das Beste aus sich. Sein lockiges Haar war an den Seiten kurz rasiert und oben länger, so wie es die meisten Jungs in den Dörfern trugen. Gaia zufolge ging er fast jeden Tag schwimmen. Aber was ihn für Mädchen vor allem attraktiv machte, abgesehen von seinem Körperbau, war wahrscheinlich sein Selbstbewusstsein. Er versprühte Charisma, außer wenn er in der Nähe von Anton war, der ihm manchmal Angst machte. Er brachte Gaia zum Lachen, oft sehr laut. Das fiel mir wahrscheinlich mehr auf, weil oft alle Griechisch sprachen, wenn er dabei war. Sein Englisch war gut, aber noch ausbaufähig. Trotzdem versuchte er in meiner Gegenwart immer öfter, Englisch zu sprechen. Ich glaube, er wollte insgeheim in England studieren oder vielleicht mit Gaia dorthin gehen, wenn sie diesen Schritt zwangsläufig machen würde. Vielleicht lag ich ja falsch, aber er bemühte sich nach Kräften, besser zu werden. Sein Akzent war besonders gut. Ich stand auf und ging mit Anton zurück in den Garten, damit die beiden ein bisschen Zeit für sich hatten.

„Sollen wir einen Spaziergang machen?“, schlug ich vor.

Anton nickte und nahm meine Hand. Wir schlenderten zur Gartenschaukel und setzten uns. Es war mein absoluter Lieblingsplatz: Auf den dicken, marineblauen Kissen kuschelte ich mich in Antons Arm, während er den Stuhl langsam mit seinen Füßen schaukelte. Wir unterhielten uns leise und schwangen vor und zurück.

„Ich mag deine verrückten rosa Fensterrahmen“, stellte ich lachend fest.

„Unsere verrückten rosa Fensterrahmen“, korrigierte er mich und drückte meine Schulter. Es war heiß an diesem späten Nachmittag, aber ich genoss es trotzdem, ihn an mich zu drücken. „Was möchtest du an deinem Geburtstag machen?“

„Das hängt von Gaia ab. Wenn es ihr gut genug geht, möchte ich, dass wir zusammen im Yiannis Orangenkuchen essen und danach etwas trinken gehen.“

„Was ist, wenn du schwanger bist?“ Er beugte sich hinunter und küsste meinen Kopf, als eine erfrischende Brise vorbeizog, die mir eine Gänsehaut bescherte.

„Ich kann mir darüber nicht die ganze Zeit Gedanken machen. Ich habe es ständig im Hinterkopf, aber ich sollte mich wohl besser entspannen und nicht zu viel darüber nachdenken.“ Ich verlagerte mein Gewicht von ihm weg und ließ die Füße über den Boden hängen, während ich zum Fenster des Gästezimmers hinaufblickte, das eines Tages das Zimmer unseres Kindes sein könnte. Anton nahm mein Kinn in seine Hand und zog mein Gesicht sanft zu sich heran. Er gab mir einen zärtlichen Kuss auf die Lippen. Dann schlug ich vor: „Sollen wir Michail und Basil zu meiner kleinen Party einladen? Sie gehören im Grunde auch zur Familie.“

„Ich weiß zufällig, dass sie an diesem Wochenende etwas vorhaben. Sie besuchen Basils Bruder im Süden der Insel.“ Es folgte eine lange Stille, bevor Anton weitersprach, als wäre nicht ein einziger Moment vergangen: „Es hat mir gefallen, wieder Zeit mit ihnen zu verbringen. Die Pandemie hat uns alle voneinander entfernt. Wir haben uns wohl alle daran gewöhnt, keine Zeit mit denen zu verbringen, die wir lieben. Ich wünschte, du hättest Iolanthe kennenlernen können. Ich glaube, du hättest sie gemocht; sie dich auf jeden Fall.“

„Basil und Michail denken das auch. Warum glaubst du, dass sie mich gemocht hätte?“ Mein Blick fiel auf das Gras hinab, das sich leicht in der Brise bewegte.

„Weil du klug und fürsorglich bist. Du bist Gaia eine gute Mutter. Sie hat immer gehofft, dass ich wieder jemanden finden würde. Sie hat mich genauso genervt wie meine Mutter.“ Er lachte, aber als ich zu ihm aufblickte, lag in seinen Augen der Schmerz über diesen Verlust. „Komm, lass uns nachsehen, was die Kinder so treiben.“

Ich war überrascht, dass Anton es geschafft hatte, sie ganze dreißig Minuten lang allein zu lassen, obwohl Gaia so miserabel aussah. Auch wenn er Finn als Teil seines Lebens akzeptiert hatte, lag noch ein weiter Weg vor ihm. Vor allem fürchtete er, dass Finn Gaia das Herz brechen würde, wenn er noch einmal mit ihr Schluss machte. Mir graute davor, ihm zu sagen, dass sie gemeinsam den nächsten Schritt gemacht hatten, um ihre Beziehung zu festigen, und einen wahren Sprung in Richtung Erwachsensein getan hatten. Ich strich mir die Haare hinter die Ohren und meine Handflächen begannen zu schwitzen, als ich daran dachte.

Als wir auf das Haus zugingen, kam mir ein Gedanke. „Wenn Gaia eine Allergie hat – wenn etwas, das sie isst, sie krank macht –, sollte sie vielleicht nur bekömmliche Nahrung und Wasser zu sich nehmen. Ich meine wirklich einfache Kost. Vielleicht nur Hühnchen, Kartoffeln und leicht verdauliches Gemüse. Was meinst du dazu? Bis die Ergebnisse da sind.“

„Das ist eine sehr gute Idee. Wir haben Hühnchen im Kühlschrank. Wir können heute Abend damit anfangen.“

Wir kamen in ein Haus, in dem es fast mucksmäuschenstill war. Das einzige Geräusch war ein leises Miauen. Da wir durch die Hintertür hereinkamen, wurde die Sitzecke von der Treppe in der Mitte des Raumes verdeckt. Anton ließ meine Hand nicht los, aber ich hatte das Gefühl, dass er mich hinter sich her schleifte.

Finn saß immer noch auf dem Sofa, aber ich konnte nicht gleich sehen, was vor sich ging. Finns Gesicht hatte einen zarten Rosaton angenommen. Erst als wir näher kamen, bemerkte ich, dass Gaia mit dem Kopf in seinem Schoß lag und schlief. Finn flüsterte Anton etwas zu, zuckte mit den Schultern und wedelte mit der Hand über Gaias Kopf, um anzudeuten, was bereits offensichtlich war.

„Er wollte sie nicht aufwecken und wusste nicht, wie er sie bewegen sollte", sagte Anton zu mir, sah mich aber nicht an. Stattdessen verschränkte er die Arme und neigte den Kopf zur Seite, um die Situation zu beurteilen. „Ich glaube, wir müssen sie wecken. Sie muss ohnehin etwas essen."

Dann flüsterte Finn noch etwas und gestikulierte in Richtung der Fernsehecke. Er und Anton schauten beide in die Richtung, und ich tat es ihnen gleich, nur um zu sehen, wie eines der Kätzchen ein Häufchen auf den Teppich machte.

Nachdem wir Gaia geweckt, das Häufchen beseitigt, das Katzenklo gefunden und uns ganz allgemein organisiert hatten, aßen wir schließlich gemeinsam zu Abend. Gaia war einverstanden mit bloßem Hühnchen und Kartoffeln, während der Rest von uns eine Moussaka aß, die Anton vor etwa einem Monat eingefroren hatte.

Es war die erste Mahlzeit, bei der Finn entschlossen schien, sich fast ausschließlich auf Englisch zu unterhalten. Gaia übersetzte nur ab und zu etwas. Ich musste ihm einfach ein Kompliment zu seinem Fortschritt machen.

„Danke, Melodie. Ich hoffe, dass ich eines Tages nach England reisen kann", antwortete er und verzog einen Mundwinkel in Gaias Richtung.

Das führte dazu, dass sich die Muskeln um Gaias Wangenknochen herum anspannten, aber sie tat ihr Bestes, um es zu verbergen und Finn nicht anzuschauen.

„Vielleicht kannst du das nächste Mal mitkommen, wenn wir Gaias Großeltern in Essex besuchen."

Ich hatte den Satz noch nicht zu Ende gesprochen, da verschluckte sich Anton und musste sich seine rote, gepunktete Papierserviette vor den Mund halten. Soweit ich sehen konnte, war sein Gesicht purpurrot angelaufen. Gaia hingegen hatte aufgehört, ihr Hühnchen auf dem Teller herumzuschieben, blickte zwischen Finn und mir hin und her und nickte aufgeregt.

„Ist das dein Ernst, Melodie? Das wäre toll! Bitte, bitte!" Gaia ließ ihr Besteck fallen und versteckte ihr Lächeln hinter ihrer geballten Faust, bevor sie sich zu Finn drehte und seine Hand ergriff.

„Das wäre toll. Ich ... ich ..." Finn wandte sich auf Griechisch an Gaia. Seine Wangen wurden auch ein wenig rot und ich fragte mich, was das Problem sein könnte. Gaias Hand lag schlaff in seiner und ihr Gesicht verdunkelte sich, als hätte sie gerade einen Sturzflug von Wolke sieben hingelegt.

„Er kann es sich nicht leisten. Er glaubt nicht, dass seine Eltern die Reise bezahlen würden. Sie haben versprochen, ihm ein Motorrad zu kaufen, und er arbeitet noch nicht lange genug, als dass er viel Geld hätte sparen können." Gaia lächelte verzagt, genau wie Finn.

„Das macht nichts. Anton wird die Reise bezahlen. Oder etwa nicht?"

Ich drehte nicht einmal den Kopf, um ihn anzusehen. Ich nahm einfach einen Bissen vom Essen und wartete. Ich versuchte, anhand der aufgeregten und verwirrten Mienen von Gaia und Finn, die mir gegenübersaßen, abzuschätzen, was für ein Gesicht Anton wohl machen würde. Ich konnte mir nur vorstellen, dass er wohl noch dunkelroter geworden war. Nach einem Moment drehte ich mich zu ihm und er sah mich mit großen Augen und einer gehobenen Augenbraue an.

Ich legte meine Hand auf seine stoppelige Wange. „Oder etwa nicht?“ Ich lächelte.

Sein Gesichtsausdruck wurde sanft und er küsste meine Handfläche. „Natürlich. Ich glaube, meine Mutter hat dich sehr gemocht. Ich bin sicher, sie würde dich gern wiedersehen.“

Es hatte sich gelohnt, Anton auf die Probe zu stellen, allein schon um zu sehen, wie Gaia und Finn reagierten. Finn konnte nicht aufhören, sich bei uns zu bedanken. Als das Abendessen beendet war und wir die Teller in die Küche brachten, wirkte Gaia noch kraftloser als sonst. Die ganze Aufregung des Tages forderte ihren Tribut. Finn beschloss, dass es für ihn Zeit war, nach Hause zu gehen.

Gaia lag schon im Bett und ich war gerade mit dem Einräumen der Spülmaschine fertig geworden. Anton, der sehr entspannt wirkte, wollte auch direkt ins Bett gehen.

Als ich mich neben ihn legte, beschloss ich, dass ich es nicht mehr länger aufschieben konnte, ihm von dem Schwangerschaftstest zu erzählen. Als ich damals erfahren hatte, dass Gaia sich mit Finn traf, und es ihm nicht gesagt hatte, war er so wütend auf mich gewesen, dass ich sie beide fast verloren hätte. Den gleichen Fehler wollte ich nicht noch einmal begehen.

„Ich muss dir etwas sagen.“ Sein Gesicht blieb regungslos. Er erinnerte mich an ein Rehkitz, das sich im hohen Gras versteckte. „Ich wollte Gaias Mülleimer leeren, aber ich habe es nicht getan.“

„Macht nichts. Sie kann es morgen machen, wenn sie es nicht schon getan hat.“

„Ja, das weiß ich, aber das habe ich nicht gemeint. Ich meinte, dass ein Schwangerschaftstest im Mülleimer war.“

Er öffnete den Mund und seine Augen verengten sich im schwachen Licht des Raumes zu bedrohlichen Schlitzen.

Ich redete eilig weiter: „Er war negativ! Keine Sorge. Es ... es bedeutet nur, dass sie dachte, sie könnte es sein. Aber als der

Bluttest zurückkam, war er natürlich negativ, vorausgesetzt, es stimmt, was sie uns gesagt hat." Ich merkte, dass ich genauso starr war wie Anton, der sich immer noch nicht bewegt hatte. Meine Schulterblätter entspannten sich und ein Schauer durchfuhr meinen Körper, wodurch sich die Muskeln weiter lockerten.

Anton zog mich zu sich und drückte mich an seine Brust. Ein kleines Büschel seiner Brusthaare kitzelte meine Nase. Er atmete zitternd aus und vergrub sein Gesicht in den Haaren neben meinem Ohr, sodass ich seine Gedanken regelrecht hören konnte. Seine leisen Geräusche, das Schniefen und Schnauben durch die Nase, sagten mir mehr als die Worte, von denen ich mir vorstellte, dass sie in seinem Kopf herumschwirrten. Er war besorgt, das konnte er nicht leugnen, aber da war auch noch die Tatsache, dass seine Tochter erwachsen wurde und sich immer weiter von dem Kind entfernte, dem er die Welt erklärt hatte. Sie wurde allmählich unabhängig und wahrscheinlich lag ein Studium in England vor ihr – das wünschte er sich für sie. Doch er wollte an der Vorstellung festhalten, dass seine Tochter noch ein Kind war, und klammerte sich stattdessen fest an mich.

Kapitel 24

Am Tag vor meinem Geburtstag kam Keres mit Akis im Schlepptau zurück. Gaia war ihre neue Schonkost außerordentlich gut bekommen und sie legte allmählich an Gewicht zu, auch ihre Haut hatte wieder ihren üblichen bräunlichen-olivenen Farbton. Sie war nicht mehr fahl und grau. Seit Finns Besuch hatte sie sich nicht einmal mehr übergeben. Anton rief im Restaurant an und erkundigte sich, ob sie für Gaia etwas Bekömmliches kochen könnten. Es war keine Überraschung, dass sie das gern tun wollten. Da es ihr gut ging, konnte sie auch die Eingewöhnung der Kätzchen in ihrem neuen Zuhause mitverfolgen. Donnie war ein echter Schmusetiger, aber Looper – oder Loopy, wie wir sie nannten – interessierte sich nur dafür, irgendwo raufzuspringen und ihre Krallen zu schärfen, wobei sie sich insgeheim darauf vorzubereiten schien, die Seite des Ledersofas zu zerkratzen. Jedes Mal, wenn sie Anstalten machte, über das Sofa herzufallen, warf Ant mir einen Blick zu, der sagte: *Das war deine Idee*. Dann nahm er die Katze hoch und knuddelte sie. Seine Versuche, auf die Kätzchen wütend zu sein, waren eher dürftig. Wenn Anton jetzt für ein Nickerchen auf dem Sofa lag, schmiegte sich immer mindestens eine der Katzen an seine Brust. Es stellte sich heraus, dass er der größte Schmuser von allen war.

Es war schön, Keres wieder im Haus zu haben. Gaia machte oft dermaßen große Augen, wenn Keres sprach, dass ihre dicken, schwarzen Wimpern ihre Augenbrauen zu berühren schienen. Sie fragte mich sogar, was Keres meiner Meinung nach zu meinem Geburtstagsessen anziehen würde. Ich hatte keine Ahnung und schlug vor, dass sie sie selbst fragen sollte. Gaia beantwortete das nur mit einem Schulterzucken. Ich fand das süß und freute mich, dass Keres ein festes Mitglied der Familie wurde. Gelegentlich kamen mir Nicos Worte und sein selbstgefälliges, hübsches Gesicht in den Sinn. Dann überlegte ich, dass ich Keres – wenn er die Wahrheit sagte – gar nicht so gut kannte, wie ich dachte. Diese Gedanken schienen mich innerlich zu zerreißen und mir die Luft abzuschnüren. Am besten hörte ich auf mein Herz, das mir zuflüsterte, dass alles in Ordnung sei. Sie war schließlich meine Schwester. Nico musste mich angelogen haben. Keres ging mit Akis aus, und Nico war wahrscheinlich nur eifersüchtig.

Keres hatte Gaia gesagt, dass sie ihren Onkel traf. Ich bin mir nicht sicher, wie sie es genau betitelt hatte, denn ich war bei dem Gespräch nicht dabei, und ohnehin hatte es wohl auf Griechisch stattgefunden. Auf jeden Fall war es das erste Mal, dass Gaia die beiden zusammen sah. Es war interessant, sie zu beobachten. Gaia konnte sehr direkt sein und auch mal unangemessene Fragen stellen, aber sie verhielt sich eher vorsichtig. Mehrmals an diesem

Abend erwischte ich sie dabei, wie sie Keres und Akis beobachtete, und ihr Mund sich öffnete oder sie einen Atemzug machte, als wollte sie etwas sagen. Aber es kam nicht viel mehr heraus als die Luft, die sie soeben eingeatmet hatte. Was auch immer in ihr vorging, über ihre Lippen kam kein Wort.

Wir verbrachten die Zeit vom Mittagessen bis zum Abendessen damit, salzige, dunkelviolette Oliven zu naschen und uns allerlei Geschichten zu erzählen. Viele stammten von Akis, der schilderte, wie er sich an Antons Kindheit erinnerte. Da er der Jüngste war, unterschieden sich seine Erinnerungen oft von Antons. Obwohl man nicht sagen konnte, dass Anton sich großartig an der Unterhaltung beteiligte. Oft schüttelte er einfach nur den Kopf über die Geschichten. Akis erzählte uns von der Zeit, als Anton ungefähr sechzehn war und Akis erst elf. Er ging damals mit Katerina aus. Akis erklärte, dass sie eigentlich nur Freunde gewesen waren, aber offenbar wusste jeder, dass Katerina ausschließlich Augen für Anton hatte. Es gab noch ein anderes Mädchen, Angelina. Die drei hingen nach der Schule immer im Haus herum.

„Ant dachte, er hätte den Jackpot geknackt. Zwei der hübschesten Mädchen seiner Schule liefen ihm hinterher, und ich schwöre euch, wenn er gesagt hätte, sie sollen springen, dann hätten sie nicht gefragt, wie hoch, sondern es einfach getan."

„Akis, führt diese Geschichte irgendwohin?", stöhnte Anton, wurde aber gleich von Gaia angezischt, die unbedingt Einzelheiten über die Jugend ihrer Mutter erfahren wollte.

„Eines Tages folgten ihm die Mädchen in den Garten und stritten sich darüber, wer von ihnen Ant sein Buch – oder etwas ähnlich Langweiliges – bringen durfte ..."

„Mein Federmäppchen. Es war mein Federmäppchen."

„Ah! Richtig! Das war es! Ich war praktisch unsichtbar, also habe ich sie einfach aus dem offenen Fenster beobachtet. Papa sah mich dabei, der verrückte Kerl hat die Pflanzen gegossen. Er schaute mich an, schaute sie an und dann ..." Er machte eine kleine Bewegung aus dem Handgelenk. „... spritzte er sie mit Wasser an. Ein winziger Spritzer, wenn überhaupt. Sie haben ganz hysterisch geschrien." Akis lachte sich krumm, während Anton sich mit den Händen das Gesicht rieb. „Papa hat sie nur ein bisschen – ihr wisst schon, es war fast nichts, ein kleines bisschen ..." Er fuchtelte wieder mit einer Hand herum und machte ein *Psch*-Geräusch, das an einen laufenden Gartenschlauch erinnern sollte. „Aber er hat sie dabei direkt in den Augen erwischt."

„Ja, aber was ist danach passiert, Akis?"

„Möglicherweise bin ich vor Lachen aus dem Fenster gefallen." Wir keuchten alle erschrocken auf, aber er lachte immer noch. „Zum Glück hat Papa mich gesehen und verhindert, dass ich mich verletze, aber er hat den Schlauch fallen gelassen, der uns dann alle nass gespritzt hat. Alle außer Anton. Er war zu cool und ist peinlich berührt abgehauen."

„Darf ich das jetzt auch tun?", fragte Anton und lächelte seinen Bruder halb im Scherz an.

„War Mama sauer auf Opa, weil er sie nass gespritzt hat?", meldete sich Gaia zu Wort.

„Nein, jedenfalls nicht lange. Ich glaube, den beiden war es eher peinlich, dass sie sich um ein Federmäppchen gestritten hatten. Und nachdem ich aus dem Fenster gefallen war, geriet das ohnehin in den Hintergrund. Kurz darauf sind wir für unsere *Ausbildung* zurück nach England gezogen", erzählte er, wobei er „Ausbildung" betonte, als wäre er aus feinem Hause. „Anton hat sich geweigert, Korfu zu verlassen, also haben wir ihn hiergelassen. Er war fest entschlossen, sich hier ein eigenes Leben aufzubauen. Papa meinte, dass er spätestens nach einem Monat mit eingezogenem Schwanz in England auftauchen würde. Paps schuldet Marty immer noch Geld wegen dieser verlorenen Wette."

Dann erzählte Keres eine Geschichte von ihrem Papa, ihrem Adoptivvater. Wie er sie eines Tages nach dem Mittagessen von der Schule abgeholt und ihrer Mutter nichts davon gesagt hatte. Sie waren bis zum Strand von Anavyssos gefahren, der etwa eine Stunde von ihrem Zuhause in der Nähe von Athen entfernt lag. Weil sie nicht nach Hause gekommen war, hatte sich ihre Mutter Sorgen gemacht und sämtliche Freunde und Verwandten angerufen.

„Hat sie sich nicht auch Sorgen um deinen Vater gemacht?", fragte Anton, bevor er einen weiteren Olivenkern ausspuckte. Er lehnte sich nach vorn und tippte mit dem Finger auf den Tisch. Keres' neigte ihr zartes Gesicht nach links und runzelte die Stirn. Sie schaute Akis an, bevor sie ihre Füße auf seinen Schoß legte.

„Nein. Warum hätte sie das tun sollen?"

„Weil er auch nicht nach Hause gekommen ist", sagte Anton und drehte die Handfläche nach oben, als wollte er ein Schulterzucken andeuten.

„Oh, ich ... Na ja, er war zum Arbeiten immer fort. Sie wusste nicht, dass er schon zurück war."

Anton akzeptierte ihre Antwort mit einem leisen Grunzen und zeichnete mit den Fingern das Mosaik auf dem Tisch nach. Wir waren einen Moment lang still. Schließlich durchbrach Gaia die Stille und verkündete, dass Finn sich den Abend hatte freinehmen können und mit uns zu meinem Geburtstagsessen kommen würde. Es war schön, ihre grünen Augen wieder strahlen zu sehen. Akis beugte sich zu Keres, nahm ihre Hand und küsste sie. Gaias Mund öffnete und schloss sich gleich wieder, es erinnerte mich an einen dieser Mülleimer, die sich durch einen Sensor öffnen lassen; Keres' und Akis' Verhalten brachte sie unnötigerweise immer wieder aus dem Konzept.

Nach dem Abendessen telefonierte Gaia mit Finn, während Anton und Akis die Teller abräumten und die Spülmaschine einschalteten. Keres und ich machten einen Spaziergang zur Gartenschaukel. Ich setzte mich halb in den Schneidersitz, indem ich den rechten Fuß unter mich zog, damit ich mich zu ihr drehen und mit ihr unterhalten konnte.

„Wie läuft es mit dir und Akis?"

„Er ist ein toller Mann. Ich mag ihn wirklich. Es war schön bei ihm." Sie setzte ein breites Lächeln auf, so breit, dass sich in ihren Augenwinkeln Fältchen bildeten und die Bäckchen ihrer Wangen hervortraten. „Er ist sehr nett zu mir gewesen. Er möchte, dass ich bei ihm wohne. Ich glaube, es ist vielleicht noch zu früh. Aber ich mag ihn." Sie lenkte ihren Blick hinab auf ihre schaukelnden Füße, aber das Lächeln lag weiterhin auf ihren Lippen und hielt sich in den Winkeln ihrer blauen Augen.

„Du verdienst es, glücklich zu sein. Akis ist wirklich ein toller Mann. Ich weiß, er redet gern und wirkt selbstbewusst, aber eigentlich ist er sehr sensibel", sagte ich, während ich ihr Gesicht musterte.

Sie nickte im Rhythmus des Schaukelns. „Ja. Ich hatte großes Glück, euch alle zu treffen", sagte sie. „Aber ich mache mir Sorgen um Gaia. Ich weiß nicht, was ich erzählen soll und was nicht."

„Was meinst du?"

„Es ist wegen Finn. Ich mache mir Sorgen. Das ist alles."

„Was bereitet dir denn Sorgen, Keres?" Ich stoppte das Schaukeln, indem ich den linken Fußballen gegen das verbrannte Gras und die Erde stemmte. „Keres, du kannst mit mir über alles reden. Gaia ist ein vierzehnjähriges Mädchen. Wenn du weißt, dass etwas nicht in Ordnung ist, solltest du es mir sagen."

„Finn, er will ..." Sie tippte mit den Fingerspitzen aneinander und ich begann zu nicken.

„Sie hatten Sex?"

Zu meiner Überraschung zuckte sie bloß mit den Schultern, wodurch der Träger ihres Oberteils herunterrutschte. Sie machte keine Anstalten, ihn zu richten, was mich ein wenig irritierte.

„Sie hat mir gesagt, dass sie es getan haben. Er hat sie angefleht. Ich glaube, er hat es von ihr verlangt. Zuerst dachte ich, sie sei schwanger, weil sie sich so oft übergeben musste. Sie hat gesagt, dass sie nicht schwanger sein kann. Es kann nicht Finn sein, der sie krank macht, oder?“

„Nein, mach dich nicht lächerlich. Sie hat ihn lange nicht gesehen, als es ihr schlecht ging. Außerdem, wie könnte er sie krank machen? Sie vergiften? Das halte ich für etwas weit hergeholt, Keres. Er ist noch ein Kind. Außerdem hat er sie nicht einmal gesehen, während sie krank war.“

„Du hast recht. Ich mag Gaia und ich mache mir Sorgen um sie. Das ist alles.“

„Das tun wir alle. Ich kann nicht fassen, dass sie das über Finn gesagt hat. Dass er es von ihr verlangt hat.“ Meine Fingernägel gruben sich in die Handflächen, während ich die Hände fest zu Fäusten ballte.

Keres stimmte zu und erzählte mir, dass Gaia ihn nicht hatte enttäuschen wollen, aber dass sie nicht viel mehr darüber wisse. Wir unterhielten uns weiter, aber über ein anderes Thema. Es ging um etwas anderes, etwas, dem ich mich nicht widmen und auf das ich mich nicht konzentrieren konnte, weil ich an das letzte Treffen von Gaia und Finn dachte und daran, wie reizend er gewesen war. Wie konnte er so etwas nur von ihr verlangen? Ich wusste, dass er schon einmal mit ihr Schluss gemacht hatte. Sie hatte gesagt, es sei wegen Anton gewesen. War das der wahre Grund? Oder war es, weil sie nicht bereit gewesen war? Ich ließ Keres weiterreden, während ich so tat, als würde ich zuhören, aber die Gedanken in meinem Kopf ratterten, als wäre ich ein menschlicher Taschenrechner. Mit Zahlen und Statistiken über das Online-Verhalten von Menschen konnte ich umgehen, zum Beispiel konnte ich herauslesen, wann Menschen am ehesten auf Social-Media-Posts reagieren und welcher Stil die Aufmerksamkeit einer bestimmten Zielgruppe auf sich zieht, etwa durch trendige Farben und Formulierungen. Aber im wirklichen Leben war ich nutzlos, weil ich die Fakten nicht richtig verbinden konnte, wenn sie vor mir lagen. Am meisten beschäftigte mich die Frage nach dem Warum. Aus welchem Grund sollte Finn so etwas tun? Soweit ich das beurteilen konnte, hatte Gaia ihm wohl gegeben, worum er sie gebeten hatte, und sie schienen glücklich zu sein. Ich erinnerte mich an sein Gesicht, als er sie nach zwei Wochen zum ersten Mal wiedergesehen hatte – die Sorge, die Liebe, die ich wahrgenommen hatte. Oder war das alles nur gespielt? War er ein ausgezeichneter Schauspieler?

Als wir zum Haus zurückgingen, hörte ich Anton pfeifen und andere komische Geräusche machen. Ich konnte sie durch die Bäume sehen: Gaia, die sich mit einer Hand am Kopf kratzte und ihren Blick umherschweifen ließ, und Anton, der pfeifend herumlief.

„Habt ihr zwei schon wieder Akis verloren?“, scherzte ich, als wir näher kamen.

„Jemand hat die Hintertür offen gelassen und Loopy ist hinausgehuscht.“ Gaias Augen waren rot umrandet und glasig.

Ich legte schnell meine Arme um sie und tröstete sie.

„Es ist eine Katze“, sagte Keres. „Sie wird zurückkommen.“

„So einfach ist das nicht, Keres“, sagte ich. „Die Kätzchen müssen sich erst an ihr neues Zuhause gewöhnen, bevor sie rausgelassen werden, sonst kommen sie vielleicht nicht mehr zurück.“ Ich blickte zu Ant, der immer noch nach dem Tier pfiff. „Wo ist Akis?“

„Er läuft draußen herum ... Da ist er!“

Wir schauten alle in die Richtung, in die Anton deutete. Akis kam durch das Metalltor an der Seite des Hauses in den Garten. Gaia riss sich von meinen Armen los und rannte auf ihren Onkel zu, der oben ohne war – er hielt die kleine Loopy in seinem T-Shirt. Gaia hüpfte von einem Fuß auf den anderen, als sie sich bei ihm bedankte und ihm vorsichtig das Kätzchen abnahm. Keres schien sich mehr auf Akis' Sixpack zu konzentrieren und ging hinüber, um dem Helden zu gratulieren.

Wir hatten Keres und Akis gesagt, dass sie die Hintertür wegen der Kätzchen geschlossen halten sollten. Ich sah, wie Anton in ihre Richtung schaute und die Stirn runzelte, bevor er Gaia ins Haus folgte. Ich bin mir ziemlich sicher, dass er genauso gut wie ich wusste, dass Keres als Letzte das Haus verlassen hatte. Sie war zurückgeeilt auf die Toilette, bevor wir unseren kleinen Spaziergang durch den Garten unternahmen. Aber das hätte jedem passieren können.

Kurz darauf gingen wir schlafen. Anscheinend gab es große Pläne für meinen Geburtstag und mir wurde gesagt, dass wir uns alle etwas ausruhen sollten. Das machte mich ein wenig nervös, aber ich spielte mit. Am meisten freute ich mich darauf, von Anton in den Arm genommen zu werden. Ich war unten geblieben, um Gaia mit den Kätzchen zu helfen, und er war schon ohne mich nach oben gegangen. Ich nahm an, dass er im Bett auf mich warten würde, aber als ich ins Schlafzimmer kam, war es dort dunkel. Nur im Badezimmer brannte Licht und die Tür stand einen Spalt offen. Ich schlich mich um das Bett herum in Richtung Badezimmertür.

„Bist du okay?“, rief ich hinein. Nicht das übliche weiße Licht der Deckenbeleuchtung drang durch den Spalt, sondern ein orangefarbener, flackernder Schein.

„Komm rein“, sagte Anton mit heiserer, gedämpfter Stimme. Er lag in der Badewanne, um ihn herum türmte sich der Schaum auf. „Hier ist Platz für zwei.“ Er lächelte mit einer hochgezogenen

Augenbraue. Ich legte die Hände locker auf die Hüften und kicherte. „Das ist ein sehr schönes Kleid“, sagte er. „Ich möchte es nicht ruinieren, also zieh es vielleicht einfach aus? Bevor ich anfange, dir Seifenblasen entgegen zu pusten.“ Er grinste und setzte sich im Schaum auf.

Über meine Lippen kam kein einziges Wort. Ich schlüpfte einfach aus meinem Kleid und stieg vorsichtig zu ihm in die volle Wanne.

„Heute ist es eigentlich zu heiß dafür“, sagte ich, während ich mit dem Fuß an seinem Oberkörper entlangfuhr.

„Deshalb habe ich die Klimaanlage voll aufgedreht“, erwiderte er, als ich im Schaum versank und die Spitzen meiner Haare sich feucht über meine Schultern legten. Mit seinen großen, strammen Händen massierte Anton mir die Füße. „Weißt du, als ich dich letztes Jahr im Yiannis gesehen habe, nachdem ich Gaia zu Natalia gebracht hatte, wäre ich fast nicht zu dir rübergekommen. Ich hatte dich gesehen, als ich mit Gaia vorbeigegangen war, und habe den ganzen Rückweg lang überlegt, ob ich dich ansprechen soll oder nicht.“

„Das hast du mir noch nie erzählt.“

„Wenn ich es nicht getan hätte, wären wir jetzt nicht hier.“ Er knuffte meinen Fuß, um seine Worte zu betonen. Er hatte die Augen gesenkt, sie waren hinter seinen dichten schwarzen Wimpern verborgen. „Ich weiß, dass einige Leute meinen, wir hätten es mit der Hochzeit überstürzt. Vor allem Katerinas Eltern, aber auch andere. Es ist mir egal, was die Leute denken. Du machst mich glücklich, und Gaia auch. Ich würde nichts anders machen wollen.“

„Du weißt, dass sie das Herz am rechten Fleck haben. Sie vermissen ihre Tochter, und ich komme einfach daher und nehme ihren Platz ein. Es muss schwer für sie sein und trotzdem sind sie nett zu mir.“ Unter dem Wasser streichelte ich beruhigend über die kleinen Härchen an seiner Wade.

Er presste die Lippen aufeinander und nickte kurz. Dünne Rinnsale von Schweiß oder Wasser schlängelten sich von seiner Stirn über seinen Hals und an seinen Brustmuskeln entlang.

„Was ich sagen möchte, ist: Ich liebe dich. Dein Geburtstag war sozusagen unser erstes Date – das beste, das ich je hatte.“ Er bewegte sich, zog die Beine an und bewegte sich auf mich zu.

„Du wirst stecken bleiben!“

„Nein, das werde ich nicht. Die Badewanne ist groß genug.“

„Du überschwemmst das ganze Badezimmer!“

„Na und?“

Als das Wasser über den Rand des weißen Porzellans schwappte, schaffte er es, sich zwischen meine Beine zu manövrieren, drückte sich an meine feuchten Brüste und legte seinen Arm um meine Taille, während er mich küsste. Seine Zunge liebkoste vorsichtig meine. Ich drückte meinen Rücken durch, um mich noch fester an seine schaumige Haut zu pressen. Sein Arm, auf dem unser Gewicht lag, rutschte ab, wodurch sein Körper noch fester auf meinen drückte. Plötzlich war mein Kopf unter Wasser, ohne Luft in den Lungen und mit Blasen in den Augen. Im nächsten Moment zog Anton mich hoch, als wäre ich eine Stoffpuppe, und drückte mich prustend an seine breite Brust.

„Ich kann nichts sehen!“, hustete ich. „Ich habe lauter Mascara in den Augen.“

Ich konnte sie nicht öffnen; ich traute mich nicht. Anton stieg aus der Wanne, hob mich heraus und wickelte mich in ein Handtuch.

„Was kann ich tun?“

„Ich brauche Abschminktücher“, stieß ich hervor. „In meiner obersten Schublade.“ Ich drückte die Finger auf meine brennenden Augen und hätte sie am liebsten gerieben, aber ich wusste, dass das nicht gut gehen würde.

„Kannst du nicht einfach Wasser benutzen?"

„Nein, ich kann nicht einfach das verdammte Wasser benutzen, Anton. Das macht die Wimperntusche noch schlimmer, bitte, ich brauche Make-up-Entferner. Hol einfach die Tücher." Ich konnte hören, wie er über das Bett sprang.

„Das Päckchen ist leer", rief Anton mir zu.

„Mist! Schau im großen Bad unter dem Waschbecken nach. Dort bewahre ich jede Menge auf, falls Gaia welche benötigt."

Ich hörte, wie er am Bett vorbeistapfte, dann schlich er aus dem Schlafzimmer hinaus in die Stille des Hauses. Er schien viel länger zu brauchen, als ich erwartet hatte. Ich konnte einfach nur tropfend und blind auf ihn warten. Ich hatte Angst, mich zu bewegen, falls ich ausrutschen oder gegen etwas stoßen würde. Ich hatte keine Ahnung, in welche Richtung er mich überhaupt hingestellt hatte. Wenigstens tat es nicht weh, solange ich meine Augen fest geschlossen hielt.

Als er wieder hereinkam, führte er mich zum Bett, wo er sich zu mir setzte und mir half, die Mascara- und Schaumreste vorsichtig wegzuwischen. Meine Augen brannten, als ich sie öffnete, und ich war mir sicher, dass sie von rosafarbenen Blutgefäßen durchzogen waren. Als ich abgeschminkt war, ging ich zum Waschbecken und wusch sie vorsichtig mit Wasser aus, um das Brennen zu lindern.

Schließlich konnte ich sein leicht verschwommenes Gesicht wieder sehen. Seine Augen lagen tief unter seinen gerunzelten Augenbrauen. Ich konnte nicht erkennen, ob er traurig oder wütend war.

„Mach dir keine Sorgen. Mir geht es gut."

„Hm? Ja. Okay." Er küsste mich sanft auf den Kopf und setzte sich neben mich. Er sah aus wie ein Soldat, der bereit war, in die Schlacht zu ziehen. Seine aufrechte Haltung und sein starrer Gesichtsausdruck könnten selbst den kühnsten Krieger erschrecken.

„Was ist los? Du siehst aus, als würdest du gleich jemanden umbringen."

Bei diesen Worten stand er auf, ging durch den Raum und murmelte etwas auf Griechisch. Ab und zu fuhr er sich mit den Fingern durch die Haare, um sie zu ordnen. Ich klemmte das flauschige marineblaue Handtuch mit den Armen an meinem Oberkörper fest und stand auf, um seine Selbstgespräche zu unterbrechen. Inzwischen hatte er sich mehrmals auf die Stirn geschlagen und in der Luft herumgefuchtelt.

„Anton, was ist hier los?"

Er hielt zögernd inne. Nur das Ticken der Uhr und seine schweren Atemzüge durch die Nase waren zu hören. Er setzte sich auf den weißen Sessel neben der Badezimmertür, von dem ich vorgeschlagen hatte, dass er dort gut aussehen würde. Es war ein kleiner Schalensessel, der Anton noch riesiger erscheinen ließ. Er drückte das Sitzkissen platt, als er sich niederließ.

„Also, Anton ...", schnaubte ich und verschränkte die Arme vor der Brust.

Er stützte die Ellbogen auf die Knie und legte die großen Hände an sein Gesicht, sodass nur noch seine Nase dazwischen hervorragte, und begann zu sprechen:

„Als ich rausgegangen bin, konnte ich ... etwas hören. Es war deine Keres."

Ich schüttelte den Kopf und wartete auf weitere Erklärungen; ich verstand überhaupt nicht, worauf er hinauswollte.

„Und?"

„Ich meine ... Ich konnte sie ganz deutlich hören, zusammen mit Akis. Ihr Zimmer liegt direkt neben Gaias, Melodie. Und deine Keres ist da drin ... und sie schreit."

Plötzlich wurde mir klar, was er mir zu sagen versuchte. Warum er so wütend war und nicht wusste, was er tun sollte, und ob er überhaupt etwas unternehmen sollte.

„Ja, sie sind erwachsen. Ich bin kein Narr. Ich weiß, was vor sich geht. Aber in dem Zimmer neben meiner Tochter so ... laut zu sein. Entweder ist es das oder er bringt sie um." Er zuckte mit den Schultern, fast so, als wäre das besser.

„Es ist ja nicht so, dass wir keinen Sex haben, wenn Gaia hier ist."

„Ja, aber du machst keine solchen Geräusche ... nicht wie sie!" Ich konnte nichts dagegen machen: Erst erschien ein Grinsen auf meinem Gesicht, dann kam mir ein kleines Lachen über die Lippen. Anton schnaubte ungeduldig. „Du weißt, was ich meine!"

„Das wird für die arme Gaia morgen ganz schön unangenehm sein. Aber es ist keine große Sache, und jetzt ist es ohnehin zu spät, oder? Lass uns einfach schlafen gehen und du kannst morgen früh mit Akis darüber sprechen, dass sie mehr Rücksicht nehmen sollen."

Anton grunzte zustimmend, aber er war mit dieser Lösung offenbar unzufrieden. Wenigstens ließ er sich von mir ins Bett holen. Zwischen meinen Schulterblättern machte sich wieder Anspannung breit, während ich an Gaia und ihre Erlebnisse dachte und hoffte, dass sie aufgepasst hatten und es wenigstens schön für sie gewesen war.

Kapitel 25

Am nächsten Morgen kam ich die Treppe hinunter und fand einen Sessel voller Geschenke vor. Das war ein großer Unterschied zum Vorjahr, als ich an meinem Geburtstag nicht einmal eine Glückwunschkarte geöffnet hatte. Gaia saß auf dem Sofa neben dem Sessel und trug immer noch ihre Rick-and-Morty-Pyjamashorts und das passende T-Shirt in Neongrün und Schwarz sowie flauschige rosa Pantoffeln. Ich war mir nicht ganz sicher, wer Rick und Morty eigentlich waren – auf dem Pyjama waren lauter außergewöhnlich hässliche Comicfiguren abgebildet. Man hatte mir gesagt, dass es sich um eine lustige Fernsehserie aus Gaias Lieblingsgenre handelte: Sci-Fi. Sie sprang auf und umarmte mich. In Griechenland werden hauptsächlich Namenstage gefeiert, aber Gaia, die ja zum Teil Britin war, liebte sowohl Geburtstage als auch Namenstage. Keres und Akis kamen erst viel später die Treppe herunter.

Anton verhielt sich mir gegenüber aufmerksam und liebevoll. Er reichte mir die Geschenke und sah zu, wie ich sie öffnete, dann bereitete er Bacon-Sandwiches und Kaffee zu. Ich konnte jedoch genau sehen, dass er den Kiefer fest zusammengepresst hatte und sich eine kleine Ader an seiner Schläfe abzeichnete. Gaia hatte nichts gesagt; vielleicht hatte sie ja geschlafen und die ganze Keres-und-Akis-Eskapade gar nicht mitbekommen. Als sie herunterkamen, hatten sie ein kleines, perfekt gefaltetes Quadrat aus lila Seidenpapier dabei. Ich wickelte es vorsichtig aus und fand ein Haargummi aus dunkelgrüner Seide darin, dazu einen griechischen Sprachführer mit Schimpfwörtern.

„Das Haargummi hat einen Reißverschluss. Sieh mal, du kannst Sachen darin verstecken. Das ist praktisch, wenn wir laufen gehen oder um Geld zu verstecken." Keres grinste. Es war eine sehr süße Idee und ich bedankte mich für das besondere Geschenk. „Ich nehme an, das Buch ist von dir?" Ich schaute Akis an, der sich albern verbeugte.

Kurz darauf bat Anton Akis, ihm bei den Mülltonnen draußen zu helfen. Es war gar nicht so einfach, ihn dazu zu bewegen, denn Akis wollte Anton bei seinem erfundenen Problem offenbar nicht behilflich sein. Während die beiden Männer nach draußen gingen, saßen wir um den Couchtisch herum. Gaia wurde still, ihr Blick haftete nicht wie üblich auf Keres. Langsam glaubte ich, dass sie die Sache zwischen Keres und Akis mitbekommen hatte, und vielleicht war es ihr unangenehm. Immerhin war er ihr Onkel. Gaia konzentrierte sich hauptsächlich auf mich und erklärte mir, dass ich auf einen Tag voller Spaß gefasst sein sollte. Ich war mir nicht ganz sicher, was das zu bedeuten hatte, und die Ungewissheit ließ in mir Übelkeit aufsteigen. Das Gefühl war so stark, dass ich hoffte, dass ich schwanger war und es sich um eine sehr früh einsetzende Morgenübelkeit handelte.

Anton nahm Gaia und mich mit, während Akis und Keres in seinem Mietwagen folgten. Ich saß im Auto, trommelte auf meinen Knien und beobachtete die Olivenbäume aus dem Fenster. Ich musste an Oma und Opa denken. An meine Mama auch, aber mehr noch an meine Großeltern. Sie hatten mich großgezogen, als sie es nicht konnte, und sie waren diejenigen, die jeden Geburtstag für mich zu etwas Besonderem gemacht hatten. Oma backte immer ihren Schoko-Matschkuchen. Als ich noch klein war, hatte ich ihm diesen Namen gegeben und er hatte sich gehalten. Es war der klebrigste Schokoladenkuchen, den ich je gegessen hatte. Manchmal hatte ich ihr beim Backen geholfen, aber allein bekam ich ihn nie so hin wie sie. Als ich so dasaß und mit den Knien wackelte, dachte ich daran, wie gern ich den Kuchen mit Gaia backen würde. Ich liebte es, mit ihr zu kochen, und es wäre schön, wenn ich das Rezept an sie weitergeben könnte.

„Du bist so still“, sagte Anton, als er seine Hand auf mein unstetes Knie legte. Vielleicht nervte ihn das Getrommel und Herumwackeln. Ich nickte nur ausdruckslos. Er redete weiter: „Ich habe mit Akis gesprochen.“ Ich warf einen kurzen Blick über die Schulter zu Gaia, die in ihr Handy vertieft war und ihre Kopfhörer aufgesetzt hatte. „Er wird nicht mehr bei uns übernachten. Ich habe ihm gesagt, dass er nicht willkommen ist.“

„Das hast du nicht.“ Ich schlug Anton auf die Hand.

„Doch.“

„Was habt ihr sonst noch besprochen?“ Ich drehte mich in dem Ledersessel zu ihm. Er warf einen Blick in den Rückspiegel, in Richtung von Akis und Keres, die uns folgten.

„Nichts Wichtiges. Er hat sich entschuldigt und gesagt, dass er beim nächsten Mal nicht so viel trinken würde. Falls wir ihn wieder einladen.“ Seine Lippen wurden zu einer schmalen Linie.

Ich hatte keine Lust, weiter über die Sache zu sprechen. Ich wollte es nicht wissen. Ich fuhr mit den Fingern durch die Haare auf seinem Arm, als würde ich ein flauschiges Kätzchen streicheln. Er trug ein schönes marineblaues Hemd und altrosa Shorts, die ich ihm zum Valentinstag geschenkt hatte. Seine muskulösen Arme passten nur knapp in das Hemd und ich befürchtete, dass es reißen könnte, wenn er sich zu schnell bewegte. Er war so robust gebaut und groß, dass es mir oft schwerfiel, die richtige Kleidergröße für ihn auszusuchen. Immer wieder bestellte ich Kleidung, die ihm viel zu kurz war oder an den Armen zu eng saß.

„Ich möchte nach Hause. Ich glaube, ich habe keine Lust, etwas Aufregendes zu machen."

„Es wird dir gefallen. Versprochen." Er führte meine Hand an seine Lippen, während er mit der linken Hand das Lenkrad hielt. „Vertraust du mir?"

„Natürlich."

Anton hielt mit dem Auto an seinem gewohnten zentralen Parkplatz in Agios Stefanos an. Er stellte den Motor ab, küsste mich auf den Kopf und sagte mit aufgesetztem griechischem Akzent: „Du bist jetzt meine kleine Griechin. Aber wir kommen mit zu deinem Strand, um mit dir Touristen zu spielen."

„Aber fahren wir dann später noch einmal nach Hause?", fragte ich und schaute verwirrt von Anton zu Gaia.

„Nein. Wir machen uns hier fertig!", sagte Gaia. „Papa hat im Barras Zimmer gebucht, damit wir uns nach unserem Strandtag zurechtmachen können." Ihr hübsches kleines Gesicht tauchte zufrieden zwischen den Sitzen auf.

„Was ist mit den Kätzchen?" Ich schaute zwischen den beiden hin und her, es gefiel mir nicht, die Tiere allein zu lassen.

„Finns Eltern kümmern sich am Abend um sie, und dann Finn, sobald die Party zu Ende ist."

Wir stiegen aus dem Auto und gingen auf das Hotel zu. Anton unterhielt sich mit den Besitzern, schüttelte Hände und lachte, bevor ihm die Schlüssel für unsere Zimmer in die Hand gedrückt wurden. Zum Glück hatte Anton genügend Badesachen und Abendkleidung mitgebracht, sodass ich eine ganze Woche damit ausgekommen wäre. Ich schlüpfte in meinen limonenfarbenen Lieblingsbikini, zog darüber einen schwarzen Kaftan an und setzte einen schwarzen Strohhut auf, dann machten wir uns alle auf den Weg zum Strand. Finn wartete dort bereits auf uns. Sein zartes Gesicht leuchtete auf, als er sah, dass es Gaia bereits viel besser ging. Sie rannte auf ihn zu – es war das erste Mal seit Wochen, dass ich sie rennen sah. Ihre schlaksigen Beine wirbelten Sand auf und ließen eine ältere Dame, die auf einer Sonnenliege lag, hinter ihrem Kindle zusammenzucken. Gaia stürmte auf Finn zu und brachte ihn kichernd zu Fall. Ich hatte noch nie erlebt, dass die beiden ihre Zuneigung so öffentlich auslebten. Normalerweise hielten sie nur Händchen und warfen sich schüchterne Blicke zu. Ich konnte mir nicht vorstellen, dass er von ihr etwas verlangen würde, das sie nicht wollte. Ich hoffte wirklich, dass Keres sich irrte oder etwas missverstanden hatte. Sie sahen so glücklich miteinander aus. Ich musste versuchen, die Wahrheit herauszufinden, vielleicht sogar mit Gaia darüber sprechen. Ich hatte es Anton nicht sagen wollen, aber ich wusste, dass ich es tun musste, so wie ich es immer tat.

Ich ließ den Blick über den Strand schweifen. Mein zweites Zuhause. Eigentlich stimmte das gar nicht, denn ich wohnte ja inzwischen auf Korfu. Es war einfach mein Zuhause. In mehreren Reihen räkelten sich die Menschen auf Sonnenliegen mit dicken cremefarbenen Unterlagen, die von großen hölzernen Sonnenschirmen beschattet wurden. Die Sonnenanbeter hatten sich fast alle so platziert, dass sie dem Schatten der Sonnenschirme entkamen und stattdessen so viel Sonne wie möglich tanken konnten. Haufenweise Körper, die elf Monate lang keinen einzigen

Sonnenstrahl abbekommen hatten, wurden innerhalb weniger Minuten goldbraun.

Unser Strandprogramm sah etwas anders aus, denn Finn hatte einen Ball mitgebracht. Wir spielten Beachvolleyball, was sich in Wasservolleyball verwandelte, als ich über Gaias Fuß stolperte und mit dem Gesicht voraus in der Brandung landete. Zum Glück trug ich wasserfeste Wimperntusche und die Gischt des Meeres war nicht dasselbe wie der Schaum in unserer Badewanne. Keres weigerte sich, mitzumachen, weil der Sand ihren Bikini ruinieren würde und sie braun werden wollte. Es machte mich ein bisschen traurig, dass sie nicht mit uns herumtollte, aber ich musste die Tatsache akzeptieren, dass wir eben unterschiedlich waren.

Sobald wir im Wasser waren, verhielten wir uns noch kindischer. Anton setzte Akis auf seine Schultern und ich hatte Gaia auf meinen. Zu behaupten, dass Akis wie ein Seeungeheuer aussah, wäre eine Untertreibung gewesen. Er schwankte hin und her, verkrallte sich in Antons Haaren und pikste ihm sogar ein- oder zweimal ins Auge. Gaia und ich konnten nicht aufhören, über das seltsame Duo zu lachen. Wir versuchten, uns zu beruhigen, als wir sie in einen Ringkampf verwickelten. Natürlich ließen sie uns gewinnen. Akis hätte Gaia wohl kaum ins Wasser geworfen, nachdem es ihr in den vergangenen Wochen so schlecht gegangen war. Finn war der Schiedsrichter und sorgte dafür, dass die Wettkämpfe „fair" abliefen, bevor wir das nächste Spiel erfanden. Der Strand war erfüllt von unseren lauten Rufen. Nicht der Dreijährige, der seine kleine Schwester jagte, oder der Mann, der lautstark sein Obst anpries, machten Lärm. Nein, wir waren es.

Keres blickte nicht von ihrer Sonnenliege auf. Jedenfalls nicht, dass ich es bemerkt hätte. Nach der Hälfte von „Wer kann am längsten die Luft anhalten" schaute Akis über den Strand und sah, dass Keres verschwunden war. Er machte sich auf den Weg zum Barras Hotel, konnte sie aber auch dort nicht finden.

Schließlich entdeckte er sie in der Mango Bar, wo sie in ihrem weißen String-Bikini, den er ihr bei einem ihrer Shoppingtrips in Korfu-Stadt gekauft hatte, einen Cocktail trank. Er ließ sie weiter mit dem Barpersonal plaudern und kam zu uns ins Meer zurück. Ich beschloss, mich abzutrocknen und am Strand zu entspannen. Anton folgte mir und überließ Akis die Rolle des Torwarts, während Gaia und Finn den Ball am Meer hin und her kickten.

Wir legten uns auf die Sonnenliegen und sahen einander an. Anton streckte seinen langen Arm aus und fuhr mit dem Zeigefinger an meinem Bein entlang.

„Danke für das hier. Alles ist perfekt.“ Ich lächelte.

„Ich weiß, dass du an deine Großeltern gedacht hast. Ich wollte, dass du dich ihnen näher fühlst. Das war der einzige Weg, wie ich das tun konnte.“ Woher wusste er das? Ich hatte nichts über die Sehnsucht nach den Geburtstagen mit meinen Großeltern gesagt, dessen war ich mir sicher.

„Es sind deine Augen. Deine schönen runden Augen machen es leicht, deine Gedanken zu lesen, Melodie-Mou. Du stellst Fragen ohne Worte, und manchmal lese ich auch ganze Geschichten darin. Wir haben geheiratet, du hast Geburtstag, wir wünschen uns ein Kind – natürlich denkst du an deine Großeltern. Manchmal sehe ich die Traurigkeit über dein Gesicht huschen und weiß, dass du an sie oder Liliana denkst.“

„Es sind öfter die beiden als Mama. Es tut mir so weh, nicht mehr über sie zu wissen, aber Oma und Opa vermisse ich einfach.“ Anton schwang seine Beine von der Sonnenliege und kniete sich in den Sand, um meinen Kopf zu küssen. „Ich wünschte, du hättest sie heute sehen können, das ist alles.“

Ein Hüsteln unterbrach uns und wir schauten auf, blinzelten gegen die Sonne und sahen die Umrisse von Maria über uns.

„Hallo ihr Turteltäubchen“, sagte sie grinsend.

Ich sprang von meiner Sonnenliege auf, um Maria zu umarmen und dabei ihre Arme fest an ihre Seiten zu drücken. „Du bist hier!“, stieß ich hervor.

„Bitte drück mich nicht so fest, sonst riechst du die Babykotze, oder schlimmer noch, plötzlich klebt sie an dir.“ Sie schaute an sich herunter und tatsächlich war ein großer weißer Fleck auf ihren grauen Shorts. „Sag nichts. Ich weiß, wonach es aussieht.“ Anton kicherte, während er sich wieder auf die Sonnenliege legte. „Ich kann nicht lange bleiben, meine Hübsche. Ich wünschte, ich könnte, aber Harry und Noah sind im Auto. Er ist gerade eingeschlafen und wenn wir den Motor abschalten, wacht er wieder auf.“ Sie hielt eine kleine rosa Papiertüte hoch. „Ich wollte dir das geben, bevor ich mich im Auto neben Noah zum Schlafen lege. Nächstes Jahr bin ich wieder für jeden Spaß zu haben, versprochen.“

„Du bist süß, Maria. Danke.“ Ich fasste in die Tüte und zog ein wunderschönes Paar silberne Ohrringe in Form von Blättern hervor.

„Ich hoffe, sie gefallen dir. Ich habe sie gesehen und dachte, sie wären etwas für dich.“

Ich drückte sie an meine Brust. „Ich liebe sie.“

Als Maria den Strand hinaufging, konnte ich mein Glück nicht fassen. Ich hatte so viele Verluste erlebt, aber ich hatte dafür Liebe, eine Familie, Freundschaft und eine Schwester bekommen. Das war das beste Geburtstagsgeschenk von allen: Ich war nicht mehr allein.

Kapitel 26

Zum Glück hatte Anton das Outfit eingepackt, das ich an diesem Abend tragen wollte. Es freute mich, dass er tatsächlich aufgepasst hatte, als ich Anfang der Woche vor dem Spiegel Kleider anprobiert hatte. Es war ein schwarzes Maxikleid aus Jersey mit Schlitzen bis kurz über dem Knie. Es war eines dieser Kleider, die man sowohl elegant als auch lässig tragen konnte. Ich kombinierte es mit gelben, hochhackigen Riemchensandalen, die man über die Waden schnürte, und legte die Halskette um, die Keres mir geschenkt hatte. Meine Haare fielen in dicken, gleichmäßigen Wellen über meine Schultern und über meinen Rücken.

Ich legte den Eyeliner weg und drehte mich zu Anton, der auf dem Bett lag und durch sein Handy scrollte. „Fertig!"

Er sah auf und legte das Handy weg. „Du bist perfekt. Komm her."

„Nein! Du ruinierst mein Make-up und wir treffen uns in …", ich drückte die Taste auf meinem Handy, „… zehn Minuten mit den anderen an der Bar."

„Dann sollte ich mich wohl anziehen." Er schlenderte nur mit seiner Hose bekleidet an mir vorbei und ich konnte nicht widerstehen, ihm im Vorbeigehen einen Klaps auf den Po zu geben.

„Nein, nein – wir haben nur zehn Minuten", ermahnte er mich und winkte mit dem Zeigefinger. Er schnappte sich das einzige Hemd, das er mitgebracht hatte – schwarz mit weißen abstrakten Rosen darauf –, und schwarze Chino-Shorts. Dann gingen wir hinunter an die Bar, um dort auf die anderen zu warten.

Wir nippten an unseren Getränken; meins war natürlich ein Cocktail – ein Sexy Greek. Anton trank puren Ouzo. Wir unterhielten uns und kicherten über jemanden, der gerade eine Stufe hinuntergestolpert war und im Sturz eine Art Tänzchen hingelegt hatte, als Keres und Akis erschienen. Ich sah sie zuerst und Anton drückte meine Hand und fragte, was los sei. Wahrscheinlich stand mein Mund etwas zu weit offen oder meine Augen wurden noch etwas runder als sonst, ich kann nur mutmaßen, was für ein Gesicht ich in diesem Moment wohl machte. So oder so, es war nicht schwer, meine Gedanken zu lesen. Ich schüttelte seine Hand leicht, während ich meinen Stuhl zurückschob und aufstand.

Keres kam mit langen Schritten auf mich zu, legte die Hände auf meine Schultern und küsste mich auf die Wangen. Ihre Begrüßungen fielen normalerweise nicht so herzlich aus, aber ich war zu erstaunt über ihr Outfit, um groß darüber nachzudenken. Sie trug auch ein schwarzes Kleid und hohe Absätze, nur dass ihr Kleid kaum über ihre Pobacken reichte und einen besonders tiefen Ausschnitt hatte. Es war die Art von Kleid, die ich in meinen Zwanzigern für einen Clubabend getragen hätte, aber für ein Familienessen wirkte es äußerst unpassend. Sie wirkte fehl am Platz. Sie hatte ihr Haar zu einem hohen Pferdeschwanz frisiert, und erst als sie mich berührte, bemerkte ich, dass sie eine beachtliche Haarverlängerung trug, die wirklich an einen Pferdeschwanz erinnerte. Die Strähnen waren wie glattgebügelt und reichten ihr über den gesamten Rücken hinunter. Während ich ihren roten Lippenstift und die grünen High Heels betrachtete, tauchten Gaia und Finn auf. Gaia hatte Anton angefleht, dass sie zusammen in dem Zimmer übernachten durften, aber er hatte nur zugestimmt, dass sie sich zusammen fertig machen durften, weil Anton selbst auch einen Schlüssel hatte. Nach dem Abendessen sollte Finn nach Hause gehen.

Gaias zarte schwarze Augenbrauen schossen nach oben, als sie hinter Keres erschien, und Finns Gesicht wurde unter seinem normalerweise goldenen Teint rosa und fleckig.

„Keres, du siehst …“, begann Gaia, aber Keres unterbrach sie und ließ Gaia mit offenem Mund und einer schlaffen Hand in der Luft stehen. Ich fragte mich, ob ich auch so dreinblickte.

„Akis hat es mir gekauft.“ Sie machte eine kleine Drehung, als wir in einem Kreis um sie und den Tisch standen, an dem wir gesessen hatten. Ich spürte, dass alle Augen auf uns gerichtet waren. Abgesehen von der Musik an der Bar herrschte Stille oder die Leute tuschelten leise. Ich sagte mir, dass wir alle das Recht hatten, das zu tragen, was uns gefiel, und auch wenn es nicht mein persönlicher Geschmack war, schien es Keres und Akis zu gefallen. Tatsächlich starrte Akis ausdruckslos vor sich hin. Sein Lächeln klebte auf eine Art und Weise in seinem Gesicht, die mir nicht gefiel. Ich konnte es nicht genau sagen. Er sagte Keres, wie schön sie sei – und das war sie wirklich, das ließ sich nicht leugnen. Mit ihrem süßen Engelsgesicht, den strahlend blauen Augen, die von falschen

Wimpern umrahmt waren, und einem Körper, der wie geschaffen für dieses hautenge Kleid war.

Irgendwann saßen wir mit unseren Getränken am Tisch. Gaia war in sich zusammengesunken und schaute ständig zwischen ihrem Kleid und dem von Keres hin und her. Gaia konnte zwar sehr direkt sein, aber das lag eher daran, dass sie einfach sagte, was ihr durch den Kopf ging, ohne darüber nachzudenken, weniger an einem ausgeprägten Selbstbewusstsein. Vielleicht war Keres genau das Gegenteil, denn sie hatte eindeutig viel Selbstvertrauen. Gaia sah gesund und allerliebst aus. Sie trug ein kurzes, tailliertes Kleid in Blassblau mit einem herzförmigen Ausschnitt und kurzen Flügelärmeln. Normalerweise mochte sie lieber Turnschuhe oder Pantoletten, aber heute trug sie silberne High Heels, die wir Anfang des Jahres ausgesucht hatten. Sie waren vorn mit kleinen silbernen Schleifen verziert. Sie versteckte sich fast hinter ihren langen, dunklen Haaren, die sie für diesen Anlass zu perfekten Locken eingedreht hatte. Sie schienen ihr als Sichtschutz zu dienen. Finn hatte trotz allem nur Augen für Gaia. Das gefiel mir, egal, was Keres gesagt hatte. Er küsste Gaias Hand und flüsterte ihr etwas ins Ohr, sodass hinter ihrer Wand aus Haaren ein flüchtiges Lächeln aufblitzte.

Als wir auf dem Weg zum Restaurant die Hauptstraße entlanggingen, ertönte ein anerkennender Pfiff von der anderen Straßenseite. Er schnitt klar und deutlich durch die Luft, ein Pfiff, wie ihn ein Hundebesitzer nach jahrelangem Gassigehen vielleicht beherrschte. Wir drehten uns alle um, außer Keres, die erhobenen Hauptes weiterstolzierte. Als ein weiterer Pfiff ertönte, schaffte ich es, an Ant vorbeizuschauen, und entdeckte Nico, der über die Straße lief. Naiverweise dachte ich zuerst, er wolle mir zum Geburtstag gratulieren, aber er ging an mir vorbei und blieb vor Keres stehen. Einen Moment lang stand er einfach nur da, ganz nah bei ihr, blickte auf ihren Körper hinunter und biss sich auf die

Lippe. Er hielt eine brennende Zigarette schützend in Richtung seiner Handfläche. Ohne sich von ihr wegzubewegen, nahm er einen tiefen Zug davon und ließ den Rauch wie ein wütender Drache aus seiner Nase strömen, sodass der Zigarettengeruch uns in eine dicke Wolke einhüllte.

Dann begann er zu sprechen. Natürlich auf Griechisch, also wusste ich nichts, was er sagte. Erst als Anton mich am Arm wegzog, weil Akis sich Nico bedrohlich genähert hatte, verstand ich, dass sie wohl keine Höflichkeiten austauschten. Nico klemmte sich die Zigarette in den Mundwinkel. Keres zuckte mit keiner Wimper. Sie hatte die ganze Zeit an Nico vorbeigeschaut, als wäre er ein unerzogener Welpe und sein schlechtes Benehmen zu ignorieren, wäre die einzige Möglichkeit.

Plötzlich herrschte Stille; sogar die Abendluft schien vor Spannung aufgeladen zu sein. Der Rauch von Nicos Zigarette legte sich als feuchte Wolke über uns und machte das Atmen schwer. Ich starrte Nico an. Aus meinem Blickwinkel berührte seine Nase fast die von Keres, während Akis' Nase auf Nico gerichtet war. Plötzlich fiel mir auf, dass in der Bar unweit von uns „Crazy in Love" von Beyoncé gespielt wurde. Es fühlte sich an wie in einer Schmierenkomödie und ich fragte mich, ob es sich um einen Streich handelte oder nur um einen Zufall.

Nico bewegte den Kopf wie in Zeitlupe. Ich sah, wie sich sein Mund öffnete und schloss, aber ich stand gut zwei Schritte entfernt und konnte nicht hören, was er sagte. Ich hätte es ohnehin nicht verstanden. In diesem Moment warf er seine Zigarette zu Boden, wobei er Keres' Zeh nur um Haaresbreite verfehlte. Was auch immer er gesagt hatte, es brachte Akis dazu, seinen gesamten Körper anzuspannen. Er bog seine Schultern zurück und schnellte nach vorn wie ein Delfin, der im Meer spielt. Er zielte mit seiner Stirn auf Nicos Nase und wurde nur geringfügig von Anton gebremst, der ihn an der Schulter packte. Anton zerrte an Akis, während Finn mutig nach vorn trat und auf Nico einredete, aus dessen Nase Blut auf sein weißes T-Shirt tropfte. Finn zog ihn fort, obwohl Nico ohnehin keine Anstalten machte, auf Akis zuzugehen. Er lachte, während ihm das Blut in den Mund sickerte und seine Zähne rosa färbte. Er lachte einfach nur.

Akis rief: „*Kíta éna maláka*", was Nico nur noch mehr zum Lachen brachte. Ich wusste, dass *maláka* „Wichser" bedeutete. Beim Rest war ich mir nicht sicher. Akis lachte nicht.

Sie hatten sich einen großartigen Platz ausgesucht, um den Menschen um uns herum eine Show zu bieten: Genau an der Stelle, wo die Straße abbog und sich teilte – es war der perfekte Ort, um gesehen zu werden. Die Gäste im Silver Star und im Tasty Corner schauten von ihrem erhöhten Aussichtspunkt aus zu und in der Bar des Barras stand jemand auf, um sich den ganzen Trubel anzusehen.

Gaia folgte Finn auf ihren Absätzen. Nur Keres und ich standen noch still an Ort und Stelle, obwohl sich mein Gesicht wohl durchgehend vor Erstaunen bewegt hatte; Keres hingegen stand so bewegungslos da wie einer dieser Straßenkünstler, die vorgeben, eine Statue zu sein. Ich wollte etwas sagen, aber jedes Mal, wenn ich dazu ansetzte, war mein Kiefer wie verschlossen. Plötzlich erwachte Keres zum Leben und trat die auf dem Boden liegende Zigarette mit ihrem grünen, spitzen Schuh aus. Nach wie vor war Rauch davon aufgestiegen, denn sie hatte die ganze Zeit weitergeglommen, aber Keres zerdrückte den Stummel so lange, bis nur noch Krümel übrig blieben. Dann war es vorbei, fast so, als wäre nichts passiert. Alle um Keres und mich herum plapperten aufgeregt auf Griechisch. Nico war auf der anderen Straßenseite, vermutlich auf dem Weg zurück zu der Bar, von der aus er uns gesehen haben musste, und Akis hatte seinen Arm um Keres' Schultern gelegt. Ich erwachte erst aus meiner Trance, als Antons

Zeigefinger über meine Wange strich und er mich an seine Brust zog.

Beim Abendessen wurde die Sache nicht weiter erwähnt. Nicht ein einziges Wort fiel darüber. Ich hätte danach fragen können, aber ich wollte nicht. Ich hatte das Gefühl, dass alle vergessen hatten, dass ich kein Griechisch verstand. Vielleicht wollten sie aber auch einfach nicht, dass ich wusste, was Nico gesagt hatte. Ich fragte mich immer wieder, ob er wohl noch ein anderes T-Shirt dabeihatte. Ich hasste Nico nicht; ich konnte es nicht. Unter all seinem Gehabe war er kein schlechter Mensch. Er war das Ergebnis seines einigermaßen guten Aussehens und seines unverhältnismäßig großen Egos, das durch seine Arbeit hinter der Bar in einem kleinen Ferienort jeden Tag aufs Neue gestärkt wurde. Natürlich war er in der Lage, die Aufmerksamkeit von Frauen zu gewinnen und sich ihr Interesse zu sichern. Ich war mir recht sicher, dass er unter all seiner Arroganz auf der Suche nach etwas Echtem war. Aber er konnte so schnell zu einem Zerrbild seiner selbst werden und verbergen, wonach er wirklich suchte. Ein Teil von mir wollte ihn umarmen – der andere wollte ihm eine Ohrfeige verpassen.

Während ich auf mein Essen wartete, ertappte ich mich dabei, dass ein schwaches, abwesendes Lächeln auf meinen Lippen lag. Ich bin mir sicher, dass es Akis' Gesichtsausdruck zu Beginn des Abends sehr ähnlich war. Ich nickte hin und wieder und lauschte den Gesprächen um mich herum, und manchmal beobachtete ich die Menschen, die an uns vorbeigingen, oder Paare, die an anderen Tischen aßen und deren Leben so einfach schien. Die warme Nachtluft füllte sich mit dem Geruch von dick geschnittenem Schweinefleisch und saftiger Moussaka, als die Teller auf unseren Tisch gestellt wurden. Einen Moment lang betrachtete ich einfach nur meinen blau-weißen Teller, der fast bis zum Rand mit Salat und Fleisch gefüllt war. Anton drückte unter dem Tisch mein

Knie, woraufhin ich mein Besteck nahm und mein abwesendes Lächeln aufsetzte.

Anders als im Jahr zuvor, als ich einsam ein Stück Kuchen gegessen hatte, hatte Anton für diesen Abend einen ganzen Orangenkuchen mit Kerzen organisiert. Es wurde gesungen und geklatscht, und fast wäre ich weggelaufen, als alle Augen auf mich gerichtet waren. Aber es war schnell vorbei und wir verschlangen den klebrigen, süßen Kuchen. Keres und Akis wollten im Little Prince Cocktails trinken, aber mir war mehr nach einem Spaziergang. Um noch etwas zu erleben, bevor Finn abgeholt wurde, begleiteten Gaia und er Keres und Akis in die Bar. Anton und ich gingen Hand in Hand in die entgegengesetzte Richtung und versprachen, bald nachzukommen. Als wir an unserem Hotel vorbeikamen, setzte ich zu einer Frage an, war aber wegen der hämmernden Beats aus der Bar kaum hörbar.

„Was hat er gesagt?"

„Nettes Herz." Er antwortete so schnell, dass seine Worte fast gleichzeitig mit meinen ertönten. Als wären ihm die Worte schon auf der Zunge gelegen und hätten bloß auf ihren Einsatz gewartet. Er sah mich nicht an und wich auch nicht von unserem Weg ab, während wir in der Dunkelheit an den leuchtenden Bars und Restaurants vorbeischlenderten.

„Nettes Herz?", wiederholte ich. Ich schaute ihn auch nicht an. Eine Unterhaltung, als ob wir zusammen und doch völlig getrennt wären. Unsere Schritte machten ein schlurfendes Geräusch auf dem Beton. Ich hörte auf, in die Restaurants zu starren und blickte auf meine Füße. Ich konnte weder Nico noch Akis oder Keres verstehen. „Weißt du, was er damit meinte? Das klingt nicht nach einem Grund, um jemandem eine Kopfnuss zu verpassen."

„Ich habe nicht nachgefragt. Es schien mir nicht der richtige Zeitpunkt zu sein." Keiner von uns sagte noch etwas, wir gingen einfach weiter. Um uns herum ertönten Lachen und Jubel,

Karaoke und Live-Musik. Überall war es laut, nur wir waren leise. Wir waren beide in unseren Gedanken gefangen, was untypisch für uns war. Wenn etwas passierte, redeten wir miteinander, warfen uns wissende Blicke zu, hoben die Augenbrauen und kicherten ein wenig. Das hier fühlte sich anders an. Vielleicht, weil es um meine Schwester und seinen Bruder ging. Es war alles zu nah.

Wir erreichten das Geschäft, in dem Keres mir die Halskette gekauft hatte. Ich öffnete den Mund, um zu sagen: „Vielleicht sollten wir umkehren", aber eine junge Frau, die ich nicht kannte, kam aus der Boutique heraus und wedelte wild mit den Armen, als ob sie die Flügel eines Ventilators wären. Ihre Stimme war laut und selbstbewusst. Zuerst drehte ich mich um, weil ich dachte, sie würde jemanden hinter uns meinen und versuchen die Aufmerksamkeit dieser Person zu gewinnen. Ihre dunklen Locken wippten nach vorn, als sie einen Schritt auf mich zumachte. Dann schaltete sich Anton ein. Sie redeten so schnell, dass ich keine Chance hatte, auch nur ein Wort zu verstehen. Mit einem weiteren Schritt packte sie die Kette um meinen Hals, was mich nach hinten taumeln ließ. Anton hielt mich am Arm fest und hob dann seinen Finger dicht vor ihr Gesicht. Es schien sie nicht zu stören, dass er sie überragte, aber sie ließ die Halskette los. Eine andere Frau, die ich erkannte, kam aus dem Geschäft und schien die Situation zu beurteilen, wobei sie uns alle musterte. Wie eine strenge Lehrerin mischte sie sich ein, nahm mich am Arm und führte mich vorsichtig in das Geschäft.

„Entschuldigen Sie die Unannehmlichkeit. Bitte folgen Sie mir", sagte sie und ich tat, wie mir geheißen. Sie führte mich durch den Laden und setzte mich auf einen Hocker in einem ruhigen, weiß gestrichenen Winkel neben den vielen Schuhen. Anton und die junge Frau standen über uns, während sie sich neben mich kniete. Sie nahm die Scheibe der Halskette in ihre Hand und betrachtete sie. Ihre Augen verengten sich zu Schlitzen, während sie die gelben und goldenen Farben betrachtete. Ihre dünnen Finger hielten die Halskette fest umklammert, was mir das Gefühl gab, ein verirrter Hund zu sein, dessen Hundemarke kontrolliert wurde. Dann sprach sie mit sanfter Stimme und hielt die Kette dabei immer noch in der Hand.

„Diese Halskette wurde gestohlen. Von hier gestohlen. Woher haben Sie sie?"

Mein Atem wurde flach. Die kühle Luft aus der Klimaanlage ließ meine Zähne klappern und schnürte mir die Kehle zu. Ich wollte etwas sagen, aber erneut wurde ich unterbrochen – dieses Mal von Anton.

„Ich habe sie ihr gegeben. Ich habe sie am Strand gefunden."

„Am Strand?", schaltete sich die junge Frau mit den lockigen Haaren ein und offenbarte einen starken griechischen Akzent. Sie verzog den Mund, schlang die Arme fest um die Brust und schob die Hüfte in meine Richtung, während ihre Augen auf Ants Gesicht hafteten. Sie war wahrscheinlich sehr attraktiv, wenn sie lächelte, aber das tiefe Stirnrunzeln auf ihrem Gesicht ließ sie wie einen stämmigen Wasserspeier wirken. Anton nickte langsam. Er drehte sich allerdings nicht zu ihr, sondern sprach mit der freundlich aussehenden Dame mit den sanften Wellen und zarten Flecken auf der alternden Haut, mit der ich mich schon oft in der Boutique unterhalten hatte.

„Ich hatte keine Ahnung, dass sie gestohlen wurde. Ich bezahle sie gleich. Melodie mag sie, ich möchte, dass sie ihr gehört."

Die Frau, die neben mir hockte, legte die Scheibe vorsichtig zurück auf meine Brust. Ich schloss meine Hand darum und sie drückte sich in meine Haut. Ich war sicher, dass sie gleich ein Loch in mein Herz brennen würde. Bevor sie aufstand, drehte sie sich zu mir und legte eine kühle Hand an meine Wange, wobei sich ihre schönen Augen in den Winkeln leicht hoben. Mit einem sanften Lächeln sagte sie etwas auf Griechisch, woraufhin Anton antwortete: *Efcharistó* – Danke. Die drei gingen zur Kasse. Anton bestand darauf, etwas dafür zu bezahlen, und sie verrechneten ihm die Hälfte des eigentlichen Preises. Sie waren freundlich zueinander, sie waren sich einig. Ich fühlte mich, als wäre mein Bauch voller Feuerameisen, die umherkrabbelten und sich von innen heraus ihren Weg durch mein Fleisch bahnten, als ich plötzlich verstand, was das alles zu bedeuten hatte.

Tatsächlich war es wohltuend, aus der Boutique in die aufgeheizte Abendluft hinauszutreten. Meine Haut war vollkommen mit Gänsehaut überzogen – entweder durch die laufende Klimaanlage im Geschäft oder den kalten Schweiß, der mir ausgebrochen war. Die feucht-warme Luft beruhigte mich.

„Wir müssen über Keres reden", sagte Anton. Er zerrte mich hinter sich her und ich musste ab und zu hüpfen, um mit ihm Schritt zu halten. „Ich habe eigentlich nichts sagen wollen, Melodie, aber ich traue dem Mädchen nicht. Das hier, dieses ... *gamoto*, das bestätigt es nur." Er blieb stehen, drehte sich zu mir und nahm mein Gesicht in die Hände. Seine Daumen lagen vor meinen Ohren und seine Finger gruben sich in mein Haar. „Heute ist dein Geburtstag – dein Ehrentag – und es tut mir so leid. Aber ich muss Gaia vor ihrem Einfluss schützen. Es tut mir leid." Er gab mir einen Kuss auf den Kopf und ging weiter.

Ich folgte ihm nicht, zumindest nicht gleich. „Hey!", rief ich und rannte los, um ihn einzuholen. „Hey! Heißt es nicht, im Zweifel für den Angeklagten? Erstens könnte sie sie gefunden haben, genau wie du gesagt hast. Du hast keine Ahnung. Was meinst du damit, wenn du sagst, du traust ihr nicht? Das kannst du nicht einfach so sagen und dann abhauen." Meine Stimme schien eine Oktave höher zu klingen als gewöhnlich.

Anton blickte mit gesenktem Kopf zu mir herab und schnaubte durch die Nase. Wir standen ein paar Passanten im Weg, deren Sandalen bei jedem Schritt auf den Beton klatschten; wir traten auseinander, um sie durchzulassen, was mit einem Lächeln, ja, einem Lachen und freundlichen Worten quittiert wurde. Dann machten wir wieder einen Schritt aufeinander zu und standen uns gegenüber. Ich grub die Finger fest in meine Taille, um die Ameisen daran zu hindern, wütend aus meinem Mund herauszuströmen.

„*Na 'cheis ta mátia sou dekatéssera*", murmelte er.

„Und was soll das bedeuten?"

„Na ja … dass du bei ihr vierzehn Augen brauchst."

„Was?"

„Dass du aufpassen oder dich in Acht nehmen solltest. Das ist eine gängige griechische Redewendung. Es geht nicht nur darum, Melodie. Ich habe mit Gaia über den Schwangerschaftstest gesprochen."

„Und?"

„Und sie hat mir erzählt, dass sie ihn nur gemacht hat, weil Keres ihn für sie gekauft hat. Keres hat sie gedrängt, den nächsten Schritt mit Finn zu machen. Gaia war das peinlich und sie hat Keres schließlich deswegen angelogen. Sie hat ihr erzählt, sie hätte Dinge getan, die sie nicht getan hat."

„Warum sollte Keres sich dafür interessieren, was Gaia mit Finn macht? Das ergibt doch keinen Sinn. Keres hat mir gesagt, dass Finn Gaia dazu gedrängt hat."

„Warum hast du mir das nicht erzählt?"

„Ich habe es erst gestern erfahren. Ich wollte mit Gaia darüber sprechen …"

„Gaia hat gesagt, dass Keres sie unter Druck gesetzt hat. Nicht Finn, Melodie. Ich vertraue Finn mehr als Keres. Erst das Foto, dann diese Geschichte mit Gaia und dem Test. Jetzt die Halskette. Und vergessen wir nicht die Zigarette. Gaia hat mir nach der Party erzählt, dass Keres sie ermutigt hat, hinzugehen! Ich wollte es dir nicht sagen und dich nicht beunruhigen. Etwas stimmt nicht mit ihr, Melodie! Ich traue mich nicht einmal, mit dem Mädchen allein zu sein, weil ich Angst habe, dass sie mich anfassen könnte!"

„Was? Fang nochmal von vorn an. Was meinst du mit dem Foto? Sie hat es mir erklärt. Und du hast mit Gaia gesprochen? Das hast du mir nicht erzählt? Und was meinst du damit, dass du Angst hast, dass sie dich anfassen könnte?"

„Melodie-Mou, das Foto war bereits unauffindbar, bevor du mit ihr die Kisten durchgesehen hast. Ich wollte dich nicht mit der Nase darauf stoßen, nicht, solange du so glücklich warst. Aber das", er fuchtelte in Richtung der Halskette, die schwer wie Blei um meinen Hals hing, „das, ein Diebstahl ..." Seine Stimme wurde zu einem Flüstern und er beugte die Knie, um mir direkt ins Gesicht zu sehen.

Ich stampfte mit dem Fuß auf. „Das kannst du nicht wissen! Und was meinst du mit ‚dich anfassen'?"

Mit einem Knurren wandte er sich von mir ab und ging weiter.

„Anton!"

Er blieb stehen, aber er drehte sich nicht zu mir. „Es war am ersten Abend. Du hast mich gebeten, sie zum Haus deiner Mutter zu fahren. Als ich mit dem Auto dort hielt, küsste sie mich auf die Wange und legte die Hand auf mein Knie. Ich weiß, es klingt dumm. Aber du hättest dabei sein sollen."

„Das klingt verdammt dumm und verdammt arrogant, wenn du mich fragst. Und warum hast du mir nicht gesagt, dass du mit Gaia reden wolltest? Hätte ich nicht auch dabei sein sollen? Ich war diejenige, die den verdammten Test gefunden hat!"

„Ich musste mit meiner Tochter reden und das habe ich getan."

Es war nicht seine Absicht, mich zu verletzen. Gaia war seine Tochter und nicht meine. Sie wurde zu einer erwachsenen Frau und ich war erst seit einem Jahr in ihrem Leben. Das hielt mich aber nicht davon ab, mir zu wünschen, dass sie meine Tochter wäre, und sie so zu lieben, als wäre sie es. Es war, als hätte ich ein winziges Loch in meinem Herzen und manchmal würde etwas daran zerren und eine Wunde aufreißen. Sich zu wünschen, dass Gaia meine Tochter wäre, war sinnlos; das traurige kleine Loch würde nicht einfach verschwinden. Ich hoffte nur, dass es mit der Zeit nicht mehr so leicht aufreißen würde. Ich schluckte meine Gefühle hinunter.

Ich konnte nichts zu dem Thema hinzufügen, ohne zu weinen, also nickte ich nur und krächzte: „Heute ist mein Geburtstag und ich möchte mich nicht mehr streiten." Meine Stimme war nur noch ein Flüstern und Anton kam näher, um mich zu hören. „Ich weiß, dass Keres seltsam ist. Ich bin doch nicht völlig daneben, Anton. Sie ist aber meine Schwester. Wir wissen nicht, was sie durchgemacht hat, und sie ist noch ein Kind. Ich möchte ihr helfen. Bitte, hilf mir, ihr den richtigen Weg zu zeigen. Bitte gib ihr Zeit. Sie ist mein Fleisch und Blut. Morgen. Ich werde morgen mit ihr reden."

Kapitel 27

In dieser Nacht schlief ich schlecht. Zwischendurch döste ich zwar kurz weg, aber selbst, wenn meine Augen geschlossen waren, träumte ich, dass ich wach sei und mit offenen Augen dalag. Ich konnte nicht recht zwischen Wirklichkeit und Traum unterscheiden, bis auf ein reales Gefühl von Angst, das an mir nagte. Ich wälzte mich nicht hin und her, sondern lag starr da, als wäre mein Körper unfähig, sich zu entspannen. Gelegentlich zuckten meine Beine oder mein ganzer Körper, was ich als Anzeichen dafür deutete, dass ich wohl geschlafen haben musste. Irgendwann in den frühen Morgenstunden setzte ich mich auf den Balkon unseres Zimmers, weil ich es leid war, so emotional aufgewühlt zu versuchen, einzuschlafen. Ich saß in einer dunklen Ecke und blickte auf den Pool hinab. Ein paar runde, mattierte Lampen auf den Betonpfosten leuchteten allen, die spät in der Nacht ins Hotel zurückkehrten, den Weg. Sie waren nicht besonders hell, es war nur ein goldener Schein, der das Schwimmbecken umgab.

Eine dunkle Gestalt trat lautlos aus dem Schatten hervor. Ihre Füße bewegten sich schnell, aber die Arme wirkten starr. Sie wurde langsamer, als sie die dunkle Ecke erreichte, die zur Rückseite des Hotels führte. Eine weitere Gestalt tauchte auf, ihr blondes Haar glänzte im Lichtschein. Ich lehnte mich zurück in das Dunkel des Balkons und hoffte, dass sie mich nicht sehen würden. Die beiden begannen sich zu küssen, wobei die blonde Frau den Mann neben dem Schild „Tauchen verboten" an die Wand drückte. Sie standen einen Moment lang still da, vermutlich wechselten sie ein paar Worte, und die Frau küsste ihn noch einmal, bevor sie sich zum Gehen wandte und sich in den Schatten in der Nähe einiger Zimmer und der Treppe zu den anderen Appartements zurückzog. Bevor sie ganz verschwand, zog der Mann an ihrer Hand und ich konnte ihr Gesicht im Lichtschein sehen. Ihr rundes Gesicht war eindeutig das von Keres. Mein Blick schoss zurück zu dem Mann, aber sie zog ihn schnell in die Dunkelheit.

Ich war mir sicher, dass die andere Gestalt nicht groß genug war, um Akis zu sein. Er war breiter gebaut und viel größer als Nico, aber sie waren beide ziemlich schlank und dunkel. Es hätte Nico sein können, vielleicht auch jemand anderes. Ich redete mir ein, dass es eine – wenn auch geringe – Chance gab, dass es doch Akis gewesen war. Vielleicht hatte sie ihn losgeschickt, um mitten in der Nacht etwas zu holen. Ich war mir nicht sicher, ob um diese Uhrzeit überhaupt noch etwas geöffnet hatte, aber das bedeutete nicht, dass es nicht der Fall war. Es ist auch schwierig, die Körpergröße von weiter weg zu beurteilen; vielleicht waren sie größer, als sie ausgesehen hatten.

Ich ging zurück in unser Zimmer und legte mich auf das Bett wie ein Vampir, der nach einer langen Nacht, in der er Menschen gejagt hat, in seinen Sarg zurückkehrt. Anton streckte einen Arm aus und zog mich zu sich.

„Ich liebe dich, Melodie-Mou“, hauchte er mir ins Ohr.

Ich schloss meine Augen. *Sie ist deine Schwester*, sagte ich mir immer wieder. *Sie ist ein Teenager. Sie braucht dich.* Schließlich träumte ich von schattenhaften Gestalten, die mich mit ihren Armen umkreisten wie Bäume mit ausladenden Ästen. Sosehr ich mich auch bewegen wollte, ich konnte es nicht. Durch den Nebel konnte ich Keres um Hilfe rufen hören. Vielleicht war sie auf der anderen Seite der Schatten. Es gab nichts, was ich tun konnte. Ich wusste einfach nicht, wie ich ihr helfen konnte.

Ich wollte nicht, dass mein Traum Wirklichkeit werden würde. Ich wollte Keres einen Vertrauensvorschuss geben und so oder so wollte ich all die großartigen Eigenschaften, die ich in ihr sehen konnte, zum Vorschein bringen. Sie konnte lustig, interessant und selbstbewusst sein, und ich war mir sicher, dass es noch viel mehr an ihr zu entdecken gab.

Am späten Nachmittag des nächsten Tages sonnte sich Keres in unserem Garten, Gaia war mit Freunden unterwegs und Anton half Basil und Michail bei den Vorbereitungen für den Pool. Ich wusste, dass es an der Zeit war, mit Keres zu reden, aber ich hatte keine Ahnung, wo ich anfangen sollte. Sie hatte eine der Sonnenliegen aus dem größeren Nebengebäude geholt. Es befand sich auf der linken Seite des Gartens und wurde von einer Reihe von Büschen und Bäumen verdeckt. Sie lag vollkommen still da, ihre Handflächen zeigten nach oben und sie trug ihren weißen Bikini und die schwarze Sonnenbrille. Ich war mir nicht sicher, ob sie wach war, bis sie plötzlich sprach, wobei sie den Mund kaum bewegte. Erschrocken zog ich die Schultern nach oben.

„Alles in Ordnung?", fragte sie erneut, stützte sich dieses Mal auf die Ellbogen und schaute mich über ihre runde Brille hinweg an. Ich gab ein Geräusch von mir, das eine Art Zustimmung ausdrücken sollte, aber es fehlte ihm an Ernsthaftigkeit. Sie schob ihre Brille noch weiter nach unten und rollte sich leicht auf die Seite. „Melodie?" Ihre hellen Augenbrauen senkten sich, während sie mich forschend ansah.

„Ich habe mich gefragt … wegen meiner Halskette … Hast du eine Quittung? Der Verschluss defekt und ich wollte fragen, ob der Laden sie umtauschen kann."

Sie schwang die Beine herum und stellte ihre Füße mit Nachdruck auf den Boden.

„Ich glaube nicht. Ich kann sie reparieren, wenn du möchtest. Ich bin sehr gut in so was."

„Nein, nein, das ist nett von dir, aber der Schaden sieht für mich so aus, als hätte sie einen Fehler gehabt. Ich bringe sie einfach zurück in das Geschäft. Die Verkäuferinnen werden sich bestimmt daran erinnern, dass du sie gekauft hast. Es ist ein ganz besonderes Schmuckstück." An meinem Haaransatz bildeten sich Schweißperlen. Es war ein heißer Nachmittag, aber das war nicht der Grund dafür. Ich stand im Schatten eines nahen Olivenbaums. Lügen machte mir keinen Spaß, deshalb hätte ich mir die Halskette am liebsten geschnappt und sie kaputt gemacht, damit es keine Lüge wäre.

Keres' Finger zuckten und drückten sich in das weiche Kissen, bevor sie aufstand, sich zu ihrer vollen Größe aufrichtete und erklärte, dass sie die Halskette auf der Straße gefunden und behalten hatte, weil sie wusste, dass sie mir gefiel. Instinktiv umarmte ich sie. Sie senkte verlegen ihr Kinn. Ich beruhigte sie so gut ich konnte, während ich versuchte, meine Freude über ihre Unschuld zu verstecken. Sie spielte vielleicht mit den Jungs, aber wenigstens war sie keine Diebin. Als sie sich wieder hinlegte, drehte ich mich um, um sie in Ruhe zu lassen. Ich wollte mich eigentlich nur noch vergewissern, ob unsere Laufrunde vor dem Abendessen wie geplant stattfinden würde, aber dann beschloss ich in meiner Aufregung, mehr über Nico und Akis herauszufinden.

„Was hat Nico gemeint? Als er sagte ‚Nettes Herz'?"

„Ich weiß es nicht", antwortete sie achselzuckend. „Er ist ein mieser Typ."

Sie sprach in einem Tonfall, den ich bei ihr zuvor noch nie gehört hatte. Ihre Stimme klang tief und gemein, fast bedrohlich. Ich ging zurück zum Haus, als Gaia gerade zur Haustür hereinkam.

„Du bist früh zurück", rief ich ihr zu, als ich durch die Hintertür trat und Richtung Haustür schlenderte. Gaia warf ihren Rucksack neben der Treppe auf den Boden und lehnte sich an das Geländer. Ich folgte ihr in die Küche, wo sie herumwerkelte und sich darüber beschwerte, dass sie nichts mehr essen durfte, was sie mochte, und mir erklärte, dass sie deshalb früher gegangen sei, weil alle essen gehen wollten und sie zu viel Angst davor hatte. Sie nahm sich ein Stück gekochtes Hühnchen aus dem Kühlschrank und eine übrig gebliebene Kartoffel und aß sie auf, ohne sich einen Teller dafür zu holen. Sie setzte sich auf die Arbeitsfläche und schaukelte mit den Beinen, während wir uns unterhielten. Ich bin mir nicht mehr sicher, ob sie es erwähnte oder ob ich es war, aber der vergangene Abend und die Sache zwischen Akis und Nico kamen zur Sprache.

„Hast du mit Keres über das gesprochen, was passiert ist?" Sie beugte sich vor und senkte ihre Stimme.

Ich schüttelte den Kopf, schob meine Hände in die Taschen meines Jeans-Minirocks und lehnte mich gegen den Kühlschrank. „Du?"

„Dazu gibt es nicht wirklich einen Grund. Es war ziemlich offensichtlich." Ihre leuchtend grünen Augen glitzerten im Sonnenlicht, das durch das Fenster an der Seite des Hauses hereinfiel, und sie rümpfte die Nase zu einem verschmitzten

Lächeln. Sie lehnte sich so weit nach vorn, dass ich schon befürchtete, sie könnte von der Kante der Arbeitsplatte fallen.

„Wirklich?“

„Ja! Nico sagte etwas über ihr Herz-Tattoo, du weißt schon, das auf ihr ... Oh, *Kalispera*, Keres!“ Gaia richtete sich auf, und ich riss den Kopf so schnell nach links, dass ich mir beinahe wehgetan hätte.

„Worüber redet ihr?“, fragte Keres, während sie das kalte Wasser so stark aufdrehte, dass Tröpfchen davon auf Gaias Hand spritzten, die daneben lag. Sie füllte ihr Glas und beobachtete uns, während sie trank.

Gaia blickte von ihr zu mir; ich öffnete meinen Mund, aber Gaia beschloss offenbar, ehrlich zu sein. „Ich habe gerade über Nico und dein Tattoo gesprochen.“ Sie redete schnell und ihre Stimme klang dünn, sie erinnerte mich an den Faden einer Nähmaschine, der plötzlich reißt. „Nichts weiter, ich glaube, er hat das nur gesagt, um Akis zu ärgern. Na ja, und es hat ihn geärgert, nicht wahr? Ich meine, er wurde zumindest wütend.“

„Männer können solche Idioten sein.“ Keres schenkte Gaia ein freundliches Lächeln und wechselte dann ins Griechische.

Gaias Wangen färbten sich rosa, dann fast feuerrot. Sie nickte kurz und hektisch, dann erschien das unaufrichtigste Lächeln, das ich je an ihr gesehen hatte, auf ihren hübschen, runden Lippen. Ihre Mundwinkel pressten sich spitz aufeinander und ihr Lächeln glich jenen, wie man sie auf den Instagram-Profilen vieler Mädchen sieht, die zuvor dreihundert Selfies gemacht haben, um das richtige Lächeln zu finden, und sich dann für ein schönes, aber absolut unauthentisches entscheiden. Dann ging Keres wieder nach draußen in die Sonne und ihre schmalen Hüften wippten bei jedem Schritt.

„Was hat Keres zu dir gesagt?“

„Nichts“, murmelte Gaia und sprang von der Arbeitsfläche herunter. Sie verschränkte die Arme vor der Brust, sodass ihr marineblaues NASA-T-Shirt, das Antons Eltern geschickt hatten, so zusammengeschoben wurde, dass es aussah, als stünde stattdessen AA darauf. Mit ihren langen, dünnen Beinen schritt sie quer durch den Raum. Ich rief ihr nach, aber sie sagte, sie hätte Hausaufgaben zu erledigen und verschwand hinter der Ecke. Ich hörte nur noch, wie sie die Treppe hinaufstapfte.

Ich drehte mich um und schaute aus dem Fenster. Der größte Teil der Rückwand wurde von Küchenschränken eingenommen, aber in der Nähe der Hintertür erstreckte sich ein langes Fenster über der Arbeitsplatte. Ich konnte sehen, wie Keres mit Michail sprach. Er war ganz still und drückte seinen Ordner an seine Brust. Keres hingegen war sehr lebhaft, sie lachte und beugte sich zu ihm, um sein Gesicht zu berühren. Der arme Mann drängte sich an ihr vorbei, weil er wahrscheinlich zu seinem Lieferwagen musste. Ich überlegte, ob ich ihn vor meiner Schwester retten oder zusehen sollte, wie es weiterging. Zu müde von der vergangenen Nacht konnte ich nichts anderes tun, als zuzusehen, wie er sich ganz allein befreite.

Keres hatte während unserer Laufrunde nicht viel gesagt. Sie hatte mir gegenüber zugegeben, dass sie ein Tattoo in Form eines Herzens hatte. Sie hatte gesagt, es sei sehr klein, kaum erkennbar, aber sie habe es Nico gezeigt und er habe etwas viel Größeres daraus gemacht, als es war. Ich hatte sie in einem String-Bikini gesehen und mir war keine Tätowierung aufgefallen. Sie war also entweder wirklich winzig oder befand sich an einer Stelle, die nur ein Bikini verbergen würde.

Als wir von unserem Lauf zurückkamen, war Anton in der Küche und unterhielt sich mit Michail und Basil bei einem Bier. Wir gingen zu ihnen, um uns etwas zu trinken zu holen, und in meiner Gegenwart wechselten alle ins Englische.

„Wie geht es mit der Arbeit am Pool voran?" Ich lächelte und legte meinen Arm um Ant. Ich konnte die Anspannung in seinem Körper spüren, als er Keres dabei beobachtete, wie sie sich an Michail vorbeidrückte, um zwei Gläser zu holen. Der arme Michail rutschte hin und her und war zwischen ihr und dem Schrank dahinter regelrecht eingeklemmt. Sie lachte und sagte: „*Sygnómi*" – Entschuldigung.

Als sie sich zum Waschbecken begab, um unsere Gläser mit Wasser zu füllen, murmelte Michail seinem Vater etwas zu und stellte sein Bier hin.

„Aber Michail, wir haben noch nicht ausgetrunken. Anton und Melodie laden uns auf einen Drink ein, wir bleiben und trinken ihn. Er ist ... wie sagt man noch gleich? Ein richtiges Arbeitstier!" Basil lachte und stieß Michail mit dem Ellbogen in die Rippen.

„Armer Michail. Er ist schüchtern. Habe ich recht, Michail?" Keres hatte mir mein Wasser gereicht und lehnte sich gegenüber von Michail ans Waschbecken. „Michail hat mir erzählt, dass er eine Freundin hat. Ich bin mir da nicht sicher. Ich glaube, er ist zu schüchtern, um mit Frauen zu reden." Sie nippte an ihrem Wasser und beobachtete ihn aus ihren blauen Augen, ohne zu blinzeln. Während sie auf eine Antwort wartete, färbten sich seine Wangen rot.

„Du meinst Sophia! Ja, ja. Ein nettes Mädchen. Er hat sie mir vor nicht allzu langer Zeit vorgestellt. Ein hübsches Ding, keine Ahnung, was sie an dem hier findet!" Wieder lachte Basil und stupste seinen Sohn liebevoll an. „Das hat er gut gemacht." Basil wandte sich Michail zu und tätschelte seinem Sohn sanft eine seiner erröteten Wangen.

Ich blickte zu Keres, deren Mund sich zu einem dünnen Lächeln verzogen hatte. Ich weiß nicht, warum es ihr so viel Spaß bereitete, mit Männern zu spielen. Es war, als sei es ihr Hobby. Michail trank sein Bier ungewohnt schnell aus und drängte dann seinen Vater, es ihm gleichzutun.

Es überraschte mich nicht, dass auch das Abendessen schweigsam verlief. Ein- oder zweimal hatte ich versucht, ein Gespräch in Gang zu bringen. Keres gab sich alle Mühe, sich mit mir zu unterhalten, aber Anton und Gaia ließen jeden meiner Unterhaltungsversuche ins Leere laufen. Ich wünschte mir von ganzem Herzen, dass alles wieder so wäre wie vor ein paar Wochen, als wir miteinander gelacht und gescherzt hatten. Und einander keine unausgesprochenen Vorwürfe machten und misstrauische Blicke zuwarfen.

Wenigstens eine positive Sache gab es: Um meinen Geburtstag noch etwas länger zu feiern, wollten Keres und ich am Freitagabend in Sidari chinesisch essen gehen. Das bedeutete Zeit für uns als Schwestern. Es schien die perfekte Gelegenheit zu sein, um bei ein oder zwei Drinks die Wogen etwas zu glätten.

Anton schnitt am Tisch riesige Orangen in Scheiben und mischte sie zum Nachtisch mit griechischem Joghurt und Honig. Aus der größten Frucht spritzte es, als das Messer die Schale durchbohrte, und die Luft wurde von einem frischen, würzigen Duft erfüllt. In diesem Augenblick traf Antons Blick meinen. Vielleicht konnte er die Verzweiflung in meinen Augen sehen, denn plötzlich redete er.

„Ich habe über die DNA-Tests nachgedacht, sie klingen interessant. Vielleicht kaufe ich welche für uns alle. Keres, wo hast du deinen Test gekauft?“ Er schaute zu ihr runter, sie saß neben ihm und mir gegenüber.

Keres zupfte am Ärmel des rosa T-Shirts, das Akis ihr gekauft hatte. „Im Internet.“ Sie blickte zu ihm hoch und lächelte.

Ant lachte flüchtig, legte das Messer auf das Holzbrett und reichte ihr eine volle Schüssel. „Schon klar, aber auf welcher Seite?“, fragte er.

Keres steckte sich einen großen Löffel voll Joghurt in den Mund und wir begannen alle zu essen, während wir auf ihre Antwort warteten. Schließlich schüttelte sie den Kopf.

„Ich schicke dir den Link per Mail. Damit es auch wirklich die richtige Seite ist.“ Dann schob sie sich einen weiteren Löffel mit Dessert in den Mund.

Gaia klopfte leise an den Rand ihrer Schüssel. Anton hatte ihr vorsichtshalber nur Orangen gegeben. Es war offensichtlich, dass sie die Nase davon voll hatte, aber wir waren zuversichtlich, dass wir in den nächsten Tagen genauere Ergebnisse bekommen würden. Anton nickte.

„Also, was meint ihr?“ Er schaute lächelnd zu Gaia und mir. „Würdet ihr gern herausfinden, woher ihr kommt und mit wem ihr verwandt seid?“

Wir waren einverstanden, aber als wir den Nachtisch aufgegessen hatten, war auch das Gespräch beendet.

Als Anton und ich uns bettfertig machten, waren wir uns ständig gegenseitig im Weg. Wenn ich an das Schränkchen wollte, stand er davor. Wenn er auf die Toilette wollte, stellte ich mich vor ihn. Jedes Mal murmelte einer von uns eine Entschuldigung, aber sonst sprachen wir kein Wort miteinander. Bislang hatten wir es geschafft, uns den ganzen Tag über aus dem Weg zu gehen. Schließlich lagen wir im Bett und nur die Leselämpchen leuchteten über uns. Ihr Licht legte sich wie ein Heiligenschein um unsere müden Köpfe. Es war Anton, der die engelsgleiche Stille unterbrach.

„Ich muss dir etwas sagen. Ich habe Basil und Michail heute Nachmittag nicht geholfen. Nun doch, ich habe ihnen ein wenig geholfen, aber dann habe ich etwas anderes gemacht.“

Ich rollte mich zu ihm und sah ihn an. Seine Hände lagen auf seiner Brust und er starrte an die Decke. Ich brummte ihm ermutigend zu, damit er weitersprach. Er zögerte, aber er redete weiter.

„Es geht um Keres“, begann er. Ich stieß die Luft, die in meinen Lungen gewartet hatte, mit einem genervten Schnauben aus. „Sei nicht so. Hör mir einfach zu, Melodie-Mou. Ich habe das Waisenhaus angerufen. Ich habe nach Keres gefragt und ob sie mir etwas über sie sagen könnten. Ob sie auf der Insel oder woanders adoptiert worden ist …“

„Und?“

„Und sie konnten mir nichts sagen. Sie dürfen keine Informationen herausgeben. Aber ich habe mich mit der Frau am Telefon unterhalten. Sie sagte, wenn ein Baby adoptiert wird, wird der Name oft geändert, vor allem ein Name wie Keres, der so unverwechselbar ist. Manchmal geschieht das, weil die Adoptiveltern dem Kind einen eigenen Namen geben möchten, manchmal aber auch, damit man das Kind nicht wiederfinden kann.“

Während seiner kleinen Erzählung hatte er sich mir langsam zugewandt. Ich hörte das Rascheln der Laken und spürte das sanfte Schaukeln des Bettes. Ich schaute ihn allerdings nicht an. Ich hatte meine Augen geschlossen und kämpfte gegen die Tränen an, die sich in meinen Augenwinkeln sammelten und unbedingt herausfließen wollten.

„Warte mal, die Namen aller Babys werden also geändert?“

„Nein, ich denke nicht alle, nur …“

„Du hast also eigentlich nichts herausgefunden. Du denkst nur, dass ihr Name geändert hätte werden sollen, weil er dir nicht gefällt?“ Ich riss die Augen auf. Antons Gesicht war nur wenige Zentimeter von meinem entfernt.

„Wenn sie als Baby adoptiert wurde, kann davon ausgegangen werden, dass ihr Name geändert wurde. Die Frau hielt es für sehr unwahrscheinlich, dass sie den Namen Keres behalten hätte. Hat sie dir gesagt, dass das ihr Name ist?"

In meinen Schläfen begann es zu pochen und ich hasste es, dass zwischen Antons und meinem Gesicht tatsächlich nur wenige Zentimeter lagen, während ich das Gefühl hatte, er sei meilenweit von mir entfernt. Ich versuchte mich daran zu erinnern, ob sie mir ihren Namen gesagt hatte oder ob ich einfach angenommen hatte, dass er Keres lautete. Ich konnte mich nicht mehr so recht erinnern. Sie hatte vom Jones-Haus gesprochen, sie hatte den Namen wohl irgendwoher gekannt.

Wie konnte Anton mir bloß in den Rücken fallen? Mit Fremden reden und Schlüsse ziehen, ohne dafür Beweise zu haben. Die Sache mit der Halskette war schon schlimm genug und der Gedanke, dass ein Kuss auf die Wange etwas ist, worüber man sich Sorgen machen muss. Da wurde mir plötzlich klar, dass ich ihm nicht erzählt hatte, was sie gesagt hatte.

„Vielleicht wurde sie adoptiert, als sie schon älter war. Übrigens hat sie die Kette nicht gestohlen. Sie hat zugegeben, dass sie sie gefunden hat. Es war ihr peinlich, es mir zu sagen, aber sie wollte nicht lügen."

Eine von Antons dicken Augenbrauen zuckte leicht, und seine jadegrünen Augen schienen dunkler und trüber als sonst. Abgesehen von diesem kleinen Zucken regte sich nichts in seinem Gesicht, als wäre es von Hand aus Bronze geformt worden.

„Okay, Melodie-Mou, vielleicht fragst du sie, in welchem Alter sie adoptiert wurde. Vielleicht war sie älter. Ich denke, du solltest mehr herausfinden, bevor du ihr von einem Erbe erzählst, von dem du glaubst, dass es ihr zusteht."

„Ich bin es so leid, sie zu verteidigen, Anton. Kannst du nicht einfach versuchen, mir zu helfen, sie in die richtige Richtung zu lenken, anstatt sie ständig zu verurteilen? Das haben wir doch schon besprochen. Ich weiß, dass sie seltsam ist. Das sehe ich auch, verdammt nochmal. Und es ist zu spät. Ich habe mit ihr bereits über Mamas Haus gesprochen. Sie weiß, dass es zur Hälfte ihr gehört. Ich werde sie nicht anlügen, egal, welche Schlüsse du ziehst.“ Ich hielt inne und wartete auf eine Antwort. Einen Moment lang fragte ich mich, ob er überhaupt antworten würde oder ob er beschlossen hatte, mich einfach zu ignorieren.

„Wie wäre es dann damit? Wir sprechen mit unserem Anwalt. Er kennt sich aus und soll sich darum kümmern.“

„Okay. Ja, ich denke, das ist eine gute Idee.“

Er berührte mit den Lippen meine Stirn, bevor er sich wegrollte, um sein Leselämpchen auszuschalten. Der Heiligenschein erlosch.

Kapitel 28

Das chinesische Restaurant in Sidari war mein absoluter Lieblingschinese. Wir saßen auf der Veranda an einem Holztisch mit einer eleganten weißen Tischdecke, umgeben von einer angenehmen Mischung aus Einheimischen und Touristen. Ich gehe immer davon aus, dass das Essen in einem Restaurant gut sein muss, wenn auch Einheimische dorthin gehen. Es war schön, von Gesprächen auf Griechisch und Englisch umgeben zu sein. Keres und ich bekamen an diesem Abend eine Menge Aufmerksamkeit. Ein Tisch mit jungen Kerlen gab uns Getränke aus und der Kellner, den ich dort noch nie zuvor gesehen hatte, war fast schon zu aufmerksam. Es war auch nicht verwunderlich, denn Keres hatte sich wieder einmal aufgetakelt. Wir trugen beide hochhackige

Schuhe, und da der Durchschnittsmann in Griechenland 1,75 m groß ist, überragten wir alle um uns herum. Ich hatte mich für das leuchtend violette Wickelkleid mit Spaghettiträgern entschieden, das ich ein Jahr zuvor an meinem Geburtstag getragen hatte. Es war zu einem meiner Lieblingskleider geworden. Keres trug ein winziges schwarzes Schlauchtop und einen schwarz-weißen Minirock. Mit ihrer schlanken Figur, dem angedeuteten Sixpack und den straffen Armen sah sie fast wie eine professionelle Schwimmerin oder Tänzerin aus. Auch ich war durch das viele Joggen fitter geworden, aber ich müsste wohl ein ganzes Jahrzehnt lang trainieren, um so athletisch wie sie auszusehen.

Wir unterhielten uns eher über oberflächliche Dinge. Das lag vor allem an mir – ich vermied bestimmte Themen aus Angst vor den Antworten. Aber irgendwann kamen wir auf unseren Vater zu sprechen. Ich fragte mich, wie Keres sich gefühlt hatte, nachdem sie erfahren hatte, dass ihr Vater ein so böser und manipulativer Mann gewesen war. Die Erkenntnis hatte mich selbst lange beschäftigt. Der Gedanke ließ mich nie ganz los, als ob mir ständig eine unbekannte, böse Kraft im Nacken sitzen würde. Ich blickte die Quelle, von der sie herrührte, vielleicht nicht direkt an, aber ich wusste, dass sie da war. So fühlte es sich für mich an, mit einem Monster verwandt zu sein, wenngleich ich ihm nie begegnet war.

„Er kann nicht *nur* böse sein“, sagte sie und knabberte an einem Krabbenchip.

„Wirklich?“

„Ja. Niemand ist *nur* böse.“

„Mama hat erzählt, dass er wohl gut in Mathematik war.“ Der Duft einer köstlich brutzelnden Ente in Hoisin-Soße zog an uns vorbei und ich biss mir auf die Lippe und bedauerte, dass ich sie nicht selbst bestellt hatte. „Aber soweit ich weiß, gab es nicht viel mehr Gutes über ihn zu sagen.“

„Du hast ihn nicht gekannt." Sie klang etwas gereizt.

Meine Augen trafen die ihren, sie waren so rund und blau wie seine, oder vielleicht wie die von Mama. Vielleicht war es die große Ähnlichkeit zwischen ihrem und seinem Gesicht, die es ihr so schwer machte, ihn als schlechten Menschen zu sehen. Niemand möchte herausfinden, dass er mit so jemandem verwandt ist. Ich schüttelte den Kopf und strich mit den Fingern über die gestärkte weiße Serviette auf meinem Schoß.

„Nein, du hast recht. Aber ich habe Mama kennengelernt und sie war sehr nett." Ich schaute auf und neigte den Kopf, um ihr die Sicherheit zu geben, dass wenigstens einer unserer Elternteile normal war.

Keres presste den Kiefer zusammen und ihre Lippen verzogen sich zu einem schmallippigen Lächeln. Sie wandte den Blick rasch von mir ab, als der Kellner auf uns zukam. Die beiden sprachen auf Griechisch miteinander. Keres stützte ihr Kinn sanft auf die Finger ihrer rechten Hand und kicherte, als er ein weiteres Getränk vor ihr platzierte. Er stellte eine Frage und sah mich an, während ich wie eine Einjährige, die nichts von der Unterhaltung der Erwachsenen verstand, an meinem Strohhalm sog. Keres wedelte wegwerfend mit der Hand in meine Richtung und setzte sich in ihrem Stuhl zurück. Ich hatte diesen Kellner vorher noch nie hier gesehen. Entweder war er ganz neu oder er half nur aus, so wie Nico es tat, wenn ein Lokal unterbesetzt war. Sein Name war Yiorgos. Er sah einigermaßen gut aus. Sein schwarzes Haar hatte er mit Wachs streng nach hinten frisiert und er roch stark nach Aftershave, was er zuvor noch nicht getan hatte. Seine Augen waren fast so schwarz wie sein Haar. Keres sagte etwas, das dazu führte, dass sie sich über seiner kurzen, hochgebogenen Nase weiteten. Er öffnete den Mund, um etwas zu sagen, aber bevor er es tat, schaute er mich an. Als er nun sprach, klang seine Stimme leiser und seine Augen lagen unter einem Stirnrunzeln.

Keres zuckte mit den Schultern und lachte, dann sagte sie: „*Ta léme argótera*“, was ich übersetzen konnte als: „Wir reden später.“

Er lächelte mich an, musterte mich mit einer leicht hochgezogenen Augenbraue, drehte sich dann um und ging in einer Art Trance davon.

„Was hast du zu ihm gesagt?“ Ich stellte mein Getränk ab und nahm meine Stäbchen in die Hand, um mich über meinen Reis herzumachen.

„Nichts Besonderes.“ Ihr Akzent war wieder deutlich zu hören. Sie nahm einen langen Schluck von ihrem Cocktail. „Nur, dass du mit einem sehr großen Mann verheiratet bist und er eifersüchtig wäre, wenn er wüsste, dass er mit uns redet.“

„Das hast du wirklich zu ihm gesagt?“

„Ja. Traust du mir etwa nicht?“

Ich nickte. Ich wollte ihr trauen; sie war immerhin meine Schwester. Aber es war schwer für mich, dass Anton ihr gegenüber skeptisch war. Es war, als würde er mir sagen, dass sie nicht die ganze Zeit die Wahrheit sagen konnte, obwohl er genauso viel wusste wie ich – nämlich nichts. Ja, sie war seltsam, aber sie war ein Teenager und hatte allen Grund, seltsam zu sein. Ich musste mich ständig daran erinnern, dass mit der richtigen Unterstützung und dem richtigen Einfluss der gute Mensch in ihr zum Vorschein kommen würde. Ich wollte sie nicht verlieren, ohne sie zu kennen. Sie war alles, was mir von meiner Mutter und meinen Großeltern geblieben war. Meine einzige Verbindung. Anton konnte das nicht verstehen. Er hatte viele Brüder und seine Eltern lebten noch. Ich liebte ihn dafür, dass er mich beschützen wollte, aber seine übertriebenen Reaktionen auf manche Situationen waren nicht hilfreich.

„Hast du Liliana vertraut?“

Ich hätte gar nicht zu sprechen gebraucht, meine Mimik allein hätte für mich antworten können. Bei einer so eigenartigen

Frage zogen sich die Muskeln in meinem Gesicht alle verwirrt zusammen.

„Bist du sicher, dass sie nicht zusammen weggelaufen sind?“, hakte Keres nach. „Vielleicht wollte sie, dass du sie magst? Unser Vater war tot, sie konnte also sagen, was sie will. Könnte das sein?“

Ich schüttelte langsam den Kopf, während ich über ihre Worte nachdachte. Sie schaufelte weiter Reis und kleine Stücke gebratenes Schweinefleisch in ihren zierlichen Mund, als hätte sie gerade eine nichtssagende Bemerkung über das Wetter gemacht.

„Sie hatte Narben im Gesicht und das Grab des Babys befand sich im Garten.“

„Narben?“, wiederholte sie langsam. „Das Wort kenne ich nicht.“

„Wundmale, Narben von Verletzungen.“ Ich zeigte auf meine Haut und suchte dort nach einer Narbe. Ich hatte eine an meinem Ellbogen, die ich mir als Kind bei einem Sturz auf einer Eisfläche zugezogen hatte. Beim Hinfallen war ich mit dem Ellbogen an einer kleinen Ziegelmauer hängengeblieben. Opa hatte mich hochgehoben, den Hautlappen zurück an seinen Platz gedrückt, meinen Kopf geküsst und geschimpft, weil ich im Schlafanzug hinter ihm hergelaufen war. „Narben wie diese“, sagte ich und deutete auf meinen Ellbogen, „aber schlimmer. In ihrem Gesicht.“

„Oh. Ich habe auch Narben, aber kein Mann schlägt mich.“ Sie zuckte mit den Schultern, bevor sie einen weiteren Löffel mit Essen in den Mund steckte.

Ich wusste nicht wirklich, was ich darauf erwidern sollte. Es gab keinen Grund, an meiner Mutter zu zweifeln. Die Notizen in ihren Tagebüchern passten auch zu ihren Erzählungen. Der Gedanke, sie hätte das alles nur erfunden, um mir zu beweisen, dass unser Vater böse und sie gut war, war aberwitzig.

„Sie hat es nach seinem Tod in ihre Notizbücher geschrieben, als sie nach dir gesucht hat. Sie hätte darin keine Lügen aufgeschrieben. Sie hatte auch keinen Grund dazu. Sie wusste nicht, dass ich sie je lesen würde“, fuhr ich sie an, und Keres’ Ausdruck veränderte sich. Sie zog sorgfältig ihr verrutschtes Oberteil hoch und winkte abwehrend mit den Händen.

„Nein, nein. Du hast sie nur kurz gekannt und ich möchte wissen, was du wirklich denkst.“ Sie zuckte mit den Schultern. „Du hast absolut recht. Das war dumm von mir.“

Ich nickte mit Nachdruck. Natürlich hatte ich recht.

„Da wir schon über Mama sprechen: Es gibt aufregende Neuigkeiten. Ant und ich haben uns gestern Abend unterhalten und heute hat er unseren Anwalt angerufen, unseren *dikigóros,* um die Sache mit deiner Hälfte des Erbes von Mamas Haus in die Wege zu leiten. Ich bin mir nicht sicher, wie du es handhaben möchtest. Willst du das Haus haben und uns auszahlen oder sollen wir dir deine Hälfte auszahlen? Ich glaube nicht, dass ich bereit bin, es an jemand anderen zu verkaufen. Oder wir könnten es gemeinsam vermieten. Was hältst du davon?“

„Vielleicht bezahlt ihr mich aus. Ich glaube, ich brauche das Geld mehr als das Haus. Wie geht es jetzt weiter? Wann ist alles erledigt?“

„Der Anwalt hat gesagt, dass wir deine Identität prüfen müssen – wer du bist –, also musst du einen Ausweis vorlegen. Zum Beispiel einen Reisepass. Vielleicht brauchst du auch die DNA-Unterlagen und die Adoptionspapiere.“

„Ich habe nichts davon. Zumindest nicht hier. Es würde so lange dauern – falls mein Bruder die Dokumente überhaupt aufbewahrt hat. Gibt es einen anderen Weg? Vielleicht gehe ich einfach hin und spreche mit diesem Mann, dem *dikigóros*.“

„Unser Anwalt ist eigentlich eine Frau, eine Anwältin. Ich habe mich falsch ausgedrückt.“

„*Dikigorina*, wenn es eine Frau ist. Man sagt *dikigorina*.“ Keres machte eine Pause und tippte sich nachdenklich mit den Fingern auf die Lippen. „Ich verstehe das nicht, Melodie. Brauchen wir einen Anwalt?"

„Okay, wir werden schon einen Weg finden, um die Papiere zusammenzubekommen. Wenn du am Montag im Waisenhaus anrufst, wäre das schon mal ein Anfang. Wir kriegen das hin."

Die Klimaanlage in unserem Schlafzimmer war ausgegangen und Anton hatte sich auf meine Seite des Bettes gerollt. Einer von uns musste versehentlich die Zeitschaltuhr aktiviert haben, statt sie auf Dauerbetrieb zu stellen. Ich hatte es irgendwie geschafft, mich wie ein Gespenst in das weiße Laken einzuwickeln. Die Hitze war unerträglich und ich hatte vergessen, mir ein Glas Wasser auf den Nachttisch zu stellen. Ich befreite mich vorsichtig aus dem Laken und schlüpfte aus dem Schlafzimmer. Kaum war ich durch die Tür getreten, hörte ich unten ein Flüstern. Zuerst dachte ich, Gaia und Keres würden sich unterhalten und kichern. Mit kleinen Schritten näherte ich mich dem dicken, hölzernen Geländer und spähte in die Dunkelheit darunter. Durch die halb geöffnete Eingangstür kam ein Lichtschein herein, in dem Keres und Yiorgos vom Restaurant standen. Meine Augen gewöhnten sich gerade noch rechtzeitig an das schwache Licht, das vom Mond und unserer Beleuchtung draußen hereinfiel, um zu sehen, wie seine Hand ihren Hintern betatschte und er sie küsste. Einen Moment später zog sie sich zurück und er ging fort. Ich erinnerte mich an Nicos Worte, dass er sie mitten in der Nacht abgeholt hatte, und dachte dann daran, was für ein Gesicht Akis machen würde, wenn er wüsste, was sie hinter seinem Rücken trieb. Nicos bloße Anspielung auf eine Tätowierung hatte schon ausgereicht, um ihn wütend zu machen. Ich wich vom Geländer zurück und drückte mich mit dem Rücken gegen unsere Tür, während ich leise versuchte, sie zu öffnen und wieder in das Zimmer hineinzuschlüpfen. Ich hatte keine Ahnung, ob sie mich sah, als sie die Treppe hinaufging. Ich stand auf der anderen Seite der Tür. In der stickigen Luft des Schlafzimmers fühlte sich meine Haut an, als würde sie brennen, aber ich hatte zu viel Angst, wieder hinauszutreten. Ich eilte auf Zehenspitzen ins Bad, spritzte mir am Waschbecken Wasser ins Gesicht und ließ es über meine Arme laufen. Mit den Handflächen fing ich das Wasser auf und trank in großen Schlucken daraus. Das hereinfallende Mondlicht war gerade hell genug, um mich im Spiegel zu erkennen. Mein Gesicht war blass und tropfte, aber zwischen meinen Augenbrauen zeichnete sich deutlich eine tiefe Linie ab. Ich rieb über sie, als wäre sie ein Fleck, den ich wegwischen könnte, und nicht eine körperliche Reaktion auf eine Situation, die mich völlig überrumpelt hatte.

Ich wollte mit Anton reden. Sie betrog seinen Bruder mit einem völlig Fremden. Und nicht nur das: Sie brachte ihn auch noch in unser Haus, wo Gaia friedlich in ihrem Bett schlief. Bei dem Gedanken daran, wozu Keres' Dummheit führen könnte, bekam ich eine Gänsehaut. Sollte ich ihr sagen, was ich gesehen hatte? Oder mit Anton sprechen? Oder mit Akis? Meine Gedanken schwirrten umher wie eine Wespe bei einem Picknick. Ich lief auf und ab, bis Anton schließlich hereinkam, ohne das Licht anzumachen, und sich am Bauch kratzte.

„*Gamoto*! Ich wusste nicht, dass du hier drin bist! Warum bist du im Dunkeln?"

„Ich ... Ich weiß nicht." Ich verzog das Gesicht, als wäre es ein zerknülltes Taschentuch, und heiße Tränen liefen über meine noch heißeren Wangen. Ant legte sofort die Arme um meine Schultern, während er mich im Dunkeln leise beruhigte.

„Was ist los, Melodie-Mou? Versteck dich nicht vor mir." Seine Worte drangen durch meine Haare an mein Ohr. Ich hatte mich versteckt, oder es zumindest versucht. Ich schüttelte den Kopf, als meine Brust wegen meines Schluchzens zu zittern begann. „Melodie", sagte er mit tiefer und ernster Stimme.

Ich konnte mich nicht mehr länger auf den Beinen halten. Meine Knie gaben unter der Last, die mich unter sich zu begraben drohte, nach. Starke Arme fingen mich auf und ließen mich sanft zu Boden sinken wie eine Stoffpuppe, die einfach nicht aufrecht bleiben will. Das Einzige, was sich in meinem Körper fest anfühlte, war meine Lunge, die sich wegen der Tränen bei jedem Atemzug qualvoll verkrampfte. Antons Lippen suchten meine feuchten Wangen und drückten unabsichtlich mein Haar gegen sie, sodass es an den warmen salzigen Tränen auf meiner Haut kleben blieb.

„Beruhige dich jetzt, Melodie-Mou. Du machst mir Angst. Rede mit mir."

„Ich weiß nicht. Ich weiß es nicht!" Vorsichtig löste ich mich aus Antons Umarmung und streckte die Hand nach der Klopapierrolle aus, um meine Tränen mit dem Papier aufzusaugen. „Da war ein Mann, unten ..." Das konnte er natürlich nur falsch verstehen.

Im Mondlicht des Badezimmers sprang Anton auf und fragte leise, wo der Mann jetzt sei, wobei seine Augen durch den Raum schossen wie Steine, die man über eine Wasseroberfläche springen lässt.

„Nein, nein. Hör auf, hör mir zu! Er war hier, um Keres zu sehen. Er war aus Sidari, er ist Kellner beim Chinesen. Er ist fort."

„Was?" Er schüttelte in der Dunkelheit den Kopf. „Warum war er hier?"

„Wo... woher soll ich das wissen? Ich habe ... bloß gesehen, wie er mit Keres an der Tür gesprochen hat. Ich bin mir ziemlich sicher, dass er es war." Meine Brust bebte immer noch, aber wenigstens waren die Tränen versiegt. „Ich glaube, sie ... sie betrügt Akis. Vielleicht auch mit Nico", stotterte ich.

Selbst im Dunkeln konnte ich Anton bei diesen Worten nicht ins Gesicht blicken. Ich wusste, wie es aussehen würde. Den Großteil des vergangenen Jahres hatte ich mich an seinem

Gesichtsausdruck und seinen Eigenheiten erfreut. Anstatt zu sehen, wie sich seine Augenbrauen wütend senkten, schaute ich auf seine Hände und seine Finger, die sich um seine beiden Daumen schlossen, als wollten sie sie in den Würgegriff nehmen. Er stieß ein kurzes bestätigendes Brummen aus.

„Genau das habe ich mir gedacht."

Ich war mir nicht sicher, ob er viel von mir erkennen konnte, aber ich nickte trotzdem.

„Das ‚Herz' ist ein Tattoo. Gaia hat es mir erzählt. Wir haben sie im Bikini gesehen und ich habe nie ein Tattoo bemerkt, also muss es irgendwo ..."

Er unterbrach mich mit einem missbilligenden Zischen, das mich an einen altmodischen Teekessel erinnerte.

„Ich mag dieses Mädchen nicht, Melodie. Ich traue ihr nicht. Ich will sie in der Nähe meines Bruders oder meiner Tochter haben. Ich will sie nicht in deiner Nähe haben."

„Das ist nicht fair", heulte ich. „Sie ist noch jung und benimmt sich daneben!"

„Ist sie das? Sie hat Akis gesagt, sie sei fünfundzwanzig."

„Das ist genau die Art von Dummheit, die ein junges Mädchen tun würde! Wir wissen nicht, was hier los ist! Es ist unfair, etwas zu vermuten. Der Typ könnte uns hierher gefolgt sein und sie könnte ihm gesagt haben, dass er verschwinden soll – wir wissen es nicht!"

„Und Nico?"

Ich zögerte und erinnerte mich an unseren Abend im Barras. Es könnte sein, dass er das Tattoo bei ihrem ersten und einzigen Date gesehen hatte und dann nie wieder. Vielleicht war es doch nicht sie gewesen, die ich vom Balkon aus gesehen hatte. Oder doch nicht er. Ich konnte mir wegen gar nichts mehr sicher sein. Es war viel zu dunkel gewesen, um Gewissheit zu haben.

„Er könnte es bei ihrem einen Date gesehen haben. Wir wissen es nicht. Ich will die einzige Verwandte, die ich noch habe, nicht von mir wegstoßen.“ Meine Stimme klang wie ein Pfeifen in meiner Kehle und meine Wimpern waren schwer von Tränen, wie Blätter, auf denen am Morgen dicke Tautropfen lagen.

Anton nahm mich wieder in die Arme und beruhigte mich. Er wiegte mich sanft und küsste mich auf den Kopf.

„Bitte sag zu niemandem etwas. Noch nicht. Akis könnte selbst draufkommen und wir können Keres dabei helfen, sich in den Griff zu bekommen. Bitte, Anton?“ Meine Worte hingen in der Luft, bis Anton schließlich zustimmte, nichts zu sagen. Für mich.

Kapitel 29

Ich versprach Anton, dass ich Keres zumindest aus dem Haus schaffen würde, bis sich die Lage beruhigt hatte. Es gab keinen Grund, deswegen zu streiten, denn das war auch mein Wunsch. Ich wollte sie zwar nicht verlieren, aber auch ich hatte genug davon, mich selbst zu belügen. Nach dem Frühstück wollte ich mich zu ihr setzen und mit ihr über das sprechen, was ich gesehen hatte. Was ich wusste. Ich würde ihr sagen, dass ich sie nicht verurteilen würde, obwohl sie meiner Meinung nach bedenken sollte, wohin das Ganze führen und wer am Ende verletzt werden könnte. Ich hatte mir in meinem Kopf alles zurechtgelegt und übte die Sätze im Geiste ein, während ich mir die Zähne putzte, denn ich wusste, dass ich kein Frühstück vertragen würde. Selbst vom Gefühl der

Zahnbürste in meinem Mund wurde mir ein wenig übel und ich fragte mich, ob ich am Abend zuvor zu viel getrunken hatte. Hatte ich sie überhaupt mit dem Mann gesehen? Ich schüttelte den Kopf, sodass meine Haare in alle Richtungen abstanden. Ich musste einfach mit ihr reden.

„Bis später!"

Als könnte sie meine Gedanken lesen und wollte sich der Situation entziehen, ertönte ihre Stimme vom Treppenabsatz herauf. Schnell spritzte ich mir Wasser ins Gesicht und tupfte es mit einem dicken, weißen Handtuch ab, bevor ich in die Richtung ihrer Stimme eilte. Als ich den Treppenabsatz erreichte, war sie schon weg. Ich wusste nicht, wohin und mit wem.

Ich saß den ganzen Tag im Büro und arbeitete. Jedes Mal, wenn im Haus das geringste Geräusch zu hören war, rief ich ihren Namen. Aber es waren immer bloß Gaia oder Anton. Ich war gerade damit beschäftigt, Ideen für die Beiträge eines Restaurants zu finden, mit dem ich zusammenarbeitete, als Keres den Kopf durch die Tür steckte.

„Hast du Lust, eine Runde zu laufen?", fragte sie.

„Wie lange bist du schon zu Hause?" Ich schaute auf meine Uhr. Es war Viertel nach fünf, unsere übliche Joggingzeit. Ich beschloss, dass das die perfekte Gelegenheit wäre, um mit ihr zu reden, also zog ich schnell mein bauchfreies Sporttop und meine kurzen Leggings an und machte mich zum Laufen bereit. Ich band meine Haare mit dem Haargummi, den sie mir zum Geburtstag geschenkt hatte, zu einem Pferdeschwanz zusammen.

Sie wartete am Fuß der Treppe und hüpfte von einem Fuß auf den anderen. Ich gab Anton einen Abschiedskuss, der mir noch einmal die Hand drückte, bevor ich Keres hinterherjoggte. Als wir losliefen, überlegte ich mir, dass ich mit dem Gespräch warten sollte, bis wir die Stille des Olivenhains erreicht hätten. Es wäre ein sicherer Ort, um stehenzubleiben und sich zu unterhalten.

Wir wollten gerade von der Straße dorthin abbiegen, als Keres aufschrie.

„Mein Ohrring! Er ist in mein Oberteil gefallen!"

Ich bot meine Hilfe an, aber sie sagte, ich solle weiterlaufen und sie würde mich schon einholen. Das kam mir ideal vor: Ich konnte vorsprinten und dort auf sie warten. Da ich dort stehen würde, könnte sie auch anhalten und wir könnten uns unterhalten. Abseits des staubigen Weges, den wir entlangliefen, bildeten die Bäume ein undurchdringliches Dickicht. Es war kein offizieller Weg, sondern nur ein Pfad, der sich im Laufe der Zeit herausgebildet hatte. Bald war ich in meinen Gedanken versunken und rannte so schnell ich konnte, damit ich am höchsten Punkt unserer Runde genug Zeit hatte, um nachzudenken.

Bei einer Hitze von vierunddreißig Grad empfand ich das Laufen zwischen den Bäumen und im Schatten fast als Erleichterung. Als ich oben ankam, war ich schweißgebadet. Ich hielt mich an einem hohen, alten Olivenbaum fest, um mich anzulehnen und meine Waden zu dehnen. Ich wusste, dass ich noch etwas Zeit hatte, bevor Keres mich einholen würde, denn für sie gab es keinen Grund zu sprinten.

Dann knackte ein Ast, ein Zweig oder ein Knochen rechts neben mir. Ich drehte mich um und erwartete eine niedliche Eidechse oder einen Vogel. Ein vermummter Mann sprang aus dem Gebüsch und stieß mich zu Boden. Schnell presste er seine Finger auf meinen Mund, drückte sie auf mein Gesicht und quetschte meine Knochen. Als ich auf den Feldweg stürzte, entwich jegliche Luft aus meiner Lunge und seine Finger umklammerten meine Lippen. Milchsäure drang in meine Muskeln; sie waren steif und unbeweglich. Mein Körper brauchte mehr Sauerstoff, nicht weniger. Nicht keinen. Ich wand mich, meine Lunge krampfte, meine Fingernägel versuchten verzweifelt, ein Stückchen seiner Haut zu finden. Aber mir fehlte jede Kraft und die Sonne stach in meinen Augen. Ich konnte nicht mehr denken und fühlte nichts mehr außer dem Pochen meiner Haut und meiner Knochen darunter.

Als er seine Hand wegnahm, um an dem breiten Träger meines Sport-BHs zu zerren, konnte ich ein paar flache, scharfe Atemzüge machen. Ich schnappte verzweifelt nach Luft, während meine Lunge wie bei einem Schluckauf rasselte und ich das bisschen Luft gierig einsaugte. Es war nicht viel. Gerade genug. Ich hatte keine Chance zu schreien.

Wegen des Sauerstoffmangels fühlte sich jeder Muskel kraftlos an. Das Adrenalin stieg mir zu Kopf und machte mich schwindelig. Es schien mich nur noch müder zu machen, noch mehr Milchsäure freizusetzen, die meinen jaulenden Körper und meinen stummen Mund fest im Griff hielt. Ich versuchte, mich wegzudrehen, als er frustriert oder wütend brummte, weil mein Sportoberteil so eng saß, dass man es unmöglich über meine Schultern herunterziehen konnte.

Dann ließ er von mir ab. Er war über mir aufgerichtet und verdeckte mit seinem Kopf die Sonne. Ich konnte sein Gesicht nicht erkennen. Nur seine schwarzen Augen. Er trug einen medizinischen Mund-Nasen-Schutz. Ich versuchte, nach der Maske zu greifen, während er sich über mich beugte. Ich war immer noch erfolglos, er packte mein Handgelenk und zog mich weg, während ich mit meinen Füßen versuchte, ihn daran zu hindern, mir die Schulter auszukugeln. Zweige und trockene Erde gruben sich in meine Haut, als ich ausrutschte und er mich mit sich schleifte. Er ließ mich hinter den Olivenbäumen fallen und lachte. Dann hörte ich etwas. Es klang wie ein dumpfer Aufprall. Hohl. Der Mann stolperte auf mich zu und quetschte meinen Knöchel unter seinem Stiefel. Ich keuchte – es war der erste richtige Atemzug, den ich machen konnte.

Keres' Stimme ertönte vom Weg her, mit diesem tiefen, aggressiven Ton. Ich zuckte wegen des Schmerzes in meinem Knöchel zusammen, als mein Blick auf sie fiel. Sie hielt einen dicken Ast in der Hand, wie einen Baseballschläger. Sie brüllte ihn an, aber er reagierte nicht sofort. Mit einer wilden Bewegung sprang sie nach vorn und schlug ihm erneut auf den Rücken. Dann drehte er sich um und taumelte davon, fuchtelte mit den Armen und stammelte immer wieder die gleichen Worte. Sie trat erneut auf ihn zu, als wollte sie ihm auf den Kopf schlagen, und er wich zurück, blickte sie an und schüttelte den Kopf. Ihr Mund bewegte sich kaum, aber ich bin mir sicher, dass sie etwas murmelte, als sie ihm so nahe war.

Dann war er weg.

Erst als er außer Sichtweite war, weinte ich. Keres warf den Ast auf den Boden und hielt mich fest. Sie schaukelte mich und redete mit mir zuerst auf Griechisch, dann auf Englisch. Sie half mir auf. Ich blutete und war mit blauen Flecken übersät. Sie rief die Polizei, die schon am Haus war, als ich die Straße entlang humpelte. Anton rannte die Einfahrt hinunter, als wir einbogen. Er zog mich an sich, hob mich hoch und umarmte mich, sodass ich zusammenzuckte. Er stellte mehr Fragen, als ich je hätte beantworten können. Alles, was ich sagen konnte, war: „Sie hat mich gerettet."

Keres blieb an meiner Seite und beantwortete die Fragen der Polizeibeamten. Sie wollten auch wissen, wie ich den Angriff erlebt hatte, während ich dasaß und meine Schürfwunden säubern und verbinden ließ. Keres versicherte mir, dass so etwas nicht mehr vorkommen würde und sie den Mann fassen würden. Ich konnte nur sagen, dass er schwarze Augen sowie Augenbrauen und gebräunte Haut hatte. Irgendwie hatte ich das Gefühl, seine Stimme erkannt zu haben, aber wegen des Mund-Nasen-Schutzes konnte ich mir nicht sicher sein. Dunkle Shorts. Keres sagte, sie seien schwarz gewesen. Ein grauer, ärmelloser Kapuzenpullover.

Keres ergänzte einen Markennamen. Und etwas hatte er immer wieder gesagt.

„Keres, was hat er zu dir gesagt? Er hat es mehrmals wiederholt."

„*Fýge*? Das bedeutet ‚Geh weg'."

„Nein. Es war mehr als ein Wort. Vielleicht etwas mit ‚Sch'? Ich bin mir nicht mehr sicher." Ich berührte meinen Hinterkopf und stieß auf eine kleine Wunde mit getrocknetem Blut. Sie wollten mich für Tests und Röntgenaufnahmen ins Krankenhaus bringen.

Ich ließ es zu.

Kapitel 30

Ich war nicht kaputt. Das musste ich mir immer wieder sagen. Ich war nicht kaputt. Nichts war gebrochen. Im Krankenhaus hatten sie mir das gesagt. Alles, was ich brauchte, war Ruhe für meinen stark geprellten Knöchel und meine Seele. Aber ich war nicht kaputt.

Keres und ich waren vor dem Angriff meistens zur gleichen Zeit laufen gegangen, deshalb glaubte die Polizei nicht, dass es ein Zufall war. Sie vermuteten, dass der Angreifer uns wahrscheinlich schon vorher um diese Zeit beim Joggen beobachtet und auf den richtigen Moment gewartet hatte. Aber wir hatten sein Gesicht nicht gesehen, und dunkle Augen waren in Griechenland nichts

Ungewöhnliches, also gab es wenig Hoffnung, dass er geschnappt wurde.

Dieser dumme Kerl hatte jeden einzelnen Knochen in meinem Körper erschüttert. Aber er hatte sie nicht gebrochen, und ich würde mich nicht von ihm brechen lassen. Ich blieb so lange im Bett, wie ich konnte. Es war, als wäre ich wieder mitten in den ersten beiden Wellen der Pandemie. Kurz nachdem ich meine Großeltern verloren hatte, hatte ich den ganzen Tag im Bett verbracht. Das war alles, was ich tun konnte.

In der Nacht nach dem Angriff schlief ich zwölf Stunden lang durch. Als ich aufwachte, saß Anton vollständig angezogen neben mir auf dem Bett und scrollte durch sein Handy. Anton war lange bei mir gelegen. Er hatte ein paar Fragen gestellt, aber ich hatte keine Lust zu antworten, also lauschten wir einfach dem Ticken der Uhr. Schließlich verschwand er und kam mit einem Frühstück zurück, das ich nicht aß.

Über Nacht waren neue schmerzhafte Stellen an meinem Körper aufgetaucht, die an die Misshandlung erinnerten. Jeder Muskel in meinem Nacken und Rücken war angespannt. Ihre dünnen Fasern fühlten sich zerrissen und gequetscht an. Ich hatte Glück gehabt. Ich hatte vor allem Schürfwunden und Prellungen. Wenn Keres nicht so mutig gewesen wäre ... Ich wagte nicht, daran zu denken. Ich kniff die Augen fest zusammen und zog mir das Laken über den Kopf.

Eine Woche später, ich hatte Gaia, Keres und Anton um mich herum, und es gab mir das Gefühl, eine Betrügerin zu sein. Ich war nicht gebrochen. Irgendwann fuhr Anton Gaia zu Natalia, sie wollte ihr in der Taverne helfen. Keres blieb bei mir auf dem Bett hocken. Ich hatte sie im Laufe der Woche immer seltener gesehen und dachte schon, sie könnte es nicht mehr über sich bringen, mit mir allein zu sein. Sie tat ihr Bestes, um mich zu beruhigen, und strich mir über die Haare, die mein Gesicht umspielten.

„Warum hast du nicht einfach Hilfe geholt?“ Ich schaute von meinem Kissen zu ihr auf, als sich ihre Lippen zu einem sanften Lächeln verzogen.

„Ich hätte dich nie allein gelassen. Du bist meine Schwester.“ Ihre Finger glitten weg von dem schmerzhaften, violetten Bluterguss an meinem Handgelenk, jener Stelle, an der er mich gepackt hatte, und schließlich nahm sie meine Hand.

„Melodie, ich muss dir etwas sagen …“ Ihre Stimme war leise und sie war viel weniger gestylt als sonst, ihr Haar war nicht gebürstet und sie trug ein ausgebeultes Langarmshirt. „Anton hat mich nicht zu dir gelassen. Es tut mir leid, aber er ist ein böser Mann, Melodie. Sieh mal …“ Sie zog ihren Ärmel hoch und hielt mir ihr Handgelenk hin. Dort war ein großer, rot-violetter Fleck zu sehen. Nur eine große Hand konnte eine solche Blessur hinterlassen.

Ich setzte mich etwas im Bett auf und nahm ihre Hand in meine, um mir die Verletzung genauer anzusehen. Sie war meiner so ähnlich, nur erschien meine jetzt blauer und lila, mit gelblichen Rändern.

„Willst du damit sagen, dass Anton das getan hat?“

„Ja.“ Tränen liefen ihr über die Wangen und hingen an ihren dunkelblonden Wimpern. „Gestern Abend hat er mich von deiner Tür weggezerrt. Er hat mich in mein Zimmer bugsiert und mich aufs Bett geworfen. Ich hatte Angst vor ihm. Er ist anders, wenn du nicht dabei bist. Bitte hilf mir, Melodie. Bitte beschütze mich.“ Mit diesen Worten begann sie in meinen Armen heftig zu schluchzen.

Ich wusste nicht, was ich sagen oder denken sollte. Ich saß einen Moment lang mit offenem Mund da. Mein Instinkt sagte mir, dass ich ihr nicht glauben sollte. Ich konnte mir nicht vorstellen, dass Anton so etwas tun würde. Es schien unmöglich, aber die Verletzung an ihrem Handgelenk war unübersehbar und ich wusste, dass er sie nicht mochte. Die Angst grummelte tief in meinem Bauch. Unmittelbar nach dem Angriff wollte ich ihn nur ungern in meine Nähe lassen. Die Vorstellung, einen Mann so nah bei mir zu haben, fühlte sich unbehaglich an. In den vergangenen Tagen waren wir einander nähergekommen und allmählich fühlte sich seine Nähe wieder normal an. Obwohl es mir nach allem, was geschehen war, schwerfiel, Menschen zu vertrauen, hatte ich immer noch Vertrauen in ihn.

Er hatte gesagt, dass er ihr nicht traue, dass er sie von mir und Gaia fernhalten wolle. In meinem Kopf überschlugen sich die Gedanken: Wie weit würde er wohl gehen, um sie von mir fernzuhalten? Nach allem, was im Olivenhain geschehen war, war es meine Pflicht, ihr im Zweifelsfall zu glauben. Am liebsten hätte ich sie angeschrien und als Lügnerin bezichtigt, aber dann schaute ich hinunter, sah ihre Verzweiflung und den blauen Fleck auf dem Arm, mit dem sie sich an mich klammerte, und ich musste sie beruhigen. Ich musste die Wahrheit herausfinden.

„Ich muss mit ihm sprechen. Das passt gar nicht zu ihm, Keres. Es wird alles gut, sch! Ich werde nicht zulassen, dass dir jemand nochmal wehtut."

„Nein, bitte nicht! Sag ihm nicht, dass ich es dir gesagt habe. Er hat gesagt, dass er mir noch mehr wehtut, wenn ich es dir erzähle. Er hat gesagt, dass du mir niemals glauben wirst. Er hat mich immer schon gehasst."

„Hör mir zu, ich werde der Sache auf den Grund gehen, okay? Es muss sich um ein Missverständnis handeln. Warum bleibst du nicht bei Akis? Packe deine Sachen, mach dich fertig und ruf ihn an."

„Ich kann dich nicht allein lassen."

„Ich komme schon klar, Keres. Fühlst du dich bei Akis sicher?"

Sie nickte. „Aber er kann mich erst morgen holen, Melodie."

„Dann bleib bis dahin mit mir hier drin."

Also tat sie es. Sie blieb bei mir und als Anton kam und sie um Hilfe mit dem Abendessen bat, sagten wir ihm, dass wir uns einen

Film auf meinem Tablet ansehen würden. Ich stand auf und zog mich für das Abendessen an. Es war an der Zeit, das Selbstmitleid hinter mir zu lassen und ein paar Antworten zu bekommen. Keres hatte nicht gewollt, dass ich mit Anton darüber sprach. Insgeheim war ich darüber erleichtert. Sobald ihre Lüge aufgedeckt worden wäre, würde ich sie möglicherweise verlieren. Ich versuchte immer wieder zu verstehen, warum sie lügen sollte oder welcher Umstand zu einem solchen Missverständnis geführt haben könnte. Nichts konnte den Fleck auf ihrem Arm auslöschen. Was blieb mir anderes übrig, als mit ihm zu reden? Ich musste ihm ins Gesicht sehen, wenn ich ihn zur Rede stellte, um wirklich sicher zu sein.

Alles schien wie immer zu sein. So wie es vor dem Angriff gewesen war. So wie es vor den Fragen gewesen war. Es gab Abendessen, wir plauderten. Vielleicht war die Stimmung sogar etwas heiterer als sonst, weil Gaia und Anton so froh waren, dass ich tatsächlich das Schlafzimmer für eine Mahlzeit verlassen hatte. Nach dem Essen konnte ich aber keinesfalls sitzen bleiben, sondern warf Anton einen Blick zu, der sagte: „Komm mit mir." Keres drückte meine Hand, als sie mir einen Gutenachtkuss auf die Wange gab.

Als wir allein in unserem Zimmer waren, nahm Anton mich in den Arm und begann mich zu küssen. Es war das erste Mal, dass er mich seit dem Angriff richtig küsste. Mir blieb kurz die Luft weg und ich schob ihn von mir, wobei ich seine muskulösen Arme mit meinen Händen umklammerte. Ich öffnete den Mund, um ihn zu fragen, warum er ihr wehgetan hatte. Wie hatte er das nur tun können? Aber ich tat es nicht. Dafür gibt es bloß eine Erklärung: Ich wollte der Gegenwart entfliehen und mich in die Vergangenheit flüchten. Unsere gemeinsame Vergangenheit. Eine Vergangenheit, in der ich glauben konnte, dass wir als glückliches Paar zusammenleben würden.

Ich kam ihm wieder ganz nah, küsste ihn mit Nachdruck, biss ihm dabei fast auf die Lippe und zog ihn zu Boden und auf mich darauf. Wir zerrten an der Kleidung des anderen, als hätten wir einen unstillbaren Durst; wir brauchten einander. Ich brauchte ihn. Erst als sich unsere nackten Körper aneinanderpressten, hielt er inne und hob den Kopf. Er strich mir sanft die Haare aus dem Gesicht und drückte dann seine weiche, frisch rasierte Wange an meine.

Mit seinen langen Fingern fuhr er an meinem Bein entlang und legte es vorsichtig um seinen Oberkörper, während er sich auf mich sinken ließ, mich wie eine weiche Bettdecke um sich schlang und zärtlich streichelte. Er wühlte mich auf, liebte mich, tat mir weh, neckte und quälte mich. Meistens, ohne es zu wissen.

Ich legte mich in dieser Nacht schlafen und fragte mich, was der morgige Tag wohl bringen würde. Ich würde Anton wegen seines vermeintlich gewalttätigen Verhaltens gegenüber Keres zur Rede stellen müssen, sobald sie aus dem Haus und in Sicherheit war. Würde es das letzte Mal sein, dass er mich liebte? Würde es das letzte Mal sein, dass Keres unser Haus betreten durfte? Oder sagte sie die Wahrheit über seinen Hass auf sie, der tiefer ging, als ich mir vorstellen konnte? War es tatsächlich Anton, der für diese ganze Aufregung gesorgt und sich Dinge über sie ausgedacht hatte? Meine Liebe zu Anton hatte ich nie kontrollieren können. Vom ersten Augenblick an hatte er mich in seinen Bann gezogen und ich konnte nichts dagegen ausrichten. Das wollte ich auch gar nicht. Ich wollte einfach nur ein Teil seiner kleinen Welt sein und bis zu meinem Tod in ihr leben. Der Gedanke, ihn wegzustoßen oder seinetwegen meine Schwester zu verlieren, nagte an mir und tat mir mehr weh, als es ein Fremder je könnte. Aber ich kannte ihn erst seit etwas mehr als einem Jahr. Es wäre dumm, wenn ich ihn nicht wenigstens nach seiner Version der Geschehnisse fragen würde, auch wenn es mir die Luft abzuschnüren drohte, weil ich

Keres erst seit ein paar Monaten kannte. Und so sehr ich ihr auch trauen wollte, ich konnte es nicht. Ich tat es einfach nicht.

In der Dunkelheit tastete er mit seiner Hand nach meiner.

„Melodie-Mou, ich würde alles dafür tun, dass dir niemand mehr wehtut."

Und genau davor hatte ich Angst. Ich drückte meine Augen fest zu und weinte leise, während ich tief in Albträumen versank, in denen ich so lange *Ich bin nicht kaputt* schrie, bis meine Lunge mein Herz zerquetschte und nichts mehr übrig blieb, das man noch hätte heilen können.

Kapitel 31

Keres schleppte ihren neuen Koffer die Treppe hinunter, der viel größer war als ihre alte Reisetasche.

„Akis ist da. Ich rufe dich bald an, okay?"

Ich nickte und umklammerte ihre Hand, als sie mich auf die Wange küsste. Akis stand am unteren Treppenabsatz und hielt Gaias Gesicht in den Händen, er drückte es zum Spaß und lachte. Anton war auch da, ein Lächeln lag auf seinen Lippen, aber zwischen seinen Augenbrauen hatte sich auch eine Linie gebildet. Er wirkte wie erstarrt, seine breiten Schultern ragten hoch auf, die Arme hatte er vor der Brust verschränkt, sodass es aussah, als würde sein milchweißes T-Shirt wegen des angespannten Bizeps gleich zerreißen. Es war klar, dass er Keres auch nicht in der Nähe seines

Bruders haben wollte. Sobald Akis Keres erblickte, sprang er die Treppe hinauf, um ihr mit dem Koffer zu helfen, und nahm dabei zwei Stufen auf einmal, so wie es Anton und Gaia immer taten. Alle gaben sich Abschiedsküsse auf die Wangen, dann war sie weg. Wir sagten kein Wort. Nichts. Anton schloss die Tür und blieb neben ihr stehen, dabei legte er seine große rechte Hand auf sie. Er machte ein paar tiefe, langsame Atemzüge, wodurch sich seine Schultern hoben und senkten, und ich konnte fast hören, wie er mit den Zähnen knirschte.

Dann läutete das Telefon, sodass wir drei uns umdrehten und es anstarrten. Normalerweise klingelte es nur zweimal pro Woche. Einmal, wenn Antons Mutter anrief, und einmal, wenn sich Katerinas Mutter meldete. Gaia und ich rührten uns nicht, obwohl wir näher am Telefon standen. Stattdessen marschierte Ant zwischen uns hindurch zur linken Seite der Treppe und zum Holzofen, wo es auf einem massiven hölzernen Regal stand, das an Treibholz erinnerte. Die Person in der Leitung, wer auch immer es war, ließ Anton kaum zu Wort kommen. Er warf nur ein paar kurze Fragen ein, die dazu führten, dass Gaia sich neben ihn stellte und am Saum seines T-Shirts zupfte, als wäre sie ein kleines Kind. Schließlich drückte er auf den Knopf, um den Anruf zu beenden, und legte den Hörer auf.

„Der Arzt weiß nicht, was mit Gaia los war. Alle Tests waren negativ. Du sollst wieder normal essen, aber es langsam angehen und ein Ernährungstagebuch führen." Er zeigte auf Gaia, die bei der Vorstellung, normal zu essen, auf den Fersen zu wippen begann.

„Kann ich gleich heute anfangen? Finn kommt bald vorbei. Heißt das, dass ich wieder normal sein kann?"

Anton nickte ihr einmal kurz zu, was Gaia dazu brachte, wie ein übermütiger Frosch auf ihn zuzuspringen und ungeschickt in seine Arme zu hüpfen. Daraufhin jubelte sie und sprang die

Treppe hinauf. Ich ging auch nach oben – verkniff mir allerdings das Gehüpfe –, um mich für den Tag fertig zu machen und für das Gespräch mit Anton zu wappnen.

Er folgte mir, worauf ich dummerweise nicht vorbereitet war. Als wir in unserem Zimmer waren, zögerte ich und wusste nicht recht, was ich tun sollte.

„Was ist los, Melodie-Mou?"

„Ich ... ich bin mir nicht sicher. Setz dich. Hier, neben mich. Hör zu, du musst mir die Wahrheit sagen, egal, was die Wahrheit ist, okay? Denn wenn du es nicht tust, werde ich es wissen, Anton Greenwood, und falls ich es nicht sofort weiß, dann werde ich es verdammt noch mal herausfinden. Hast du mich verstanden?"

Nickend hockte er auf der Bettkante, die Hände im Schoß verschränkt, runzelte die Stirn und wartete darauf zu erfahren, welche Wahrheit er erzählen sollte.

„Hast du Keres in der letzten Woche davon abgehalten, mich zu sehen?"

Er zuckte mit dem Kopf zur Seite und kräuselte ein wenig die Lippen, als ob er eine Frage stellen wollte, aber nicht wusste, wo er anfangen sollte. „Nein." Er zog das Wort in die Länge, als wäre es eine Frage, die nun ich beantworten musste.

„Hast du sie vorgestern Abend am Arm gezerrt? Auf irgendeine Weise?"

„Wovon redest du, Melodie? Nein, natürlich nicht! Warum sollte ich? Ich kann es nicht fassen, dass du mich das überhaupt fragst. Hat sie behauptet, ich hätte ihr wehgetan?"

Ich nickte und hoffte im Stillen, dass seine Stimme nicht lauter werden würde.

„Dieses verlogene Miststück."

„Sprich nicht so, bitte."

„Wenn sie Lügen erzählt, um uns auseinanderzubringen, dann ist sie sogar noch etwas Schlimmeres als ein Miststück! Nein, ich habe ihr nicht wehgetan und sie an diesem Abend auch nicht gesehen. Nein, ich habe sie nicht daran gehindert, zu dir zu gehen. Sie ging jeden Tag nach dem Mittagessen hoch, um mit dir zu reden, um mit dir allein zu sein. Ich habe sie gelassen! Sie wollte Zeit mit dir allein verbringen und ich habe sie nicht daran gehindert. Ich kann sie nicht leiden. Ich traue ihr nicht. Aber sie hat dich gerettet, als ich nicht da war, und dafür bin ich ihr dankbar. Also war ich einverstanden.“ Er schimpfte weiter, allerdings auf Griechisch. Dann warf er sein Gesicht in die Hände.

Ich wünschte, ich könnte hinter die Fassade der Menschen blicken. Anton und Keres schienen beide die Wahrheit zu sagen. Der Unterschied war, dass Keres schon öfter gelogen hatte, Anton nicht. Zumindest nicht, soweit ich das beurteilen konnte. Das eigentliche Problem war, dass es für Keres keinen Grund gab zu lügen. Sie hatte keinen Grund, sich zwischen uns zu stellen. Anton hingegen hatte einen: eine tiefe Abneigung gegen sie, die er offen zugegeben hatte.

„Sie hat einen blauen Fleck am Handgelenk, genau wie ich, und sie hat gesagt, du hättest ihn ihr zugefügt.“

Unsere Handys blinkten auf. Akis meldete sich in unserem Gruppenchat, in dem auch Keres war. Die Nachricht lautete:

Seid ihr noch zu Hause? Wir kommen nochmal zurück.

Anton antwortete:

Okay. Bis gleich.

„Wir sollten nach unten gehen“, sagte ich. „Ich denke, wir sollten uns alle zusammen hinsetzen und darüber reden. Auch Akis ... So ein Mist! Finn ist hier. Machen wir es so: Sobald Finn gegangen ist, setzen wir uns zusammen und besprechen alles in Ruhe. Nur so können wir das wieder hinbiegen. Wenn du mich wirklich liebst, wirst du das für mich tun.“

Er schüttelte langsam den Kopf, woraufhin sich mein Magen zusammenzog und in meiner Kehle brennende Säure aufstieg.

Dann flüsterte er vor sich hin: „Ja. Ich liebe dich so sehr, dass ich alles für dich tun würde."

Gaia und Finn saßen ineinander verschlungen auf dem Ecksofa in der Fernseh-Ecke. Ant hüstelte, um unsere Ankunft anzukündigen, da sie uns offensichtlich nicht bemerkt hatten, und Finn warf Gaia und Donnie fast auf die andere Seite der Sitzgelegenheit. Gaia stieß nur ein kleines Schnauben aus, mit dem sie ihre Haare aus dem Gesicht blies, und legte sich wieder mehr oder weniger direkt auf ihn darauf. Sie hatte ihren eigenen Kopf und was ihr Vater davon hielt, wurde für sie immer unwichtiger. Finn war zumindest höflich genug, uns zu begrüßen und zu fragen, wie es uns ging, während der arme Donnie vom Sofa sprang und sich an Ants Knöcheln rieb. Als wir uns setzten, waren wir das perfekte Gegenstück zu Gaia und Finn: Zum einen saßen wir in der gegenüberliegenden Ecke, auf den braunen Sofas, und zum anderen gab es weder Kuscheln noch Küsse, sondern wir saßen jeder für sich allein. Wir warteten. Schließlich sprang Donnie zu uns rauf und rieb sich an uns, was die Situation ein wenig auflockerte. Als Akis und Keres durch die Tür traten, reagierten wir genau so, wie Finn es zuvor getan hatte – wir sprangen plötzlich auf, sodass Donnie zu seinem Bett in der Nähe der Küche floh.

„Wir haben Neuigkeiten!", verkündete Akis. Sein Lächeln war so breit, dass die kleine Narbe auf seiner Wange vollständig in einem seiner Grübchen verschwand.

Gaia und Finn nahmen ihre Getränke und kamen herüber, um sich um die beiden zu versammeln. Keres legte ihr Handy mit einer kindlich-übertriebenen Geste auf den Couchtisch und als niemand etwas sagte, wedelte sie mit der Hand.

„Ich habe Keres gefragt, ob sie mich heiraten möchte!", platzte es aus Akis heraus.

„Und ich habe Ja gesagt!“ Keres streckte mir ihre rechte Hand entgegen, um mir einen goldenen Ring mit einem großen, runden Solitär – wohl ein Diamant – zu zeigen.

Ein paar Augenblicke lang sagte niemand ein Wort, aber der Raum war alles andere als still. Ein Keuchen ertönte, Füße scharrten, ein lautes Ausatmen war zu hören und Bruchstücke von Fragen wie *Wa...* und *Ab...* hingen in der Luft. Uns allen lagen so viele Erwiderungen und Fragen auf der Zunge, aber sie konnten nicht durch unsere zusammengebissenen Zähne entweichen. Schließlich reagierte ich auf einfache, klischeehafte Weise.

„Mei... meinen Glückwunsch!“, stieß ich hervor, dann umarmte Keres mich ungestüm und drückte mich.

„Jetzt sind wir Schwestern im doppelten Sinn“, hauchte sie mir ins Ohr.

„Das müssen wir feiern! Wer will Champagner?“, antwortete Anton und klatschte in die Hände. Seine Worte klangen fröhlich, aber sein Gesicht war dunkelrot. Alle nickten, bevor Anton Akis mit nach draußen nahm, um eine „schöne Flasche“ aus dem Kühlschrank im Nebengebäude zu holen.

„Dürfen wir auch Champagner haben?“ Gaia wippte auf den Zehenspitzen und zeigte ein breites Lächeln. Auf die Verlobung hatte sie nur mit einem Schnauben reagiert, aber die Vorstellung von Champagner ließ sie fast vor Freude auf und ab springen.

„Ihr zwei habt noch Milchshakes, die ihr kaum angerührt habt!“ Ich zeigte auf ihre Gläser auf dem Couchtisch.

„Trinkt Champagner mit uns“, sagte Keres. „Lasst doch den Milchshake!“

„Schon okay.“ Gaia griff nach ihren Gläsern und reichte Finn seines. Sie sagte etwas auf Griechisch zu ihm und beide tranken ihre Shakes in großen Schlucken leer.

„Können wir jetzt Champagner haben?“ Sie lachte, während sie sich mit dem Handrücken den Mund abwischte.

„Ich wollte ohnehin sagen, dass ich nicht wüsste, was dagegenspricht.“

Der unbekümmerte Moment wurde von Akis unterbrochen, der die Vordertür ruckartig aufriss. Sein Auftritt hätte genauso gut die Tür bersten und Holzsplitter auf den Boden rieseln lassen können. Er fuchtelte herum und streckte die Hände nach Keres aus. Ein Strom griechischer Wörter sprudelte aus seinem Mund, wie wenn man Wasser aus einer *karáfa* goss. Ant kam hinter ihm herein und blieb in der Nähe der Tür stehen. Die Art und Weise, wie Akis schimpfte, erinnerte mehr an einen Hund als an einen Menschen. Er knurrte. Er spuckte fast. Ich blickte zu Anton und formte eine lautlose Frage mit den Lippen, aber ich konnte seine Gedanken nur zu genau lesen. Er brauchte mir nicht zu antworten. Er hatte Akis gesagt, was er wusste. Vielleicht, dass Keres sich mit mehreren Männern traf. Vielleicht von der Anschuldigung von heute Morgen. Akis wandte sich zurück zur Tür, gefolgt von Keres. Finn war knallrot angelaufen und Gaias Mund stand weit offen.

Bevor jemand etwas sagen konnte, vibrierte Keres’ Handy und ein Name erschien auf dem Bildschirm. Wir schauten von einem zum anderen.

„Ich sollte wohl rangehen“, sagte ich und zeigte auf meine Brust. Als ich den Anruf entgegennahm, wurde mir erst bewusst, dass ich gar kein Griechisch sprach. Ich stammelte bloß: „Hallo, ich meine, *kalispera*. Keres’ *tilefono*.“

„Hallo?“, meldete sich die Frau in der Leitung. „Oh, falsche Nummer.“ Ihr Akzent war stark, ähnlich wie der von Keres, aber ihr Englisch war gut. So schnell wie sie „Hallo“ gesagt hatte, war die Leitung auch schon wieder tot. Das Handy lag noch in meiner Hand, als es erneut klingelte und der Buchstabe „M“ wieder aufblinkte.

„Gaia, du gehst ran!“

„Ich?“

„Ja, immerhin sprichst du Griechisch!“ Ich drückte ihr das Handy in die Hand und sie nahm ab.

Sie hatte nur ein paar wenige Worte gesagt, bevor sie an mir vorbeiging und sich stirnrunzelnd setzte. Anton trat von der Tür weg, von wo aus er offensichtlich den Streit auf der anderen Seite belauscht hatte.

„Melodie“, sagte Gaia und drückte das Handy an ihre Brust, „sie sagt, dass dieses Handy keiner ‚Keres‘ gehöre. Sie sagt, es sei das Handy ihrer Tochter, Evangelina, und sie will wissen, warum ich es habe. Was soll ich denn darauf antworten?“

„Das ergibt doch keinen Sinn. Frage sie, ob sie ihre Tochter beschreiben kann.“

Meine Handflächen begannen zu schwitzen. Ich wartete darauf zu hören, dass das Handy ein weiterer Gegenstand war, den Keres gestohlen hatte. Es sah neu aus, aber ich hatte mich nicht getraut, danach zu fragen. Gaia nickte und sagte etwas, sah mich aber dabei an.

„Sie ist etwas über 1,70 m, blond, schlank. Eine Läuferin. Blaue Augen. Rundes Gesicht. Fünfundzwanzig Jahre alt. Sie hat ein Herz-Tattoo. Sie will mit ihrer Tochter sprechen.“

„Leg auf.“

„Was?“

„Ich sagte: Leg auf!“ Es war das erste Mal, dass ich Gaia wirklich anschrie. Es war keine Absicht. Eigentlich wollte ich sie gar nicht anschreien, die ganze Situation brachte mich dazu.

Sie beendete den Anruf sofort und legte das Handy auf den Tisch. Finn verharrte immer noch auf der anderen Seite des Couchtisches, wie ein Eimerchen am Strand, das sein Schäufelchen verloren hat. Seine Gesichtsfarbe wechselte von Rot zu Lila unter seiner braun gebrannten Haut.

„Kannst du mir die Nummer schicken, Gaia? Sofort, bitte“, sagte ich und strich mir die wild abstehenden, gewellten Strähnen meines haselnussbraunen Haars bedächtig hinter die Ohren. Über die weichen Spitzen zu streichen, war eine Art, mich abzulenken, oder vielleicht half es mir auch beim Nachdenken.

„Melodie-Mou, ich weiß nicht, was hier vor sich geht, aber es ist nicht Gaias Schuld. Es ist die Schuld deiner Schwester – falls sie das überhaupt ist.“ Ich hörte Ants Worte durch den Nebel meiner sich überschlagenden Gedanken.

Ich setzte mich auf den Sessel hinter mir und beobachtete Gaia, die das Handy wieder in die Hand nahm und auf den Bildschirm drückte. „Mou-mou, ihr Handy ist gesperrt. Es tut mir so leid, es geht nicht.“ Gaias Stimme zitterte und ihre Augen glänzten plötzlich wie Keres' Verlobungsring. Ich nickte und beruhigte sie. Mein Blick fiel auf Finn.

„Alles in Ordnung mit dir?“

Wie aufs Stichwort rannte er in Richtung der Toilette unter der Treppe und wir hörten, wie er sich übergab. Ich schaute zu Gaia, auf deren Haut sich kleine Schweißperlen gebildet hatten, die wie kleine Zecken an ihr klebten. Sie nahm ihr Milchshakeglas in die Hand und erbrach sich direkt hinein. Sofort war Anton neben ihr und hielt ihr die Haare zurück, damit sie nicht in das Erbrochene fielen, das sich in dem Glas sammelte.

„Was habt ihr gegessen?“ Seine Frage kam wie aus der Pistole geschossen, als versuche er verzweifelt, das Rätsel zu lösen.

Sie war nicht in der Lage zu antworten, während sie über dem Glas hing und würgte. Man konnte sehen, dass sich ihr Magen krampfartig zusammenzog. Schließlich ließen die Krämpfe und das Würgen nach.

„Milchshake.“

Anton nahm ihr das Glas aus der Hand, hob sie hoch und trug sie wie ein Baby in ihr Zimmer. Der arme Finn war immer noch in der unteren Toilette eingesperrt. Als ich allein war, begann ich heftig zu zittern. Jeder Muskel meines Körpers spannte sich beim Gedanken an Keres – oder Evangelina, wer auch immer sie war – an. Dieses unheilvolle Wesen, das ich in unser Haus, in unser Leben gelassen hatte. Meine grün lackierten Nägel gruben sich unbewusst in das Fleisch hinter meinen Knien und ich brauchte keinen Spiegel, um zu wissen, dass die Adern an meinen Schläfen pochend hervorstanden.

Gerade als ich meine Erinnerungen an sie wieder und wieder durchging, schlich Keres – Evangelina – zur Tür herein. Die Mascara lief ihr in Schlieren über die Wangen. Sie kam mit ausgestreckten Armen auf mich zu und sah mich Hilfe suchend an.

„Oh Melodie", jammerte sie schließlich.

Ich stand auf. Machte einen Schritt. Ging zu ihr. Und nahm sie sanft in den Arm. Ich wiegte sie hin und her. „*Sch*, ist ja gut, Evangelina."

Sie riss sich aus meiner beengten Umarmung los, ihre Augen waren schmal und wild wie die einer Ringelnatter.

„Deine Mutter hat angerufen." Ich packte den Ärmel ihres Oberteils, als sie versuchte, sich aus meinem Griff herauszuwinden. „Ja, richtig gehört, deine Mutter. Du widerliches Miststück. Ich weiß nicht, wer zum Teufel du bist, aber du hältst dich von meiner Familie fern, oder, so wahr mir Gott helfe, es wird nichts von dir übrigbleiben!" Während ich sprach, schleifte ich sie hinter mir her und schob sie zur Tür hinaus.

Sie sagte kein Wort. Ich hatte zwar nichts von der Milch getrunken, aber sobald ich die Tür geschlossen hatte, erbrach ich mich in meine Hände.

Kapitel 32

Nachdem wir tagelang zu Hause geblieben waren und uns hinter Bergen von Arbeit versteckt hatten, reservierte Anton für uns einen Tisch im Restaurant Manthos in Agios Stefanos. Es war vor ein paar Jahren wunderschön renoviert worden und wir gingen gern zu besonderen Anlässen dorthin.

Meine blauen Flecke waren verheilt. Ich wusste inzwischen, dass Anton auch in Bezug auf Keres die Wahrheit gesagt hatte. Akis hatte uns erzählt, dass sie ihn ein paar Nächte zuvor gebeten hatte, ihr wehzutun. Sie hatte gesagt, es sei nur zum Spaß, aber er hatte abgelehnt. Offenbar hatte sie jemand anderen gefunden, der bereit gewesen war, ihr blaue Flecke zu verpassen.

Gaia würde anlässlich ihres Geburtstags für einen Filmabend bei Finn übernachten. Sie hatte in der Woche zuvor Geburtstag gehabt und wir hatten eine Sci-Fi-Party für sie gegeben. Gaia war etwas zu aufgeregt wegen der Übernachtung bei Finn und Anton hätte es sich fast anders überlegt. Seit Finn sich mit ihm hingesetzt und über Gaia gesprochen hatte, war Anton ganz anders zu dem Jungen. Er begrüßte ihn jetzt wie einen Sohn. Seit Gaia keine Shakes mehr mit dem Milchshakepulver zubereitete, ging es ihr gut. Keine Übelkeit mehr, nur noch ein strahlendes Lächeln. Das hatte auch zur Folge, dass Anton wieder lächelte. Wir hatten das Pulver aufbewahrt und versuchten herauszufinden, wo wir es testen lassen und klären konnten, was das Problem damit war.

Bereits seit einer Ewigkeit war ich angezogen und bereit zu gehen. Ich war mir nicht sicher, wie lange ich schon wartete. Ich saß auf dem Schalensessel in der Ecke unseres Zimmers und dachte an die dunklen Augen des Mannes, der mich angegriffen hatte. Schwarz. Fast konnte ich das Blut in meinem Mund wieder schmecken. Ich hatte nicht vorgehabt, daran zu denken. Manchmal kam es mir einfach in den Sinn. Dann kam Anton herein und setzte sich dem Sessel gegenüber aufs Bett.

„Du siehst wunderschön aus, meine Melodie-Mou."

„Ist das nicht so, als würde man sagen: ‚Meine Melodie meine'?" Ich hob den Blick nicht, aber aus dem Augenwinkel konnte ich sehen, dass er nickte und lächelte.

„Ja. Das ist ‚Griechlisch'." Er gab ein leises Lachen von sich, kein echtes oder sattes. Nur ein sanftes Nicken, um mir zu zeigen, dass er mich aufmuntern wollte.

„Ich bin bereit. Abgesehen von den Schuhen. Ich dachte an meine orangefarbenen Stöckelschuhe, die passen zum Lippenstift. Kannst du sie bitte holen?"

Als Anton das Zimmer verließ, um meine Schuhe zu holen, stand ich schnell auf und stellte mich vor den Ganzkörperspiegel, der im Badezimmer hing. Ich hatte meine Haare geglättet, was ich selten tat. Ich zwirbelte die weichen Spitzen zwischen meinen Fingern und sagte mir, dass es mein Leben war und es gelebt werden sollte. Ich wollte mich nicht von einem fiesen Mistkerl daran hindern lassen, das Haus zu verlassen. Weder von ihm noch von Keres. Während mir dieser Gedanke noch durch den Kopf schoss wie das Blut in meinen Adern, reichte Anton mir meine dunkelorangenen High Heels mit den breiten Riemchen. Ich zog sie an und wir gingen.

Als wir im Manthos ankamen, ließ sich eine blonde Frau in einem der wunderschönen weißen Korbhängestühle fotografieren, deren Form an ein halbes Ei erinnerte und die dazu einluden, es sich in ihnen bequem zu machen. Ich wollte mich schon immer in einen setzen, aber hatte es jedes Mal nach dem Essen vergessen.

Der Besitzer des Manthos hatte uns den perfekten Tisch gegeben, um den Strand und den Sonnenuntergang zu beobachten. Anton hatte alles im Voraus reserviert. Eine Flasche Champagner wartete bereits auf uns in einem Eiskübel, der an der Tischkante hing wie eine Muschel in der Schere eines Hummers. Anton gab den perfekten Gentleman, zog meinen Stuhl hervor und setzte mich an den Tisch. Er wollte schon den Champagner einschenken, aber der Kellner kam ihm zuvor. Er brachte einen Toast aus. Auf mich. Auf seine Melodie. Auf uns. Darauf, hier zu sein. Auf das Leben. Ich ertrug seine Tischrede keinen Moment länger.

„Du musst aufhören. Es fühlt sich langsam so an, als würdest du mich unter Druck setzen. Oder als ob du auf seltsame Weise wieder mit der Sache anfängst. Bitte, benimm dich einfach normal. Ich will nicht an sie und den Schaden denken, den sie angerichtet hat. Den Schaden, den ich angerichtet habe.“ Er sah plötzlich so verletzt aus. Das war nicht meine Absicht gewesen und darüber ärgerte ich mich unvernünftigerweise noch mehr, also schnauzte ich ihn weiter an. „Bitte, mach nicht so ein Gesicht. Ich will das alles einfach vergessen. Bitte."

„Natürlich, Melodie-Mou. Ich bin nur froh, dass wir den Abend für uns haben."

„Es tut mir leid. Ich bin das Problem, nicht du. Nein, ich bin es gar nicht. Es liegt an ihm, an ihr. Es sind die letzten Monate voller unbeantworteter Fragen, die mir ständig durch den Kopf gehen."

„Ich denke einfach ständig: ‚Wo war sie eigentlich?'"

„Nicht das schon wieder." Ich stellte mein Glas ab, noch bevor ich überhaupt einen Schluck getrunken hatte. Anton hatte sich schon oft gefragt, wie es so lange hatte dauern können, einen Ohrring zu suchen. Jedes Mal hatte Keres – Evangelina – dasselbe gesagt: Er war in ihr Oberteil gefallen, dort konnte sie ihn aber nicht finden. Schließlich fand sie ihn auf dem Boden. Das war alles. Ich erklärte, dass ich einen Sprint hingelegt hatte, um Zeit für ein Gespräch mit ihr zu haben. Es war das Einzige, das nicht ihre Schuld gewesen war. „Ich kann das nicht noch einmal durchkauen. Ich weiß, dass sie gelogen und betrogen hat, aber sie hat mir trotzdem das Leben gerettet. Wer auch immer sie wirklich ist, dafür kann ich ihr trotzdem dankbar sein."

„Es tut mir leid. Du hast ja recht. Schauen wir uns einfach die Speisekarte an und reden über etwas Schönes." Er bedeckte meine Finger mit seinen und sein Daumen glitt in meine Handfläche. Es war nicht fair, es immer wieder an Ant auszulassen. Wenn er den Mann, der mir wehgetan hatte, in die Finger bekäme, würde er ihn umbringen. Aber es war gut zu wissen, dass er Keres ... Evangelina nie wehgetan hatte.

Wir beschlossen, erst einmal in Ruhe etwas zu trinken und den Blick auf das Meer und das orange-goldene Glitzern zu genießen, mit dem sich die Sonne auf der Meeresoberfläche elegant spiegelte.

Wir ließen uns einen Rote-Bete-Dip und frisches, knuspriges Weißbrot schmecken. Danach wurde der Fang des Tages –

Wolfsbarsch – an den Tisch gebracht. Das Essen war wunderschön angerichtet, schmeckte würzig und frisch. Der Kellner kam mit einem breiten Lächeln auf dem Gesicht zu uns, die Locken auf seinem Kopf wippten fröhlich im Takt seiner Schritte. Er begann zu sprechen, aber ich musste ihn gleich unterbrechen.

„Was haben Sie da gesagt?" Ich schaute zwischen ihm und Anton hin und her und zeigte auf den Kellner. „Anton, was hat er gesagt?"

Beide zogen den Kopf irritiert ein und runzelten die Stirn.

„Ich habe gesagt: ‚Ist alles nach Plan verlaufen?'"

„Er hat bloß gefragt, ob das mit dem Tisch und dem Champagner nach Plan gelaufen ist. Warum?"

„Sagen Sie es noch einmal." Ich fuchtelte mit der offenen Hand in Richtung des Kellners. „Auf Griechisch! Sagen Sie es noch einmal! Bitte!"

Der Kellner wiederholte langsam auf Griechisch: „Ist alles nach Plan verlaufen?"

„O mein Gott. Wir müssen gehen. Ich muss weg von hier."

„Kein Nachtisch?"

Das war mir egal. Ich musste gehen. Wir saßen zwar draußen, aber das Stimmengewirr der anderen Gäste brachte meinen Kopf beinahe zum Explodieren und ich musste nachdenken. Ich marschierte unter dem weiß getünchten, betonierten Bogen am Eingang hindurch und lehnte mich kurz dagegen, um meine Schuhe auszuziehen, bevor ich nach rechts abbog, den Hügel hinauf. Eine Minute später rannte Anton hinter mir her und rief mir zu, ich solle langsamer gehen.

„Ich glaube, ich habe gerade dreißig Euro Trinkgeld gegeben! Was ist denn los? Bleib stehen!"

Er schaffte es, sich vor mich zu stellen, aber ich hatte Angst, dass ich hyperventilieren würde, wenn ich stehen blieb. Die Bewegung war das Einzige, was meiner Atmung einen Rhythmus gab.

„Bleib stehen“, flüsterte er mir zu, während er sich nach vorn beugte und meine Schultern festhielt. „Melodie.“ Er hob mein Kinn an, damit ich ihm in die Augen sah. Unter meinen flachen Atemzügen hob sich meine Brust hektisch und meine Schultern zuckten.

„Er, er ...“ Ich schnappte nach Luft, als ich zu sprechen versuchte, und erinnerte mich daran, wie schwer mir das Atmen an diesem Tag gefallen war. „Er hat genau das gesagt. Zu Keres, zu ihr. Was der Kellner gesagt hat. *Schédio*. Das Wort für ‚Plan‘.“

Anton zog mich am Straßenrand in seine Arme. Es war egal, dass wir den Menschen auf der Straße im Weg standen und sie uns anstarrten oder dass die Autos bremsen mussten, um mit Abstand an uns vorbeizufahren. Ich zitterte am ganzen Körper, als ob mir kalt wäre, und weinte an seiner Schulter. Irgendwann hob er mich hoch und es war mir egal, was die anderen dachten. Ich schlang die Arme um seinen Hals und ließ mich von ihm bis zum Auto tragen.

„Warum sollte er immer wieder *schédio* zu ihr sagen? Sie ... sie kannte ihn, richtig? Ich ... ich bin so eine verdammte Idiotin. Ich habe sie in unser Haus gelassen. Es tut mir so unendlich leid.“ Unter meinen Tränen wurden meine Worte undeutlich und verschwommen, so wie mein Make-up. Anton hatte seinen Arm über den Schaltknüppel hinweg nach mir ausgestreckt, aber sein Körper war vollkommen erstarrt, wie eine undurchdringliche Betonmauer.

Kapitel 33

„Was machen wir jetzt?“, wollte ich von Anton wissen, als wir uns für einen Kaffee ins Taste me setzten. Wir hatten nicht viel Zeit, denn Anton hatte versprochen, Basil und Michail im Garten zu helfen. Sie mussten etwas wegen des Pools besprechen, und ich würde mich mit Maria und dem kleinen Noah treffen.

Nach unserem schönen, aber abgebrochenen Abend im Manthos war ich völlig durcheinander. Ich hatte versucht, eine Nacht darüber zu schlafen, damit wir im hellen Licht des Morgens darüber reden konnten, wie es nun weitergehen sollte. Wir waren uns einig, dass ein Kaffee bei Taste Me – mit der schönen Aussicht auf all die Bäume und weiter dahinter auf das Meer – der beste Ort war, um sich einen Überblick über die Situation zu verschaffen. Ich beobachtete Anton, wie er nach vorn gebeugt auf dem niedrigen Sessel saß. Er hatte ein Bein seitlich von dem niedrigen Tischchen ausgestreckt und stützte sich auf dem haarigen Knie des anderen ab, während er immer wieder mit seinem Handy auf die gläserne Tischplatte klopfte. Unter der Glasplatte lagen weiße Steine in eleganten Reihen und ich machte mir Sorgen, ob sie brechen könnte.

„Ich denke, wir sollten zur Polizei gehen. Wir kennen ihren Namen. Wissen, wie sie aussieht."

„Aber sie war es nicht, die mich angegriffen hat, und die Beweislage ist bestenfalls dünn. Ich denke, wir sollten einfach unser Leben weiterleben. Vergessen, dass es diese schreckliche Frau überhaupt gegeben hat. Hast du heute schon mit Akis geredet? Wie geht es ihm jetzt, da er wieder in England ist?"

„Ich glaube, Mamas Verhätschelung wird ihm bald unangenehm werden und er wird wieder nach Korfu zurückkehren. Auch wenn die Sache mit Keres ihm einen ordentlichen Dämpfer versetzt hat, denke ich, dass er hier glücklicher wäre. Ich will sie eigentlich nicht damit davonkommen lassen und ignorieren, was sie getan hat. Aber vielleicht haben wir keine andere Wahl."

„Glaubst du, sie hat etwas in Gaias Milchshakepulver getan? Vorher hätte ich mir das nicht vorstellen können, aber jetzt ..."

Antons Hand, in der er einen Espresso hielt, erstarrte auf halbem Weg zu seinem Mund. Dann stellte er die Tasse wieder hin, ohne einen Schluck zu nehmen. „Aber warum sollte sie ...?"

„Warum sollte sie jemanden damit beauftragen, mich anzugreifen? Lügen über dich verbreiten? Das passt alles nicht zusammen. Nicht wirklich."

Er murmelte etwas auf Griechisch, ich konnte ihn kaum hören, geschweige denn verstehen. Dann atmete er aus und fuhr sich mit beiden Händen über sein perfekt frisiertes Haar.

„Manche Menschen werden böse geboren, Melodie-Mou. Manche Menschen werden es mit der Zeit. Lass uns einfach froh sein, dass sie fort ist." Ich nahm einen Schluck von meinem kühlen Café frappé, um die Hitze, die auf meine Schultern drückte, zu lindern. Normalerweise mochte ich den Frappé bei Taste Me sehr gern, aber durch den Stress der vergangenen Monate konnte ich ihn nicht richtig genießen. Ich stellte ihn hin und ließ meinen Blick zum Meer in der Ferne schweifen. Die geschwungene Küste Korfus bildete ein perfektes V und umrahmte das Blau wie ein schönes Gemälde. Anton saß mir gegenüber und nippte an seinem Espresso. Sein Duft stieg mir in die Nase und ich sog ihn tief ein. „Wie geht es dir?" Er hielt inne und sah mich eingehend an.

„Tja, mir geht's gut, denke ich. Wie es einem eben so geht, wenn man von seiner geistesgestörten Schwester hintergangen wurde ... Wieso?" Er kräuselte amüsiert einen Mundwinkel und hatte einen sanften Ausdruck in den Augen, als er mich ansah.

Es war eine Erleichterung zu wissen, dass nicht alles in die Brüche ging, dass er immer noch an meiner Seite war, egal was für aberwitzige Dinge geschahen oder welche verrückten Menschen ich in unser Leben ließ. Dann verschwand sein mitfühlender, liebevoller Gesichtsausdruck. Er stützte das Kinn in die Hand und seine Augen bewegten sich, als würde er die kleinen weißen Steine unter der Glasplatte zählen. Langsam beugte er sich zu mir vor und instinktiv tat ich es ihm gleich, bis unsere Nasen nur noch wenige Zentimeter voneinander entfernt waren.

„Melodie-Mou, bist du überfällig?"

Einen kurzen Moment lang war ich mir nicht sicher, was er meinte. Ich sagte nichts, nicht sofort. Dann machte ich wahrscheinlich ein Gesicht, als würde ich auch die Steine zählen, und Anton lächelte langsam. Meine Periode war zwar nicht ganz regelmäßig, aber er hatte recht. Bei all dem verrückten Treiben hatte ich gar nicht bemerkt, dass schon einige Wochen seit meiner letzten Periode vergangen waren.

„Vielleicht." Ich flüsterte so leise, dass ich mir selbst nicht einmal sicher war, ob ich wirklich etwas gesagt hatte. Der Träger meines Leinenoberteils rutschte von der Schulter und Ant fasste über den Tisch, um ihn wieder nach oben zu schieben. Ein kurzer Schreck durchzuckte mich, als ob die Spannung und Erregung zwischen uns etwas erzeugte, das wir nicht kontrollieren konnten. „Bitte mach dich deswegen nicht verrückt. Kaufen wir einen Test, damit wir nicht den ganzen Tag darüber nachdenken müssen." Kaum hatte ich das gesagt, stand er auf, bezahlte die Rechnung und schleppte mich zum Auto, um zur örtlichen Apotheke zu fahren.

„Warte, hör auf. Du musst nach Hause zu Basil und Michail. Du setzt mich zu Hause ab, und ich besorge einen Test. Sobald du die Sache mit Basil erledigt hast, verrate ich dir das Ergebnis." Ich versuchte, die Lippen nicht zu bewegen, konnte aber ein Grinsen kaum unterdrücken.

„Nein! Du wartest auf mich, bevor du den Test machst. Ich habe erst lange nach Katerina von Gaia erfahren. Das ist nicht fair. Warte auf mich."

„Na gut. Wie wäre es, wenn ich mich mit Maria treffe und wir zusammen einen Test besorgen? Das wäre vielleicht besser, denn wer weiß, was ich aus Versehen kaufe. Als ob ich das griechische Wort für ‚Schwangerschaftstest' kennen würde. Ich weiß, ich habe schon Fortschritte gemacht, aber das ist ein bisschen ... speziell."

Maria wartete bereits in der Taverne Olympia auf mich. Ich konnte sie sehen, als ich vom Parkplatz heraufkam. Sie schaukelte das Bündel in ihren Armen, während sie durch den Garten schlenderte und die Keramiktöpfe und Dekosteine umrundete. Als sie mich sah, machte sie sich auf den Weg zurück zum Tisch, der neben der Wiese auf der Terrasse stand. Ich wusste, dass es unser Tisch war, weil ein marineblauer Kinderwagen danebenstand.

„Ich dachte, ich würde zu spät kommen. Schließlich bin ich diejenige mit einem Baby“, sagte Maria und trat vor, um mich zu küssen, wobei sie mich fast mit einem ihrer zwei kleinen Fischgrätenzöpfe, die hinter ihren Ohren hervorlugten, pikste. Noah weinte in ihren Armen und sie wippte auf den Zehenspitzen, um ihn zu beruhigen. Er war knallrot angelaufen und seine schwarzen Haare standen wie wilde Grasbüschel von seinem Kopf ab. Auf dem weißen, kurzärmeligen Body hatte sich ein leuchtend gelber Ring um ein Beinchen gebildet, das sich an Marias Arm drückte.

„Ich glaube, er braucht eine frische Windel“, sagte ich und deutete auf das Leck.

Maria fluchte auf Griechisch.

„Ich kann ihn halten, während du alles vorbereitest. Bitte!“

„Pass auf, dass kein Aa auf deinem schönen Oberteil landet. Ich glaube nicht, dass es einen gelben Fleck nötig hat.“ Sie schaute an sich herunter, als sie ihn mir reichte. „Im Gegensatz zu meinem. Und meiner gesamten Garderobe. Noah findet, dass alle meine Sachen heute einen gelben Fleck gebrauchen könnten.“

„Vielleicht war Blassrosa keine gute Wahl für Mami? Oder, Noah?“, gurrte ich und ließ das kleine rote Wesen in meinen Armen auf und ab hopsen. „Du solltest vielleicht öfter Schwarz tragen.“ Ich lachte.

Sobald Noah gewickelt und gefüttert worden war, schlief er ohne viel Aufhebens in seinem Kinderwagen ein und wir konnten das Mittagessen genießen und uns auf den neuesten Stand bringen. Als meine Garnelen mit Chili und Knoblauch serviert wurden, überkam mich eine leichte Panik, die sich wie ein Schauer vom unteren Ende meiner Wirbelsäule bis zu den Haarwurzeln ausbreitete. Dürfte ich Garnelen essen, wenn ich schwanger war? Ich wusste es nicht. Ich zupfte an meinem kurzen Leinenoberteil, überlegte und ließ mir Zeit, während ich den dezenten, frischen Chiliduft der Soße einsog.

„Ist etwas nicht in Ordnung mit den Garnelen?"

„Nein. Sie riechen wunderbar. Ich bin nur ..." Ich schaute auf und sah, wie Maria gerade eine Gabel voll frischer Backkartoffel mit Speck an ihren Mund führte. Sie hob fragend eine schmale Augenbraue. Ich wusste nicht, was ich sagen sollte. Wahrscheinlich war es in Ordnung, aber ich hatte im Hinterkopf, dass es ein paar Fischsorten – und vielleicht auch Schalentiere – gab, von denen in der Schwangerschaft abgeraten wurde. „Ich bin mir nicht sicher, ob ich die richtige Wahl getroffen habe. Ich weiß gar nicht, ob ich überhaupt Hunger habe."

Dann zog sie beide Augenbrauen zu einer dünnen Linie zusammen und fuchtelte mit ihrer Gabel in meine Richtung, als wäre sie Teil ihrer argwöhnischen Mimik. „Nein, Süße. Rede keinen Blödsinn. Du liebst Garnelen und du liebst diese Garnelen. Sag mir, was los ist."

Ich zögerte, denn ich wusste, wie rot mein Gesicht anlaufen und sie mich weiter zur Rede stellen würde, wenn ich lügen würde. „Ich ... ich bin vielleicht schwanger."

Die Gabel fiel ihr mit einem lauten Klappern aus der rechten Hand, und im selben Moment ächzte Noah in seinem Kinderwagen. Ich hatte Maria noch nie so schnell aufspringen sehen. Sie schnappte sich den Kinderwagen, um das kleine rot angelaufene Wesen darin sanft zu schaukeln und zu beruhigen. „Was meinst du mit ‚vielleicht'?"

„Wir werden heute noch einen Test besorgen. Ich glaube, meine Periode ist überfällig. Kann ich trotzdem Garnelen essen? Ich habe plötzlich Angst bekommen, weil ich es nicht weiß."

Ihre blauen Augen waren so weit aufgerissen, dass sie ihre Augenbrauen fast aus dem Gesicht zu schieben schienen. Ihr Gesichtsausdruck brachte mich ein wenig zum Lachen. „Oh, verdammt noch mal, es wird einem ständig von etwas abgeraten. Vertraust du darauf, dass sie dir bei Olympia frische, gut gekochte Garnelen servieren?“ Ich nickte eifrig. „Dann sollte es kein Problem sein.“

„Gut! Ich bin am Verhungern. Ich fühle mich schon den ganzen Morgen nicht gut.“

Ein Lächeln umspielte ihren Mund, als sie sich hinsetzte, um zu essen, was noch auf ihrer Gabel war. Vorsichtig legte sie die Gabel hin und machte kurze, leise Klatschbewegungen und trippelte mit den Füßen unter dem Tisch auf den Boden, als wolle sie einen Freudentanz andeuten. „Bitte hör auf. Vielleicht bin ich es nicht. Und selbst wenn, wäre es noch sehr früh!“

„Okay, ich höre auf. So oder so wirst du es irgendwann sein. Du bist schon jetzt eine wunderbare Mutter für Gaia. Hast du es ihr gesagt? Oder Keres?“, fragte sie mit halb vollem Mund.

„Das ist auch so etwas, das ich dir erzählen wollte. Ich wollte dich nicht beunruhigen, nicht mit Noah – du hast schon genug zu tun.“

„Mich womit beunruhigen? Sag schon!“

„Es ist eine lange Geschichte. Eine sehr lange Geschichte. Aber Keres war nicht Keres. Sie ist nicht die, die sie vorgegeben hat zu sein.“

„Mist! Ich wusste es! Süße, ich wusste es verdammt noch mal! Als ich sie sah, sagten mir meine Hormone: Nein! Ihr darf man nicht trauen.“

„Nun, deine Hormone hatten recht.“

„Es ist wegen deines Sternzeichens.“

„Was?“

„Du bist Krebs. Zu einfühlsam und vertrauensvoll, Melodie. Ich schwöre, du würdest jede Geschichte glauben.“

„So schlimm bin ich auch wieder nicht.“ Ich schob mir eine frische, fette Riesengarnele in den Mund und kaute sie. Ich wollte ihr nicht von dem Angriff erzählen, aber ich wusste, dass ich es tun musste. Sie machte ein Gesicht, als würde sie im Kino sitzen und Popcorn essen, völlig gebannt von einem Horrorfilm, und wartete auf das tragische Ende, bei dem die schreiende Hauptdarstellerin bei lebendigem Leib aufgefressen wird. Es war lustig, ich erzählte die ganze Geschichte, alles – von Akis, Nico, dem Kerl aus Sidari, dem Angriff, dass ich ihr fast etwas von meinem Erbe gegeben hätte, die Anschuldigung, die Möglichkeit, dass sie Gaia vergiftet hatte, die Lügen, alles, als wäre es eine Einkaufsliste, von der ich ablesen würde. Maria konnte sich zwar vor Aufregung kaum auf ihrem Stuhl halten, aber ich versuchte, kein Drama daraus zu machen. Ich hatte mich von meinen Gefühlen gelöst. Wie ein Eisberg, der vom Schelfeis bricht und im Meer dahindümpelt.

„Glaubst du wirklich, dass dieses Miststück den Milchshake vergiftet hat? Ich traue es ihr auf jeden Fall zu! Wenn ich sie jemals wiedersehe ..." Maria schüttelte bloß den Kopf und blickte in die Ferne zu dem kleinen Stück Meer, das am Ende der Straße zu erkennen war.

„Ehrlich gesagt will ich darüber nicht einmal nachdenken. Wenn sie es war, ist es so, als hätte ich Gaia wehgetan, weil ich diese Frau in unser Haus gelassen habe. Warum sollte sie so etwas tun? Ich kann das alles nicht begreifen."

„Weil sie eine Spinnerin ist, deshalb. Schau dir bloß deinen grausamen Vater an. Grausamer Vater, grausame Tochter." Ihre Worte ließen mich zusammenzucken. „Tut mir leid." Ich sah, wie sie die Lippen zu einer schmalen Linie presste.

„Es ist nicht deine Schuld, dass er ein sadistischer Mistkerl war. Sein Verhalten lässt sich nicht vernünftig erklären. Die Sache ist die: Sie ist nicht meine Schwester. Ihr Name war nicht Keres und auf ihrem Handy hat ihre Mutter angerufen. Ich weiß nicht, wer sie war." Ich hielt inne und beobachtete, wie ein paar Urlauber miteinander lachten, während sie mit Handtüchern die Straße zum Meer hinuntergingen. „Aber warum die arme Gaia? Das ganze blöde Gerede über Finn und der Versuch, sie in ein schlechtes Licht zu rücken. Wozu das Ganze?“

„*Divide et impera*? Teile und herrsche?“

Eine Wespe schwirrte auf mich zu und ich schlug sie mit dem Handrücken weg, sodass sie auf dem Tisch zappelte. *Teile und herrsche*? Der Gedanke wand sich in mir wie die Wespe auf dem Tisch, bis sie sich schließlich aufrichtete und davonflog. Ich war ein bisschen neidisch auf ihre Fähigkeit, der Situation zu entkommen.

„Vielleicht hast du recht. Allerdings glaube ich nicht, dass wir je erfahren werden, warum.“

„Du kannst nicht vernünftig mit jemandem reden, der sich unvernünftig benimmt, Melo. Das kannst du einfach nicht. Ehrlich gesagt glaube ich, dass sie geistesgestört ist oder so. Wenn du sie noch einmal siehst, ruf die Polizei.“

„Du hast recht. Wir sind ohne sie einfach besser dran.“ Ich atmete hörbar mit offenem Mund aus. „Ich will nicht mehr über sie reden. Erzähl mir mehr von dir und diesem wunderhübschen kleinen Wesen. Ich muss meine Aufmerksamkeit auf das Gute in der Welt richten.“

Als Maria mir erzählte, wie viel Spaß es ihr bereitete, Babykleidung auszusuchen, und wie wenig Freude es machte, sich selbst anzuziehen, kribbelte mein Körper bei dem Gedanken daran, dass ich in einem Jahr in ihrer Situation sein könnte. Ich wollte mir keine allzu großen Hoffnungen machen, aber dafür war es schon zu spät: Sie waren bereits immens.

Als der kleine Noah aufwachte und Hunger hatte, beschlossen wir, unser Glück nicht überzustrapazieren. Maria meinte, die Tatsache, dass wir es tatsächlich geschafft hatten, uns eine ganze Stunde lang ohne Unterbrechung zu unterhalten, käme einem Wunder schon sehr nahe. Auf der Rückfahrt war mein Magen damit beschäftigt, die fetten Garnelen zu verdauen. Sie schaukelten in meinem Bauch, als würden sie noch im Meer schwimmen. Ich wollte unbedingt herausfinden, ob dort mehr als nur Garnelen herumschwammen.

Kapitel 34

Sobald ich aus dem Auto stieg, vernahm ich ein dröhnendes Lachen aus dem Garten. Statt durch das Haus zu gehen, marschierte ich an der Seite entlang, trat durch das hohe Metalltor und unter dem Bougainvillea-Bogen hindurch in den Garten, um den Grund für das Gelächter zu erfahren. Da stand Anton, klopfte mit der Hand auf Basils Rücken und wischte sich vor Lachen Tränen aus dem Gesicht. Daneben war Michail, der wohl den Scherz gemacht hatte.

„*Kalispera*", rief ich, als ich auf sie zuging.

„War das deine Idee oder die des großen Mannes?", fragte Basil. „Wir brauchen mehr Material, jetzt, da ihr die Konstruktion ändern wollt. Aber keine Sorge, wir können heute noch etwas machen."

„Warte! Wir ändern was?"

Die drei sahen einander an. Michail hatte schon die ganze Zeit mit großen Augen zwischen uns hin- und hergeschaut, aber jetzt taten Ant und Basil es ihm gleich.

„Ich habe es falsch ausgedrückt. Anton wird es dir erklären!" Er gab Anton einen kräftigen Klaps auf die Schulter, bevor er und Michail sich auf den Weg zur Lichtung machten.

„Also? Warum änderst du etwas? Ich dachte, es macht dir nichts aus?"

„Es tut mir leid. Mir ist eingefallen, dass es schön wäre, einen flachen Abschnitt zu haben."

„An einem Ende ist das Wasser flach", entgegnete ich.

„Nein, ich meinte eine kleine Ergänzung. Ein sicherer Bereich, in dem wir sitzen können und das Baby spielen kann. Sobald es ein Kleinkind ist, meine ich. Tut mir leid, ich bin so aufgeregt."

„Na gut, in diesem Fall sollten wir es wohl besser herausfinden."

Unsere Handys vibrierten. Wir hörten auf zu lächeln und zogen gleichzeitig die Handys heraus, Ant aus seiner Gesäßtasche und ich aus der Handtasche an meiner Schulter. Es war Gaia:

Kann mich jemand abholen? Ich bin früher fertig geworden. Könnt ihr mich bitte bei Finn absetzen?

„Kein Problem", sagte ich. „Wir können den Test unterwegs besorgen und dann Gaia holen." Als ich zu Anton aufblickte, lächelte er nicht, wie ich es erwartet hatte. Tatsächlich zeigte er die Zähne und machte eine Grimasse. „Was ist?"

„Ich muss mit Basil den neuen Poolbereich abstecken, um zu sehen, ob der Bagger nochmal kommen muss. Wenn du Gaia holen könntest, besorge ich den Test, sobald ich fertig bin. Okay?" Er entspannte sich und sein Gesicht nahm wieder seine normalen, gut aussehenden Züge an. Die Spitzen seiner Wimpern glänzten in der Sonne, wodurch seine Augen fast in einem schönen, hellen Mintgrün zu leuchten schienen. Er beugte sich vor und küsste mich. Es war nicht unser normaler kurzer Abschiedskuss, wie ich erwartet hätte. Er zog mich in seine Arme und presste seine weichen, vollen Lippen fest auf meine.

„*Se agapó.*"

„Ich liebe dich auch."

Dann machte er sich auf den Weg durch den Garten, wobei er fast rannte, um Basil und Michail einzuholen. Mit dem Gefühl seiner Lippen auf meinen ging ich wie benommen um das Haus und unter dem Bougainvillea-Bogen hindurch. Als ich die Einfahrt erreichte, stand dort ein fremdes Auto mit einem sehr vertrauten Gesicht hinter dem Steuer. Es war Keres/Evangelina.

Sie stieg aus dem Auto und war ganz in Schwarz gekleidet, wie der Sensenmann in Hotpants. Ich wühlte in meiner offenen Handtasche nach meinen Schlüsseln, ich wusste nicht recht, was mich erwarten würde. Mit den Händen auf ihrer Brust kam sie auf mich zu, als ob ich diejenige wäre, vor der man sich in Acht nehmen müsste.

„Melodie. Ich muss dir alles erklären. Ich konnte mich nicht länger fernhalten. Ich bin deine Schwester. Aber nur zur Hälfte. Bitte hör mir zu." Sie lief vor mir her, während ich weiter auf meinen Mini zusteuerte. Sie hatte es geschafft, sich zwischen mich und das Auto zu drängen und sich mit dem Rücken dagegenzustemmen.

„Rede nicht mit mir. Sieh mich nicht einmal an, verdammt. Wie soll ich dir glauben? Du hast den Angriff auf mich eingefädelt, oder etwa nicht?" Mein Herz pochte so stark, als wäre ich gerade auf einer unserer gemeinsamen Laufrunden durch den Olivenhain. Die Nachmittagssonne schnürte mir die Luft ab, wie ein enges Korsett.

„Ja. Ich werde nicht mehr lügen. Du sollst wissen, dass du mir vertrauen kannst. Du warst nicht in Gefahr."

„Nicht in Gefahr? Der Mistkerl hätte mir fast den Knöchel gebrochen und mir den Arm ausgekugelt!"

„Er dachte, dass du das magst. Ich habe ihm gesagt, das sei ein Sexspiel. Das war eine dumme Idee. Ich wollte, dass du mir vertraust. Das war alles." Je schneller sie sprach, desto stärker trat ihr griechischer Akzent hervor. „Melodie, ich bin deine Schwester. Ich liebe dich. Ich bin dumm, ja. Eine Idiotin. Bitte hör mir zu."

Meine Handfläche klatschte auf das weiche Fleisch ihrer Wange und verursachte dabei ein Geräusch, das so deutlich und befriedigend war, das nicht einmal ein einsames Klatschen in einem leeren Haus es übertreffen könnte. Ich hatte noch nie jemanden geschlagen. Nicht, dass ich mich erinnern könnte. Jedenfalls nicht auf diese Weise. Nicht die Art von hartem Schlag, bei der man sich nach hinten dreht, um Schwung zu holen und jeden Muskel der Schulter anspannt. Evangelina stand mit glühendem Gesicht vor mir, dann drehte sie sich ruckartig zur rechten Seite und kniff die Augen zu.

„Bitte hör mir zu", flüsterte sie. „Mein Vater war Adam Jones. Er war gut zu mir. Meine Mutter wusste nichts von Liliana. Ich wusste weder von ihr noch von dir. Er war nicht da und sie merkte, dass er eine andere hatte, und sagte ihm, er solle nicht wiederkommen. Nachdem meine Mutter ihn fortgejagt hatte, kam er nicht mehr zu Besuch. Als ich Geld hatte, habe ich nach ihm gesucht. Und ich habe dich gefunden."

„Was? Und warum lügst du mich dann an und sagst, dein Name sei Keres? Das ergibt doch keinen Sinn! Warum hast du mir das nicht von Anfang an erzählt? Du bist auf jeden Fall sein Kind. Du bist eine böse Hexe! Du bist genau wie er." Jeder Muskel in meinem Körper spannte sich noch stärker an, als es mir überhaupt möglich erschien, und bei jedem kurzen heißen Atemzug wurde mir vor

Wut schwindelig. „Sag mir, warum du gelogen hast.“ Sie zuckte mit den Schultern und rieb sich den Abdruck auf ihrer Wange, der in der Sonne wohl schmerzhaft pochte.

„Ich kannte dich nicht. Ich habe dir nicht getraut. Ich musste herausfinden, wer du bist. Ob du mich belogen hast, um mir Papas Haus wegzunehmen. Du hast mich Keres genannt, ein schrecklicher Name, aber ich wusste nicht, warum du mich so nennst. Also habe ich versucht, es herauszufinden. Ich habe mitgespielt.“

„Hast du Gaia vergiftet?“

„Nein. Warum sollte ich so etwas tun?“

Ich ließ meine Tasche und meine Schlüssel fallen und packte sie wutentbrannt am Genick. Ich zog sie an mich heran. Bisher war ich noch nie handgreiflich geworden. Allerdings war ich in meinem Leben auch noch nie so wütend gewesen. Der Gedanke, dass sie Gaia wehgetan hatte, brachte mich dazu, dass ich sie am liebsten mit meinen Fingernägeln in Stücke gerissen hätte.

„Sag mir die Wahrheit, Keres!“ Ich schüttelte sie bei jedem Wort. „Du warst es, nicht wahr? Du hast etwas in ihren Milchshake getan! Wenn du mir sagst, was es war, lasse ich dich gehen.“

„Ja! Das habe ich.“ Sie zappelte und schrie etwas auf Griechisch, das ich nicht verstand, bevor sie mich wegstieß. Sie stand ganz still da und zitterte sichtlich, bevor sie ihre Arme um sich schlang und sich an ihren eigenen Ellbogen festhielt.

„Es tut mir leid. Bitte, verzeih mir. Mein Bruder hat mich gequält und ich gab ihm *Ipecac*, damit ihm schlecht wurde und er mich in Ruhe ließ. Ich wollte nur Zeit mit dir verbringen. Gaia wurde nicht verletzt.“

Der Moment schien sich in die Länge zu ziehen, kein weiteres Wort wurde gesprochen, nur das Geräusch von Elektrizität lag in der Luft. Ich hatte keine Ahnung, was *Ipecac* war, aber ich wiederholte es immer und immer wieder in meinem Kopf, um es mir zu merken, bevor ich reagieren konnte.

„Wie kannst du das sagen?“, stieß ich durch die Zähne hervor. „Woher willst du das wissen? Das arme Mädchen hat so viel abgenommen, dass es nur noch Haut und Knochen war, und du bist so dreist zu behaupten, dass sie ‚nicht verletzt‘ wurde. Was stimmt nicht mit dir? Ich habe mein Herz, mein Zuhause für dich geöffnet und dich aufgenommen. Was stimmt bloß nicht mit dir?“

„Du liebst sie mehr als mich. Sogar jetzt noch, *das stimmt nicht mit mir*. Du gibst mir die Schuld! Ich will dich einfach für mich haben. Wieso ist das schlecht? Wenn Gaia krank ist, kochst du mit mir. Du redest mit mir und gehst mit mir laufen. Endlich können wir Schwestern sein. Das ist etwas Gutes. Ich tue ihr nicht weh, nein, ich helfe dir. Ich mache dir das Leben leichter, damit diese Menschen dich nicht mehr von deiner einzigen Schwester fernhalten und dich ... dich“, sie sah sich suchend nach einem Wort um, „manipulieren.“

„Wovon redest du? Gaia und Anton sind das Beste, was mir je passiert ist ... Moment, ist er auch mein Bruder? Ist Andreas Adams Sohn?“ Sie schüttelte den Kopf und ich konnte nicht anders, als erleichtert aufzuatmen.

„Nein, keine Sorge. Es erwarten dich nicht noch mehr ungewollte Geschwister. Es gibt nur mich. Schick mich weg, dann habe ich kein Zuhause mehr. Das wollten Anton und seine geliebte Tochter ohnehin die ganze Zeit.“

„Willst du mich auf den Arm nehmen, Keres ... Evangelina oder wie auch immer du verdammt noch mal heißen magst? Liebe ist kein Kuchen, den man aufisst und dann ist nichts mehr davon übrig. Du bist genauso gestört wie unser kontrollsüchtiger Vater.“ Ich presste mir die Hände auf die Augen und versuchte verzweifelt zu vergessen, was ich getan hatte, als ich sie in unser Leben ließ. „Ich kann nicht glauben, dass ich dich in unser Haus gelassen habe. Ich will dich nicht mehr in unserer Nähe haben."

„Sag das nicht, Melodie, wir sind Schwestern."

„Und weiter? Du hast nur versucht, alles zu zerstören, was ich habe. Und wofür? Für Geld? Habe ich nicht gesagt, dass du die Hälfte von allem haben kannst, was mir gehört? War das nicht genug für dich? Oder ging es nur darum, mich zu kontrollieren? Vielleicht, weil es dir Spaß macht, Menschen zu quälen?"

„Nicht die Hälfte von allem." Ihre Stimme war leise und ihre blauen Augen verwandelten sich in schwarze Löcher.

„Geht es darum? War es nicht genug Geld für dich? Du wolltest den ganzen verdammten Haufen? Uns alle nacheinander umbringen, damit du das ganze Geld bekommst?" In diesem Moment war ich mir sicher, dass ich etwas in ihrem Gesicht gesehen hatte. Nur ein Zucken in ihrer Wange, fast so, als würde sie ein Lachen unterdrücken. Sie fing an zu reden, leugnete, dass es um Geld ging und sagte, sie wolle mich nur in ihrem Leben haben. Ich bekam einen trockenen Mund und der Schweiß in meinem Nacken ließ mich selbst in der brennenden Hitze der Sonne frösteln. *Sie würde am liebsten lachen.* Das war alles, was ich denken konnte. *Für sie ist das alles ein Witz. Ich bin ein Witz für sie.* Sie redete immer noch, als ich sie unterbrach.

„Es ist Zeit zu gehen." Sie bewegte sich nicht sofort und als sie es tat, sah sie mich mit flehenden Augen an und ich spürte, dass gleich Lügen aus ihr heraussprudeln würden, als sie ihren Mund öffnete. „Hau einfach ab! Ich lasse nicht zu, dass du noch einmal einen von uns vergiftest. Geh weg von mir, sofort!", schrie ich und stampfte mit dem Fuß auf.

Da zeigte sie ihr wahres Gesicht. Vielleicht konnte sie sehen, dass sie ohnehin nicht gewinnen würde. Sie nahm ihre Keres-Maske ab und wurde zu Evangelina. Sie hielt mir ihre offene Handfläche mit ausgestreckten Fingern entgegen und zischte auf Griechisch:

„*Na! Na!*" Das war eine Moutza, eine Geste der Beleidigung, die schlimmer war als mancherorts der Mittelfinger. Dann stieß sie ihren Zeigefinger gegen meine Brust. Ihr Mund bewegte sich so schnell und so nah an meinem Gesicht, dass ich instinktiv rückwärts stolperte, als sie mir ihre Worte entgegenspuckte. „Papa war ein guter Mensch. *Skatá ston táfo sou*." Ich kannte den Spruch aus dem Sprachführer für Schimpfwörter, den Akis mir geschenkt hatte. Er bedeutete: „Scheiß auf dein Grab."

„*Póso malákas íse*?", erwiderte ich in einem seltsam frechen Ton, es war der einzige andere Satz, an den ich mich erinnern konnte. Im Grunde fragte ich sie, was für ein Mistkerl sie sei. Das war zwar kein perfektes Griechisch, und ich bin mir sicher, dass das Geschlecht falsch war, aber sie war kurzzeitig verunsichert.

„Dumme Melodie. Du und das große Haus und der große Mann. Was für ein dummer Mann, der mich nie anschaut. Es sollte meiner sein! Papas Haus, Papas Geld gehört mir! Ja, ich habe euer Mädchen vergiftet. Du kümmerst dich um sie, dein dummes Mädchen, und nicht um mich? Nicht um deine Schwester?! Mach dir keine Sorgen. Meinem Bruder hat es nicht geschadet. Es hat ihn nur mal für einen Tag zum Schweigen gebracht. Wie deine kranke Prinzessin."

„Was? Du hast das deinem Bruder auch angetan? Du bist doch verrückt! Ein erbärmliches, verlogenes Miststück. Kein Wunder, dass dein Bruder nichts mit dir zu tun haben will. Vorausgesetzt, das ist überhaupt wahr?" Ich holte tief Luft, als sich die Gedanken in meinem Kopf überschlugen. „Ich werde dafür sorgen, dass du rein gar nichts bekommst. Adam ist schon lange tot und das Haus gehörte meiner Mutter. Du verdienst rein gar nichts." In diesem Moment lachte sie, aber ihre Augen füllten sich mit Tränen. Trotz ihres Gehabes traf der Gedanke, nichts zu bekommen, einen Nerv. Sie hielt sich die Hand vor den Mund und lachte, während ihr eine Träne über das Gesicht lief.

„Du würdest mir nie geben, was mir gehört. Ich sehe das jetzt. Du hast mich nie gemocht. Es war richtig von mir, dir nicht zu sagen, dass ich deine Halbschwester bin. Du bist gefühllos, du liebst nur sie." Ihr Zeigefinger peitschte in Richtung des Hauses, obwohl weder Anton noch Gaia darin waren. „Du würdest mir nicht die Hälfte geben. Nein, nein." Sie begann auf und ab zu gehen. „Er wollte nicht, dass ich etwas bekomme. Er wollte, dass ich meinen Pass herzeige, und mir alles wegnehmen! Er kontrolliert dich; ich bin deine Familie. Er sagt dir, was du tun sollst, er und seine Göre, und du gehorchst ihnen. Du hast nie auf mich gehört. Sie haben alles. Ich habe nichts. Alles, was ich hatte, warst du, und jetzt nimmst du mir das hier weg." Sie begann wieder zu schluchzen und klammerte sich verzweifelt an die Fassade von Keres. Vielleicht tat es ihr tatsächlich leid – für sich selbst.

„Geh jetzt und komm nie wieder, oder du wirst noch darum betteln, dass bloß die Polizei hinter dir her ist." Ich erkannte meine eigene Stimme nicht. Es war, als hätte eine dunkle Macht von mir Besitz ergriffen und ein pechschwarzer Schatten wäre aus den Tiefen meiner Eingeweide aufgetaucht. Anton hatte recht gehabt; er hatte sie von Anfang an durchschaut. Was hatte er gesagt? *Ta matia sou dekatessera* – die Redewendung mit den vierzehn Augen. Jetzt zeigte sie ihr wahres Gesicht und ich wünschte, ich hätte von Anfang an meine vierzehn Augen auf sie gerichtet gehabt, anstatt mich von der Vorstellung blenden zu lassen, eine große, glückliche Familie zu haben. Ich hob meine Tasche auf und stieg ohne ein weiteres Wort ins Auto. Die Räder meines Minis drehten durch, wodurch Staub und Steine auf sie spritzten, während ich sie schluchzend stehen ließ.

Auf dem Weg zu Gaia musste ich mich dazu zwingen, langsamer zu fahren. Das Blut rauschte immer noch durch meine Adern und meine Zehen kribbelten, als ich auf das Gaspedal trat. Ich versuchte, den Sinn hinter der ganzen Sache zu verstehen, aber es gab keinen. Nicht wirklich. Sie wollte eindeutig Geld, so viel war klar, aber warum sie mich von Gaia und Anton trennen wollte, konnte ich nicht verstehen. Ich hätte alles mit ihr geteilt. Aber dann fragte ich mich, warum sie wohl ihren Bruder vergiftet hatte. War er wirklich grausam zu ihr oder war sie es, die einfach nur böse war? Mama hatte mir von Adam erzählt, wie sehr er sie kontrolliert hatte, dass er sie nicht rauslassen und nicht einmal mit ihrem gemeinsamen Kind teilen wollte. Ich konnte mir nur vorstellen, dass Evangelina wie er war. Sie wollte Geld und Macht und uns alle voneinander trennen. Sie hatte mir das Herz gebrochen. Auch Adam, mein dummer Vater, hatte mir mein Herz gebrochen – mit jeder Klippe, die ich seinetwegen umschiffen musste. Jede Information, die mich ihm näher brachte, war wie ein tödlicher Schlag auf mein Herz.

Als ich Gaia abholte, fing sie direkt an, über Jungs zu schimpfen und darüber, dass Finn sie unbedingt sehen aber auch seine Kumpels treffen wollte, oder etwas Ähnliches – jedenfalls irgendwas mit seinen Freunden machen. Ich war mir nicht sicher. Mein Mund war trocken und alle Gedanken und Worte, die sich nicht um Evangelina drehten, hatten sich in der Hitze von Korfu aufgelöst. Schließlich hielt sie inne und sah mich an, ihre Haare wehten ihr ins Gesicht.

„Mou-mou?“

Das war genug. Genug, damit sich mein Gesicht verzog und Tränen über meine Wangen liefen. Genug, damit ich sie um Verzeihung bat. Genug, damit sich mein Magen aufbäumte und zusammenzog, ich vor Kummer verzweifelt Atemzüge ausstieß. Vor Hilflosigkeit. Vor Wut. Wut darüber, ein Teil von Adams Geschichte zu sein. Mit ihm und Evangelina verwandt zu sein. Ich musste rechts ranfahren und mich am Straßenrand übergeben, während die arme, schöne Gaia mich beruhigte, obwohl der

Ausbruch sie völlig verwirrte. Wir fuhren langsam weiter und auf dem Weg zu Finn erzählte ich ihr alles.

Als ich nach Hause kam, war Keres' Auto verschwunden und das Haus leer. Ich rief nach Anton, aber das einzige Geräusch stammte von der Klimaanlage. Nur für den Fall, dass er tatsächlich noch draußen war, um mit Basil zu reden, und nicht in der Apotheke, ging ich durch die Tür und direkt in den Garten. Als ich hinaustrat, blendete mich etwas, das sich auf dem Tisch im Sonnenlicht spiegelte. Ich schirmte meine Augen kurz ab, ging darauf zu und erkannte, dass es Ants Handy war. Der Bildschirm war zersprungen, als hätten sich die Wurzeln von Bäumen durch das Glas gezwängt und alles zerstört, was einmal darin gewesen war. Ich rannte durch den Garten, zwischen den Olivenbäumen hindurch, an die Stelle, wo der Pool gebaut wurde. Dort war niemand.

Es hatte keinen Sinn, sich wegen eines kaputten Handys Sorgen zu machen. So etwas kam vor. Ich ging zurück ins Haus und setzte mich in Antons großen Sessel, meine Oberschenkel klebten am Leder. Ich legte meine Hände auf meinen Unterleib und fragte mich, wie lang es her war, dass er zur Apotheke gefahren war. Es war nicht weit, sie lag im Dorfzentrum von Karousades. Unser Haus befand sich am Ortsrand, aber ich wusste, dass es nicht mehr lange dauern konnte, bis er wieder zu Hause war.

Sechs Stunden später war Gaia zu Hause, Anton jedoch nicht. Ich hatte Basil angerufen. Er hatte das Handy gefunden. Anton war vor ihm weggefahren und es hatte in der Einfahrt gelegen. Er dachte, Anton hätte es vielleicht fallen lassen und wäre darübergefahren, ohne es zu merken.

Gaia rief alle an, die wir kannten, aber niemand hatte ihn gesehen. Ich musste ihr sagen, dass er in die Apotheke gefahren war, obwohl ich nicht sagte, warum. Sie rief dort an, aber auch dort hatte ihn niemand gesehen. Es war ja nicht so, dass er leicht zu übersehen wäre. Ich brauchte dringend Luft und war in den Garten geflüchtet. Ich stand hinter den Olivenbäumen, noch nicht ganz an der Stelle, wo der Pool sein sollte. Ich konnte mich nicht dazu durchringen, bis zu unserer Hollywoodschaukel zu gehen und auf unser leeres Haus zurückzublicken. Wir sollten zusammen lachen oder weinen, während wir auf ein dummes Stück Plastik schauten, das uns sagen würde, ob unser Kind in meinem Bauch war oder nicht. Es hatte keinen Sinn, auf mein Handy zu starren, aber ich hielt es immer noch fest in der Hand, als ob Antons Nummer darauf erscheinen könnte.

Als ich mich gegen einen Baum lehnte, musste ich an das letzte Mal denken, als ich ihn gesehen hatte. Wie er mich an sich zog und küsste. Ich ging es immer wieder im Kopf durch. Es hatte sich angefühlt, als wäre es mehr als unser üblicher Abschiedskuss. Er schien so aufgeregt zu sein, dass er sogar Änderungen an der Gestaltung unseres Pools vornahm. Ich hatte das Gefühl, als würde mein fester Griff um meine eigene Kehle liegen und nicht um das Handy in meiner Hand. Mit jeder weiteren Sekunde, in der Anton nicht nach Hause kam, schien sich mein Puls zu beschleunigen und Säure brannte in meiner Kehle und sickerte in meine Lunge. Sicherlich würde er jeden Moment mit einer urkomischen Erklärung durch die Tür kommen. Oder etwa nicht?

Danke, dass du Im Schatten der Olivenbäume *gelesen hast. Ich hoffe, dir hat die Serie bisher gefallen. In Suche nach dem griechischen Traum erfährst du, wie Melodies Geschichte weitergeht. Wenn du von Amazon über meine Neuerscheinungen informiert werden willst, kannst du mir einfach folgen.*
Ich wünsche dir einen wundervollen Tag!
Francesca xxx

Eine Anmerkung der Autorin …

Danke, dass du *Im Schatten der Olivenbäume*, den zweiten Teil von Melodies Geschichte, gelesen hast. Bitte entschuldige den Cliffhanger am Ende! Ich hoffe, du verstehst, dass dieses Buch so enden musste … Die Figuren haben es nicht anders zugelassen!

Meinen ersten Roman, *Das Geheimnis der blauen Tür*, habe ich während des Lockdowns 2020 und kurz nach der Geburt meines zweiten Kindes geschrieben. Ich war schon immer jemand, der sich auf seine eigene Art und Weise Freiräume schaffen wollte, und dieses Buch gab mir die grandiose Möglichkeit, das während der ersten Welle der Pandemie zu tun.

Ich freue mich, wenn du deine Gedanken über mein Werk mit mir teilst. Also vergiss bitte nicht, eine Rezension zu schreiben (Rezensionen verändern das Leben – glaub mir!) und schau auch in meinen Social-Media-Profilen vorbei, um dich mit mir auszutauschen: Ich bin auf zu finden, habe einen (englischsprachigen) oder du kannst mir einfach auf meiner folgen.

Zu guter Letzt möchte ich mich bei meinem Mann Samuel bedanken, der tatsächlich in diesem Buch kurz erwähnt wird! (Ja, die Parkour-Katzenrettung gab es wirklich – mein Mann hat die kleine Schönheit gerettet). Schau dir sein Parkour-Können auf Instagram an:

Francesca x

Printed in Poland
by Amazon Fulfillment
Poland Sp. z o.o., Wrocław

51260776R00182